U0901637

傅雷作品集

傅雷 著

# 小说·散文

# 文艺评论

# 政论杂评

北方联合出版传媒(集团)股份有限公司
万卷出版公司

**图书在版编目（CIP）数据**

傅雷作品集.小说·散文　文艺评论　政论杂评 / 傅雷著.-- 沈阳：万卷出版公司，2018.8

ISBN 978-7-5470-4843-6

Ⅰ.①傅… Ⅱ.①傅… Ⅲ.①傅雷（1908-1966）—文集 Ⅳ.① I217.2

中国版本图书馆 CIP 数据核字（2018）第 083644 号

**傅雷作品集（小说·散文　文艺评论　政论杂评）**　

出版发行：北方联合出版传媒（集团）股份有限公司
　　　　　万卷出版公司
　　　　　（地址：沈阳市和平区十一纬路 25 号　邮编：110003）

联系电话：024-23284090 / 010-88019650

传　　真：010-88019682

E - mail：fushichuanmei@mail. lnpgc. com. cn

印 刷 者：清苑县永泰印刷有限公司

经 销 者：各地新华书店

幅面尺寸：170mm×240mm

字　　数：339 千字　　　　　印　　张：25.75

出版时间：2018 年 8 月第 1 版　印刷时间：2018 年 8 月第 1 次印刷

责任编辑：尹　岩　　　　　责任校对：王洪强

装帧设计：格林文化　　　　责任印制：高春雨

如有质量问题，请速与印务部联系　联系电话：010-88019750

ISBN 978-7-5470-4843-6

定价：59.00 元

# 出版说明

傅雷，我国著名翻译家、作家、教育家、文艺批评家，数十年笔耕生涯，为后人留下了卷帙浩繁的文艺作品，半个世纪以来始终深受读者欢迎。傅雷在文学、音乐、美术理论、美学批评等领域的颇多建树，至今依然是学界的不刊之论。本次出版的《傅雷作品集》共分十九卷，涵括翻译著作、文艺批评、文学创作、时评专论等诸多领域。编者简化体例、精修版式、审慎编校，希望为读者奉献一套质量上乘的作品集。

在编选中，鉴于傅雷作品多创作于 20 世纪 30~50 年代，编者根据现行国家通用语言文字的规范和标准，酌情进行了修订。如：标点符号方面，统改了部分文本中顿号和逗号混用的情况。文字方面,将表示相似的“象”，统改为“像”;表示发现意义的“见”，统改为“现”;用作结构助词的“底”，统改为“的”。对于其他不影响文本理解的非规范文字使用情况，则采取了较宽松的处理方式，以免破坏傅雷个人的文本特色。此次编选还对某些文本做了有益补充。如《英国绘画 · 译名对照表》中，傅雷对当时健在的英国画家仅标注了生年，修订中即为此类画家补充了卒年。

由于编者学识有限，难免存在诸多不足之处，望方家不吝赐教，望读者理解和支持。

# 目 录

## 小说·散文



## 文艺评论

**政论杂评**

# 小说·散文

# 傅雷自述

## 一、略传

我于一九〇八年三月生于浦东南汇县渔潭乡，家庭是地主成分。四岁丧父；父在辛亥革命时为土豪劣绅所害，入狱三月，出狱后以含冤未得昭雪，抑郁而死，年仅二十四。我的二弟一妹，均以母亲出外奔走，家中无人照顾而死。母氏早年守寡（亦二十四岁），常以报仇为训。因她常年悲愤，以泪洗面；对我又督教极严，十六岁尚夏楚不离身，故我童年只见愁容，不闻笑声。七岁延老贡生在家课读《四书》《五经》，兼请英文及算术教师课读。十一岁考入周浦镇高小二年级，十二岁至上海考入南洋附小四年级（时称交通部上海工业专门学校附小），一年后以顽劣被开除；转徐汇公学读至中学（旧制）一年级，以反宗教被开除。时为十六岁，反对迷信及一切宗教，言论激烈；在家曾因反对做道场祭祖先，与母亲大起冲突。江浙战争后考入大同大学附中，参加五卅运动，在街头演讲游行。北伐那年，参与驱逐学阀胡敦复运动，写大字报与护校派对抗。后闻吴稚晖（大同校董之一）说我是共产党，要抓我，母亲又从乡间赶来抓回。秋后考入持志大学一年级，觉学风不好，即于是年（一九二七）冬季自费赴法。

在法四年：一方面在巴黎大学文科听课、一方面在巴黎卢佛美术史学校听课。但读书并不用功。一九二九年夏去瑞士留三月，一九三〇年春去比利时作短期旅行，一九三一年春去意大利二月，在罗马应“意大利皇家地理学会”之约，演讲国民军北伐与北洋军阀斗争的意义。留法期间与外人来往较多，其中有大学教授，有批评家，有汉学家，有音乐家，有巴黎美专的校长及其他老年画家；与本国留学生接触较少。一九二八年在巴黎认识刘海粟及其他美术学生，常为刘海粟任口译，为其向法国教育部美术司活动，由法政府购刘之作品一件。一九二九年滕固流亡海外，去德读书，道经巴黎，因与相识。我于一九三一年秋回国，抵沪之日适逢九一八事变。

一九三一年冬即入上海美专教美术史及法文。一九三二年一月在沪结婚。一九三二年一月二十八日事变发生，美专停课，哈瓦斯通讯社（法新社前身）成立，由留法同学王子贯介绍充当笔译，半年即离去。当时与黎烈文同事；我离去后，胡愈之、费彝明相继入内工作，我仍回美专任教。一九三三年九月，母亲去世，即辞去美专教务。因（一）年少不学，自认为无资格教书，母亲在日，以我在国外未得学位，再不工作她更伤心；且彼时经济独立，母亲只月贴数十元，不能不自己谋生；（二）某某某待我个人极好，但待别人刻薄，办学纯是商店作风，我非常看不惯，故母亲一死即辞职。

一九三四年秋，友人叶常青约我合办《时事汇报》——周刊，以各日报消息分类重编；我任总编辑，半夜在印刷所看拼版，是为接触印刷出版事业之始。三个月后，该刊即以经济亏折而停办。我为股东之一，赔了一千元，卖田十亩以偿。

一九三五年二月，滕固招往南京“中央古物保管委员会”任编审科科长，与许宝驹同事。在职四个月，译了一部《各国古物保管法规汇编》。该会旋缩小机构，并入内政部，我即离去。

一九三六年冬，滕固又约我以“中央古物保管会专门委员”名义，去洛阳考察龙门石刻，随带摄影师一人，研究如何保管问题。两个月后，内政部要我做会计手续报账，我一怒而辞职回家，适在双十二事变之后。

一九三七年七月八日，卢沟桥事变后一日，应福建省教育厅之约，去福州为“中等学校教师暑期讲习班”讲美术史大要。以时局紧张,加速讲完，于八月四日回沪，得悉南京政府决定抗日，即于八月六日携家乘船去香港，转广西避难。因友人叶常青外家马氏为广西蒙山人，拟往投奔。但因故在梧州搁浅，三个月后进退不得，仍于十一月间经由香港回沪，时适逢国民党军队自大场撤退。

一九三九年二月，滕固任国立艺专校长，时北京与杭州二校合并，迁在昆明，来电招往担任教务主任。我从香港转越南入滇。未就职，仅草一课程纲要（曾因此请教闻一多），以学生分子复杂，主张甄别试验，淘汰一部分，与滕固意见不合，五月中离滇经原路回上海。

从此至一九四八年均住上海。抗战期间闭门不出，东不至黄浦江，北不至白渡桥，避免向日本宪兵行礼，亦是鸵鸟办法。

一九四七、一九四八两年以肺病两次去庐山疗养三个月。一九四八年十一月以上海情形混乱，适友人宋奇拟在昆明办一进出口行，以我为旧游之地，嘱往筹备。乃全家又去昆明。所谓办进出口行，仅与当地中国银行谈过一次话，根本未进行。全家在旅馆内住了七个月，于一九四九年六月乘飞机去香港，十二月乘船至天津，转道回沪，以迄于今。当时以傅聪与我常起冲突，故留在昆明住读，托友人照管，直至一九五一年四月方始回家。

## 二、经济情况与健康情况

母亲死后，田租收入一年只够六个月开支，其余靠卖田过活。抗战前一年，一次卖去一百余亩；故次年抗战发生，有川资到广西避难。以后每年卖田，至一九四八年只剩二百余亩（原共四百余亩）。一九四八去昆明，是卖了田，顶了上海住屋做旅费的。昆明生活费亦赖此维持。我去昆明虽受友人之托，实际并未受他半文酬劳或津贴。一九四九年十二月二十日回上海后，仍靠这笔用剩的钱度日。同时三联书店付了一部分积存稿费与我，自一九五一年起全部以稿费为生。

过去身体不强壮，但亦不害病。一九四七、一九四八两年患肺病，一九五〇——一九五一年又复发一次。一九五五年一月在锦江饭店坠楼伤腿，卧床数月，至今天气阴湿即发作。记忆力不佳虽与健康无关，但是最大苦闷，特别是说话随说随忘。做翻译工作亦有大妨碍，外文生字随查随忘，我的生字簿上，记的重复生字特别多。以此，又以常年伏案，腰酸背痛已成为职业病，久坐起立，身如弯弓。一九五六年起脑力工作已不能持久，晚间不易入睡，今年起稍一疲劳即头痛。

## 三、写作生活

十五六岁在徐汇公学，受杨贤江主编的《学生杂志》影响，同时订阅《小说月报》，被神甫没收。曾与三四同学办一手写不定期文艺刊物互相传阅，第一期还是文言的。十八岁，始以短篇小说投寄胡寄尘编的《小说世界》（商务），孙福熙编的《北新》周刊。十九岁冬天出国，一路写《法行通信》十四篇五万余字，载孙福熙编的《贡献》半月刊。

二十岁在巴黎，为了学法文，曾翻译都德的两个短篇小说集，梅里美的《嘉尔曼》，均未投稿，仅当做学习文字的训练，绝未想到正式翻译，故稿子如何丢的亦不记忆。是时受罗曼·罗兰影响，热爱音乐。回国后于一九三一年即译《贝多芬传》。以后自知无能力从事创作，方逐渐转到翻译（详见附表）。抗战前曾为《时事新报·学灯》翻译法国文学论文。抗战后为《文汇报》写过一篇“星期评论”，为《笔会》写过美术批评，为《民主》《周报》亦写过时事文章。抗战期间，以假名为柯灵编的《万象》写过一篇“评张爱玲”后来被满涛化名写文痛骂。

一九三二年冬在美专期间，曾与倪贻德合编《艺术旬刊》，由上海美专出版，半年即停刊。

一九四五年冬与周煦良合编《新语》半月刊，为综合性杂志，约马老、夏丏老等写文。以取稿条件过严，稿源成问题，出八期即停。

## 历年翻译书目

| | 原作者 | 书名 | 字数（万） | 出版年代 | 出版社 | 附注 |
|---|---|---|---|---|---|---|
| 1 | 斐列浦·苏卜 | 夏洛外传 | 6.3 | 1933 | 自己出版社 | 自费印刷，故称“自己出版社” |
| 2 | 罗曼·罗兰 | 托尔斯泰传 | 13 | 1935 | 商务 | 解放后停出 |
| 3 | 罗曼·罗兰 | 弥盖朗琪罗传 | 8.7 | 1935 | 商务 | 解放后停出 |
| 4 | 罗曼·罗兰 | 贝多芬传 | 6.2 | 1946 | 骆驼—三联 | 五一年起停出 |
| 5 | 罗曼·罗兰 | 约翰·克利斯朵夫 | 120 | 1936—1941<br>1952—1953 | 商务—平明 | 商务系初译本，后改归骆驼。一九五二年起重译本改归平明，今归“人文”。 |
| 6 | 莫洛阿 | 恋爱与牺牲 | 10 | 1936 | 商务 | 停出 |
| 7 | 莫洛阿 | 人生五大问题 | 7 | 1935 | 商务 | 停出 |
| 8 | 莫洛阿 | 服尔德传 | 6.5 | 1936 | 商务 | 停出 |

续表

| | | | | | | |
|---|---|---|---|---|---|---|
| 9 | 杜哈曼 | 文明 | 11.7 | 1947 | 南国 | 久已绝版，去年十月“人文”重印一版。 |
| 10 | 巴尔扎克 | 亚尔培·萨伐龙 | 5 | 1947 | 骆驼 | 停出 |
| 11 | 巴尔扎克 | 高老头 | 18.6 | 1946—1953 | 骆驼—平明 | 骆驼系初译本，平明系重译本。 |
| 12 | 巴尔扎克 | 欧也妮·葛朗台 | 13.9 | 1949 | 骆驼—平明—人文 | |
| 13 | 巴尔扎克 | 贝姨 | 31.6 | 1951 | 平明—人文 | |
| 14 | 巴尔扎克 | 邦斯舅舅 | 23.8 | 1952 | 平明一人文 | |
| 15 | 巴尔扎克 | 夏倍上校 | 17.6 | 1954 | 平明—人文 | |
| 16 | 巴尔扎克 | 于絮尔·弥罗埃 | 16.5 | 1956 | 人文 | |
| 17 | 服尔德 | 老实人　天真汉 | 11.3 | 1955 | 人文 | |
| 18 | 服尔德 | 查第格 | 8.3 | 1956 | 人文 | |
| 19 | 梅里美 | 嘉尔曼　高龙巴 | 14.5 | 1953 | 平明—人文 | |
| 20 | [英]牛顿 | 英国绘画 | 3 | 1948 | 商务 | 绝版—自英文译 |
| 21 | [英]罗素 | 幸福之路 | 10 | 1947 | 南国 | 绝版—自英文译 |
| | 合计 | 二十一种 | 363.5 | 现在印行者仅11种 | | |

## 四、社会活动

少年时代参加五卅运动及反学阀运动。未加入国民党。抗战胜利后愤于蒋政府之腐败，接收时之黑暗，曾在马叙伦、陈叔通、陈陶遗、张菊生等数老联合发表宣言反蒋时，做联系工作。此即“民主促进会”之酝酿阶段。及“民进”于上海中国科学社开成立大会之日，讨论会章，理事原定三人，当场改为五人，七人，九人，至十一人时，我发言：全体会员不过三十人左右，理事名额不宜再加。但其他会员仍主张增加，从十一人，十三人，一直增到二十一人。我当时即决定不再参加“民进”，并于会场上疏通熟人不要投我的票，故开票时我仅为候补理事。从此我即不再出席会议。一九五〇年后马老一再来信嘱我回“民进”，均婉谢。去年“民进”开全国代表大会，有提名我为中委候选人消息，我即去电力辞；并分函马老、徐伯昕、周煦良三人，恳请代为开脱。

去年下半年，“民盟”托裘柱常来动员我二次，均辞谢。最近问裘，知系刘思慕主动。

## 五、其他活动

一九三七年夏，为亡友张弦在上海举办“绘画遗作展览会”。张生前为美专学生出身之教授，受美专剥削，抑郁而死；故我约了他几个老同学办此遗作展览，并在筹备会上与刘海粟决裂，以此绝交二十年。

一九四四年为黄宾虹先生（时寓北京）在上海宁波同乡会举办“八秩纪念书画展览会”。因黄老一生未有个人展览会，故联合裘柱常夫妇去信争取黄老同意，并邀张菊生、叶玉甫、陈叔通、邓秋放、高吹万、秦曼青等十余黄氏老友署名为发起人。我认识诸老即从此起，特别是陈叔通，此后过从甚密。

一九四五年胜利后，庞薰琹自蜀回沪，经我怂恿，在上海震旦大学礼堂举行画展，筹备事宜均我负责。

一九四六年为傅聪钢琴老师、意大利音乐家梅百器举行“追悼音乐会”。此是与梅氏大弟子如裘复生、杨嘉仁等共同发起，由我与裘实际负责。参加表演的有梅氏晚年弟子董光光、周广仁、巫漪丽、傅聪等。

一九四八年为亡友作曲家谭小麟组织遗作保管委员会。时适逢金圆券时期，社会混乱，无法印行；仅与沈知白、陈又新等整理遗稿，觅人钞谱。今年春天又托裘复生将此项乐谱晒印蓝图数份，并请沈知白校订。最近请人在沪歌唱其所作三个乐曲，由电台录音后，将胶带与所晒蓝图一份，托巴金带往北京交与周扬同志。希望审查后能作为“五四以后音乐作品”出版。

一九四四年冬至一九四五年春，以沦陷时期精神苦闷，曾组织十余友人每半个月集会一次，但无名义、无形式，事先指定一人做小型专题讲话，在各人家中（地方较大的）轮流举行，并备茶点。参加的有姜椿芳、宋悌芬、周煦良、裘复生、裘劭恒、朱滨生（眼耳喉科医生）、伍子昂（建筑师）[①]、雷垣、沈知白、陈西禾、满涛、周梦白等（周为东吴大学历史教授，裘劭恒介绍）。记得我谈过中国画，宋悌芬谈过英国诗，周煦良谈过《红楼梦》，裘复生谈过荧光管原理，雷垣谈过相对论入门，沈知白谈过中国音乐，伍子昂谈过近代建筑。每次谈话后必对国内外大局交换情报及意见。此种集会至解放前一二个月停止举行。

解放后，第一次全国文代听说有我名字，我尚在昆明；第二次全国文代，我在沪，未出席。一九五四年北京举行翻译会议，未出席，寄了一份意见书去。自一九四九年过天津返沪前，曾去北京三天看过楼适夷、徐伯昕、钱锺书后，直至今年三月宣传会议才去北京。去年六月曾参加上海政协参观建设访问团。

…………

一九五七年七月十六日于上海

① 以上二人均邻居。

# 梦中

## 一、母亲的欢喜

久不提笔了。实在心绪太繁，思想太杂，要写也无从写起。春假归家一次，到校想写一篇归家杂记，可是只也写得一半，就以课忙丢了；其实也是思绪太乱的缘故吧！

春是早已过去了，“春色恼人”，也已成了陈话；可是夏日炎炎，很有令人疏懒倦睡的景味。

每天总是躺在藤椅里，拿着蒲扇，劈劈拍拍，赶赶蚊虫。无聊地随手捡本诗来，刚读了两首，便又放下，自言自语替自己解说：天热了，用脑本不相宜的。

我的书房，总算是一个又幽静又凉快，又爽朗的好地方了。宜乎“明窗静几”，用功个半天，那末两月也可有一月的成绩了。为何事实上总是翻开书来合上，其间不过半分钟啊！

昨天望他来，他竟没有来。失望中捡起他刚才的信：

复书昨晚方才收到。这几天天气很热，恐怕我这星期日未必能来，即使它晴好，实怕暑气逼人，请你谅我！你这个好宝货！我早就猜着了，不过起先不说罢了。不知现在却有几分可言？……蚊子不让我多说一些，祝你！……

ZF 七，十六灯下

读到“你这个好宝货”一句，不禁使我想起他的诙谐的风度，更不禁为好宝货三字，引起我一段幽藏的情绪。

我前信里提及恐怕我不久要到 N 城去的话。我还说：此行于我精神上很有些愉快，虽然长途坐船，于身体是很不相宜的。朋友，你猜猜我愉快些什么？他回信里没有猜，只盘问我，我也就在最近一信里，复了他一个字——她——于是他这封信竟说我好宝货了！

暑假归来，母亲就对我说起要到 N 城去吊丧的话，她说：K 表伯死了；你既在假中，不去似乎说不过去。不过天气这般热，这般远的水路，你虽然去，我总很担心……当时的我，心弦颤动了。N 城中，K 表伯的同宗，不是有个她吗？母亲正替我担忧，我正庆幸这个好机会呢！坐船是我最怕的一件事，尤其是四五十里的长路，当这赤日当空的天气！可是为了求得一些精神上的愉快，就是牺牲些肉体的健康，也是值得的！

三四天后，母亲很高兴的告诉我，说她刚才从一个亲戚那里得了一个好消息：K 表伯的开丧期改了，那时你校里必已开学，不用去了。真好运气！……我也安心了！……怪不得他们的讣闻至今还没有来……

当我听到……丧期改了，我顿时懊恼起来，满怀说不出的惆怅，可也不便十分显露出来，只茫然地顺口说了一句：“唔，怪不得讣闻至今还没来……”

母亲是欢喜极了，可是她的纯洁的爱子之心，又哪里会梦想她儿子的别有怀抱的同她相反的心！

哟母亲的欢喜……

七，十八夜

## 二、她们

连日天气热极了，温度过了百度，白天里——尤其是日中的时候，只觉得头昏脑胀，背上又给汗出的怪黏涩，怪痒的只不好过。

“一日之计在于晨”，清晨本是一天最好的时候，不料归家以来，非六点不肯起来。终夜的乱梦颠倒，把平旦清明之气都赶跑了。

只有傍晚时光，冷水浴罢，移只藤椅，拿把蒲扇，荷花缸畔，读读小诗。太阳才从东墙上隐去，晚风习习之中，把它的余威一下儿驱除尽了，仰起头，看看天空，蔚蓝中浮着一片片鱼鳞似的白云，微微的带些金色，远处还有几带红霞令人想象到斜阳古道中的庄严的庙宇，红墙上映着夕阳，愈显得伟大而灿烂。远方近处，还绵延着高低突兀的山脉……自然的奇观，自然的伟大，自然的美丽，早已有无数的骚人墨客，吟之咏之，形容尽致了；还何用我这支笨笔，把自然玷污了呢！当然！只有低徊，只有赞叹！

“夕阳无限好，只是近黄昏。”

夜之神已姗姗地走近了，把一切一切都收藏了去。

快乐的时间本是加倍的过得快，何况夕阳同黄昏的距离又是如何的近啊。

她们去了，明月也随着不见了，繁星满天，空庭寂寂，黑漆漆的烦闷死人。因为失了光明的月，才引起沉闷的心绪；因为失了天真活泼的她们，才勾起我的怅惘。

小朋友！我的小朋友！

我们都是好朋友。

哥哥弟弟一齐来，

大家搀着，大家搀着，大家搀着手，

一步一步向前走，向着那光明的路上走！

小朋友！

大概是一个光明之夜吧！她们正唱着月明之夜。庭中白光满地，万籁无声，只有她们宛转曼妙的歌声：

明月呀！明月呀！

一个小皮球哇！

让我丢一丢哇！

下来吧！下来吧！

我陶然，我醉了，我对着月，对着那月中的桂树，对着那老太太们传说的树枝上的饭篮，树枝下的勇士、斧头……我仿佛三魂渺渺，七魄悠悠，趁着微风，飘上青云，遨游月宫去了。

歌声寂然，戛然而止，幻想也忽然停止，意识也立刻回复过来，才觉得此身仍在，未曾超脱，怅也何如！恨也何如！

月光中照着她们，皎洁而又天真，活泼而又幽娴，不禁使我联想到自己的凋零身世：既无兄弟，又无姊妹，孤零零地只剩母亲和我二人。回想到她们才唱的“哥哥弟弟一齐来”，余音在耳，怎能不使我感动至于流泪！

以生性孤傲的我，朋友之少，不用说了，只有一年一度的S妹，来住几天，T妹来玩几天，算解解她寄母和寄哥的寂寞。

S妹的年纪，比我小五岁。她家本同我家有些戚谊，而当她七岁那年的夏间，她以她母亲一时高兴的缘故，便称我的母亲为寄母了；以后每个年假，或暑假，总得到我家来小住数天。

她的性情：又活泼又诚挚，又嫉妒，又多疑，又沉默，又多哭，又……总之：她是具有一切女性的性情。人家无意中一句闲话，会引起她的奇怪的猜疑。有一天，我为了一件事，斥责了仆人，不料她以为借女骂媳，躲在床上，哭了半天。我素来欢喜想什么讲什么，要骂人，要劝人，都欢喜直说，从不会打鼓骂曹。换句话说，就是人家打鼓骂曹来骂我，我也不会懂他是在骂我的。所以这天的事情，竟把我呆住了，不舒服极了。母亲知道了，也只摇摇头，没法想。可是到了晚上纳凉的时候，她倒又有说有笑，好像并没有日间那回事……这种奇怪的态度，是女性的特征吗？是她们年龄上的生理变态吗？……可惜我没有研究过心理学或是生理学！

含羞和嫉妒，又是女子的两大特性吧！她们校里的作文簿，不是锁在箱子里，便是缴在教员那里；不是缴在教员那里，便是锁在箱子里；保存得差不多同情书——其实情书她们也未必是有—— 一样珍重。假使有人设法偷看了，那可不得了！唠叨，哭，绝交……件件都会做出来。推而至于算术簿，小楷簿，习字簿……无不如此，不过作文簿看得最重罢了。

有一次，L妹对我说：S妹前天有一封给她同学的信，附在别个同学信里，托她转交的;在那信封口处，你猜她写了什么？……哈哈！她竟写道:“拆视者我之爱妻也。”她还没有说完,我早已把一口的茶,喷了满地,还呛了半天。

她们又最欢喜私下论人，批评人，这个习惯我们也有的，不过总不及她们这样的尖刻。大概也是嫉妒之心利害的缘故吧！

她，S妹今年已于高小毕业了，程度也还不差。她家里是完全放任的，她的成绩，是全靠她天纵之资。不过因年龄的关系，差不多还谈不到用功与觉悟。

家庭的权威，是多么历害！社会的势力，又是多么可怕！小鸟似的她们快乐无忧的生活，不知还能继续几年！她们一忽儿哭，一忽儿笑的任性生活，使我见了，只代她们担心。

她现在的环境，总算很好，很如意的了；而她的生活，又是在光明灿烂的黄金时代，可是她曾屡次问我:“人生究竟为的什么？”她这样又悲观，又深奥的问题，我实在回答不来……而且她还时有厌世出世的语调，更使我奇怪，疑惑!

"人生究竟为的什么？"哟！这是一个多么神秘而艰深的问题啊!

不要羡慕小孩子，
他们的智识都在后头呢，
烦怅也已经隐隐的来了。

——繁星之五八

七,二十九

## 三、一个影像

烦噪的摇纱童子（我乡称一种夏夜的虫名）的叫嚣，夹入轻灵的织布娘子的声音（同前注），以梭，亚梭，倒很清脆，正如雨后初霁，淋湿的小鸟，在树叶中伸出头来，舒气时的歌声，可也只是声声的织成了我烦闷和怅望的情绪。

近来每天都觉得寂寞和烦闷，做事不高兴，只是痴痴地胡思乱想，灯下呆坐，便隐约地闪过一个影像：

大概在二年前的一个新年吧！我正在N城。

她娇憨地依着她的父亲，微倚着，正端相着我。无意间突然叫了我一声："哥哥！"我受宠若惊的应了一声，正见她痴痴地笑了，自然地面庞上泛起微红，自然地头也微微的垂下，身体也更靠紧她父亲一些。一双尖锐逼人的眼珠，还直射着我；怯着的我，立刻败退了——顾左右而言他。

这真是一般少女的天真诚挚的爱情自然的流露，赤裸裸的，热烈的，圣洁的，由内心的，而正的的确确的在两年前的新年里的某一天，坦白地展现在我的面前；而又正隐隐约约地，若有若无的，时时重映在我的心板上。在脑海中屡现屡灭！

“回忆，哪堪回忆！”而这神秘的回忆，却竟是这般甜蜜！

以举目无亲的我，多愁多感，彷徨歧途，正像一叶扁舟，孤独的翻腾漂泊于惊涛险浪之中，一刹那间，电一般的闪过，正发现了彼岸，遇见了救星，一刹那，只有一刹那！可是已付与我的，是如何深切的慰安！

她，的确是一个活泼可爱的女孩子。她是我的表妹，不知道是何缘故，我一见她便觉恋恋，而她对于我，也时有依依的表现，就那天的情景看起来，而且我还发现过好几次，她在偷偷地望我，因为好多次我无意中看她，她也正无意地看我，四目相触，又是痴痴一笑。

她的性情，母亲是深知的，赞许的，她常常说：“M真乖！什么礼性都懂得……”“娶媳妇真不容易！Z家的几位小姐，哼！一天到晚，躲在房里……T家的M便不然，在家什么事都会做都肯做……而且又爱读书。”

春假归家，母亲提及K表伯母——M的婶婶——要替我两人作伐的话。母亲的意思，想等疏通好了对方的表伯，让我俩通通信，试试两人的脾气合不合；我呢，虽不希望早婚，但一颗漂浪无定的心，总须有个安顿，有个归宿。

我对于她的认识，还在她幼小之时，怕只五岁吧！因为那时我也只有九、十岁。可也不过略一认识，并未注意过，直至前年重逢，才惊见她亭亭玉立的光艳的容姿，娇憨而又活泼的天真。我不会描写，我更不愿描写。我这颗热跃的心倾注的情，也让它变成烦闷和怅惘。

真不幸，K表伯突于端午后死了。K表伯母哀毁逾恒，当然一时不能想到那无关紧要的做月下老的事了。

尤不幸！K表伯的丧期改了，我俩一会的机会，都会绝望。夜深了，还是梦中去吧！悲欢的事，一总向梦中去寻觅吧！

八，十三夜，写于四壁虫声中<br>九，十八，重修于暮色苍茫中<br>原载《北新周刊》第十三、十四期，一九二六年一月

# 回忆的一幕

他来了，他来了。

好容易望到他来，突然的来，使我无限欢喜；而胸中蕴蓄的千言万语，竟不知在何时跑去，讷讷如我，又不善辞令，一时间相对无语，反倒冷落起来。

忽晴忽雨的天气，留了他一宵，半夜的长谈，自以为积愫一倾了；不料他刚走，又忽然想起了许多话，自悔他在的时候，何竟昏聩健忘若此！又烦恼为何不多留他一天！

于是我便开始怅惘了。比他未来时更怅惘悒郁了！我想立刻写信吧，一转念，心乱如麻，实在无从写起。而且他才走，又要写信，他不要笑我发疯吗？过去的经验，也顿时消灭了我写信的勇气。

正在这个时候，我刚写了上面的一段，邻家的一位小客人，Miss X，正在庭中晾衣服，不时的拿杈竿，拿桠杈，从远处走到近处，又从近处走到远处。一时好奇心冲动，使我从门边偷偷地觑了她一眼——我身子是没有离开椅子——不料事情竟是这样巧：我立刻受着一双强烈的、尖锐的目光的射击。这一下可吓了我，赶紧低下头，摇动着笔，装做正沉思写东西的样子。勉强自己镇静自己，可是不中用！微弱的心房，早已跳动起来，拍拍的再也按捺不住……

一口气写了下来，才觉得那扰乱治安的不安分子，攒出了脑海。

有好几次的经验了！想认识一个不相识的少女，而同时正发现反被她认识了去……神秘！真是一件神秘到不可思议的事啊！

昨夜谈到十一点多，才倦极了睡熟。可也不时的从梦中惊醒，孤灯如豆，室中幽郁得引起我夜的恐怖。只觉得满身热烘烘的；心房剧烈的跳动，过分迅速的血流，增加了我不少的热度。梦些什么，再也想不起，只是空空洞洞的起了无谓的恐惧。

他的记性真好！数年前的往事，童年正盛时的趣剧——这些事情，于我只有做梦时才会梦见，而他竟能一幕幕的道出。

喂！你还记得吗？……那件事——同 T 的事。

唔——T 的事？我实在想不起了，你说吧。

——课堂里的事！……两拳头！

哟，——是了！

三年前的一幕小小的惨剧，从心头的陈旧的帘幕中，渐渐的重现出来。

T，那位小朋友，真是一个天真烂漫的小孩子。微凹的面庞，稍凸的前额，笑时的眉眼，都成一丝，两个小酒涡衬托在嫩白的面颊上，K 县的口音语调……以及一切、一切的举动容止，都有使人陶醉的魔力。很多的同学，为他而颠倒，为他而兴波作浪的，着实的闹过一番。

很幸——也可以说很不幸，我也是认识他——十分的认识他中的一个。从那校里的某种交际习惯上，认识了他；从几次往来的绯红或碧绿的信笺上，十分的认识了他。关于他的信，我又想好好地藏起来，又想故意露些痕迹，叫人家知道。实在的，我很乐意别的同学，拿这件事情来和我开玩笑，虽然面上是假做骂他打他。当我听到人家把他的名字和我的名字联在一起的时候，真是心里舒服了许多，做出又得意又骄傲的样子，这些情形，正恰像一个已经订婚的青年，听人家拿他的未婚妻来和他取笑的时候的扭扭捏捏的样子，究会一样！

当时的我，实在以为幸福极了。因为不久之后，他和我的地位，变得更多接触的机会，而那件不幸的事情，也于不久之后便发生了。

我和他是同级，我的座位之前，便是他。左旁隔一个位子，便是Y，提及此事的Y。

上课的时候，大概总是上国文、上历史的课，我们总欢喜拿他——T——来消遣。一方面固然是教室生活太枯索，太沉闷了些；一方面实在是他生得太可爱了！

不知哪一天，我们照常偷偷的说笑着，故意拿别一个同学来和他作目标，算一个为我们情敌的暗示。现在说起来，实在也可笑，当时我们——他们当然也不是例外——实在以“他”为“她”了！所以一切嫉妒的心理，都尽量地在胸中燃烧着，到处都在找发泄的机会。虽然W校的校风，对于这事特别来得热烈些，可是这种情形，差不多是学校里的一种普遍的现象，任何学校都不免，不过盛衰有些不同罢了。而且彻底的说：我们此时，对于这种心理，这种情绪，今还存着，有时竟会更热切些。所以根据我们一些过去的经验，可以武断一句说：在一般未婚的青年，喜欢讲这种变态的恋爱，来解除他的枯寂，实在是很可能的，毫不足异的。我们现在既不是做讨论恋爱的文字，也就无须细细的去解剖他了。

那天同T究竟闹了什么把戏，也记不清楚了；不过的确戏侮得太过分了。种种的窘迫，使他善于退让的性子，也一时消灭了。他再也不能容忍而发怒了，他竟破口骂我们了。

不知怎样的一句骂我的话，引得大家注意起来，都望望他，望望我。他因难堪而骂我，我也因难堪而恼羞成怒了。兽性顿时发作起来，一变嬉皮笑脸的样子，为青筋暴胀骇人的样儿了。更不幸，他和我的地位间的交通太便了，我一时无名火冒起来，竟毫不迟疑地给了他两拳，在他的背上。

沉重的击声，使旁边人都惊骇起来，接着他便哭了，伏在书桌上深深的悲哀起来。

一霎时我的怒气已经跑掉了，而面上却更热起来，这是表示我内心已惴惴地不安了。

大家都埋怨我，尤其是Y，说我不该打他，更不该打他这样重，他还是一个小孩子啊！

啊，是啊！他正是一个小孩子，正是一个可爱而又为我所爱的小孩子啊！一时的神经错乱，竟在一秒钟内做了这样一件蛮横无理的事，我正在悔恨的当儿，他哭得更厉害了，由呜咽而渐渐的要号啕了。我愈加恐慌了，因为方瞎先生——国文教员——已渐渐注意起来，他终于皱着眉，瞪着一副阴阳眼而发问了。虽然大家都不响，可是做贼心虚，我赶紧做出镇静的样子，故意东张西望，像正帮助方瞎先生寻那答话的人。

幸运到底降临了，散课钟响了，大家陆续出走，我独心中盘算去补救这事的方法，也就有意无意的落在后面了。他呢，正在最后，这是当然的！眼睛都哭红了，还好意思当众人的面前走吗！

我一路走，一路想：那也容易得很——谢罪，道歉，就得了！可是说说容易，要实行就不容易了。何况刚才这样打他，一忽儿又低首下心，拜倒他面前，不但我倔强的脾气不肯，就是他，余怒未息，也未必肯睬我。那又何必自讨没趣？……可是做了错事，除非不知，知了定得立刻改掉才好，胆大些！好了！等他不睬再说，我总得尽我的责任……但是机会不容你踌躇，他早已进了自修室了。

虽然很好的机会，以后也还不时的碰到，可是一见面已是羞惭得说不出话来。怯弱，总是太怯弱了！连那放假那天的最后的机会，也错过了。一切都照我预料的：自从那天之后，我俩交情上，便划了一道鸿沟。角逐之场，也从此没了我的份。

那一年暑假，我离开了W校。假中不知怎样，竟放胆写了封谢罪信，他也居然能海涵，也复了我一信。两年来还时通消息，总算没有十分的隔膜。

我去年见过他，他已高了许多，面貌也改了些，扁圆的脸庞，竟变成长方形，一切举止也缺乏了醉人的能力，实在的，华年已过，不美了！

可是我还是十二分的恋他，花晨月夕，也时时记念他。Y 昨夜提起此事，使我新愁旧恨，一齐涌上心头，一夜数惊，未曾安睡。

早上六点钟起来，Y 正呼呼地好睡，我便写了一封五张八行的长信寄他。往事的回忆，尤其是童年初恋的回忆，实在的撕伤了我嫩弱的心。忏悔吧！忏悔吧！

信呢，应该到他的手里了。可是，他的信什么时候才能到我的手？……

十五，八，二十七，在浦东家

发信至今，已是旬余，而鸿飞冥冥，真是怅望云天，凄楚曷极？

九，十一，复志于大同

原载《小说世界》第十五卷第四期一九二七年一月

# 法行通信

## 一、天涯海角

我的炳源：

三十日深夜，我们红晕着眼睛握别后，回到舱中只是一声两声，断断续续的叹气。同室的洪君，他是多么天真而浑然啊！他非但一些也没有别意，就连我这样惹人注意的愁态都没觉察。一方我固为他庆幸，一方却因为自己的孤独更觉凄怆！

那天晚上在起重机辘辘的巨声中，做了许多的梦。（想那晚送我的人都会做这样的梦吧！）梦见你还在船上，梦见你我还坐在饭厅的一隅对泣。我又梦见母亲，叔父（我称姑母为叔父的），梅，以及一切送我的朋友们。但都是似烟似雾的一闪便消逝了。到醒来最清楚的回忆，便是你我对泣的一幕，和仑布叫我好好学习 fran çais 的一幕。这两天来，这两重梦影还不时的在眼帘里隐约；尤其是仑布的"好好学习 fran çais"的一句，时时在耳中鸣叫着。

那，那诚挚恳切的友谊啊，深深的铭镌在我的心版上了！

我们的船，原定是昨天（三十一日）清早开的；不料到我们用过早茶后还未动弹。后来去问 Maître d' hôtel，才知道已延迟到下午一时了。我心里一动，便想再上岸到叔父家里去一次，母亲一定还在那边。我想：这样突然的回去，一定会使他们惊喜交集。

已经上了岸，重复看见才别的上海的马路，忽一转念竟马上退了回来。实在，我不愿，我不敢再去沾惹第二次不必要的不可免的流泪了！

午后一时前二十分，我就等在甲板上，要看开船。不料左等右等，直到了两点钟，才听见一声汽笛，通岸上的两条梯子抽去了一条，水手们也急急忙忙的找着地位，解缆。更等了好一会，才见最后的一条回家之路中断！在昨夜，你我分别时，真恨船为何不多留几小时。到今天因为急于要看船之初动，反恨它为何再三的捱延着不开了。至此，船的梯子统统抽去，船身也渐渐横到浦心时，不觉又悲从中来，恨它为何这样无情，竟尔舍弃了我的上海，把我和一切亲爱的人们隔绝得远远了！唉，矛盾啊！矛盾啊！

岸上，船上，三四白巾遥遥挥舞着；船首左右，三四海鸥翱翔着，她们是来送别呢！她们又把你我昨夜的离情唤起了，她们更把一切的亲友们依依之意重复传了过来。但不久也便无影无踪的不见了，大概也深知“送君千里，终须一别”的悲梗的道理吧？

三十夜的难堪，真是希有的。渺小的我，零余的我，在区区二十年中，忧患也经得不少，悲泪也洒过许多；但这种生离的酸味，却是生平第一次呢！

我所有的，仅有的亲戚，朋友，爱人一个不遗的都赶来送别。燮均，临照为了我在南站北四川路间奔波了好几次；雷垣为了我，在极少极少离校的常态中破了例，丢了考课卷，从课堂里一口气赶到。更累他们在船上摸索了半小时多！还有理想中赶不到的我的唯一的叔父，也竟会冒着重寒，在暮色苍茫中，从浦江彼岸飞渡过来，使我于万分惆怅的感触中，更加添了热辣辣的酸意！

那夜的聚餐，更是梦想不到的！虽然别离就在眼前，但大家都还兴高采烈地壮我心胆。健谈的仑布，更是开了话匣子，滔滔不绝。然而勉强的挣扎终于无用，最后的一刹那还是临到了。当铁冷夫人开始触破这一层薄纸时，我已满眶热泪，竭力抑忍了。到叔父和我道别时，眼镜上已沾染了一层薄雾。下楼来上汽车时，母亲的几句极简单的“保重！留意！”等话，实在不能使我再克制了。汽车一动，我的泉源也排山倒海似的追踪着绝尘的车影而淌下来了！我火山一般的热情，完全从几分钟前强制的束缚中解放出来！……我倚着你的肩，我只能流泪！

重到船上，朋友中最刚强的燮均，竭力把强心剂给我注射着；你也再三的叫我不要难过，我也记起临照赠诗中的几句：

劝他声：别悲哀！
为脱烦恼，学成归来。

然而这些鼓励，这些回忆，只有更加增我的惆怅，更开放了我的泪泉！人世的污浊的愤忿与厌恶，现实的别离与同情，过去的悔恨和惭愧……一切，一切的感激，悲哀，愤怒，幽怨，抑郁的情绪，一齐搅和了，混合了，奔向我的……！

船之初动也看到了，海面的辽阔也拜识了，宇宙的伟大也领略了，波浪的沉静也在面前流过了，吼叫的狂涛也在耳边听惯了，月夜的皎洁神秘，也窥到了，朝阳的和蔼现实，也感到了。高洁的未来的曙光，伟大的，雄壮的希望，似乎把我充实了许多，似乎把我激励了不少。

但是，朋友啊！一刹那的兴奋过后，总袭来了空虚的无聊！我实在不知这一月如何消磨过呢！

船上食宿俱惯，只是言语隔膜，稍感痛苦耳。茶房都是汕头人，潮州人，法语也不大通，普通话更不必说，只此略觉不便。昨日为一九二八年第一日，船上也是照常的过去：沉闷的，寂寞的生活！海中昨日颇平稳，今日稍有风浪。紧贴船身的碧油油的绿波不见了，只是狂吼的怒涛汹涌着，击撞的白沫跳跃着，汪洋的海面，不时的在圆窗中一高一低的翻腾。可是我倒还不觉得异样，只是走路时地上很滑，又加船身稍有倾侧，故须加意留神耳。路中平安，第一足慰远念，是吗？

此信昨天写起，今天重复誊了，又添了一些，想明日到香港发。只是心绪繁乱不堪，所言毫无次序。恐怕你看了愈觉得“怒安心乱如此，前途未可乐观”吧？然而系念我的，想望我的，却急于要知道我海上的消息，所以也就胡乱写了些，托孙先生为我公布了！

你给我的圣牌，我扣在贴身的衣钮上，我温偎着它，便好像温偎着你！在旅途难堪中，稍得一些慰安。朋友！你放心，我决不因我无信仰而丢弃它的！我已把它看作你的代表了！

好了，信暂止于此。但望珍重！以后通信，亦惟在此借花献佛，诸亲友处不能一一矣。愿谅我！

你的　怒安。

十七年一月二日

于 André - Lebon 未到香港时

## 二、云天怅望

——献给我的母亲，叔父，梅，垣，以及一切亲友们！

数日来心绪大恶，几不能写只字，但明日就要到西贡；法行通信第一既已发出，就不能不有第二第三……于是乎勉强镇静着自己，再借了一瓶汽水的力量，把烦躁的心稍稍凉了些。

自上海到此，海行共五日，可说是一些风浪也没有。但我自小说听起的“无风三尺浪”现在确完全证实了！虽然不至于晕船，但一到舱里，就觉得有些天在旋，地在转。而且这三天来胃口简直不行，到吃时真不想吃。那种法国式的烹调，实在叫我难以下咽。当我一想到那半生不熟，膻气冲鼻的牛排羊排来，竟要令我作呕！蔬菜呢，都是potato之类，也腻够了。臭酪尝过一次，实在不敢领教。咖啡也是苦涩乏味。面包只是酸而淡。各种食物中，只有鱼差可入口。鸡，鸭，虾，都没吃过，不知怎样。古人说“菜羹麦饭”是表示能吃苦,现在我是连梦也梦不到“菜羹麦饭”了！可怜啊！前途茫茫，还有四五年呢，这悠长的岁月，如何度过呢？可怕啊！

我们的船日夜不息地向前进行着，可是当你在甲板上闲眺着，偶尔在桅杆下凝视时，发现这船正在昂藏地，骄傲地，勇敢地前进的时候，我简直不信它是有目的的！我只觉得它愚笨的可笑，骄傲得可怜。也许是我自己的空虚，愚妄，神经衰弱的幻象吧？实在，我常觉得我的内心，真是空虚至极！虽不晕船，而意识中常像晕船一样的觉得自己的胃空肚子空，一切都在空洞中摇晃。虽然朋友们的告诫，母亲的谆嘱，内心的自省，常使我衷心地热起来，不空起来，鼓舞起来，然而那只是酒性，只是酒性！啊，我将永远地空虚寂寞吗？

我明白地觉得，记得这次出国的意义、动机和使命；而这些意义使命之后，更有此次为我帮忙的诸亲友的同情为后盾，为兴奋剂。我有时确也很自负，觉得此次乘长风破万里浪，到达彼岸，埋首数年，然后一棹归舟，重来故土……壮志啊！雄心啊！然而那是酒性，那是酒性！一霎时，跟着浪花四溅而破碎了！所剩余的只有梦醒后的怅惘与悲哀！

我尝细细地分析：我的空虚寂寞，是起于什么？我疑惑：或者是离愁别意纠缠着我嫩弱的心苗；或者是神经质的我，常在疑神疑鬼，自弄玄虚；

或者是海上生活的枯寂的反应；或者是旧创的复发；或者是……到底是什么，我自己总不能决定！当局者迷，我要迷到怎样啊？

实在，我常奇怪，惶惑，当我发现我现在在这样一只船上的时候！是人力呢？是……呢？竟会把我载在汪洋一片中的孤舟里！三十日上船时，从汽车里下来，走进码头门口，一眼望到硕大无朋的 André-Lebon 的时候，我的心简直要跳出来！我自己也不知道，是我自己的意志呢，还是外物的诱惑呢，要把我送到这么一座愁城里。心里一酸，几乎滴下泪来。这种回忆,五日来常在脑中回旋。今天更奇怪了,当我躺在甲板上帆布椅里的时候,我跷着脚,侧着头在胡思乱想中,忽然发现我的一双脚,我心里竟喊了起来:"是什么东西裹在这两只裤脚中？……是一架会说话的机器吗？是一副行尸走肉吗？"我那时真是惶惑得无措，我已不知有自己了！记得我十二三岁，尚在家里过严格的家塾生活时，有一次我在母亲房里的镜子中，照见自己的面容，我忽然疑惑起来！我是人吗？什么叫做人呢？我脸一动，镜中的脸也跟着一动，我微微一笑，它也跟着一笑。那时，我自己几乎疑心是妖物了！我也不信我自己有自己的意志，有自由的思想的！这种童年的往事，至今铭刻心头，而不料今日复重映一次！"是我自己的空虚愚妄神经衰弱的幻象吧？"啊，我不禁怕起来！

啊，写了不少的神奇鬼怪的话，几乎使我自己也疑心我要发疯了。爱我的朋友，母亲，一定更要担心了吧？这只孤弱的小鸟，正在茫茫大海中彷徨，徘徊，不得归宿，真要使母亲怎样的悲哀难过啊！换个话题吧，让我。

三日晨九时，我们的船在两岸青山，一港绿水中到达了九龙。船即泊在九龙。我同洪君跟了三位香港大学学生渡到香港，到他们校里去参观了一周。名震东方的香港大学，今日竟得拜识，真是有缘！可是给我的印象并不好。我们看过他们的大礼堂，大讲堂，图书馆，化学室，病学馆，那些地方确是全校中心，包罗万象；浅薄如我，目光如豆，能看出些什么来，敢来胡说？只是我也参观了他们的寄宿舍，他们的 Union（即学生俱乐部之类），听到了他们同学中的问答，注意到了他们同学的举止，从这些，这些上面，我只感觉到大英督宪（我亲见一部公共汽车中的布告这么写着！）优柔政策之可感，使我们的高等华人子弟，也能享受到他们之所谓“教育”！全校充满了金钱，势力，英语，豪华，富贵，尊严，而又可笑的空气！（写至此不禁又令我联想到屡次听到的关于香港大学的零碎故事，如他们的国文讲题之类！）全校地位极幽静，蜿蜒曲折处在万山中。大英督宪，能如此上秉大英殖民政府之意旨，下体莘莘学子之苦衷，设计谋划，尽善尽美，真是皇恩浩荡！只有叩首顿首，诚惶诚恐，捧着书本，懿欤休哉的了！

参观时天已下雨，我们承三位萍水之交殷殷招待，临行更蒙他们馈致车费（因此时我只有金镑没有港币），私衷铭感不可言喻！

归途到先施买了一打风景片，又买了两张横而长的香港全景，算做一瞥的纪念。不幸在途中给工人一撞，撞在雨水淋漓的地上，弄污了几张。我买的一打西点，也被他撞落两个。上渡船时，洪君替我拿着那剩余的十个（装在一只纸袋里的），不料因匆忙故，散了一跳板。于是三毛大洋，随着轮船初动时的绿波，向江心荡漾去了！

下午五时，船复启程。香港全景，自始至终在烟雾弥漫的水汽中若隐若现。不过卓治君说的“香港则有壮年妇人满面抹粉的一种俗气”，我也与他有同感。而我更觉得它的水非但绿得可爱，竟绿得有些可怕了！

船很有些动，我心里泛泛的稍觉难过，让我甲板上去躺一会吧！

关于香港，我还有几句话：他们的电车没有拖车，而有顶车（这个名字是我杜撰的），就是在车上再叠上一车；在马路里行走时，好像一部塌车装满了箱笼在搬家。他们的汽船，也是两层的；上层的叫头等，下层的叫三等。香港的房屋更不必说都是叠得“高高的云儿”了！香港人真爱叠啊！

在香港大学寄宿舍的窗里，我望见一座学校，校牌高挂，写着四个清道人体的“尊经学校”！在归途的公共汽车里，又看见“陶淑女学”，我不禁又想起侨胞的保存国粹，多爱国啊！香港天气正当上海十月底的模样，我只比上船时少穿一件绒线背心和一条羊毛裤子。此刻（到西贡的隔日）也还穿着那套夹西服，不觉热。虽然有人已穿起白色衣服来，但我尚觉用不着那么早。

海上气候很坏，自离沪以来，没有整天的太阳出现过。昨今两天也只晴了一大半天，此刻（四点未到）又阴霾起来。月亮也只于开船后第一夜见过一面。记得上次月圆时，正同炳源深夜在江湾路上散步，诉说着下次月圆时，我已在红海里了。现在算来，却只能在西贡；而月儿肯不肯在西贡露面，也还在不可知之数！

水色自过香港后，一夜之间变成深蓝，今天的水几乎蓝得像黑了。变幻啊，变幻啊！

舱中仍只两人，还算清静。不过在走廊里，常有难闻的气味袅袅地酝酿着，今晨洗了一个浴，可是冷水龙头里偏没有冷水，上面莲蓬头里，和下面热水龙头里，倒是滔滔不绝，几乎把我弄得没有办法！

好了，这些琐琐屑屑的事永远写不完的，不要烦扰你们了吧！

一九二八，一，五日，未到西贡时。怒安

## 三、故乡的六月旧梦

燮均兄弟，临照，念先，炳源：

在香港寄出通信第一，前天船未到西贡时寄出通信第二；现在船泊西贡，我要开始写通信第三给你们了。

发通信第二时是一月五日，那时我说过有人已穿白色夏服，而我却还嫌太早的话。不料只过一夜，到六日早上，便什么都变了！深蓝的海水，不知怎么一变变到又黄浊了！熏风拂拂，吹得你软软的，倦迷迷的。一到舱里，只好闷闷的感到低气压的苦闷。我不得不接一连二的开箱子，换行装。昨天下午一时左右，船抵西贡码头时，骄阳逼人，汗流浃背，竟完全是故乡六七月大暑天气了！

未到西贡前，先要在曲曲弯弯的湄公河（大约是吧？我的地理早已原璧归赵了！）里踱五六小时的慢步。两岸都蔓生着热带上的草木，矮矮的绿丛，一望无际。河面时宽时狭，有时竟狭到像我故乡的南汇城外的护城河差不多。我们在船里的人，几乎很容易的可以 Touch 这两岸的矮林。这实在有些令人疑惑：这么狭窄，怎又容许这样的庞然大物驶进内腹呢？可是到底在十一点半我们午饭时，在一个转湾角里搁浅了十几分钟。所以它，André-Lebon 实在不能不细心着，左顾右盼的迟疑着，担心着走那漫长乏味的路。听说我们开船时，还要照样的退出来，那真是如何的令人纳闷啊！

我在船上认识了一个俄国青年，他只有十七岁，但望上去好像是二十以上的中年人。他的家是在哈尔滨，他的父亲是眼镜商人。此次他是到德国去习眼镜学；也要到马赛上岸。他真讲得一口流利的英语！我真是怎样的惭愧与烦闷啊！我真要费了不少的力，才能把最简单最简单的意思达出。但他一些也不讨厌，没有轻视之意。他竟成了我的一个忠实的同舟者（关于他的一切，我以后要另外报告你们）。船到岸时，我同他，还有洪君（唉，真是一个土气十足的蠢物！你们不要说我不听话，又是发个性了！炳源又要说我不忍耐了！但他有些地方实在蠢俗得令人不可耐），先到码头左右去踱了一阵，换了钱。一元港币换九角三分贡币，十个法郎换七角五分贡币。换钱的大都是红帽子黑脸皮的马来人！我又买了十只香蕉，价一角五分。——当我们换了钱正想还来时，我在水果摊上买了一根甘蔗，那时便看见一个穿黄制服的人，把六个铜元一丢，随手摘了挂在架上的香蕉四只。于是我就去买了，照他的例！他们也不敢骗我了。甘蔗是六个铜元一根，我疑心他有意抬高价目的。

啊，我忘了讲上岸的手续了！在香港是用不到什么护照的，你要上岸就上岸。到西贡可不然，在昨天早上船初进湄公河时，就有小汽船上渡上来的四个安南巡捕来查验护照。Maître d' hôtel 收集我们的护照，等他来还我们时，发现每张护照上都多了一个紫色图章。上岸时，在船与岸接连的扶梯旁，就有人拦着要护照；但他只问一问“马赛？”我们的黑色的护照封面，在袋里稍微向上升出一些就算了。此外就无问题了。

我们白天上了一回岸，实在热得要命。而且路又不认识，遇见一位中国人，我同他缠了好一会：用法语，不通；写中国字，又不大懂，但他已能为我们雇车子到西贡花园了。每车价三角，俄国朋友嫌太贵，他说晚上来要凉快些，我们可以走去。

晚饭桌上，忽然少了一个我的芳邻——洪君；正奇怪时，他来了。说他正在机器间里看一个见过一面的“火伕头脑”，他们是同乡，所以国内时曾见过一面。他说今天晚上便可请他带路上去玩了，不过说是花园到夜里要关门的，不能去。

饭后，我们欣然地邀着俄国朋友到船尾同了“火夫头脑”上岸。我们经过了什么 Bank，什么 Hôtel 之后，便到了大街。那位“领港者”，有事分道去了。我们三人便径自徜徉去。买了三顶白顶帽，价港币五元，还不算贵，因为我在船上已向 Maître d' hôtel 打听过。俄国朋友要买中国鞋子，跑了好几家终没买成。他说他穿的是橡皮底的，太热；中国布底鞋他想要凉快而轻便些。但我告诉他，穿中国鞋走路，非但不凉快而且还要脚底痛！

我们走着，走着，又碰到了一家日本店，外面有些油画片；还有高挂的一幅幅的又轻又巧的画幅，突然地被俄国朋友发现了，他说要买，我们便进去问价。我们第一句是英语，于是几位日本妇人中，推出一个很时髦的中年妇人来。她讲得很好的英语，她指示着价目；但看去她并不是这店中的一员，她价目也不大清楚，常要问一位柜上的老太太。

进门时我第一发现在许多圆桌中的一桌（就是那几位日本妇人围着谈话的桌子），有一个日本少女，穿着轻便的西服，在“做课”。（这是我们在徐汇公学时常用的一个名辞，炳源，是么？）她短短的发，漆黑的瞳子，灼灼逼人地四射，简直是完全“东方的少女型”。她起立向柜内取出一本又厚又大的字典，啊，就是Petit Larousse！（一部著名的法文字典。）却不料这样一个令人顷想故乡，幻梦东方的神洁的少女，竟生长在一家出售文具用品，兼营酒排事业的日本商店中！什么酒排间，我本没留意；正当我们在论价选货时，进来了两个水手，向一只圆桌旁藤椅里一坐，那少女便立刻丢了笔，拿了一瓶Beer到他们面前“咄”的一声把瓶塞拔了。啊，我的梦打得粉碎了！原来那店的后半部，还有一对水兵在打弹子呢！唉，天涯沦落的根基，怕就在此刻种下了！女人，女人！唉，我不禁抽了一口冷气。

终于买了十法郎左右的风景片、画幅之类，而怅惘着出了门。一路无神无气的回到了船上。

高高的月，朗朗的渺渺的挂在天空，映着一江浊水，也粼粼着清澈起来。夏夜的凉风，吹入心脾，完全把我沉醉到家乡的夏天的旧梦中去了。S啊，M啊，刘君啊，小朋友们天真的聚会欢笑，如今都化作疑烟，飞向三十三天去了！

我真纷乱，把一切西贡的特色都忘了！

西贡，“Saigon”，我先说它的街道吧——

绿荫参天，两旁的树木交叉着，拥抱着，令人一望碧绿无际，全像六七月里上海法国公园门外的街道一样，这是西贡唯一的景色！可是“唯一的”很多呢！满街满地的黄沙，满街满地的灰尘，上海的南车站后路实在远比不上。白色的硬帽，白色的制服，袒领的衬衫，攘攘者皆是；女人头上一块黑布直裹到脚；黄色车夫戴着蒲草（?）制的缨帽，嘴里牙边都弄得血红的像吃人的野兽一样；马来人的刁滑会做生意，广东人的张口结舌……都是，都是西贡的唯一的特色！

船到岸以来，心神都定了许多。吃也吃得下了许多。碰巧昨天午饭有咖哩鸡拌白米饭，七天没吃饭的我，就像饿久的狼一样。船要停到十日再开，我们大可以舒服几天！横竖玩的地方很多。日里虽热得要命，夜里却凉得可人。海上的西贡，和晚上的西贡，给我的印象并不坏！炳源，今天是十五了！今夜是我们的第一“念纪周”！

在热的昏沉中一口气写了这些，写了这，忘了那，真是乱草一堆！我实在在挥着汗写，起重机一刻不停在打雷般响着，没法镇静，没法整理，只有请你们披沙淘金吧！

许多许多写不完的话，等明天再写，此信先交西贡邮局发出吧！

今天早上，已游过西贡花园，还好，没像学昭姑娘等一行人的受惊；差堪告慰！详细待后再述。祝你们新年快乐。

一九二八，一，七下午二时半船泊西贡岸

## 四、俄国朋友

春台先生：

你是时时刻刻在梦着法国的,我想你一定会联带着梦着“海上”“舟中”的种种吧?

我这一次的通信，特地献给你！第一是要想使先生在“一个月一个月你们未到时我是动身了”的幻梦中，稍微得到一些“聊胜于……”的快感，第二是要报告给你初相识的小朋友（我之于先生可以称得小朋友了吧？）如何的在捱，挨，挣扎这长途的海行。他表现出十足的稚气，乡愁，怯弱彷徨正可和先生当时“出航”时的经验，对照一下。这种旧梦的重温，也未尝不是一件新鲜的消遣吧？第三是特别地感谢你，为我发表这些通信，使得我的一切亲友们能从此得到一些较整块的我的消息，更可藉此略略安慰他们的长想渴望。还有整理的麻烦校勘的费力，我真不知要用怎样的言辞来表出我衷心的谢忱呢！

今天天气还是这般热，这般热，直要热上十七八天呢！此刻正值下午一时半，起重机的巨响，还是震耳的继续它三夜二天来的工作。闷热，热闷，我一直躲在饭厅里，电扇的风凉真是杯水车薪。实在无聊时，就“Lemonade”一瓶吧！喝完了好像清静了些，于是便想到刚和洪君去拿冲洗照片的俄国朋友来。

这便是他的名片，一切职业住址，道道地地的用中英文表现了。

他在上海上船时，我看见他常常孤独着在甲板上来回的踱。开船前有他的一个朋友，在码头上同在上甲板的他招呼着讲话，是英文呢是什么，我也记不得了，一会儿他的朋友走了，船还未动，他便拿着表对我一扬说：“two o’ clock.”只有这么简单的两个字，但我已懂得他是在说“两点了还不开船？”不过我素来孤独的脾气，还有很窘迫的英语，使我不敢和他多招呼，因此从上海到香港的途中虽然他常露着笑容向着我，但终未问答过一句，他也只常常和一个穿警察服装的乘客在一起。

船到香港，这警察乘客上岸了；他也就变成一个人了。在饭桌上，他从未同别人讲话；大半是因为他不懂法语的缘故，还有一小半是他少年不喜和中年老年人混在一起的本色吧?

就在到香港后的一个下午，我们在饭厅里认识了。但我们并不先问姓名，只略略的谈了几句关于“到什么地方去”，“船四点钟开”的不相关的话。不过我实在忍不住了，才问他一句很冒昧的话：“你几岁？”因为我一直疑惑他对我们常露微笑是善意还是恶意，所以我颇想知道他是大人呢还是不，不料他的答语真使得我惊讶万分。照中国算法他是十八岁，照西洋算法他只十七岁呢！啊，原来他竟比我年轻呢！他的面貌体格，确比我们老练魁梧得多，竟像三十左右的人。这实在使我不能自止的大大惊诧起来。昨夜我同他讲起这，他自己也说他有一张和他的叔父合摄的照片，人家看了以后，说他是哥哥，叔叔倒像是弟弟。此外使我惊讶的不但面貌比年纪老许多的那回事，还有他老练的世故，勇敢和镇静，也使得我非常奇异。更进而叹服他们的教育，他们的民族。啊，他们的将来，是如何伟大啊！他们的现象，如何可乐观啊！像这样的青年，才配称青年呢！

他确是一个天真未凿的青年，然而什么地方都找不出粗卤，暴躁的坏脾气来。

他告诉我，他家里是开眼镜公司的，住在哈尔滨已有三年了。此次他要到德国去习眼镜学。他又告诉我，他的父亲有七个弟兄，他只见过很少的几个。堂兄弟们简直不能相识。他又诉说比他父亲长一肩（意思是这个伯父正在他父亲的上一个，天气把我热得昏沉沉一时再也想不出什么适当的名辞来）的伯父，怎样的势利。他说，他的伯父在哈尔滨动身到美国去时，他父亲还借了他许多钱，到了美国却连回信都没了。他说到这，又说到美国人的拜金热，把他的伯父迷惑了！

他在香港到西贡途中，告诉我怎样可以避免晕船的法子。当我一到甲板上，他便会笑容可掬的走上来。走上来，走上来，这样便成了朋友了！

他在月夜乘凉时，又谈起许多文学作品，尤其是关于俄国的文学家的大作，他真读了不少。他说：俄国的中学期限是九年，前五年只读些文法读本，到后四年便都是文学书了。因此他读了许多许多的托尔斯泰，屠格涅夫，普希金，杜思退益夫斯基，果戈理等的名著。他讲起他们时，真高兴极了。叙述他读过的故事，怎样的动人，怎样的有味。关于这，又不禁使我惭愧起来：他是学眼镜学的，所以几何三角，以及一切数学上的知识当然是很充分的了；不料他对于文学也有这样的欣赏的素养，这实在使我们贫弱空洞的病夫惶愧艳羡，至于无极的！更使比他大了一岁（照西洋算法我应是十九岁）的浅薄无聊的我，彷徨无措的。

他有一架小小的 Kodak，可以放在裤袋里；他问我有没有，我说我不会的，他说这是非常容易的，为何不备一架呢？在旅行中将要如何有趣！唉，他们勇往直前，冒险无畏的精神，直使我羞死！他们简直无所谓“不会”。不会便学，学了便会了，正是他们的精神！也是人类的精神！萎靡的我，应当如何以此自励啊！

他用钱极省，而又极精明。他说他带有两打软片，只用了四张；但到西贡时他还是用得极经济，一定要拣他最满意的景色光线，才肯费去一张。他买东西也同样，他终不肯看见就买，一定要价钱巧，东西好，才肯掏腰包。老练的世故，老练的世故！

他又是多么会笑啊，我不是说以前一直向我微笑的么？他自己说，他一天到晚在笑的。关于“Japanese Shop”，他真不知笑过多少回！让我以后再述吧。

俄国朋友，俄国朋友，真写不完！暂时带住吧。还有一个杭州朋友，也待以后告诉你吧。

真抱歉，我给先生的信，只能这么一些些，短短的，无聊的，纷乱的……也没法，因为我们还要做西贡最后之一瞥呢！

傅怒安

一九二八，一，九日。船泊西贡第三日

## 五、赴新加坡途中献母亲

母亲：

在西贡看了四夜的月，看了四夜的西贡夜景。在淡淡的月光里，什么都被她的纯洁美化了。一切的卑污，都要遁迹。糟天糟地的西贡也同样的被她轻柔的，庄严的，伟大的光明洗净了！夜的西贡，着实给我以不少的好印象！

黄浊的河流在月光下变了鱼白色的涟波微动，隔江草屋，宛似故乡茅舍。孤灯三两，远远的在对我朕眼。芭蕉静静地，巍巍地站在它们背后，一切热带的植物密密地排列着。更远处，一片稻田卧在月光下。夏夜的凉风阵阵送来尖锐深长的汽笛声，接着桅杆上顺次悬挂的红，绿，白，三色的灯的小汽船婷婷地驶过。粼粼的水波被牵动成一锐角，正似一大群游鸭过后的水纹。黄色的月，早已变了淡白；而且高高的，高高的挂在我们船顶非仰起头来不能看见了。这正表示着时间的神力！母亲啊，我实在不愿意放过这美景，我觉得这么静寂幽闲的境界，一生是难得有几回的。而且白天的炎热，更反衬出这时间的凉爽愉快；愈使我恋恋不肯上床。然而夜渐深，露渐凉，终于想起母亲的谆嘱，不敢不舍弃了所爱而与她道晚安了！

写了这西贡的夜景，更不禁使我联想到她的晚景！啊，这也同样是西贡的特点，同样是自然的神奇呢！船左的晚霞，正重重叠叠地在幻变，白云如苍狗似地忽而显曜，忽而幻灭，白光中隐藏着灿烂的金色。桃红的霞裳巧妙地围着，碧蓝晶明的青天拥抱着。更回顾船右，则蛋黄似的太阳，正在西山之半腰欲下犹上的留连着。红光满天，真所谓夕照！一眼望去，更看到绿丛中隐现的洋楼，绿荫下静躺的街道，何等的驯服啊！何等的驯服啊！这正和驯服的安南人一样！

说起安南人，未免引起我的感慨。他们特有的热带人的懒散拖延的脚步，女人们走路时左顾右盼不庄重的姿态，实在有些惹厌。我不懂：是否这晚照的夕阳，把他们沉醉了？是否这静寂的夜景，把他们催眠了？更不知是否满街满街的灰尘，把他们埋没了？……

在西贡上船的一个安南学生（也是到法国去的），正和我比邻同席。他那种太随便的坐法，双腿不息的摇抖，说话时掩掩藏藏的不大方，吃东西时发声的咀嚼，大口的狂吞，都使我不信是个受过中等教育的人！我真有些替安南人失望。

然而，回顾我的同伴，反省我自己……母亲啊，我危惧！

昨天一早醒来，船已离开了西贡，在我们睡梦中离开了我可爱可叹，可羡又可厌的西贡！

船摇动得很厉害，加之几天宁静，一朝动荡，更觉难受。甲板上风太大，不能久坐；没法，只能躺下。躺了一天一夜。饭是起来吃的，可是吃了又躺下。头有些空洞，可还没吐；实在风浪并不大。今天我起来了，能坐在饭厅里给你写信了。母亲，放心吧！

海水又变了两次了，昨天早上是绿的，今天变成深蓝了，不知明天到新加坡时怎样。

不能多写了，祝母亲平安康健！你唯一的儿子。

一月十一日在西贡赴新加坡途中

## 六、离愁别梦

牟均，燮均：

一九二七年末日前夜，我们在凄凄惨惨戚戚的咽呜中，握了最后一手之后，迄今已快半月了！

在朦胧臆测之中，过了浙闽诸省的海关。复在雨意重重中，别了挥臂牵袂的九龙，过了“英国人的乐园”的香港；更踏到了法威赫赫的西贡。现在正离开了新加坡，向印度洋驶去；大概明后天便要一撄其锋了吧！

怯弱的我，带着委委曲曲的隐情，含着孤孤寒寒的愁意，抱着渺渺茫茫的希望，无可奈何上了船，割弃了所有的爱我的亲戚朋友，鼓着青年时仅有的一些活力，望着大海中飞去。不料天地之广大，宇宙之奇观，只使我更落到彷徨无措之悲号苦境中罢了。

自西贡启程后，因几天的安定更衬出海神的播弄。我只能在床上躺了整整的一天。静听着窗外的海波轰轰地击撞过来更听它峥然地波花四溅开去。可怜的稚嫩的我的心啊，只被它击撞到摇摇欲坠；抑压的无量数的我的愁啊，只被它丝丝乱抽。中心只是一阵阵焦急烦闷占据着，化出来的浓烟，便浮在脑中酝作乌云。

我想到动身前三夜的母亲的谆嘱告诫。她自从答应我去国的时候，在凄惶的允许的言辞中，已满蓄了无限的期望勉励之意。其后在一个半月的筹备期中，见到我时，终提起那悲痛激励的话头。到临走前之夜，更是满面纵横着泪水的致她那最热烈、最急切的希望！在断断续续的哽咽中，泣诉她一生悲惨的命运的，最后的曙光！啊，母亲啊！我那时是如何地感泣，如何地郑重应承你那再三的一句话："你数年来在国内的操守，千万不可丧失啊！"啊，母亲！我数年来的流浪颓废的生涯，只在死气沉沉，苦闷窒塞中待命；你却还以为我说有嗜好不会，游荡是我的操守呢！母亲啊，你这句话真使我心底的泪泉奔涌！我更想到十六年来母子二人相依为命的环境。国家多故，生活堪虞，母亲以一屡经患难之身，何能再受意外之激荡？此五年啊，五年，母亲！我实在有些放不下你！我家风雨飘摇的危期，是由你，母亲啊，撑持过去了。然而环伺我们的敌人，又怎保得不乘此罅隙，再来袭击！而且，你素性坚强，些须小病，从不介怀，伤风咳嗽，永不延医。尚记得，你有几次卧病了，还力拒服药；直到你要我服药，我以你也须延医为条件时，你才勉许。这五年中怎保得病的恶魔不来侵扰，天气的轻变不使你感冒呢？母亲啊，这些，这些，凡是我所不能放怀的，你统不放在心上，你竟不坚持地允许我的远离，数万里的远离！你竟不踌躇地答应我的长别，四五载的长别！你只是鉴于父亲前车覆辙，而再三再四的叮嘱我"交友啊，要好好当心！"更进一层的你三番二次的对我说："如果你去后发现你身体不好，或是有什么不惯时，你应立刻归来，切不可以为重洋跋涉，一无所得，羞见父老，而勉强挣持！儿呀，你千万要听我这话！……"

说时你是声泪俱下了！母亲啊，你竟是没有了你自己，只有你儿子一人了！你的世界里，你是早已把你自己和父亲同时取消了！现在的你是只为我而生活着，母亲啊，你的爱啊！你的伟大啊！你的无微不至的爱啊！你的真诚彻底，无目的的爱啊！

我更回溯我渺小而短促的二十年生命中，除了前四年是被父亲母亲共同的抚育教养之外，其余的十六岁都是母亲啊，你一手造成的！你为了我的倔强，你为了我的使气，你为了我的无赖，你为了我的嬉游，这十六年中不知流过了几千万斛的眼泪！尤其是最近几年，更常常为了一些小事和你争闹，竟闹得天翻地覆，不得开交。所谓大逆不道的事，我都闹过了。我只为你爱我而束缚我而反抗，而怒号，而咆哮。我几次演成家庭的悲剧！你都曾极忍辱的隐忍了，容纳了。你还是一心一意把你的每滴血都滴到我的血管里，你还是一心一意把你所有的精液灌到我每个纤维里！母亲啊，你之与我，只有宽恕！只有原宥！只有温存的爱抚！你一切的抑郁呜咽，只有在夜静更深的时候，独自听得的！……

然而母亲，你十六年的心血的结晶的我，负了这般重大的使命而在大海中彷徨，而在黑暗中摸索；坚定确定的观念，隐隐中又已起了动摇！母亲常说我“心活”，母亲，我的确有些心活！然我不得不心活啊！我的心真是在怎样的压迫之下哟！

我更想到上船的一幕。你泪眼晶莹的上汽车，你眼见一生的唯一的曙光的儿子，将要像断线的鹞子一般独自在天际翱翔，独自在海边觅食了。慈母的企念永不能有效力，殷勤恳挚的教育再不能达到！你竟把你泪血的交流培养长大的孤雏一朝撒手了！母亲，我能想到你那晚汽车中的流泪，比我痴立街头靠着炳源不住抽咽的泪还要多；我更可想到这十几天来的你的午夜梦回，你的晨鸡唱觉，比我的离愁别梦，比我为海病凄惶，更要苦楚悒郁到万倍！

五年啊，五年啊，母亲！这五年的一千八百多的长夜，你将如何的过去啊?

母亲，你是有失眠症的。往往夜里做活，到半夜过后才上床，到了三点一响便醒，再起来点着灯独坐做活的光景，现在复在我眼前憧憬了!

母亲,你是有脚气病的。往往白天多走了路,夜里便要脚肿得穿不上鞋。行前我回家的几天，我仍是这般的大意，后来从家里出来上汽车时，那忠恳的女佣偷偷地郑重地说：母亲这几天又在脚肿啊!母亲，我再三托叔父陪你看医生，不知现在实行了没有?医生的诊断如何?医生查验的报告如何?不妨吗?无害吗?……

我更想到母亲的多劳：无论乡间的打架吵嘴，或是族中的纠葛讼事，都要诉到我母亲跟前来。甚至学校募捐，穷人写愿，无一不要来烦扰母亲。然而，母亲为了我，已够把她的生命的活力消耗了，更还有什么余暇，什么精神来管这许多闲事?我出门前，拜托族中的长老说：“母亲年事渐增，精神渐衰，族事有诸长老主持，乡事有里正绅士评判;老母何能，敢来越俎，谨乞代为婉辞声说谢却!”不知他们已否谅及苦衷?更不知诸乡人能否曲谅，不再上门诉说否?……

唉，……我想到母亲的事，真是写不完，说不尽呢!我的心更如何放得下!我竟忍心开口要求她允许我的远离，我竟忍心真真的舍弃了她而上路!我更不知自爱地在大海中彷徨!……母亲啊，我的罪孽，将要和你的至爱永古长存了!

牟均，燮均：我是这样地躺了一日，想了一日，也这样地梦了一日!

我梦见我将要上船，还未上船时的忙乱；亲戚朋友，齐集一堂的预备送我，正像前日一样。我更梦到船的临时延缓开行，和诸亲友意外欢欣地叙谈那珍惜的最后的时光。我更梦见母亲的临别时的流泪，我也对泣，因此而在梦中哭醒了。醒来还是白天，三点半的茶还未喝过，船还是那样的把我的脑袋摇晃。于是我揩揩泪痕，又沉入冥想中去了!

这样的梦，梦别离的一幕的梦，差不多梦到五六次以上了。昨夜还是做着这样的梦呢！至于我的冥想，想前途的渺邈，那更是无时无地不想的了！现世的虚空，未来的梦幻，叫我日夜徘徊着！一切的诱惑，种种的恐怖，令我时时刻刻担心着！

牟均啊，于是我更想起你来了！

牟均，你是这样地期望我的人，你是这样地爱护我的人！

"青年终该要血气盛一些的了，何况像你这样燃烧得太阳一般的人。袒着胸要拥抱全世界的人。固然是未来的光明人生的象征啊。但我就是为相信了你爱的真诚，愿延留你到人们已到喊得醒的时候……"

牟均，你是这样地热切地要延留我的人，我应当如何地延留自己！

你更说：

"我们唯一的力是生存呀！有生存才会明白透彻，有生存才有胜利。有所为的人必能有所不为。能守方能言攻。狗偷阿世者要谙练世故，旁观研究者也要谙练世故，革命党尤其要谙练世故。我们不信善恶是天外飞来的。不研究不知人生真相，不知善恶根源。而且防防暗箭躲躲明枪，表示不赞成别人有如此自由，亦不算怯弱啊！……"

牟均，你这样的轰天大炮，的确准对了我的厌世的人生观，的确参透了我的人生的烦闷苦恼了！入世，入世，你如何地叫我"要谙练世故"啊！研究，研究，你如何地要叫我"知人生真相，知善恶根源"啊！朋友，我的确太怯弱了，太怯弱了！我应当入世，我应当研究，我应当勇敢！

牟均，你同信封内的第二信有这样的一段话——

"据福祺的面述，你们赴法的最大原因是逃避烦闷。什么是烦闷？为何要逃避？神经不甚健全的我，不胜其杞忧呢！为的是烦闷的光降，是不可知的。逃避吗？我的闲钱呢？……"

朋友，我现在已经把你的话体验到了。你和燮均才是神经健全的！（我在三十夜，在船上和临照福祺这样地说过了的。）燮均那晚因为临照的说起烦闷的缘故，也曾发了一阵和你同样的言论。牟均，我告诉你：我此次的赴法，逃避烦闷固然是个大原因，但我之所谓烦闷者，其成分恐怕与福祺的有些不同。因为我的烦闷中，细细的分析起来，还是读书的烦闷，追求人生的烦闷居多。我曾好几次想过：我数年来的颓废生涯，应该告一结束了。空洞的头脑应该使它充实些了。这样我才发了赴法的宏愿的。现在的种种，我只望它是离愁别梦，我只望它是我厌世的悲哀的人生观的余波！我应记住你的希望，我应勉力向着未来前进！我应当为我的母亲，为我的朋友，为我的爱人，为我自己，勉力延留着！

我更该记住燮均在船上的最后的赠言——

“希望你不要忘掉世界上还有这样的一块烂肉！你应当救出在烂肉上受苦的人，你应当敷复这世的创痕！”

这几句赠言，于我是当然担当不起。但是我是如何怯弱稚嫩的人，应当竭力肩起这肩不起的担子！

窗外的狂涛，比晨间狂暴得多了。我应当袒着胸去接受印度洋的洪波，我应当把炳源说我的胸中的毒汁（即谓我厌世悲观）荡涤净尽！

末了，我应在此向牟均、燮均道歉，我常贸然的发表我们私人的通信。并且这样的信，也不直接寄你俩一封。请恕我，我实在无力再抄一遍！这是我的草稿，这是我的誊正！我更应在此向读者诸君道歉，我常以私人的疯狂的情绪，来糟蹋你们宝贵的篇幅！（牟均，我真惭愧，还脱不了你的所谓“臭文人”的习气！）

告终了，祝你俩兄弟的快乐！并祝国内的诸亲友都好！

一九二八，一，十三。离新加坡后一日。怒安

明天一早可到哥仑坡。印度洋竟很驯伏呢！

寄语诸亲友放怀释念！

一，十六，下午四时

## 七、我们在半途

船自新加坡开出后，足足走了四整天五整夜，才到印度半岛之南端的哥仑坡。预想中恐怖的印度洋,竟比上海到香港途中的“中国海”还驯伏！大概一半也由于半月来惯于小小的簸动的缘故吧？可是海神虽这样宁静，而我的思潮却总是汹涌着，冲击着无有停息。以前六次通信中，大概可以完全表出我这样的骚乱吧！提起笔来，总是牢骚满腹，把写信时清明的头脑搅得混乱。一次写信给春苔先生，说了许多什么感谢的话，还说可以引起他怀旧的情绪的话，然而终于在俄国朋友身上纠缠了一下，便数数页数，手也酸了，头也胀了，就此草草完结。一次写信给母亲，想着实地报告她一番我途中的经历，生活的详细，而终也只对于我们同运命的西贡发了一阵无聊的感慨收场……上次的信，总算给它一个总解决，大发泄，应该可以安静几时了；不料仍是夜夜做着乱梦，天天睁大着眼上天下地的呆想。想到终了，欠债还是不能“赖脱”，当此年涯岁边，尤应把宿账一笔勾销，因此竭力镇压下了游神荡魄，来补写西贡的动植物园。

“Jardin botanique,”这就是西贡动植物园名称之由来。里面满是热带的动植物:树木不少，花草不多，而且除了在家乡常见的芭蕉棕树（？）外，差不多都是不知名的。因此，除感到绿荫满地的凉快外，也就觉不到别的兴趣。只是薰风拂动着树枝，轻灵的虫声飘过耳边，仿佛在梦中回到了故乡的盛夏。

从小在教科书上认识的“似猫而形大”的老虎，这次真的给我认识了。水门汀洞穴里，隐约地横七竖八躺着四五只。隔壁的铁栏中，一只张牙舞爪大踏步的来回着踱，好像一个人吃饱了饭，为消化起见而来回的踱步一样。蠢笨的象，见到两只。他的大鼻多么蠢又多么灵巧！简直像人类用他的手一样：它能用来抓痒，它能用来剔齿，它能用来去垢；末了，它还能向外一扬，像秋千一般的往外一荡，一扬一荡出许多污水，向着我们观众射来，表示它有这么一件武器，是向我们示威，骄傲，真蠢啊！

斑斓的豹也窥见了，只是懒洋洋地在打瞌睡，和一息不停、东跳西跑的猴子，正是绝好的对照。四脚蛇，大乌龟，脚盆大的大乌龟，四五丈长的长鳄鱼，都看到了。还有许多什么鹿啊、獐啊，在温带上常见的动物也不细写了。至于种种不知名的禽鸟，也恕我无味去记述了。那天并不完全逛完，只照了一个相就出来了。

西贡除了这个富有的Jardin外，使我得到很深的印象的还有公卖的鸦片间——我几次忘写了。这次记起，真是大幸！就是上海所谓的燕子窝，不过他们是堂而皇之的公开售卖的罢了。一间黝暗的铺子，只开中间或侧面的几扇木排门，外面横着一块金字黑漆的招牌，叫做什么灯铺（？）。名字简单而又生涩，我一见便觉奇怪。后来在一家这样的"灯铺"前站了一回，尽我可怜的目力，向着内面望去，便瞥见一灯如豆，一榻横陈，一个个活尸横躺着，正在做着好梦。于是我才恍然大悟！原来是法当局比我们贵政府的财政部，早有先见之明，在实行他的公卖政策以裕财源了！可怜我们的先知先觉的国民政府的救济国库之上策，还是从他们那里学得来的！我不禁倒抽了一口气，连细细去记他名字的勇气都没有就走了。

西贡，西贡，就这样的在我眼底消逝了。

接着便到新加坡。

"Athos号"上说的"找个英国当局签字"的手续也没有，就容容易易的上了岸。他们居留的人固要听英当局签字，我们路过的却很可随便的玩赏一下，可是他给我的印象也并不好，街道的灰尘虽没有西贡的万分之一的多，十二分的整洁也未见得。我们的同胞，是这么地多，竟使我想不到是在英国的属地上行走。可是同胞也好，不同胞也好，反正是言语不通，张口结舌，比我不会讲流畅的英语法语还要加倍的阻隔！素来闻名的水果出产地，却找不到好香蕉。后来还亏俄国朋友下午上岸时，倒替我买到了二十一只，价也比上海不了巧。车夫的愚蠢，却比上海华界上的初次拉车的江北人山东人更要愚蠢！问他价钱，老是不晓得的；甚至拿出新加坡的钱来同他做了好多手势，还是不懂，只是像哑子一样，只管请我上车。可怜啊，不讲价而坐车，是有被敲竹杠的危险的；胆怯的我，如何敢领受你好意而踏上你的车子呢？

船停十小时左右，又启碇。红树青山中，耸立着资本家的洋楼大公司的堆栈。更巍然地虎视的，是大不列颠的炮台！风景虽不错，胆子却也骇坏了。而且只也是"金玉其外败絮其中"的新加坡！

"'归航' Athos 号"上描写的 A la mer，也实地看到了。可是自始至终，没听见他们喊出"A la mer"三个字，他们只用手势指示着海，而乞求船客丢钱。我为了俄国朋友要拍照，也丢了三法郎。但那种把戏实在引不起我什么兴味。生长在这种地方，会这种本领，算不得什么奇怪。只是一打的小艇中，有两只是父子般两人的，却不能不把我微微骚动了。每逢有钱丢向他们船旁时，父子两人必同时下水，而往往是儿子拾得钱的。大概父亲不过因为放不下心，下去看护看护吧！或竟有心是让他儿子出出风头吧？！还有一只的父子二人，年纪可相差得悬殊了！竟可令人想他们不是父子，而是祖孙。白发堆在苍老黝黑的脸上，显出他一世的辛劳；稚嫩坦白的小孩，大概不会超过十二岁。这对相依为命的可怜虫，却还受着运命的欺侮；在我注视的开船前半小时内，不见有一个法郎落向他们的范围之内。运命的欺侮人啊！运命的欺侮人啊！

他们于下水拾钱之外，在没钱可拾时，就打球。球约玻璃杯口大小，球板就是他们的桨。两人对立立在仅容双足的小艇内，相隔五六丈至七八丈的来回的像打乒乓，又像打网球一样的玩着。有时因为对手打过来的球方向不准，或是部位不对，此方要去救转的缘故，往往身子跑出了重心，一个筋斗翻下水去；引起观众的哄然大笑。

我们的船就在这样一阵热闹喧笑过后的冷落厌倦中离开了新加坡。

昨天晚餐时，就有人纷纷传说，今早六时可到哥仑坡的话，果然今天在朦胧中抛锚的机声惊醒了我的宿梦，淡绿的水色，环抱的长堤，都证实了我的确被运到哥仑坡来了。

穿好衣服，俄国朋友便来敲门，问我护照签字没有。他说他自己的已去签过了。我急忙跑到 Pont E 的头等舱休息室中，找到了“英国当局”。所谓签字者，就是盖一个圆章而已。

以前经过三埠，都有 MM 公司自己的码头可靠，此次却只能同别的船一样泊在港中央了，八时便有公司的轮渡来接乘客上岸或游览。我们就是这班轮渡中踏到了锡兰岛。那时天气很凉爽，还带着夜来的清静的空气，颇使我感到快适。太阳也没西贡一样的酷烈，大概时候还早的缘故吧！街道的宽敞清洁，和有秩序，更加增了我回想中的对西贡、新加坡的憎恶。

我们自上岸之后，半小时内，都被从来未有的一种过分的好意温情包围着。（这种印度人的会做生意，反转来说时，也可说是惹人讨厌！）招徕汽车，领导游览的头缠各色各种包巾的人，一会儿法语，一会儿英语的紧紧的追随着我们。其中的一个，自始至终共跟了我们约有十五分钟光景。我呢，并不是没有游览的兴致，只因同行的俄国朋友，他是永远不赞成坐车游览的。他说一则价钱太贵，二则容易上当；但我说他都是因噎废食的理由。不过我此次沿途花的钱也不少了，留下了待将来归来时再逛也使得，所以我只能在非常抱歉，辜负他们一番盛情厚意中，跟着他们无目的的闲荡去。

经过市街时，只要不是大商店，无论什么兑钱店，珠宝店，杂货店，门口都有伙计大声招呼着，有的喊着“Post Cart”，有的打着问号喊“from Saigon?”来欢迎他们意想中的安南人（不差，我们同行四人中，有两个是安南学生）。沿途的人力车，汽车，也无一不是随时随地的献殷勤；这实在是我此行第一次经验。

我们在一家公司似的杂货店内买了些风景片。两个安南学生又买了些信笺封、饼干之类。可是价钱真贵得怕人，一罐小听饼干（至多不过一磅半），价一罗比六角五分（一罗比约合十法郎五分）。一支牙刷，在上海先施公司也不过卖到五角，而他们则要一个半罗比！赫！他们之这样献殷勤，会做生意，原来有这样的背景！

香蕉简直小得不像香蕉，我终于失望了！

一月十七日下午船泊哥仑坡

忘了：离我们的船不远，与我们平行着，正泊着 MM 公司从马赛开赴上海的 General Metzinger！我们在半途，他们也在半途，但他们是归到我的故乡去的，多么可羡啊！他们一天一天的接近他们的祖国了！但他们船上，一定也有许多出航的羡慕我们船上的归航的人吧！

上次在香港遇见同公司的 Anger 开赴上海，此次在 Colombo 又逢 General Metzinger. 在旅途的寂寞惆怅中，遇到了同公司的船，真好像在千万里外，逢到自己的兄弟姊妹一样，感到莫名的亲切，安慰。

一月十八日船航印度洋中写完

（阴历十二月廿六日）

## 八、旅伴

### 一

多么无聊啊！天天这样平凡地刻板地过去。

旅伴们大都感到这种长途的寂寥和厌倦了吧！看他们天天在甲板上闲

步，吸烟，说笑，看书，逗小孩子玩，以及种种想尽了方法来忘去他们现实生活的无聊时，便可知道。然而天天闲步，天天说笑，天天吸烟，天天……也就愈显出平凡而无聊了。

一路上旅客的增多减少，不免引起我一些老套的呻吟，感叹人生聚散，原亦如是的话。然而索性看破了这走马灯，自己站在灯外细细地赏鉴每一个纸人纸马的个性，姿态，倒也是一件达观可喜的事。现在的我，就想把不期然而相遇的一对对纸人纸马来客观地描写一下，更主观地逞着高兴批评一下，聊以消磨这平凡刻板的可厌的光阴。

我第一个想起的是"英国音乐家"。这并不是因为他托我买"歌曲集"，而我说"一些些不要钱的"小小的市惠的缘故；实在他有令人特别注意的地方。

他的年纪约莫有五十多岁，可是他的康健，却看来至少有六十以上。当我看他很小心而艰难地跨上 Pont D（即三等舱和头等舱接连的甲板）的扶梯时，我不禁看出他的老态而说他的身体大概不好。俄国朋友羼言了："我想这是因为他太多讲话的缘故。"经我用一种奇怪的问话问他后，他便告诉我，"这英国人自己说他是音乐家，musician，他各种言语都会说，European language 不必说；中国话也说得很好，不过现在忘掉了。他自己又说他什么东西都研究过，哲学，文学……差不多所有的学问都给他读完了……"我给俄国朋友这样的一说，才恍然大悟的懂得他的"我想这是因为他太多讲话的缘故"。

他的确很有英国人的特性，很自尊，很傲慢，走起路来，在不太方便的步子中，还保持着他的尊严，在饭厅里吃饭前数分钟，他开始奏 piano 了。枯老的手背，每根青筋都跳起来，如飞的指法，表示他的熟练。虽然手指有些僵了，但还不愧为老当益壮的音乐家。可惜他从没有好好地奏过一曲，或是奏完一曲。大概他是因为我们——船上的旅客——都是凡夫俗子，不懂什么叫做音乐的缘故，而不屑费他宝贵的精神，来演奏"对牛弹琴"的高尚的音乐吧？

每当他演奏时，总是东跳西跳地搬动了一会手指之后，便仰起头来对看他的人微笑。那种微笑，真是十足道地的微笑！既不过分，又不勉强，我在此更可钦佩那些受过好教育的英国人的丰采。

他还有一位女儿一同在船上，专门练习一种像 Harp 一类的乐器。每当他的老父按 Piano 的时候，遇她高兴时，便三脚两步的跳几步舞；身段婀娜得很。只是看她的身体，也有些遗传的不健全。她平日很少到甲板上来，虽是极热的天气，也仍躲在房里。她到饭厅用膳时，往往很迟。譬如吧：晚膳的第一只汤，大家用过了，她还没来；于是她的老父便站起来，搬着看来很费力的老步，到扶梯口撮尖了嘴："吁——吁"的吹叫几声——他那种"吁——吁"的声音真是如何地尖锐有力啊！又是带转弯的声音。那样神秘而又慈爱的呼声，好像他的音乐一样，不是平凡的我们所能了解的。经过这"吁——吁"的呼声后，半分钟内便见他的爱女姗姗地来了。

他，这音乐家，穿的衣服很奇怪。在上海开船初几天，他是穿的一件中国绿纺绸（？）的长袍。皮的？棉的？夹的？我都不知。有时外面再罩一件红色雨衣。长长的身材，长长的面庞，鬈曲的花白的头发下，架着一副很深的上下两种度数的眼镜。以后天气渐热，他便脱去了那件中国长袍，而改穿像我们一样的学生装了，大概是白帆布吧？不过我们常常可以在他的背上胸前，发现几个补钉。

他在香港以前，简直不理我们的，只同几个他同桌的欧洲人谈话。以后不知怎样的和我兜搭起来，看见我在写那些通信时，他往往带着高贵的微笑在旁边看着，在沉默了一会后，他便问起什么中国文字的写法（横写直写之类），中国文字的难易。一句法文，一句英文，随便着讲。以后他又见我在看一本临照送我的歌曲集（即中文名歌五十曲），他高兴得了不得，拿去试弹了几曲，"All are Chinese！ All are Chinese！"便请我写信到上海替他买，给我一个他的通信处（新加坡 Cook Co.），说如果即刻就写信——

我记得那时是船泊西贡——那么十五天内便可到手。他说钱等一等付我，我就说“一些些不要钱的”。

他又和我说起信仰的问题，问我信不信 God，我说不。他又做手势，学着中国人跪拜的样子问我信不信中国的 God（他那句话是“Chinese God”），我又回他说不。于是他诚挚的议论开场了，说一个人没有信仰是没归宿的。世界万物，一切都是自然的力，自然的力便是神的力！你为什么不信自然，不信神呢？他说了许多，俄国朋友在旁和他辩了一阵。我知道和他辩是无用的，况且我的外国语可怜得可怜！所以到末了，只简单的回答他说:“我不能一些没有研究就去信从什么学说理论。我对哲学，宗教，都没研究过，所以我不能盲目地有什么信仰。”

他在新加坡就上岸了。上岸时特别地来找我，用力握了握我的手（我往常遇到欧洲人握我的手，总是又像握又像不握的，像中国人见面时的点头一样，又像点又像不点），说了许多感谢的话，说收到歌曲集后一定就写信给我，于是他就走了。

记得过西贡后一天，他拿了我那张有地址的名片用铅笔写“a Voyageur of A. Lebon，Jan.1928”。他一边写一边说“不要忘记！不要忘记！”他又说他是个 traveling 的人，说不定明年会到巴黎，那时一定来找我。

他上岸之后俄国朋友同洪君说起他时，便说他父女俩是做戏的，说他们一切做戏的器具都有。他们说时有一种轻视的表情。不禁令我想起莎士比亚当时也只是一个流浪的戏子啊，如今你们便五体投地的崇拜了！唉，人间！人间！现世！现世！

我也并不对他有什么感情，或是佩服他果有音乐的本领或天才，或是说他说不定是将来的莎士比亚。我并无这种幻想。只是觉得现世的人类太可怕了！他们眼中的戏子，他们口中的毁誉！唉，唉……

——写完了这些，自己看了一遍，发现了我描写的这音乐家，许多地方不免逞着感情，和我末段说的话矛盾。但是，恕我吧！我本是在矛盾冲突中讨生活的人！

饭厅里右侧的窗子统关了，浪的巨响开始在耳中听到。大概六七天来驯伏的印度洋，要跳一跳，显显本领了吧！但是我还是不去理会，不去管她的好，还是断续写我的旅伴吧。

第二个我要写的，便是那位杭州人孔先生。他是一个橡皮商。大概是合股的吧，他说在新加坡有一个总公司，上海有个叫光明，还有一个叫什么的公司，也是他们的分公司。他最初认识我们，是在吃饭时。据他自己说,听我们的话很像江浙两省的人。第一次洪君被邀到他房内去坐，我为找洪君的缘故，也接着坐在他局促之至的房内了。他非常殷勤的招待着，问我们晕船不，请我们吃橘子，临走又再三说，要喝茶，请到他那边去，有好茶叶。虽然我是不大热心于喝茶的，但他这种盛意却很可感激的。

他说的纯是杭州话，所以有些地方要经再三的解释后才能懂。中国人真可怜啊！

有一天，在甲板上和我们谈了一黄昏。他讲述新加坡的风景，土产，气候，生活程度，币制，商情。他说他们的“橡皮事业”，是在新加坡英政府租了好多的山地去开垦，种植橡树，然后再慢慢的一步一步，像中国人从棉花织成布一样的取到流汁的橡皮，运到各处去当原料卖。他讲述他的山地。又是荒野，又是多吃人的野兽。于此，他讲了许多老虎，象，豹，鳄鱼的行动，特性。概括的一句，他说，无论什么野兽，你不去侵犯他，他少有来侵犯你的。

他又讲述新加坡的各种果子，各种味道。他又讲起驾驭工人之不易，他说江浙两省的人总是吃不起苦，他们至多一年半载便吵着要回乡，少有做三四年以上的。

他又告诉我们，他十数年来航海的经验。他说他乘过各个公司的船，法国船却是第一次，他说有一次在香港因为贪便宜，上了一次大当。那时有只叫中国邮船的，他便搭了。其实是野鸡船，没有公司，没有组织的。所以一到新加坡，未进港时，就被英当局扣留起来，把全船的乘客统赶上一个山上去，天天洗硫磺浴，还有种种要命的消毒；一总有一个月光景。他说，这一个月中真受尽了“西崽”的磨难，末了，总算放了出来，用小汽轮载他们到那一月来可望不可即的新加坡。

据说，这种办法叫做“埋山”。凡是野鸡船都要这样的被“埋”的！

他讲的真多，我也忘了大半了。不过我回忆起来，还觉得“听君一席话，胜读十年书”呢。

此外，他那种老于行旅，饱经世故的阅历，和蔼可亲，温存恳挚的待人，都给我留下很好的印象。

## 二

这几天他们在甲板上的游戏可多了。

最初他们是玩纸牌，纸牌玩厌了便玩“猜戒指”。玩法以麻线一根，穿一戒指；六七人或八九人环立成圆形，各执麻线之一小部，把戒指顺次传递他人。传递时先将虚握之两拳（中握麻线）并在一起，再向两旁分开，则同时各人之左右拳均伸张至相触，戒指即于此时传递。惟戒指只有一只，此环立之八九人必做出“戒指在我手里”的神气，以乱耳目。因为在此人环中隙地，还有一个“团团转”的人，正在竭力找寻此戒指到底在何人手里。传递人中，偶尔有稍不经心，露了破绽，被他捉出时，此人便该倒霉，去代替这“团团转”的位置。所以传递人必竭力虚张声势，一面乱说“戒指在此地”，“咦，这里”，一面还要唱歌，以乱“团团转”的心。如果传递得好而“团团转”的人稍为不灵敏些时，那么这“团团转”的人往往有继续至五分钟以上者。愈焦急越捉不出，愈捉不出愈焦急，那种慌乱的情绪，的确可使传递者引为笑乐。但就在这快乐透顶的时候，乐极生悲的露了马脚了，于是再重新开始。

这种游戏原也简单得很，所以一连玩了三夜也玩厌了。他们便想出第三种游戏了。

一个大似面盆的灯罩，罩着四五只电灯；可是甲板的面积是这样大，这些微弱的光也够可怜了。留声机放在货舱顶上，摇头摆尾的在唱着各种舞曲。那两个法国妇人，便快乐得发狂一样，不管是四等舱里烂污水兵，不管是下流不堪的船上水手，都一律欢迎，抱着，跳……舞，……跳……舞……那些落伍者，蹲在角落里睁着又艳羡又嫉妒的大眼望着他的同伴。那些被选者呢，一面固然是非常得意非常骄傲；一面却又竭力小心的讨两个妇人的欢喜。淫乐的空气紧张着，一阵阵的荡笑充满着，在夜之静寂里。

出国前，仑布曾对我说过：女客大概都搭头二等，因为三等不大方便。只有那些军官的妻子，或是不十分正当的妇人才会搭三等。这句话现在给我证实了。

这两个法国妇人，一肥一瘦，都是从上海上船到马赛的。肥的简直像头肥猪，满脸臃肿的肥肉，真是多么蠢笨可笑！瘦的一个，面孔像她带的那只哈叭狗，还嫌太长了，反没有她的狗好看。这个肥的十二分的蠢，却没有十二分的荡，虽然也不见正经。那个瘦的简直不像样了！一天到晚只是格格格格的狂笑，这笑声里告诉出她的淫荡，轻狂，放纵，卖弄风情。还有吃饭时，和那个西班牙人俩眼睛东瞟西散的打电报，有时还要拿水果吃，还要打情骂俏地故意娇嗔佯怒……哎呀，写不完也写不来！总之：令人作三日呕那句话，对于她真再配也没有了！

起先，这两个法国妇人是常同一个大家叫他 General 的海军军官打趣的；他那种军官式的步武、立正等的表情，确是滑稽可笑。嘴巴又会说，往往引起那狗脸的瘦妇人的狂笑。可是近来这 General 变得非常地宁静了，饭堂里也不大听到他高声的诙谐的谈笑了，甲板上也不大看见他兴高采烈的影子了。原来西贡下来的一大群军官和军官太太之中，有一位军官太太是没有军官先生陪着的，而她却带着两个小孩，一个还在手抱中。在这样的情景中，便激起了 General 那种高尚博爱的同情，时常替她抱孩子，端椅子，在甲板上铺毡子给小孩睡，从房间里去拿枕褥坐垫，真是无忙不帮，还要整天价陪着她躺在冷落的起重机角落里轻轻地密密地谈话。多么武侠，而又多么温柔啊！

所以现在和这法国妇人混在一起的只有一个西班牙人了。那些水手们，不过偶然在跳舞时，得到一刹那的青盼而已。

“Seigneur Espagnol，”就是这位先生的别号。他是同俄国朋友，英国音乐家和一个葡萄牙人一房间的。最初西班牙人称葡萄牙人为“Seigneur Portugais”（意即葡萄牙先生）。据说这“Seigneur”一字在西班牙是普通的称呼，不过法文的 Monsieur，英文的 Mister，都和 M 有关系的，“Seigneur”这字却是非常特别（按法文中也有 Seigneur，但不大用的；现在在宗教中还存在着），因此引起了俄国朋友的好奇心，称西班牙人为“Seigneur Espagnol”了。

他这人有非常威严的容仪，吓，那双凹进去的黑眼乌珠才厉害哩！炯炯有神地骨溜溜地转，万一射着你时，简直鹰瞵虎视地把你吞得下一样！但是人却十分和气，就是说话过分了，被法国妇人捣他几拳也不要紧。有一夜，在甲板上，不知怎样的他的一双拖鞋被她们藏去了一只。只见他一只脚有鞋一只脚无鞋地东跳西跳的在甲板上寻找：一会儿俯着身察看纵横的椅子下面，一会儿探首去查验起重机里面，到底有没有他拖鞋的踪迹。我看他真耐性啊！

前星期我同俄国朋友无意中谈起他，无意中得到了他的两句箴言：“He has nothing but he has everything，”他自己没肥皂，却轮流着用葡萄牙人和俄国朋友的。人家在吃东西，虽不相识，他也可吃到一些。饭厅里他常常得到双份的水果或点心。他自己没有椅子，但甲板上总见他舒舒服服地躺着，而且他躺了人家的椅子，不等到他自己觉得躺够时，从来不站起身让人的，虽然他明白看见主人在旁边徘徊。唉，我看他真耐性啊！

那个葡萄牙人，我一见就想象他是一个大傻瓜。人又矮的可以，肚皮又格外来得大，挺起了大肚皮，摇摇摆摆搬动着沉重的步子，在甲板上散步时，真像一个大傻瓜在滚来滚去。

他臂上身上都有五彩的花纹，俄国朋友告诉我，说他胸口是刺的一只帆船。大概是个水手，他说，至少从前是个水手！臃臃肿肿的脸，微秃的头顶在发光，短短的小小的一丛黑须子挂在上唇；穿着一套白帆布，铜钮扣的制服，于是俄国朋友便立正，举手，称他 Captain；他笑了，大肚皮望前一倾，朝里一缩，又粗又短的手伸向俄国朋友胸口来了，算是报复的，可是只一晃又踱前去了。回来时又遇见，于是立正，举手，一倾，一缩，一伸手，一晃……重演一番。

说起大肚皮，不禁令我想起外国人大肚皮之多而大了。

我们的 Maître d' hôtel 是大肚皮，Commissaire 也是大肚皮，一个大肚皮挺在胸脯下面愈显得他之高贵而威严。想起我们中国人的大肚皮，又惭愧多了！既没有他们那么大，又没有那么神气。写到此，忽然想起我出国前为护照签字问题，法捕房的政治包探曾请我去问话，因此我得在霞飞路巡捕房门口，见到了各式各种的无数的大肚皮。唉！只有他们的大肚皮，才可与外国的大肚皮一相比拟呢！

西贡下来的许多军官中，在我们外人眼里即大概可分两级。一级是衣服上有一道黑线的，一级是没有黑线的。但他们那种饱食终日，无所用心的安闲快乐的态度是一样的。他们中有几个常穿着花洋布的中国式短衫（只是上面有一小方翻领），头发秃得光光的，那种又俗又呆的样子，真像中国的理发匠。

他们虽是这样的愚蠢，却也安分守己，既不喝酒（饭桌上当然除外），又不打牌。虽找不出军人的精神，却还没有那些下流的神气，像两个法国妇人一样。

写到此，眼睛有些模模糊糊了，就睡去吧。

今夜夜饭一只怪味道的蔬菜，一只老调牛排，我都尝了一些就吐了出来。一顿又没吃饱！唉，天天羊肉，牛肉，牛肉，羊肉，真要命！

一月二十一日夜九时四十分

## 三

自上海一直至西贡，旅客中少有孩子的。自军官太太们上船后，方才跻跻跄跄的有了五六个。

他们的衣服是这样地少，少至实在无可再少。一件衣服，从肩上挂到大腿，全腿的十分之九是裸露的，臂是不用说了，赤足，着拖鞋，一天到晚在甲板上满地乱滚。他们中最大的约七八岁，最小的还在襁褓中吃乳。头几天简直被他们闹昏了，这几日不知怎样的安静多了，大概也玩得讨厌了吧。小孩大半是女孩，最大的两个也是女的。可是她们的蛮性，使强，却不下于中国的男孩。小孩共六个，最大的一个，她父母都在船上的。次大的，和一个手抱的就是那位单身的军官太太的。还有三个约四五岁至七八个月的，父母是法国军官和一位安南太太。以上两位太太，都是肥头胖耳。这位安南太太却是干瘪得像僵尸一样地怕人，就是那位军官丈夫，也是不幸得很，在饭桌上常要受同伴们奚落。三个小孩也是獐头鼠耳的不讨人欢喜，最麻烦的每顿饭他们一定要哭一场，弄得满饭堂的空气充满着叭叭的不安稳的哭声。

两个较大的孩子，便结伴着在甲板上玩。玩洋团团，开小火车，夺绳子。那个大的比较来的凶狠，面目也像她母亲一样地怕人。那个小的非常和善，而且天真。我常比大的为狼，小的为羊。因为大的常常欺侮小的，硬抢，硬夺。但大的那父亲严厉得很，往往大打出手，可是母亲却十分舍不得，因此夫妻俩常为了小孩而争吵。说起那母亲，才真是军官太太呢！走起路来，也是“开步走”一样，村野难看。

三四天前俄国朋友跑到我房里来告诉我，说今天那个小孩同他吵了半天。那个我称为羊的，拿火车轨道掷他，他一避，轨道便落到海里去了。又俄国朋友的帆布椅两端是同我一样的可以卸下来的；下面一根木梗，是从失去了他自己重做的，所以一端露在外面，那小孩便定去拉出来玩，俄国朋友不许，她便逞强硬做，几乎把他的椅子都拆掉。我便问俄国朋友她的母亲在不在呢，他说在船左，没看见。

在船上，阶级观念是很深的。我们的上司是头等二等。哼，真是贵族呢！平常轻易见不到他们的影子的。大概已经很舒服了吧，我们的三等，因为不但船头是我们的，连高一级头等舱走廊的南端，也是我们的。位置高爽宽敞，所以船头的地位让给四等了。

四等船舱最初是在船头的货舱里的。从上海到西贡，一直如此。货舱的第一层，都是他们的世界，也有叠起来的床铺可以睡觉。可是一过西贡，货色多了，他们便被逐到舱面上来了。支起了布篷，便横七竖八胡乱铺些席、毡子之类睡下。他们吃的东西，才真可怜呢！各式不同的镍的、铅的、洋磁的盆子，大概是自己带来的，盛着一些豆、菜、肉，乱七八糟统在一盆里。另外是一块面包。我常见他们拿着铅盆往通厨房的路走去。恐怕每餐要自己去取的。我们一天吃西餐，早上七至八时是咖啡，牛乳，面包；十时三十分午餐；三时三十分茶，牛乳，面包；六时晚膳。他们则既无食堂，又无食桌，更无按时的铃声，所以我至今看不出他们每天吃几顿。大概不会有三餐吧？

自西贡起，乘客中有了许多马来人、印度人了。以前三等舱里也有四五个，镶钻的金戒，在黑皮肤上发光，西服左角上挂了许许多多上海人所谓的“金四开”之类。现在都陆续在新加坡、哥仑坡上岸了。只有四等舱里还有四五人。每天我们吃过晚饭便见他们排立在货舱的遮布上，年老的一个站在前面，嘴里喃喃的念的不知什么经，余人也都恭恭敬敬地在默念，手里都有念珠。

我的旅伴们已接连着写到“三”了，暂时也想不到还有什么关于他们的要写了，就另外报告你们一些消息吧。

昨今两天船上有游艺会。并非全天，每天只数小时。我没有去，去的人也不多，不知是什么缘故。我的不去是怕看我们上司的架子，因为游艺会是在头等舱里开的。秩序单上说今晚上有跳舞，两位法国妇人一定要去的吧？

哥仑坡开轮到此已有六天了，明日下午可到Aden。先在Aden停数小时，再到Gibouti停数小时。风浪至今没有，真奇怪！印度洋我快要与它告别了。红海里大概不会怎样吧。只是预算起来，“红海月”是看不到的了。听说过波赛后到马赛的一段，风浪是非常厉害的，而且总是有的。唉，可怕呀！我到底逃不了要呕吐么？

预计二月三四号可到马赛，快了！近了！但离开我的中国却愈远了！不知怎样，在国内时天天诅咒的中国，离开后反而天天在想念它，在怀恋它了。我的中国啊！

一九二八，一，二十二，下午三时，将到亚丁时

啊，今天是我们的除夕啊！明天是年初一了。母亲不知怎样地在忙着张罗过年的事情。天气这么温和，我再想不到今天是除夕！不知上海冷得怎样？若妹，觉非弟，小妹妹，我的三位小朋友，现在正是如何地高兴啊！我谨在此祝国内诸亲友新年快乐！

怒安

# 九、海上生涯零拾

## 恶人到底受罚了!

真不料，我们幼年时的游戏会在这万里孤舟上重现。

昨夜，我们的旅伴不知哪里来的高兴，足足的玩了一个晚上，最初是玩的我们幼时叫做“龙头龙尾巴”的游戏，一个穿花汗衫的水手做龙头；胖军官太太，两个法国妇人，两个水手做龙身；西班牙人做龙尾巴；一个蓝衣服的水手做侵犯这龙尾巴的人（这个叫做什么角色我现在再也想不起了）。一大群人跳来跳去的跳了半天，那个龙头真是厉害，忽左忽右的挡住那侵犯的人，始终不能捡到那尾巴。据那位宁波人洪君说，这游戏他们叫做“老鹰衔小鸡”。我们叫龙头的他们叫“母鸡”,一大群跟着的算做小鸡，一个我叫不出名称的角色，便是老鹰了！昨夜的战斗中，母鸡确战胜了老鹰，无论如何那老鹰总冲不出这母鸡的臂抱，有时甚至被母鸡拦到无路可退而跌到起重机角落里。

接着便是猫捉老鼠。一大群人环着，手对手挽着，高高的举起，成七八个城门洞似的，一只猫一只鼠就在这下面穿梭似的追逐着。第一对是个水手；第二对是一个水手，一个法国瘦妇人；第三对又是一对以前做老鹰母鸡的两个水手。那真对劲哩！这次老鹰变了被捉的老鼠，母鸡变做捉鼠的猫儿了。那老鼠可真灵活极,东穿西钻的弄得看的人也眼花了。照规矩，猫一定要照着鼠逃的洞钻，不能走小路，抄近路的越过。所以这一下母鸡的胜利，立刻变为猫儿的失败了，不要说追不上老鼠，就是对面碰见也不能去捉它，因为它还没有穿完老鼠所穿过的一切的洞呢。

第三是捉迷藏。一块黑布蒙着眼，立刻变了盲人，却大摇大摆东晃西晃的做腔。“啪！”的一掌，背上给人打了一下，急忙伸着手向后撩时，那只手早已不见了；可是“啪！”的一声，肚子上可又着了一下，赶紧望前跳去，屁股上却又吃了一脚，受尽了揶揄颠弄，还是捉不着。有一次摸到边界上一个水兵身上去，这个水兵抱着那单身军官太太的小孩子，这瞎子不管三七二十一，以为捉着了什么人了，得意似的摸头摸面的认人，不料“呀！”的一声哭了出来。

他们捉迷藏的办法，和我们幼时玩的稍有不同。照我们玩的规则，那么只要你被瞎子接触一下便算被捉，要静静地让他摸索认人的。他们可不然，非但接触一下不算数，就是捉住了时也可用力挣脱。还有暗地里戏弄瞎子的事情，是我们所禁止的。有人戏弄时，必群起告诫，也算是一点恻隐之心吧?

从这上面两相比较下来，便完全可以看出他们是完全尚力，只要力气大就永不会被他捉住（虽然有时不巧也会一滑脚，跌在地下来不及爬起来的）。我们便完全是尚智。所以他们玩捉迷藏时便是乒乒乓乓，亭棚三响的全武行。我们玩时却全是轻轻、静静的、蹑手蹑脚，一些声息也没有，捉的人竟全然听不出他们的步声。我常听人说东方文化是静的，西方文化是动的，我不知道这两句话到底对不对，但用在这捉迷藏上倒很不错。

游戏的事情，一方面固然是为着消遣为着快乐；但也正需要严密的规则和整饬的秩序维持着。譬如捉迷藏中不准越界，被捉时不准逃脱，被摸索辨认时不准增减衣帽，或其他服饰，这些我认为确是人类文明之特点必要保持的。我们幼时玩的时候（二年前在大同时，常同一般同乡于星期日在宿舍里大玩特玩呢！）自信都能遵守，如有犯规的时候，大家必嚷着要处罚，而犯规者也格于众议，终于服从。这确是一种很好的有精神的表现，昨夜，他们玩的时候，却很不注意这些。而且还狼狈为奸地互相舞弊：一个被捉了，便给他加上或除去帽子，以使盲人辨识错误；危急时又常逃出界外，尤其是西班牙人最坏！最会戏弄人，最会作弊。又逞着蛮力常常被捉了重又挣脱。可是他的衬衫却因此拆破了，我正暗暗地称快的时候，他衬衫的破洞越发大起来了，多挣扎一回，便多撕开几寸。到末了，终于撕去了衣袖，撕到胸前，人也还是被捉住。在大家拍掌哄笑声中，我觉得非常痛快，“恶人到底受罚了！”

他们玩过这个把戏，又玩一种类似的游戏，又玩猜戒指老调，我一方面看得厌了，一方面也感到十分兴奋后的疲乏，也就下来睡觉了。

一月二十二日丁卯除夕

## 亚丁的海鸟

每到一个埠头，在领港的上船之后，将停未停之际，必有许多海鸟在我们船的左右上下翱翔飞舞的。他们是先将埠头上的欢迎者的心音带来。等到启碇时，又必三三两两的到船旁来送别，并且满怀着依依不舍的样子。多情的海鸟啊，我深深地领受了你们的厚意了！

船到亚丁时，正下午五时。一带秃顶的荒山植在在红海之口。深蓝的海水，又渐渐转为绿色——这是告诉我们将要进港的标记；蛋黄似的太阳，已允许我们窥探他的颜色。船的进行，也渐渐的缓下来，甚至不觉得有一毫动荡了。七日七夜不停的涛声，也去休息了。凉风阵阵，吹入心脾。三三两两的海鸟，应时姗姗而来，至一分钟后渐来渐多，成群的翩跹上下，白黑的羽毛，相间在夕阳中辉映。小的像传书金鸽，大的仿似云抟鹍鹏。下面饭间的窗洞内，有小块的面包掷出，它们便竟降落水面，宛似鹅鸭一样的争相攫取。但它们是不能久持的，一取再取不得之后，也要赶紧飞起，还拼命的振刷它的双翼，怕是盐汁的海水，有所沾染它的纯洁的羽毛吧？

这样多的海鸟真是此行第一次看见。它们拍拍的从高处飞到船旁，将近船舷，便又宛转向侧面斜倾下去。多么平稳，多么娇媚，多么活泼啊！全个空间，全个宇宙，都是你们的世界！你们与云霞嬉戏，与日月为伴，乘风飞去，我只怕你玉楼高处不胜寒呢！然而毕竟我羡妒你的自由，羡妒你的超脱！祝福你欢迎欢送的使者！数千里长途寂寞，给你扫尽了！满怀孤寂，都为你而充满生意了，感谢你啊！

船泊亚丁只五小时，故宣告旅客不能上岸。遥望群山秃秃，无一草一木之绿，更不必梦如香港之满山荫翠了，然而洋屋累累，教堂钟楼，巍然高耸，暮色茫茫中，汽车疾驰于岸旁。此处为英属地，经营至此，亦非一朝夕之功矣！

夜十时，机声辘辘，盖解缆驶向其布的（Gibouti）去矣。

## “A la mer”第二

离 Aden 后一夜行程，达其布的。

舟停后一小时，黑商人陆续上船，兜售商货。有的一长形如中国放折扇的纸盒内，雪白的棉花中躺着滚圆的珠项圈。有的草制似荷包一类的东西中，陈列着鱼骨，那些不美丽的枯骨，我想只有研究动物学的人会来要你吧。最多的是卖纸烟的了，红绿的纸包都是 Cigarettes。还有卖鸟毛的，有单张的，有已制成折扇的。法国军官问价，说是六十法郎，他一耸肩，即刻放下了，那黑人也泰然的走了，这种神气，大概表示“真不二价”的意思吧！

风景片一本，共二十张，索价六法郎。而风景片之不美，正与荒凉可厌之其布的相称。

天气虽不甚热，但太阳很厉害，我早闻其布的荒漠之名，又怕满街满街的灰沙，所以终未上岸，只是 A la mer 又第二次看到了，所异于新加坡者，是他们是没有瓜皮小艇的，十几个黑人大半身在水里浮沉着露着头叫喊。

完了，其布的只有那些商人的狡猾！

## 后悔

这几天懒惰之极，终日躺在房里，除了不得已的用膳，饮茶，大小便外，简直不下床。

今夜，在甲板上，忽然觉察上弦的月发芽滋长了许多，映在浪心的粼粼着荡漾之光，也比前数夜明亮得多。夜是如此地静默，天上稍有几片云翳，白白的映着微弱的新月，愈显得惨淡了，而且月是这般地高，冷风阵阵地吹来，霎时间令我忆起故乡的今夜。今天是年初五呢！福祺说比我迟两班船动身，那末今夜此时，他一定也在黄浦码头，尝我四星期前的别离滋味吧？冷风飒飒，那凄凉之感，也不下于一九二七年除夕的我的经过吧！

今天午前，我一个人睡在床上的时候，忽然汽笛声"胡！"的连叫了四五次，探首窗外，一无所见。傍晚同安南学生讲起一路风浪平静的话，他告诉我，今早同公司的 Azay Le Rideau 船同我们遇见时，他们的船长用无线电话告诉我们的船长说，地中海很不平稳呢。啊，今早的汽笛声，原来就是为此。他又告诉我，两船的距离，只不过数丈；只是在船右，所以在船左的我，一无所见。我又设想，两船的距离既这么近，那么两船的旅客，一定十二分高兴的扬巾脱帽了吧！我后悔不该懒睡，以致失掉那么好的机会，没参与欢乐的相见礼！

在茫茫一片大海里，我们是如何的孤独而寂寥啊！偶尔在地平线与天相接之处，发现一只来船时，真觉得多少地欢喜。尤其在夜间，浮城似的一座灯光，闪闪的渐渐近来，我们便争相立到船栏旁，仰首从布篷上探望我们的灯号。大概是他们先问讯，我们再还答，再问再答，普通总是四次，船也慢慢地由相值而相左了。一明一暗之中，传递着多少慰藉之意！互相告语着，我们有伴了，黑夜不用怕，胆怯如我，也觉勇敢了许多，寂寞的心头，也添了不少的欢欣愉悦。

同公司的船已遇到两只，这次是第三只了。法邮的航行中国、日本的，据我所知共有八只：André-Lebon，Paul-Lecal，Porthos，Athos II，Dartargnian，Chenonceaux，Angers，General Metzinger。在船上也听水手们

说过这八只。那末今天所遇见的不是驶赴上海的了！

一月廿七日夜八时

## 我们的饭厅

全饭厅一百五十个位置，自始至终在这次航海里没坐到三分之一。上海开船时共坐到七席半，过香港就只剩四席，到西贡连一席半也不足了。幸亏来了许多军官们，才勉强成了四席，而我们的一席，十四个位置只坐四个，所以合并计算起来，实足的三席也是勉强的，而且还靠着小旅客撑台呢！过哥仑波其布的，都没什么上落，此后也大概都是 invariable 的，直赴马赛的了。

饭厅的位置的多少，是全三等旅客总数之统计。由上所述，我们可以看出这次的旅伴是如何稀少了。

饭厅里主要的仆役，是一个安南人。据他说，在船上执役三年。看他人非常沉静，寡言笑，像是很深于世故的。办事很老练，法语也讲得过去。我们在船厅里写东西，他必定来观看，但总是静静的从不出声。我按披雅娜时，他便来看内部键盘之跳动，每每看到五分钟以上，但沉静的脸上，还是没有什么表情。“厉害的人！”我常常想。

我们的 Maître d' hôtel 总算是好人，很和气，很老实，没有虚矜之气。开饭时他总是拿了饭单，东跑西跑的招呼这，又招呼那。有时还帮仆役端菜。他管的事情真多，全三等的旅客的需要，自纸烟起至吃饭、睡觉、出恭、洗衣的事情，大大小小都要问到他的。早上七时起，下午十时止，只见他楼上楼下的忙个不了。大大的肚皮一天要搬东搬西搬几十百次，真吃力啊！

我们的早餐，是上午七至八时，随便什么时候都可以到饭厅去吃的，或者叫茶房拿到床前来也可以。牛乳，咖啡，面包，牛油，不过我久不喝咖啡了，实在坏极的咖啡！三点半时饮茶，但我也只喝牛乳。茶像药一样煎来喝，已无味了，还要放糖，那种西洋喝法，我是谢谢的。

中饭同夜饭，都是一样的二只菜；所异者中饭在二道正菜前，有两盆冷菜，什么菜蔬肉类，晚上则冷菜改为热汤。汤我总喝不惯，常是淀粉质过多，而放的蔬菜之类，也不合口味。像中国的火腿汤之类的清而鲜远的味道是久已不尝了。惯常两道菜我只尝一道的，因为每顿总有牛肉或羊肉的。那种或煎或熏的半生半熟的东西，真叫我不容易下肚。倘然碰到炒蛋，那真是我的佳肴了！此外鱼也还可吃，猪肉味虽不及中国的好，但比牛羊肉总要少些腥臊气，可惜不大吃到的。鸡只吃过一次呢两次，鸭倒有好几次了。但不是“老来烧勿苏”，就是有股鸭臊气，比之鸡真差得远了。今夜又吃到的鸽子，还不差。生菜我已吃出滋味来，颇有道理。总之，肉类的东西，总以人工保存的缘故，日子稍久鲜味总消失许多。果品中新近常吃的一种芒果（译音），倒很好。还有一种叫 manquostant，不知中国名字叫什么，字典上也翻不到。还有新加坡叫“黄梨”上海叫“坡罗蜜”的也时常吃的，橘子虽酸，但比烂香蕉胜万倍了。

以前每十日，大概有两次晚膳后，在臭乳和水果中间有糕饼类的点心（西洋叫做 dessert，专指饭后的茶食）。自天气炎热以来，糕饼外另有冰淇淋。上二次都是在星期日夜里，这一次不知怎样改在昨夜（星期四）了，大概是星期日没有了吧？洪君说头等里大概每夜有吃的。

饭终的咖啡，我已说过了，早已谢绝。真不懂，焦苦涩枯，一至于是，想不到在上海时和福祺俩煮着争饮的咖啡，其味道竟一变至此！

饭时除面包外，如果你要求也有白米饭。我有几次，因为实在看了牛羊肉吃不下时，便要一些淘些汤将就吃，比嚼淡面包总好些。不过米大概都是西贡来的，粒小而硬，且无黏性，较之家乡的“上白粳”相差天壤了！

饭桌上每桌有一张菜单，我们闻铃入席，第一便抢饭单看，我一见什么 roti 之类，就知道糟了，又是 mouton 之类，没我份的。等第一道的冷菜或汤吃过时，那张菜单早已看厌了，但第二道的正菜还未来，那末再拿来当阅报一样的消消闲吧。一面等菜来，一面看看上面的风景画，但那几种风景尽也看完了，老看这四五种，或是 Pothos à Saigon 啦，Paul-Lecat à Port-Said 啦，北京的先农坛啦，法国 Louis 的桥啦……下面写的菜的名字，他们是这样写的，正菜一行，附着品又一行。譬如牛肉烧番薯，那末煮牛肉一行，烧番薯又一行，所以虽只三道菜，看看却满满的一纸，好像小小的筵席一样。哼，可惜只中看，不中吃！

因了饭厅便大写饭菜，真是馋鬼！好了，是睡觉的时候了，快躺着等明天到 Suez 罢。

一，二七，夜

啊，我惊讶极了！

当我回到房内时，探首窗外，怎的不见了今夜的月？再细细一找，原来雪白惨淡的月，一变为怕人的金黄色的了！几小时内，竟变成暮气沉沉像落日的回光返照一样，啊……！

## 十、是人间世吗

一月来的生涯，完全在浩渺无边，整日夜的洪涛巨乐中度过了，忽然的置身于轻柔漫静的苏彝士运河里，缓缓地疏闲消散的流览荡漾过去时，真宛然如在梦里了。

自哥仑布至此，一路的都是如此地荒漠，苏彝士当然也不能例外，峻峭的石山，红一块黄一块的在晕晕的日光下懒睡，碧油油的绿波，轻轻地在它脚下溜过，三角的尖帆，悠悠地伴着三三两两的海鸟而浮去。碎石筑成的长堤，远远的腰带似地躺着，任凭着无数的东轮西舶穿梭似的在她怀中来来去去，那边正是红海的终点，苏彝士运河的入口啊！

我们的船，在苏彝士只停四小时；没上岸的时间，也没上岸的念头。远瞩 Suez 城，只见一座座鸽笼似的黄白的木匣子，高高低低，参参差差地架叠着，那便是人类巢居穴处的遗影，那便是我们祖先的原始生活的憧憬啊！

照常的，吹过了无数的短促的口笛声，经过了水手们非常的努力后，我们的庞大的 André -Lebon 才得调转头来，向着运河大踏步地转动过去。眼见着比我们先数分钟开的一只黄色的英轮，已进了口了，我们却还在绿波的中流蜿蜒着，遥望绿丛深处，真使我如何的热切神往啊！

终于渐渐地驶近了。正在河口和 Suez 港的交界处，巍然的立着一座尖形的白石碑；我猜疑那或即是开筑苏彝士运河的首创者的纪念碑吧？然而如何没有铜像呢？我想，这样造福于人类的伟业的首创者，他的精神是不死的，一定是永远的在受着千古万世的旅客们的敬意。不论我是否瞎猜，但我确觉得一刹那间胸中充满了真诚的无限的钦敬感激之意。当这块土峡成了现在的运河之后，我们无量数的已往，现在未来的航海者，才能安稳地免去南非的恶浪，不必枉做“好望角”之险梦，而能径直的横贯亚非，直达大陆之彼端。慈航普渡之功，是 Suez Canal 成就的！促进人类的亲善的自觉，Suez Canal 是与有大功的！幸生于今日的渺小的我，也能沿途寄着一路平安的音信回去更是沾你的恩泽啊！

碑后一座洋楼，接连着一带树林，像是公园的式子。更往前，沿着运河，一座座象牙色的别墅式的房屋，俏俏地隐在常青树下。地面与河面，高低相去只数尺，碎石的堤岸，整齐中显着活泼的生气。两个男孩大约十三四岁光景，站在树荫下看流水，见了我们，顿时大声地招呼起来，口里还做出笛声似的怪叫，船上的旅客高兴地应和着，还有人喊着“Merci beaucoup！”孩子们更快活的跳起来还答着“Merci beaucoup！”。在他们天真而清快的音乐似的喊声中，恍惚回到了我的黄金的梦里，整个心灵，复浴在纯洁爱乐之河里了！天使啊，安琪儿啊，在你们无邪的面上，表出了怎样的超人的，洁白的情感！万不料彷徨在举目无亲的万里外的我，会遇到这么亲切诚挚的慰安！我无言，我不能如他们的勇敢的还答你们；我默然，我只有在无言的静默中领受你们，感谢你们的厚意！我脆弱的心啊，被你们的圣洁征服得不能动弹了。

更向前时，绿荫下画幅中似的行人，都一转眼间瞥见了我们，又立刻传来了几乎是本能的温暖愉快的欢呼，Bon Voyage！ Goodbye！帽子啊，手巾啊，飘飘的衣裙啊，渐渐的消失在绿影中，随和着慢慢幽微的呼声合成了一片愉悦之光，浮沉在大气里。啊，人类的同情，人类的亲睦，世上竟还有不为名，不为利，无所为而为的，不期的亲切的慰藉！我梦也似的映过了这么可爱可恋的乐园便不禁梦也似的幻想未来光明之影了！

河面忽阔忽狭，阔的地方差不多有黄浦江一样，狭的地方竟不能允许同时有第二只船通过。而且一路都满布着浮标，表示这限制以外，是浅满不能航驶的地方。

傍晚，温和的太阳，微笑地仰着躺到远山怀抱中去了，剩着的桃红娇紫的余光，从伞形的林隙间偷窥过来。深绿的丛树，衬着远远的不深不浅的复杂的红光，多么调和地温柔啊！清冽之气，充塞着宇宙，我呼吸到故乡的早秋暮春之气了。泥土的香味，树木的清气，使我魂游在家里的后园，堂前的庭院里了。晚风不留情地刮过脸来，带着严肃之意，我不得不在寒噤中走下了甲板。

洪君说，当夜间过运河时，船首一定要悬着极明亮的大灯，好像汽车前面的一样。他说这不知是从什么地方听来的，又像什么书里看见的。他又说这灯是由运河的管理处派人来处理的，今天午饭时食桌上有两个工人模样的生客，大概就是。

一吃过晚饭，我便急急的披着大衣跑上甲板，全河面都沉入黑漆漆的夜幕中去了，只见一道白光，在船前数百丈远的地方照耀着。

我轻轻的跨过船前的界栏，很留意的跑到船前的栏杆旁，细细察看之下，才发现一只大铁匣子，挂在船首之外。匣子的高度大小，恰足以立着那午饭桌上的生客。微响在匣子里不断的“吱”的叫着，正像我们乡下婚丧吉庆的人家的大门首的汽油灯一样的“咬”着不息。更从船首左侧探看时，又看见一块大面盆大厚圆玻璃，白光在里面放射着。那工人一会儿起立，一会儿坐下的很忙，两个水手立在船首内——紧靠他背后，不过中隔船首之栏杆罢了——静静地瞧着它伟大的光明的工作。

河岸的画景，完全是换了一幅了。浮标内都亮着红红绿绿的电灯，左面红的，右面绿的，一望都满泳着小儿玩的红绿色的气球。新月比昨夜又胀满了几许，侧着头正斜睨着我们，繁星满天，又似沉静又似映眼的点缀全天空。一只船泊在岸旁。桅杆上或红或白的电灯倒映到河心，像是一串发光的玛瑙，又像是摇摇欲坠的珍珠宝塔。一切都充满着幽静和谐的风味，简直令人想不到同样的这世界上，会有许多争闹，破坏，喧嚷着。更想起日间的那种伟大的同情的表现时，不禁疑惑起来，这到底是现实的尘世，还是未来的理想的天国？

是人间世吗？是人间世吗？

一月廿八夜九时

回到房里，轰轰的巨声自远而近，一列玩物似的火车在岸上飞过。急急探首窗外，早已去得远了，只是朦胧的月，愈晕晕的在天空征愠，映到静寂的夜深的河面上，拨起了无数的惶惑的心波！……

## 十一、苏彝士—波赛特

船到苏彝士，刚抛好锚，便听见舵楼里的喊声“A la Visite！”。一大群一大群的水手，都匆匆忙忙的齐集到头等舱外的长廊里，一会儿所有的船上的职员仆役也都来了，我们的 Maître d’ hôtel 和茶房等也通通一个一个地上来。中国人在船左，三十个火伕，以及全三等舱的仆役，他们西人排列在船右，黑制服的职员，白衣服的厨役，挤挤轧轧的塞满了长廊，喧喧哗哗地等着。不一会，三道金线的职员偕着一个矮胖医生来了，干事样子的一个黑制服的人，讲了几句，排列的人便开始动起来，一个一个地望着门内进去。医生皱着眉，跷跷的一丛白短须根根平举起来，一道萎缩而怕人的眼光，直射着他们的脸面，一面还握握他们的手——注意！这并非客气的握手，系是要在他们的手里考出他们的不健全的病由来！他一个个相面似的相过了，全体的人也一个个的在他无言中被赦放了。我们一面在看，一面在疑惑是什么意思，他们——船上的职员们——既不居留在此地，又不上岸，为何要经过医生的检查呢？思念之间不禁连带着想，或者我们因为等级关系，也要这样的被检吧？看甲板上同舱的旅伴们正咕咕哝哝的似乎与我抱同感。不料承医生的厚意，只检验了四等舱的旅客就完了。

一阵的喧闹过后，第二阵的喧闹又来了。三角的布蓬，驶来的满船的商货，土耳其商人顿时你抢我夺的拼命的涌上悬梯，荷包似的草篮里，也无非是烟草画片之类。不过画片的种数，比路上各埠都多！有 Suez 的，有 Port-Said 的，有 Cairo 的，有 Alexendrie 的，一共不下数十种。价钱呢，虚头很大，开价十法郎的，三法郎也肯卖了。其中以照相的一种最好，可是他竟说二十法郎一打，我连还价的勇气也没有了。还有许多卖石制的念珠式的项圈之类，大大小小，花花绿绿，各式都有，十五法郎的开价五法郎的还价就成了交易。可是同他们买东西很不容易，他随口大吹的开价，你还他半数还要上当；真正太少了时，又要受他们的讥骂。此外，还有卖枣子的，糖食的，都装成匣子，内容也看不见的，我用五法郎买了一匣糖，很怕上当，立刻拆开来尝了一块，还好，只是太甜一些。还有地毡围巾的商人，烟斗烟嘴的买卖，吵吵闹闹的争论价钱的声音，兑换钱币的声音，急夺买卖的叱声，充满了全船。有卖橘子的，每八法郎十二只，我们从四法郎起还到七法郎，他无论如何不肯卖，后来终以八法郎买了。实在并不贵，只因他们的同伴的虚价太厉害了，我们为防吃亏上当起见，不得不如此。一路上自新加坡以来，第一次遇到娇红可爱的水果！

一夜醒来已到波赛特，起重机早已摇头摆尾的工作了半夜。我们七点三刻，下了渡船上岸，十法郎一张票子，来回在内，原来我们的船可以停泊得里面一些，因为到地中海是要经过完全的波赛特的，只因要在油机旁添油，所以就在离波赛特里许的港口停下了。

上岸后望内街去时，有铁栅门为界，红毡帽的警察，搜查着进门的过客。同行的安南人的照相机，因为用纸包裹的缘故，被他看了看，我的袋亦被他揿了揿。进门后照例的被许多土耳其人包围住了，都是招徕领导的，我们起初不理他，后来转弯到一家商店买画片时，安南朋友被那善于应酬的店员迷住了，说了什么此地货物没有入口税的（我至今不知道那句话是真是假），所以售价比各处都廉，又劝他买这个，买那个，末了又替个跟住我们的土耳其人介绍，说是 Bon ami，五个法郎可以叫他领导着游玩全城。于是那安南学生相信了，先叫他领到邮政局，后来那一个稍高的安南人，更被那领导的迷透了。他问他衣服要不要添置，说比巴黎便宜得多，又说了没有入口税的话一大套。于是那高的安南人便叫他领到一家衣服店里去。他一路胁肩谄笑的奉承着，路上有兜售商品的，都替我们赶走，又叫我们注意衣袋说有扒手的；还叫我们不要靠街沿走，防我们被站在门外大声招呼的店员拉了生意去。末了，他走到一家衣服店前，便径直的领着我们进去，先用土耳其话说了几句，便领着安南人拣衣服去了。我是始终用拒绝的态度对他，问我要买什么东西，我都说不要。那安南学生简直给他迷昏了，买了两套衣服，一件背心，质料好坏不要说，样子也不行，而且买现成的到底一只衣袖长，一只裤脚短的不称身。可是那些商人的花言巧语，简直把他简单的头脑弄迷糊了，那个矮安南人劝他的话，他一句也没听见。我们等了他半小时多，厌烦极了，他却还被那店员和裁缝纠缠着不放，一会儿要他买领带，一会儿要他买领头，一会儿又劝他买围巾……到底我们等不得了先走了。回来后，在饭桌上告诉我们，他买了一千多法郎。

回来的路上，我买了一匣饼干，一磅价十五法郎，真贵极了！假使我不是怕地中海里晕船，防吃不下东西时做粮食时，我真不买它哩！那饼干是英国货；我想，不是他故意看见外人而抬高价目，便是入口税没有的话不真。

回到了船上，想着那些狡伪的商人，觉得比哥仑坡其布的更厉害！吓，那些吃人的野兽，竟生长在明媚平静的 Suez 河畔！

地中海已航行一日夜了，风浪同上海到香港途中差不多，还不至晕船，只是已是使你不舒服了。不写了，还是躺一下去吧！

一月三十日下午一时三十分

吃饭时来了两个不速之客，大概是夫妇吧？男的拉 Violin，女的拉大提琴，在我们吃饭时一曲又一曲的演奏。末了，女的又去弹 Piano；到我们水果将次吃完的时候，女的便端了一只盆子到饭桌上来了，大家差不多都给她一个法郎。这是商人专做这种买卖的，于此更可见波赛特人会做生意的特性了吧！

三日后，在地中海中补志

## 十二、一路平安抵法

最后一次的午餐已用过了；在船上只有最后的一次晚餐，一次饮茶，一次早点了。此外还剩最后一觉未睡，但至多二十四小时内我必要和一月来相依为命的浮家见最后一面了，什么东西在船上的都成为最后一次了，我现在也是最后一次在船上和你们写信。一切的最后，都流水似的逝去，无限的未来也狂涛似的永永奔向你！我在恋恋的别情中，想于匆促苍茫之际来算一算一月来的总账，但是结果只是惶惧忧恐罢了！心绪万端，亦只使愈想写而愈不能写而已！

回忆一月前在凛冽的上海的夜幕中，为了想起旅途的孤独而凄苦，而悲恻，甚至对了炳源流泪，一月后的今天，细细思量时只觉做了一场幻梦。至于事实上的我如何会被运到地球之彼端，踏到地图上大陆的西隅，那于我只觉莫名其妙罢了！从朔风怒号的上海经过了晚秋的香港，航到了酷暑的西贡，复南行至闷热的新加坡，横渡十余年来在脑海中隐现的印度洋，由哥仑坡亚丁而入红海而至其布的，渐渐的重复转到温和的苏彝士，更由暮春而急转直下，一天天加衣换衾中，又到西西利附近的积雪，数小时后更要上喧传大寒的欧罗巴……那些天时的变换，风土的映演，于我只加增我的惶惑，我实在模糊了：是我自己的意思呢，还是什么魔术，竟会使我做了这样的一场黄粱之梦！人间的广漠啊，广漠的人间啊！

说来惭愧，在船上一月完全于昏昏沉沉的麻醉中混过了。法语也没进步一些，经验也没得到多少，只是天天发现自己的弱点：记忆力的衰退，推理力的欠敏，懒惰性的加强……我真有些恐惧，这棵朽木终难于雕斲了么？

我本来是善于做梦的，并且常有梦呓。此行几无夜不梦，而无梦不在故乡。一切的亲戚朋友，都齐集着送别：这是常做的。以后又常梦见我在中途回去，与亲朋团聚；梦中很明白的告诉人说我是在中途，现在船泊何处，我特抽暇归来一叙的；因此常梦见与亲朋叙话中，忽然想到船要开行的事，于是急忙忙的一会儿电车一会儿轮渡的赶我们的 André -Lebon。在梦里的我，真是如何的自由啊！昨夜还梦见我回家，有人问我到底法国去不去，我说如何不去，我只有两天就要到法国了，此刻是抽身回来看看你们的。啊，朋友啊，母亲啊，我夜夜魂梦飞归与你们共话呢！不知你们梦中可曾梦到我同样的梦？如其同梦时，不知你们也曾觉得安慰些否？

人生原不过是一场大梦，但我终还嫌其太大，太慢，如能缩成我每夜的梦，数万里一刹那便可归去，数十日，数十年兴亡盛事，数小时睡梦中都可经历时，我将要如何的快乐啊！我真幻想，我真希望，人生快缩短些吧！映演得加快些吧！

日前读厨川白材的出了象牙之塔，读得他讲述他人生观一段时，颇为所动；大意是说，有苦然后有乐，愈苦而后见乐之愈乐；人生苟一无缺陷，必将如何平凡无聊，以至失掉生活的意义！我把他的话曾想过几次，但尚未想有终决。真可怜啊，我近来简直不能思想了！但我暇时终要好好地把他思索一回，或者能有所悟，一反数年来灰黑混乱颓唐的生涯。

唉，心绪是这般地乱，愈想写而愈不能写了！只能潦草些将就了，请原谅吧！

地中海中第三日，很有颠簸，所谓电梯式的动荡，我的确亲临了。整整的睡了一日夜，幸还未吐；饭端在床上吃，还好下肚，不至上冒。昨晨过西西利时，又平稳了。昨午后及今日，又稍有小浪，但亦不过如上海香港途中的颠动而已。自一九二七年十二月三十一日下午四时起，直至一九二八年二月二日下午三时止，所可称为浪者，只地中海中一日！所以老友张君江泉自清华远祝我“一路平安抵法！”的话，的确应验了！诸亲友送别时的祝福也都实现了，真是如何地快慰啊！如何地感谢啊！

我们的船每小时最快时能航十五海里，但平日只航十四小时左右。每日中午的汽笛鸣后，舵楼里就有一个水手，拿着过往的二十四小时内的路程表送到饭厅里布告处。我们每天去看，去计算，还剩多少里数，再要多少小时：也是我们的消遣之一。今天至十二时止，还有二百三十六里，预计明晨五时可抵 Marseille，最后的最后终快临到了！未来的前锋也逼近了，现实摆在面前，终该鼓勇前去！我明日拟乘夜车赴巴黎，逗留一星期左右，转赴南方 Poitiers 去。我的通信暂告结束，以后如有机缘，再当陆续寄些回来。所抱歉而负疚的，就是以往的成绩太坏了，乱七八糟的一堆，实在只有搅乱你们的清静的思绪！但这也就是我实生活的表现啊，我能掩饰吗？

末了，请渴望我思念我的母亲、朋友，一概放怀！你们悬虑的无依的小鸟，现在安然抵岸了！放心吧！安慰吧！祝国内诸亲友快乐，康健！

怒安

一九二八、二、二日下午三时，抵马赛前十四小时

## 十三、地中海中怒吼

亲爱的母亲：

当我写"一路平安抵法"的信写到最后两行时忽然听见长啸的巨声自远处一路怒吼过来，像是千军万马冲锋陷阵的声势，又像是大地爆裂似的石破天惊的威吓，终于在人声鼎沸中，轰然一声，只见雪白冰澈的浪头，张牙舞爪的扑上窗来，接着又锵然的浪花白沫，在圆玻璃上四泻下去。摇篮似的孤舟，开始向左右倾陷……我匆匆的咬着牙齿写下了最后的"一路平安抵法"的字样，那时候，母亲！我实在没有勇气告诉你突然的惊恐了！我想，你读到上面的几行时，一定是彷徨恐惧，忧疑思虑，足够你数夜不安了；但是母亲啊，放心吧！我仍是"一路平安抵法"的踏登彼岸呢！

寄信时走上第一层甲板，还没余暇四顾的时候，没头没脑的狂风，已扫得我身子东飘西荡。尽了全力上了第二层甲板，见水手们也正和我同样的东倒西歪在风阵里挣扎。在战战兢兢的奋斗努力中，幸能跨过头等舱走廊的栏杆，正当将过未过的时候，真是如何的担心啊！我恐惧，我没有重量的身躯竟会刮下海去！……

寄信回来，第一层甲板的风势浪力已不复能通过了；不得已退到二等舱里，从下面穿到第一层甲板。旅伴们都聚在起重机旁，三三两两的在议论着，女客们躲在下舱的扶梯门口，预备逃避时可以得到优先权，一面只是在大衣中瑟缩着向船外探望。船左的半天，都变成阴黑，烟雾似的浮云

笼罩在无名的深蓝色的岛上，似乎巍巍的山石都要把我们活吞下去。黑压压的肃杀之气，密布周围。全个海面都像沸了一样的在翻腾踊跃，我们的船就像我们幼年时玩的秋千和浪木一样。层层相因的浪方从山脚下渐渐的卷向船来，便在怪叫的风声中，觉到坐了飞机一般的浮了起来；心魂摇旌未定，又从万仞悬崖上一直降落到深谷里去，四溅的浪花，雨点一般的把我们包围着。全船面的旅客立刻开始慌乱起来；一面还在神魂恍惚中仰窥着舵楼中船长的行动。我可以看出，每个旅客都有一种把整个心身交付船长的下意识的恳求。平日把生命藐视的一文不值的我啊，到此也不由自主的挣扎起来，本能么？本能么？

饮茶后，我们仍走上甲板，一则衣服稍淋了点海水，还不要紧；二则上面空气流通，免得闷在一孔不留的房里晕船。安南人正同我讲西北两方的天气比较清明稳定，他并说一二小时后只要航出了这东南两面的恶阵，便可逃出的话；我也痴心梦想地默祷着早早安息。远望来船，也正和我们同样的飘荡，我想我们是只要一夜便达目的地，他们是刚刚离家呢，不禁代他们担忧起来……正在闲暇的思索，冷不防砰然的波涛从船右直跳起来，逃避不及，全身都埋在它的猛烈的打击里。半分钟内，落汤鸡一样的淋漓尽致的逃回了房内。大衣内外都湿透，无论如何不能再上去了，无可奈何只得躺到床上去。洪君在变色的面容中说他已难过得不得了，又说我的大衣被海水淋了，将要变成旧的样子，因为呢料着不得咸的。我只是默然的想着，旧不旧倒无妨，只是这样的洗过一般的湿了，明天早上如何穿得上身去，更如何能在寒冷的马赛上岸？焦急啊！船愈动得厉害了，我好像睡在粗暴的保姆的猛力的摇篮里，当全床向上浮起来时，竟好像要把我掷到地下的样子。幸亏床栏很高，如果没有栏杆的话，就是它不把我掷出来，我自己也要心慌意乱的吓得滚下来了！

躺着，只是焦望时刻快些过去。又设计如何侧着睡，向右睡，使胃不至激动过甚，晕晕的只是睡不着。

夜饭当然又在床上吃的了，猪排和熏鸡，都是好菜；还有洪君白天未吃完的鱼。正大嚼时，茶房又送冰淇淋来，大概是因为最后的一餐了，所以如是的丰盛吧！我一面用活指和死鸡争战，一面在想着最后的盛馔的念头，船动也忘了，刚才的焦思灼虑，早已被现实的口福的快慰赶得净尽。

吃饱了饭，我又尽逗着洪君闲谈，因为如是可使忘掉风浪的颠簸，果然成绩很好，半天后不知不觉在疲乏中入梦了。

可是最后的一觉，却只睡得四分之一还不到。全夜共醒了六七次，排山倒海的狂风怒吼，洪涛整夜的在耳畔悲嘶，睁大着眼尽着呆想，又是思绪纷乱得想也想不出什么问题。最后的一夜啊，真是如何的漫长寂寞呢！

五时即起来出恭去。第一先看了大衣，已干透，惊喜之极，大概咸水易燥之故。整装，穿衣，梳洗之间，天已由黎明而破晓，而大亮了。汹汹的洪涛，只剩有微弱的余波，地中海的怒吼，已远远的遗留在后面。早点后，登上甲板，一夜之间一切都变了。十数小时的惶恐不安，恍如做了一场恶梦。深碧无底的海水，已溶成温柔稳静的马赛港外的绿漪了。万紫千红的朝霞，从山背直冲上半天，暗绿的山巅，犹在将醒未醒的睡态中，红色的光芒，却在山后催她早妆。我一直因懒睡未看过海上的日出，此次都拜识了她的壮观奇丽之伟迹了！未来的曙光，又来怦然叩我心扉，积压的尘垢，竟扫荡无余……

母亲啊，朋友啊，“未来在期待我！”我又不禁这样幻觉了。至于终于一路平安抵法的慰安，倒反而邈远了。

一九二八，二月四日夜十时，

于巴黎第五区嘉末街服尔德旅店

# 十四、到巴黎后寄诸友

燮均，临照，炳源，念先，绍丰、垣并诸位朋友：

渡重洋惊险浪而终于安抵马赛的 André -Lebon，在曙色满天的一九二八年二月三日上午七时四十五分，缓缓的在庄严和悦的汽笛声中进港。蓝白红三色的国旗，鲜明地活泼地在清冷的晨风中飘荡，码头上黑簇簇的人影，在远处隐约闪动。全船的旅客，都穿扮得齐齐整整，露着欢欣愉快的笑容，靠着栏杆，和他们久别的亲爱的故乡亲友重见，老远就挥手扬巾的招呼着。

抵岸前二夕，那法国胖妇人发起请三等舱全体旅客签名致至船长，对于此次长途航海的平稳安全申谢。在饭桌上轮流地都签了，满纸歪歪斜斜粗粗细细的字迹：表示各个人的真诚善意。那于我看来，都觉得十分和谐快慰的。那信送去后，第二天午时（即大风浪的那天，不过那时船正十分平稳着）舱长（Maître d' hôtel）忽然到甲板上来邀全舱的旅客们下去，说船长要向我们答谢。匆匆忙忙赶到饭厅时，船长已先在了，旅伴们只到三分之一多些，因为多来不及通知。船长开始说了一套谦逊感谢的话。又说此行招待不周，使旅客先生们（法文中即 Messieurs les Passagers）感到许多不便，真是非常抱歉不安的。那胖妇人稍稍应答了一二句，船长也就告别了走了。我始终只是默然沉思；到岸时更仰望着舵楼，感到莫名的惆怅，一种感激惜别的情绪搅和着在胸中沸跃。

进港时第一见到了 Porthos 泊在右岸，又看见 Athos II 和 Paul- Lecal 衔接着泊在左岸。同公司的兄弟姊妹们，在长长的离别后重见，我真代他们快活啊！尤其因为 Paul-Lecal 上，有哥仑布往返两次的足迹，Athos II 是去年五月郑，袁，陈，徐，魏诸位的浮家，Porthos 又是春苔先生三年前的归航；所以于我更感到一种特别的温慰亲切。Athos II 正在修理，据说他是诞生于德意志的，所以现在正在他的母家定铸要件。Porthos 是十二月三日在上海开的，Paul-Lecal 是十七日开的，正比我们前两班，现在他们都在长途跋涉过后，静静的躺在马赛港内休息着。

停船真比开船还难！据说自己船上的机器不能开的了，因为势头太足，不能收住；所以前后两只 Pilot，一拖一挽的把我们十分缓慢的送到岸上。真有些奇怪，区区两只小汽轮，竟能支配两万多吨的 André -Lebon！

靠岸后就到头等舱吸烟室去验护照，我第一次详细地看到了头等舱的贵族的奢华。进门时，正在唱名："Mr. 王宠惠"，我留神一瞥，啊，原来我们的 Docteur（船上都这么称他）已这么老了！长途漫漫，风尘仆仆，当更增劳苦了。

同室的洪君，有他的表叔王君来接，我也就此叨光。他把我们的行李统交托转运公司；我只留一小手提箱随身带着，但出门时仍被关吏查过才放。出了公司的栈房门，不到十数步，又来了一个法国人，自己说是关上的暗差，要问我们的准许搜检身上（法语中就是这样说法的！）。王君袋里的中国印匣，他疑为纸烟雪茄之类，直到看见象牙的图章才算。查过后，我们到邮局去寄信，我又发了一个电报给严济慈先生介绍的巴黎郑君，说我今夜夜车赴巴，请他等我在家。另外发了一封快信给朱君亚舫，快信邮费三角，比平信加六倍；电报却便宜极了，简短的一句，只三法郎数十生的。

出了邮局去找中法工商银行取钱，都是问路的，但非常方便，他们自己不知，便介绍别人告诉你，一些没有讨厌的样子。取钱后就寻饭店吃饭，三道菜，一道汤，一杯冰淇淋，价十三法郎，不算贵。菜味比船上好多了！尤其是面包不像船上那么酸而无味。一个多月来，第一次在岸上吃安安稳稳的饭，畅快极了！

饭后即到车站，步上六七大级，每大级二三十小级的石梯，因为车站正在山巅，所以上去很费力，石梯足有数十丈宽，两旁都是些美丽的雕像装饰着。车站周围也尽是草地，树木，椅子，预备旅客息足。在站上碰到安南人，他领我去买票，到巴黎的三等标价，是一百七十二法郎左右；晚上七时四十五分的夜快车。那时行李已运到，但转运公司的办事人还未来，天却下起小雨来了，王君说不如到咖啡馆去避避雨吧。我们就到车站旁的饭店兼酒排间的店里去，每人要了一杯咖啡牛奶，我仍吃不消它的苦味，放了许多糖还不够甜。咖啡馆里很多饮罢后看书阅报，久留不去的人，大概都是等车的。侍者是女的，在饭堂上则男女仆都有。一杯咖啡二法郎半，加一小账。还有许多饮酒的人，在烟雾酒气中高谈阔论。

王君他们四点多车走的，他们是往 Nice 去。三点多，转运公司的人来了，就去买行李票，照例三等客可带三十基罗，我却单是一只大铁箱就有九十基罗了，所以一共付去二百零一法郎，又数十生的，比车价大了三分之一，真是吃惊不小。买票时又问我价值多少，我胡乱说了一个八千法郎的数目，说是保险的，每千法郎应付保险费三法郎。不过是否等一损失后可得这八千法郎的赔偿，却不知道了。

买好行李票就同转运公司的人算账，一共四十二法郎二十五生的，连小账给了他五十法郎。箱子是统没有给关上查过。我一想到在公司栈房里查验行李的情形真怕死了；什么东西都给你捣乱了；一些丝质的东西，不论小手巾之类也要抽你税，新衣服不必论，整打新袜，那是抽加双倍的税（值一抽二）！我大箱里有人家送我的一打新袜，还有严先生托我带法的送人的新衬衫和茶叶，如其自己带时，定要给他大敲竹杠了。据王君说，关吏和转运公司故意串通好，凡是旅客自己运出的，他们必十二分的留难，使你们不得不去托那些什么 Son and Cook Co.，Duchemin，Agence 之类，那些公司，有了生意，就是关吏多了油揩。我想，“原来如是”！

吃晚饭前，那位船上的德国旅伴，叫我替他和安南人翻译。说是他的行李太多了，尚少三百法郎，想问他借了，等到家后寄还，因为他同安南人在船上常说话的。不过安南人只懂法语，德国人只懂英语德语，在船上时由一个懂德语的法军官翻译的，现在却用英文叫我译了。可是那安南人说他自己也只有一百法郎了。那时候，我看那德国人真为难极了！他家住匈牙利的蒲大贝司脱，从马赛去要两天半的路程。他现在举目无亲的问谁去借呢？于是我便告诉他，说我可以稍稍帮助他一下，就给了他三百法郎。他给了我他的地址，说到家后就汇寄到巴黎郑君处。晚饭时，他说吃不下，只喝了些牛奶，安南人用法语同我说，恐怕他为省钱的缘故。我听了只觉得难过，出门人是常会遭遇到这种困难的。他先要乘车到 Vintieme，是七点四十分开，正比我们前五分。在车站上他紧紧的握了我的手道谢，说一到即寄还。我连连说小事不必介意。他匆匆的上了车，我觉得非常难受。虽然是新相识的，但在船上时，我一直看他很诚朴的；匆促间因了不方便而求人原是如何困难的啊！这刹那的聚谈和些微的效劳，只使我觉得惭愧和怅惘。

法国的三等车，是八人一间房间，不过客少总坐不满的。坐垫很舒适，门关了可与外面的走廊隔绝。我们一间只有四人，所以可以马虎地睡一下。房内有热气管，很暖和。电灯共有两只，一只是微暗的太平灯，睡时开的。

上车后他们还都看一会书，我早疲乏得不得了，在摇晃的震动中渐渐的朦胧入睡了。一夜共醒了好几次，每次车停必惊觉。第一次过 Lyon 时，我以为快天明了，哪知只九时四十分，开行后还不到二小时呢！我在国内很少出门，夜车还是生平第一次。夜长梦多，又是睡不舒服，困累极了。只望它加快飞行，早到巴黎。一觉又一觉，一站又一站的，忽然在山顶上跑，忽然在平地上奔，又忽然往河面上飞，一忽儿又向黑漆漆的山洞里钻。夜色重重中，只能在幽微的月光下，认出是山冈还是平原。车站旁高高的明亮的路灯，射入车厢，愈显出夜的幽静，沉寂。每站并有卖报的，卖小册子（路上消遣的东西）的曼声的喊叫，仿佛是催眠的歌儿。黎明时在一站上停靠七分钟，专为旅客们下车早餐的，简单的一杯牛乳，一块点心，就排列着立在咖啡馆柜旁饮喝。

行行重行行，又是日出了，温和的太阳在雾雰中，追着我们狂奔。浓霜铺满田野间，仿佛下过了雪。纵横交错的车道，一行列一行列的货车客车，都能辨认了。窗上全是水汽弥漫着，可知天气的冷度。道旁小屋中的炊烟缓缓的升起，报告我们时刻。河上结着薄冰，在阳光下闪耀着。一切的故乡景象，都一齐回复了，所差的就是竹篱茅舍都变了洋楼红屋，平原田畴，变了山地丛林罢了。

九点半车停巴黎。安南人有他的安南朋友来接的，他就替我叫了汽车，伴我到第五区嘉末街三号找郑君的寓所。可是旅店主人说，他昨夜接到了电报，说不认识这人，所以把电报退回了；他今天早上已出门去。还有姓苏的，也出外了。不得已再去找罗泠街十四号的袁君中道，他是春苔先生介绍的，不料房主人又说他出去了。安南朋友急于要走，当然也不好再麻烦别人了；自己再问路，找立勋叔介绍的我们的同乡华君。一个法国人竟把我领到了，可是已搬了家。这时候真懊丧万万分，后悔昨天的电报，不应忘掉加上严先生介绍的字句，现在竟变了彷徨于巴黎街上的浪人了！

最后，仍回到郑君寓所等候，因为跑到一家"中华饭店"里去，说太早没有饭吃。于是就在郑君的寓所里等到十二点，再去吃饭。中华饭店当然是中国人吃中国菜了！一只炒蛋，一只肉丝，一只汤，共价十六法郎，很贵的！可也十分满足了，因为三十多天不知中国味了。

吃过饭后，再到袁君那边去，因为上午那主人约我下午一时去的；说袁君每星期六下午一时回来一次再出去的。于是我又到那店里的客室里去老等，一会儿女店主说来了，指着进门的一位中国人，说就是他，就是他。我马上把孙先生的名片给他，他看了一刻，说这是谁？我不认识的！我和他缠了半天，才知他姓杨，不姓袁！误会了！真是倒霉，白等了半小时。女店主便和我在旅客名牌上找上好久，中国人的名字都对过了，都像刚才那位姓杨的那样的名姓不十分符合"袁中道"三字的字音的。末了，她盘问我这学生是学什么的，我说学图画，她说是有一个学图画的；又到抽屉里去翻，终于的的确确查出一张旧的旅客名单上写着 Mr. Yuan Tsong Dao，清清楚楚的确是袁君的名字。她说已搬走了，在去年十二月二十一日搬的，说他留下一个地址，又找出一个信封，上面写 Yuan Tsong Dao，7 Rue Richard lenoir Paris（lle）。啊，闹了半天，是一场笑话！赶紧道了歉走出。

回到郑君那里，都回来了；快活之极！我留在那里的严先生的介绍信已从信封里跳出来躺在桌上了。他殷勤的把我招待了，替我就在这旅馆里找了一间房间，每天十六法郎。里面一只大铁床，洁白的绒毯覆着。两只电灯，一只在床头，一只在写字台上。一个衣橱，一只梳洗台，上面挂起两条白手巾，一壶清水，一只面盆。什么都有秩序的布置着。热气管在门口。可以自由开放。一只沙发，两只椅子。玻璃门外就是嘉末街尽头处转角的地方，地位很僻静。又在二层楼上，上下也便利。据说这是专为短期的旅客的，所以房租贵些。但较之上海，已差三四倍了！十五法郎合上海一元四角左右，在上海的一元四角，哪能住到新式的洁净的旅馆？吃晚饭时，他领我到西菜馆去，二菜，一汤，一水果，只六七法郎（合上海六角左右）。他们问了我上海的生活程度，都惊讶说怎么上海的物价比巴黎还贵？唉，那里呢！一切都出轨了，什么事能不颠倒呢？

行李安定后，他们就亟亟问我中国的情形，又问我南方的形势，民间的趋向，学生界的现象，遇到好几个国内的同学，一见面听说新从上海来的，便都争相问询。真惭愧啊！我心中极愿带些好消息给你们，安慰你们海天万里的向往热诚。可是不长进的我们，怎能掩饰那混乱稀糟的一堆烂污呢？

一室内聚着几位郑君的同学，我便做了临时的顾问，最后也只有摇首长叹。灰色弥天的中华民国，不知何年何月才能睡醒那五千年大梦？那种激昂愤慨的紧张的空气，宛然是在国内时三数友人谈论国事时的神气了！

来法才二天，没有什么见闻可以报告。只是处处有一种安定快乐的空气，确使在沸腾惶恐的中国逃出来的我，觉得非常的安闲心定。

他们物质的享受很充足，奢靡繁华的现象是高唱精神文明而空无一物的中国人所梦想不到的。他们不但吃饭要钱，在公共地方出恭也要钱（譬如在火车站，咖啡馆等都是）。而且什么都有小账，但也有一定的规矩，大家都不会逾越，所以虽在比上海热闹喧哗到百倍的巴黎，却反比上海感到舒适，快意。在马路上也没有上海那么多危险。买东西时也没上海那样容易上当。前夜经过警察厅，是全巴黎的管理治安的最高机关，他们墙上刻着“按照一八八一年七月二十一日的法律，禁止招贴”（Défense d' Afficher Du Loi 21 Juillet 1881）！看此就可见他们的精神所在了！

我们住的是第五区，有名的学生区域。巴黎大学的文科理科都在这区内，还有法国最高学府 Collége de France，也在巴黎大学右邻。据说巴大文理二科共有学生六七千。法科最多，有一万左右，医科约三四千。中国学生在巴黎的亦有数百，在路上时常可以碰到（确不是日本人）。但留学界的情形也不大好，真真念书的不到十分之一！

昨天去玩了 Luxumbourg 公园，又到北京饭店午膳，比前天的中华饭店便宜多了。郑君说那爿是广东店最贵了。第五区内的中国饭店，共有五六所。他们的内容布置，完全法化，只是装饰的东西，有些中国的刺绣画屏之类罢了。外国人亦颇多来吃中国饭的。

饭店是同咖啡馆一样可以窥见社会真相的地方，不过匆促间尚未能有所报告你们。

这几天正忙做衣服，看医生，办注册等问题，都靠郑君他们领导去的。他们至诚的相待，真感激啊！我预备一星期内把诸物赶好即到 Poitiers 去。长安居，大不易；何况名闻世界的巴黎怎是穷学生的乐土呢？

以后再写吧。再会了，诸友！

怒安

一九二八年二月六日戊辰元宵灯节，

于巴黎第五区嘉末街三号服尔德旅店

## 十五、在卢森堡公园里怅惘

抵巴第二日，就逢星期，饭后郑君陪我去逛了一次 Jardin Luxembourg，匆促间未看得仔细又下起雨来，没绕完一圈就回来了，以后每逢饭后未到大学校上课的时间，他们总是在那边散步的，一则离大学（他们简称巴黎大学为大学）很近，二则吃饱了饭无处休息。我也常跟着他们，但只信步走去，所以仍未看到全部。今早乘便独自去绕了一转，在静默中得有思索观察的余暇，不觉受到了不少的感触。

高高的树木，赤裸着在冷峭的晨风里微微发抖；全公园都笼罩在迷糊阴沉的寒冬薄雾中。据说巴黎的天气，入冬后都不大好，要到三四月才有整天的太阳可见；怪不得我来了好几天还没看到一次晴明的天空，或是绚烂的晚霞，终日只是昏暗的白灰色的闷气充塞着。园外三四丈高的铁栏，矗立在空漠的冷静的街上愈显得枯寂。只有巍然高踞的石像，还在严冬里表现他中古时代的武士的精神。三三两两的游人，都紧裹在大衣里瑟缩的急急的走着，想因此可以暖和些。小朋友们带跳带跑着在微喘，嘘出来的烟雾似的热气，在冻红的苹果似的颊前渐现渐灭。勇敢健旺的小朋友啊，我真赞美你！

远远的在 Senat（参议院：法国的参议院即在公园旁边，园内可见议院全景）旁的碎石道上，奔来了一个男孩一个女孩。女孩渐渐的缓下来了，只疲乏的在后面跟着。小皮球直向前滚，双耳直竖的小狗发狂似的追逐去，浑身的毛都逆着寒风舞。小主人一忽儿高声的鼓励它，一忽儿温和的抚慰它。这小女孩，我一瞥便窥见她不长的鹅蛋形的脸庞，又白又红的健全的血色里流泛着她整个的天真活泼的灵魂！紫红的皮外套，包裹着她童稚的美丽的体格；长统的象牙色的袜子。紫红的皮鞋，显示一种和谐生动的情调。男孩的容貌，虽没有她这般美，但也颇流露着快乐可爱的气息。他们俩大概是姊弟吧，姊姊也不到十二三岁，弟弟当然更小了：可爱的一对，人家都在匆忙的步伐中特意留神注目。

我是一个没有兄弟，没有姊妹的孤零人——有是有的，可是都跑向我未来的世界里去了！所以从小见了亲戚中兄弟姊妹的行辈，于我终觉特别亲切。在外偶尔遇到可爱的小孩，又常有一种巴不得他便是我的弟妹的妄想。今天见了他们，更不禁突然想我国内的若妹，觉非弟，小妹妹，三个仅有的小朋友来！我同他们在一起时，常恨终不能扯掉大人的假面具——虽然大人里面还嫌我脱不掉小孩气——和他们入于忘形陶醉的境界。这眼前的不相识的小朋友，又增加了我无限怅惘。黄金时代的乐园，终于没有我的份了！甜蜜快乐的童年幻梦，终于渺远了！所仅有的小朋友，五六年后，也都跑出了儿童的世界；自己呢，不消说也愈沉到成人的愦梦的深渊里去了！回忆每次寒暑假，和他们欢聚的情形，天真烂漫的愉快喜悦，真是恍如隔世了！

临行时，若妹小妹妹都送我到船上，觉非弟因为学校考作文不能来。小妹妹在船上的时候，常同静姨母说（她的母亲）"姆妈，下去吧！要开船了！"当我们问她怎么知道要开船的时候，她说："机器在响了！"其实是甲板上起重机的声音啊！小妹妹只六岁，在她聪颖慧悟的小小的灵魂里，不知怎么知道她是不应当在船上和我同去的！她虽经我们劝导了好几次，但总是时常着急："姆妈，船要开了！"你着急船开，我却着急船不开。不然把你同一切送我的亲爱的母亲朋友都带了来，岂不好呢？……

话说远了，再回到公园里去吧。

绕道走上石阶，两个四五十岁的有须的男子，在木叶尽脱的林下打木球。一个个交叉的铁门，手杖似的木棍，圆溜溜的剥蚀的木球，都是我童时良伴啊！看他把对手的和自己的球踏在脚下，举起木棍预备敲出对手的球时，我又不禁沉入幻梦中去了。当年最擅敲球的同学，优美勇武的姿势，响亮的啪的一声，把小小的对手的球送到辽远的无量无边的大地上去的情景，一一都重新闪映过。现在复有到了老当益壮的他们，莫叫我衷心地惭愧！在他们，原没有什么童年老年的分别的。暮气沉沉的我们，真怯弱得可耻了！

喷水池面积很大，泉源虽不十分畅旺，但因为这是全园唯一的水塘，所以特别宽广。离岸二丈余的水中，一只布篷木制的小帆船飘浮着，喷泉的余波微微激荡着，使它稍有些倾侧。假若小人国里的朋友乘坐着的时候，那也一定同我们在地中海怒吼的 André - Lebon 上一样的恐怖惊惶了！池旁围有尺许高的水门汀栏，一对七八岁的幼童倚靠着正在玩赏。一会儿又谈起话来，像在商议什么，后来便都跑向远处草地旁去捡石子，一颗颗望着船的外舷方面投去，藉着水波的作用，要叫它收篷傍岸。这正和我们在小学校里拾取河中的皮球同样的方法。聪明的小朋友，这是谁教你们的？因了不息的努力，船便慢慢的泊近岸来；将到未到时，小朋友更性急起来，大半身横俯在水门汀上，脱下帽子像扇子一样的扇它近来，但不中用，便又忙着戴上去，双手在头上乱摸，使帽子整齐服帖。一个又拾石子去了，一个更焦急着伸着小手乱摇，想赶紧和他海上的伴侣握手。创造的生活啊，儿童的智慧啊，我窥见你们整个的世界了！当他们互举着船行“进港式”的时候，我暗地里满腔热诚的祝贺他们的成功，胜利！

一路出来，种种的思潮在胸中涌起。故国的小朋友们，在这冷冽的寒冬，照例是禁止出门的；就是庭院里的娱乐，也为爱护至极的母亲所不许的。我深感母亲的挚爱。但看了他们的那种活泼强健的小孩，同着我们文弱清秀的小朋友们比起来终觉有些怅怅。文弱清秀，原是中国人形容温文尔雅的风度的言辞，但手无缚鸡之力的文人，终究造成了可怜的老大的病夫！旭日东升的童伴，到今还被迫着不能放射他的霞光异彩。

在巴黎每二三区有一大公园，Luxembourg 也不过其中之一罢了。每区内又有三四处草地空场，内面也有林木花草，石刻的美术品，休息的坐椅，预备儿童们放学后散步游玩，换换空气的。巴黎郊外更有好几处大树林，供城里人享用。所以工业比上海发达数百倍的巴黎，反较上海清新卫生得多。想想我们的中国吧！

十七年二月九日元宵后三日<br>恕安于巴黎<br>Hôtel Voltaire.

原载《贡献》旬刊第一卷第六期至第四卷第一期，一九二八年

# 文艺评论

# 现代法国文艺思潮

若干时以前，法国有人做过一番测验，要知道以什么适当的名词加于我们这个时代。在历史上，某种思潮被称为古典的，某种被称为浪漫的。可是，生在现代的人，要知道后来者对于我们这时代的称呼，是件很不容易的事。这大概和我们生存的时候要认识“生”的面目，同样的困难吧？

“立体主义（cubisme）”这名词已经很流行了。但每个名词一朝普遍之后，就会丧失它原来的意义。譬如“立体主义”四个字，在一般人的脑中，并不是象征一块块的立方的体积，而成了“不可解”的代名词。清新诗被称为“立体主义”。一位老先生看见银幕上映着动作迅速的景色，模糊的好几个景致交错地映在一幕上的电影，就说：“这是电影上的立体主义。”

还有一个名词：“现代的（moderne）”，虽然涵义宽泛，但已比较富有内容。它是代表某种新意识，可以认做现代文学的主要性格之一。“现代的”这个名词，在近三四年的中国，也非常风行了；不过一般人译音叫做“摩登”，他们所认识的意义，亦仅限于时髦（mode）方面。这是和“现代”意义，大大不同的。其实，法国十七世纪，已经有过很著名的文艺上的争辩，即“古代的与现代的争辩”（la querelle des anciens et des modernes）。这场辩论当然要比数年前梁实秋和郁达夫两氏所争的“浪漫的与古典的”问题，更有意义。因为它是法国文学奠定基础的肇始，是十七世纪的作家不承认在原则上弱于古代（即希腊罗马）作家的自觉。总而言之，他们志在摧破“古代”的樊篱，解除思想上的束缚，以争得法国文学和拉丁文学站在对等的地位，而且在技术上，也许较之古文学更高卓；他们要令人相信文化是进步的，要把作品从流逝的时间中特别表显出来，而且要随了时间的波流，一同前进。

然而在今日，文艺上的“现代的”名词涵义，和以前的大大不同了。现代文学在时间上占有绝对独立、完全自由的地位。“现代的”观念，在某一种程度内，竟是对于作品的不朽性加以否定的意思。在艺术家的意识上，这自然是起了一种革命，而成为当代主要思潮之一。

可是这革命产生的原因在哪里？

一百五十年来（自十八世纪后期起），人类在实体上渐渐觉得他是处于一个动的宇宙中，这宇宙正被流动不息的力驱遣着。那些建造巍峨宏壮的庙堂的埃及人与希腊人，似乎并没留意时光之消逝，他们对于“永恒”比我们更有直接的“直觉（intuition directe）”。他们的生活，并不改变得相当的快，使一年一年，一代一代的差别如何显著。在这一点上，十九世纪给予人类的教训，较之以前数十世纪的丰富多了。世界的速度，意外的加快。我们由了变化的繁多与迅骤，感觉到世界的动作。十九世纪的人，由马车而汽车，而火车，而飞机，在短时间内，一切都推翻了：电报、电话、电力、蒸汽……日用科学以惊人的速度发展。老祖母看见年轻的孙儿，坐着飞机在云端里翱翔，不由得想：“太阳下面，简直无所谓新奇！”

这些品质的变化，还不是变化的全部。自法国大革命之后，西方人只见无数的经济的与社会的突变。年纪老的人一天到晚口喊：“我的时代并不是这样的。”“我的时代，一斤腿肉要比现在便宜五倍。”社会在摸索、寻觅新组织的基础。法西斯主义、共产主义、合理化主义：从前只在哲学家的理论中具备一格的学说，至此已混杂到每个人的思虑中去了。在这等情势之下，文学与艺术，自然不能不接受这种种思想。

第一是演化（evolution）与进步（progress）的观念，重新成为今日的哲学家所研究的问题。其实，人类也只在今日才充分明白演化与进步的意义。迄今为止，所谓发明（invention）和发现（découvert）似乎只是纯粹科学所独具的长处，可是现代的文人也在发明、搜寻、发现了。他们实验新的体格，利用学者的理论（如弗罗伊特学说之被充分应用于文艺分析，即是一例）。文艺已变为类乎发现新事物的一种工具，可时时加以改进或改造的（如小说家及诗人瓦莱里·拉尔博（Valéry Larbaud）的发明“内心的独白剧”（monologue intérieur）。

第二是现代美学之感受新思想方式。名小说家普鲁斯特（Marcel Proust，一八七一——一九二二）虽然因为久病之故，似乎与世隔绝，但他对于他的时代，却具有最清明的意识。他在《重新觅寻的时间》*Le Temps Retrouvé* 一书中说：“文学家的作品，只是一种视觉的工具，使读者得以凭借了这本书，去辨识他自己观照不到的事物。”他的意思，就是说一个作家的责任，在于揭发常人所看不到的“现实”。可是要发前人之未发，见前人之未见或不愿见，却需要深刻透彻的头脑与魄力。因为我们除了生活的必需或传统的观念使我们睁开眼睛以外，我们的确是盲目着在世界上前进的。假如你令一个住在巴黎铁塔附近的人去描写铁塔，他定会把四只脚画成三只脚的。我们不知道这是由于大意，或是太习见了的缘故。这正如我们最初听到浪声，觉得它轰轰震耳，但因为这声音老是不停，而且永远是同样的高度，以致后来我们简直听不见什么声响。所以，要使文艺能帮助人类，在只是模模糊糊看到极少数形象的现实中，去获得渐趋广博、渐趋精微的认识，那么，文艺还有不少的工作要努力呢。

第三，一切精神活动，都在改换它们的观点。十九世纪以前的人所认识的历史，只是传奇式的，还未成为科学。今日的人们所认识的历史，则是以哲学的眼光去分配时间的学问。爱因斯坦的相对论即是一证。柏格森也告诉我们，时间是富有伸缩性的，定会依了我们的心理状态而定其久暂。法国有一句俗语："像没有面包那一天般的长久"，很可以说明柏氏之思想。在大祸将临的时光，一分钟变成一秒钟那样快。在期待幸福的当儿，一秒钟会变成一分钟那般久。各个世纪的历史的容量之不同，也许就可把柏格森的学说来解释。这亦即是"幸福的民族无历史"那句话。反之，在纷乱扰攘的国家，几天的历史，可比太平无事的国家几十年的历史占得更多的地位。由此，我们对于时间，就有一种实体的、易感的、弹性的印象。现代大诗人保罗·克洛代尔（Paul Claudel）在他的名著《诗的艺术》*Art poétique* 中亦言："我说宇宙是一架指明时间的机器。"

邦达（Julien Benda）提出反柏格森的议论，严厉地指斥今日对于"现代"的崇拜；他以为这种"特殊性"的学说，足以使人忘却其不应忘却的"普遍性"与"永恒"。我们在邦达的批评中，看出在现代人的心目中，宇宙的形式，仿佛如"长流无尽的江河"。这种对于时间的新观念，大大地改变了现代人思维的习惯。他们很注意事物流动的过程，艺术的形式也因之而变换，"动力的"（dynamique）观念代替了"静止的"（即均衡的 statique）观念。换言之，即"动（mouvement）"代替了"不动（immobilité）"。艺术品已不复是由明晰的轮廓所限定，为观众一目了然的形式，而亦是依照了像流动着的江河一般的对象所组成的了。

第四，现代文艺的主要对象亦已变更。从前，写剧诗是要依照许多规律的。例如古典派的三一律之类。他们仿佛如建筑一所房子，所有其它的艺术都要服从这几何学的艺术：建筑。现在，一切艺术是向音乐要求一种形式与理想了。音乐，它的主要性格是流动的，善于跟踪在时间上蜿蜒曲折地进展着的思想。法国的电影，正努力想成为音乐的艺术。若干大胆的导演，声言将制作"视觉的交响乐（symphonie visuaire）"，没有其它联络，只有印象统一的"形象交响乐（symphonie d'images）"。一切艺术似乎都含有“动”的精神，甚至建筑也不寻求垂之永久的方式，而注意到最短暂的情景，现代人临时的需要。在绘画上，我们看不见围着桌子聚餐的家庭，站在时间以外的悠闲的景色（如十八世纪的荷兰画），象征与讽喻的图画（如十八世纪的法国学院派绘画）。从浪漫主义起，“动”的原素就被引进到画面上去。德拉克鲁瓦（Delacroix）与热里科（Géricault）的马，不是真的在飞奔吗？浸降而至印象派、野兽派……等的绘画，更是纵横交错的线条与色彩的交响乐，有时候，似乎毫无意义，只是如万花筒一般的撩人眼目，一片颠倒杂乱的混沌。

这种美学的理想的改变，一部分也是由于近代思想大起恐慌而来的。数年以来，作为昔日社会基础的绝对论都起了动摇，以至先后破产。二十世纪最初二十年所发生的世界大战，令我们知道全部西方文明的根基是如何脆弱。青年们毫不迟疑的要把从前的天经地义重新估价。

所谓近代思想的破产，第一是对于文人们的荣誉的破产。法国现代文坛重镇安德烈·纪德（André Gide）年轻的时候曾说：“我的问题，不是如何成功，而是如何持久。”许多青年，甚至敬佩他的，亦说这是纪德的弱点与梦想。他们责备纪德对于时间的执著，可是我们却认出他们在自己作品中，故意加入暂时的瞬间的成分。这辈青年在作品中采用大宗俗语。不问这些俗语将来是否演进，或归于消灭。他们表现西方酒吧间的文明，也许这文明在若干年以后的人看来，会觉得如发掘到什么古物一般的惊奇。同时，也有些青年，在高唱“普遍主义”，说要创造持久的东西。凡是不能为一切的时代所传诵、所了解的作品，都在不必写之列。然迄今为止，此种论调，似尚未到成熟的时机。

一般青年作家之粗制滥造，不问他的作品在世界上能生存多少时候，这表示他们已不顾虑什么荣誉了。他们只急着要求实现。“死”来得那么快，叫他们怎么不着急？

此外，一个更严重的问题，另一种绝对论的破产：即“完美”之成为疑问。艺术品已不再谋解答什么确定的理想。现代人不能懂得，为何希腊的诗人，老是在已被采用过数十次的题目上写悲剧而不觉厌倦。他们永远希望更逼近一个他们认为更确切的理想。现代文艺则不然，它的方向已经变了。一般作家不再如希腊雕刻家波利克利托斯（Polycritus）那样，努力在白石上表现毫无瑕疵的“完美”的人体，而是要把富有表情的缺点，格外明显的表露出来。他们不顾什么远近法，什么比例，只欲传达在这些物质以外的东西，即是情操，是对象的情操，是——尤其是艺术家个人的情操。要求“完美”的意念已经变为要求“表白”的意念了。近世大雕刻家罗丹，即曾发挥过这类的精辟之论。

不论是一个人的或是一个社会的表白，总之，现代作品是倾向于这个目标。浪漫主义的发展，自然而然的形成这种变化。雨果他们称颂赋有灵感的天才与史诗中的民族。他们以为诗是一种神明的思想的表白，或在别种情势中，是模糊的现实的表白。这“现实”，用浪漫派的语言来说，即是“种族”。在这里，我们明白看到了，人在自以为表现了“神”之后，想到表现自己了。丹纳（Taine）把艺术家与文学家都附庸于“环境”之中，即是替这种新美学原则，固定了它的理论。

因此，我们对于作家的为人，较其作品，感到更大的兴趣。现代读者，每欲在一部小说中探究作者个人的人格。只要留心现在的书商把作者的照片或一页原稿与作品同时陈列这一个事实，便可明白现代读者对于作家个人的关切了。纪德曾谓他对某种思想之感到兴奋，只因为它是一个有感觉的、活着的生物之表白之故。

个人对于一部新书最美的赞颂，莫过于“人的（humain）”这一个形容词了。只要一部小说是人的，那么，无论它的技巧如何拙劣，总能深深地感动我们。有一位批评家曾这样说过：“那些不成功的作品，我一眼就看出它的缺点，有时竟令我极端不快，想把书丢开了。然而虽然它的缺点那么多，作者把我的心，不知怎样的感动了；我不能解释，但我断定的确是被感动了。所谓‘完美’，只是一种使我拘束的‘灵巧’。”

一九二四年，*Cahier du mois* 月刊的主干者，曾出了“为什么你要写文章？”的问题，征求法国许多著名文人的答案。结果是：“为什么我写文章？……因为我感到自由表现我的思想是件愉快的事。”大诗人保罗·瓦莱里（Paul Valéry）答：“因为我太弱了。”还有是：“因为这是我的职业，是要说出我的思想”，“如我不作文，我将饿死。”把所有的答案归纳起来，大致可分为下列两种：一，“因为我不能不作文”；二，“因为要表现我的思想（或情操）”。可从没有一个答案说是“因为要创造一件作品，创造美”。

这一个小小的心理测验，很可以使我们懂得现代作家的对于文艺的观念。

法兰西现代文艺的面目是那样复杂，其内容又是那样丰富，决不能在这篇文字内把它说得详尽。且此文目的，尤在于叙述现代思想的一般状况，故此涉及各个作家的解剖，谓之一瞥也可，谓之鸟瞰也更可也。至于认识之错误与不是，自知无可避免，尚乞识者指正。

一九三一年十月十八日

原载《时事新报·星期学灯》

一九三二年十月三十日、十一月六日、十一月十三日

# 研究文学史的新趋向

## 一、欧美教授们的辩论

美国哥伦比亚大学教授斯平加恩（Spingarn）于一九二六年《浪漫底克》杂志 *Romantic Review* 第十七卷上，发表一篇批评法国一九二六年马让迪（Magendie）君的论文《一六〇〇至一六六〇年间的法国交际礼仪和关于诚实的理论》。他提出一个疑问，即作者有没有充分使用他所参考的书籍的益处？他文中说：

"……我只是要指明，一个学者，不能把他所浏览过的各种书籍，做一种提要的功夫，再把这些提要依着时代的先后排列起来，间或参加一些关于史迹的诠注，就算是利用他的材料了……"

此外，他并以为在特种情况下，就令作者念过许多书，但总嫌念得不够，尤其是与他的题目有关的外国著作，在他所依据的法国参考书以前的，成为其前因的作品……如果不懂得一种理想在两个国家内的变化，而单就局部研究，是永远不能成功的事。

马让迪氏研究一个重大的社会问题及其理论，然而实际上他并没有深切认识它们的来源，和它们在历史上的地位，因为作者不知道他所研究的问题的以前的历史。

由此，我们可以明白斯平加恩教授对于马让迪君的论文，指出作者在文学史的研究上犯了两重毛病：第一，作者只将许多事实，加以相当的组织之后而陈列于读者的眼底；他并没有应用这些材料，当做为他的某一种假设的辩证。因此，他并没有消融他的材料，只毫无裨益地增加了著作的篇幅。第二，马氏的研究的方法是错了；因为一个社会问题，必须要把它和在外国的，在它以前所发生的现象，并合研究，才会明白。法国一部分的现象，必须要放入这个广大的欧罗巴运动之内，这个研究才会丰富而完满。

这段批评引起了法国巴黎大学教授莫尔内（Mornet）的回响。他在《浪漫底克》杂志第十八卷第二号上（一九二七年四至六月），发表一篇文字，从斯平加恩教授的批评而论及治文学史之目的。

莫尔内氏认为斯平加恩教授对于文学史的观念，其着眼处乃是结果而非抽象的论辩。斯氏的意思，以为马让迪君的论文，应该把十七世纪欧洲各国关于“诚实的理想”之整个思潮，一下子把握住。那末，现在就把采用斯氏的方法的作品提出来做一检讨。

莫氏所提出来的，是一九二五年巴黎出版的福尔吉耶尔斯基（Folkierski）著《古典主义与浪漫主义之间》那部论文。福氏研究十七、十八世纪法、英、意、德各国人士对于美学上诸大问题的见解。

这类作品中，我们可以立刻辨别出两项原则，第一项且是附属于第二项的，即哲学和欧洲主义（européanisme），由这两项原则所产生的作品已经超出了莫尔内氏的文学史的范围，因为照莫氏的主张，文学史应当是“历史的”（historique）和“国家的”（nationale）。

那末，斯平加恩教授所提议，福尔吉耶尔斯基所实行的方法，是不是“历史的”？可是福氏的著作，对于因果的确切关系，远没有对于各派论见的相似点那样关切。莫尔内的批评中有这样一段：

“的确，在福尔吉耶尔斯基的作品中，我们看到，凡是Saint、Evremond、Fontenelle、Fénélon、Dubos、Battoux、Diderot……等所讨论的美学上的问题，也就是为Harris、Conti、Hard、Home、Jonatham，Richardson、Daniel、Webb……等所讨论的。然而他们是否相识，不论是直接地或间接地？福氏从没有提起这个问题。可是在这些影响问题没有获得结论以前，我们觉得福氏的著作，不过是法、英、意、德诸国的批评家的平行的研究而已。它证明：十七、十八世纪欧洲各国对于美学上的各种问题，有同时发生的论调。这个判断自然也有用处，但为每种国家的准确的、渊博的文学史，却并无何种贡献。”

莫氏并且认为这种“一般文学”（littérature générale，或译为“文学通史”）还有一项危险，就是它必然是不完全的。谁能够说在英国、西班牙发生的问题，不在中国发生呢？而且实际上只是一种偶合的现象，会被读者误认为影响，而将一国的某个作家的特性弄岔了。作者因要顾及广大的全体，不得不采用选择的手段，一经选择，毛病就来了。莫尔内因此又检举福氏作品的缺点：

“在法、英、意、德诸国，论及趣味、美、诗的理论家，不止二三十；只就著作较为流传的作家来说，也有二三百。选择哪几个呢？如果福氏选择最大的作家——所谓最大的，亦是主观的办法，但姑且这样假定——那末，我们发现福氏在法国作家中，竟会选到Abbé Batteux、Crousaz、Riccobeuf、Murait之流；而将极关重要的Marivaux、Alembert、La Harpe……等遗弃了。如果不是要研究最有价值、最深刻的主义，而是写一部对于思想的演化最有影响的理论的历史，那末，多少为福氏所不知道或轻蔑的作家，应该在他的书中占一席地！”

福尔吉耶尔斯基所用的方法，在目的上就是非“历史的”非“国家的”。他要得到一个人类——至少是欧洲——思潮的鸟瞰，尤其要追求曾经激动各种不同民族的某种运动的主要性格。所以福氏搜罗最广泛的，超越国界的材料。

无疑的，这种主张很值得颂赞。可是莫尔内教授的批评，却有两个要点：第一，他认为“文学的哲学”（即建立广博的历史的综合），是要从大处去检讨各个重要时代，可是文学的哲学家在下判断时所应依据的经验，迄今为止，还没有完全。第二，所谓“一般文学”，往往只注意偶合而忽视影响，已不是文学史。

“有一种文学的哲学是好的……严格的历史研究，准确的说明当时的事实，也是好的。但用真伪不辨的、简略的历史，作为哲学的辩证是危险的……有一部欧洲文学史，甚至世界文学史是好的，应当希望的，它将是一切历史中最完备的。但对于各个国家的文学史没有确切观察明白以前，这种世界文学史必然是无聊的废话，或是暂时性质的作品。一般的综合的价值，须视特殊的综合的价值而定……因此，我和斯平加恩教授表示一致，我们所需要的，是一部文化史。在每一个时代，应把法国（或另外一个国家）和其它各国做一比较，并确定它们各个的特殊性。然而在‘确定’之前，岂非先要从准确地叙述这个国家入手么？……法国有一般文学史家，不以什么‘哲学家’或‘欧洲的’或‘国家的’史家自命。他只欲对于引起他们兴味的问题，认识它的真相……”

莫尔内氏的态度，从他的批评里表显得很明白了。他要求学者探索准确、切实的事实。然而因为要严格，故他的材料不得不减少。因此，他不愿研究一种文学所特有的现象，而要研究也许成为全欧的问题的一个国家的现象。这种研究的结果一定不多，但确实可靠，可供日后做综合功夫、具有哲学思想的作家的应用。那时候，每一种文学都有了切实的结论，然后可以建立“哲学的”文学。莫氏不信任忽略的综合，因为它忽略影响，漠视时间的差别，不用历史的方法，而用哲学的方法判断、或确定一种思潮，或一个作家的思想。因此，在莫氏眼中，文学的哲学与一般文学在目前都是不可靠的。

一九二九年《浪漫底克》杂志第二十卷第二期上，保罗·凡·蒂格姆（Paul Van Tieghem）氏著文，解答莫尔内教授关于一般文学的正当与否的疑问。凡·蒂格姆氏文中的要点，在于分别两种情形：一是各国文学互受影响的情形（这已成为比较文学的一部分），二是并无影响，只是偶合的情形。作者认为第二种情形尤其值得注意，因为这是表现人类的心理、感觉，在最深奥的内部所发生的精神趋向。譬如波兰人与西班牙人，他们的思想、气禀、性格是如此歧异，假定这两种民族同时发生一种相同的思想，那末，它的来源，一定是人类的共同性，而非基于特殊的民族性。

凡·蒂格姆氏这种论调，是把斯平加恩教授的批评引申而成的。莫尔内氏也并不绝对反对这"一般文学"的原则，他不过认为目前还没有到这个时机，故不如先做一番严格的"历史的"和"国家的"研究，较为可靠。

斯平加恩、莫尔内教授们的论辩，随后又加入法国克莱蒙·费尔纳（Clermond Fernard）大学教授贝尔纳·法日（Bernard Faji）氏。他在一九二八年《浪漫底克》杂志第十九卷第二号上发表一篇论文，把以前诸人的意见下了一个总评。莫尔内氏以为文学史的敌人，莫过于以文学通史为基础而形成的文学的哲学。贝尔纳·法日氏则提出文学的文学批评（critique littéraire artistique）或艺术的文学史（histoire littéraire）的方法，来治文学史。他说：

"今日实际上处于对抗地位的研究文学的方法，不外两种：即以科学趋向为基础的历史的主张，或以艺术倾向为基础的纯粹文学的主张。"因此，据贝尔纳·法日氏的意见，斯平加恩、莫尔内、福尔吉耶尔斯基、凡·蒂格姆诸氏（现在只就直接或间接加入论辩的几位来说），实际上都很接近。他们都主张文学研究必须以多数的、确切的史实为根据。他们的差别只在于如何采择与应用的一点上。莫尔内氏认为应当把史实整理就绪，以备将来的哲学家采用；斯平加恩氏则以为立刻可以应用史实造成一种学说，而等未来的发现去证实或否定。

这些学者对于“真”，较之“美”更为重视：

“的确，这是我们整个的时代除了极少的例外，大家对于‘真’的观念，宛如什么具体的、普遍的、永久的东西；而对于‘美’的观念，只是个人的、渺茫的、暧昧的、变易无定的事物。自文艺复兴以来，‘真’的本能在人类社会中发展到把智慧的力量都吸住了。人们不息的发明证实、剖明、创立的新方法。这些方法到末了成为如是的确切，以至予人以绝对的印象。”

所以，一种文学的研究价值，须视它能否获得某种切实的结果或某项事实而定。可是，相信在过去的文学作品中能够获得某项事实，必须要认定这过去是死的、固定的、凝结的、完全可以理解的才行。

然而我们不能把过去认作还是半生存的么？我们对于过去，能不能以机械式的眼光去瞩视，而在一瞥之中可以吸收到一种现象？生命，生人的生命，并非在生人的眼睛与对象之间，放入不断的变易的色彩玻璃，使人们称为“他们的过去”的风景与装饰时时变换吗？过去自有它的生命，其一部分正是我们的生命的反映。

那末，过去是否那样的可接近？对于我们的智慧，又是那样的可理解？说过去是我们的一种食粮——我们吞咽它以重新创造我们的生命的食粮，岂非更为切当？

过去，不但是不能把它当做凝固的材料来研究，而且在文学的园地中，一切属于人的，一切有人性的，一切关于意见、品性、印象或感觉之类的东西，都不能以数字来估量。

而且，所谓事实，也是从错综的现实中主观的割裂下来的片段，这种割裂的片段已经成为一种假设了。

“……我觉得科学的文学史的最大的缺陷之一，是不知道假设的用途而要想法避免它。”

这里，贝尔纳·法日氏接触到极精微的部分而明白地攻击莫尔内氏对于“真”的探讨了。莫尔内氏只欲减少错误，故他限制对象，以便更能抓住它的本体。他仔细的剪裁对象，使他的分析更为准确。贝尔纳·法日氏认为正是因为把对象限制，割裂得细小之后，才使在研究对象的时候，更少获得“真”的机会。“如此狭隘的真理”，他说，“已毫无真理的品质”。

反之，欲拥抱扩大的对象的“大胆的假设”，因为它的材料的复杂，和事物形象之完整，故虽然对于物象的审察未免简略不完，但反而能够得到较为确切的概念。当然，莫尔内氏的方法可以获得信实的效果，但这种信实却毫无用处。在人类的事业中，真理并非可以用许多局部的真，和谐地穿插而成的。所谓真理，只是一般的真，全体的真。

文学史家不应当试行建立什么确定的原则，博学家也应该允许想象写成若干使过去在它最目前的现实中再生的文章。这目前到将来要成为过去，故我们工作的动机——假设，也要变成古老，以至死亡，但不是虚无，而是也许会引起我们后人体味的暂时的隐灭，像过去的作品引起今人的注意一样。

贝尔纳·法日氏并不以为在研究的对象与研究的作者中间，有何不可超越的鸿沟。作品会死，它的研究也会死；作品有它的光荣，批评也有它的光荣。

关于这一点的先决条件，就是文学教育必须对于文学的意义，较之科学的意义，更加注意的培养。

由此，贝尔纳·法日氏转论到欧洲的大学文学教育。他批评他们过分注重科学方法。因为，据他的意见，名符其实的文学研究应当是先追求“美”，而非科学的“真”。文学教授与文学学生应该发展的官能是美学的，心理学的，技能的。在此，法日氏又连带论及文学的技能的修养问题。随后他又说要培养综合（或译“归纳”）的官能。凡艺术品、散文、小说、论文、诗歌、戏剧，决不能用解剖人体的方式去分析，而是要从全部去体验。对于过去的作品，应当重新予它以生命，使它复活，和人类的新思想、新情操发生关系，而不是去追求无谓的信实。我们所需要的文学史是假设的，柔韧的，艺术的，为发展文学趣味的最好的工具之一。

由此观之，法日氏和莫尔内氏的意见，较之斯平加恩教授的离得更远。莫尔内他们，认为对于过去的文学现象，可以有全体的、系统的、准确的认识。法日氏则认为这种认识是不可能的，其结果也较以个人独殊的思想，使古代作品复活的方法，要薄弱得多。

莫尔内氏于一九二八年《浪漫底克》杂志第十九卷第四号上答作贝尔纳·法日氏宣称，他很接受在工作之前的假定，只要作者已经具备全部证实的功夫。可是为若干过于广大的假定，要全部去证实，在事实上是不可能的，所以他把巨大的人类的问题分成小的各个国家的问题。

但法日氏的主要思想，尤在把文学研究分成两个阶段：第一先让作者对于过去的作品，静听它在心中引起的回响，而体会作品美学上的优点，并加以个人的批裁。其次，作者对于古代作品的反响，引起一种假定，一种规律，由以后的研究去证实，去递嬗成一种综合。因为莫尔内氏所主张的治文学史的方法对于前一种态度保守缄默，故法日氏更加坚持：作品的美学的价值与批评的美学的感觉，应当放在最主要的地位。

对于这一点，莫尔内在答辩中声称："……可是为何法日氏在辩护'美'的时候，定要排斥'真'呢？……我认为大学教育中，必须要令学生知道所谓'趣味'，所谓'美'，这是必不可少的；但在文学研究中却不必如此。一个作者很可以写成一部历史的考据，这已经可成立。他自然也可以用美学的，哲学的批评把他的历史继续下去，扩大开去；只要他的美学与哲学不致太庸俗而减损他原作的历史的价值，这种功夫当然是更好……"

至于法日氏批评今天大学中文学教育专重科学化之不当，莫尔内氏则表示，他的意见完全相反。他认为青年们最易被热情与偏见所误，而最难接受耐心的、客观的、科学的训练。

因此，莫尔内氏仍保持他第一篇论文中的主张，即纯粹历史的方法，只是文学研究的开端，它只是为美学或哲学的方法作一种准备，供给他们以可恃之材料而已。

## 二、各派主张的分析

以上所述，只是把近年来对于文学史研究方针的论辩，做一个简单的节略，辩论的起因不过是一段小小的批评。作者斯平加恩教授一定没有预料到他的无关重要的文字，竟会引起一场热烈的辩论，而涉及文学史研究的大问题。可是这场笔战所以引起我们的兴味者，尤其因为它给予我们的印象，似乎每个作者都没有说完他要说的话，他们好似都有一部分意见没有发表。

为彻底的明了本问题的现状起见，还得追溯到十九世纪末叶。那时代，文学研究并无什么方法，各个细腻的或有力的读者，把他对于过去作品的反应告诉群众，这便是所谓“美学的批评”。当时最大的批评家如勒迈特（Jules Lemaitre）、丹纳（Taine）、布吕内蒂埃（Brunetiére）都还没有真正的历史精神。勒迈特在文学作品中只看到孤独的各个现象，丹纳和布吕内蒂埃则只见到一切用以论证的原素。

差不多同时候，两种文学研究的方法产生了：文学史和比较文学。

在圣伯夫（Sainte-Beuve）之后，朗松（Gustave Lanson）可说是文学史的创始者。他的方法是把一件作品中可以用因果律来解释的都解释出来，把时代、前人、生活、修养所赐予一个作家的地方都表白出来。如果研究的对象不是一件作品，而是一组作品，那末，应该准确的观察各种文学门类的历史和趣味在历史上的变迁。

比较文学的成立和发展，拜唐斯班尔裘（Baidensperger）氏之力居多，他的作用在于辨别——不是在一种文学中的，而是在各国的文学中的——

相同的学派和系统，当史家想在许多国的许多种文学中，追寻某种思想上和趣味上的运动时，这个方法就称为普通文学（littérature générale）。

这两种方法有很多共同点，它们都不愿批判，只欲把文学的各种繁复的原素（与因果律联在一起的）所构成的现实，加以耐心的分析。它们努力于确切事实的建立：在追寻某时代、某种思想或某种形式的影响或变迁的痕迹的时候，是纵的研究；在搜罗种种足以影响或改变某个作家的人格或作品的时候，是集中的研究（létude concentrique），它要搜罗的是这个作家的政治背景，社会状况，他的情操，他读的书籍，他的旅行、谈话……

这些方法，第一引起两种人士的抗议。文学鉴赏家（amateur）认为学者努力要解释的东西，根本就不必解释，应该让它保持它的神秘，探索艺术品的胚胎成长的学问，是一种冒渎的举动。

此外，一般青年也表示反对。他们最初发现已往的伟人之后那满腔热诚，使他们不能忍受严密、中正的分析。他们只想大胆的批判，尽量的容纳消受。

然而文学史和比较文学这两种方法，究竟给予一般愿意明了事物真相的人以极大的安慰。它们具有对于作品的美的感受性，和对于人类各种思想方式的领悟性，并抱着某种渴求满足的好奇心，要明白孕育这“美”或这“思想”的渊源。

现在我们且不谈由这些方法所产生的良好结果，我们只问问别种方法所攻击文学史和比较文学的动机是什么？无疑的，这是因为历史的方法，在事实上几乎成了霸占文学研究的唯一的方法之故。现在所有的大学教授差不多完全受过严格的文学史的训练，大学学位的论文，也无非根据文学史上某个确切的时代与事实写成的。无论谁，只要依了这些方法，按部就班地做去，总可获得若干小小的结果。所以今日批评这种方法的，绝不是大学生，因为他们受到无穷的裨益。可是一部分学者，却因了这个方法的风靡一世，而警告群众说这方法在某种情形内固极适当，但它不过是研究文学的许多方法中之一种，且也未必是最有效果的。

莫尔内氏固然没有在他自己的主张以外，否认其它学说、其它方法的存在，即对他的方法提出异议的人们，亦并没有打倒他的方法的意念。他们所批判的尤其是方法的偏执的演化，而非方法本身，是方法的滥用而非方法的运用。他们尤其指责文学史方法所忽视的诸点而说明其重要。在下面，我们不妨对于反对派的论调做一探讨。

瑞士洛桑大学（Universitéde Lausanne）教授布雷（René Bray）氏是一个自命为文学史家的人，他说他不愿破坏一种已经极著成效的方法，而只欲纠正它的可以遗憾的倾向。

他认为一般人所称为“文学史研究”的研究方法，只确定了各种事实中间的联带关系，而并没有注意真正的文学事实，故它在认识文学作品这一点上，绝无丝毫帮助。

布雷教授于一九二九年十一月第一课上，曾详细叙述文学史研究的畸形的发展。他以法国一个著名文学史研究家阿贝尔·勒弗朗（Abel Lefranc）为例，他说作者在研究拉伯雷（Rabelais）时，在某种观点上，他对于这个作家的一切都知道了，“但他放弃艺术家的拉伯雷，置之不顾，而只研究拉伯雷的为人和思想，老是在纯粹历史上用功夫，而离开了文学史……”

对于阿贝尔·勒弗朗所研究的另一问题：莎士比亚是否是莎士比亚戏剧（théâtre Shakespearian）的作者？布雷教授批评说，文学史的研究对象应该把作品看得比作者重要。如果文学史的范围扩张到作者的人的方面去，那末“教授与学生，将完全迷失了他们工作的主要目标，文学史是艺术品的历史……我们不必去寻求全部真理，而是在美的领域中的真理”。

其次，“文学史家往往研究思想史，纯粹是为了思想史本身”，“我可以举出，”布雷氏又说，“近年来最好的一二十部论文，自命为文学史而不讨论文学……”雨果、福楼拜，第一是艺术家，可是研究他们的艺术的文学史在哪里？须知应用文学作为研究社会的资料是纯粹历史的事情，而非文学史家的。

布雷教授认为现代的文学史研究忘记了它真正的使命——即研究艺术品。他提出的补救方法是，在文学史中，不滥用科学的权威，应采取“假设（hypothèse）”的方式；描写应和解释一般重要；描写作家的天才，并记录天才发展的历史；文学史只是方法而不是目的，它是达到“批评”的一条途径。

“……文学史的目的，是指导文学批评。艺术品的解剖，是属于批评的职务，把艺术品和创造天才的关系联合起来，是历史的职务；但前者必由后者的认识来指导、批评，分辨出美与不美，但在下判断之前，必须有历史的研究……

“……认识，为的是要体味：这应该是我们的信条。”

意大利都灵（Torino）大学教授福里内利（Forinelli），以他的学识和权威而论，应该是对于文学史研究方法最有发言资格的一人。可是他和所有的学者一样，不愿哓哓申辩，而只做着埋头研究的功夫；故而我们只能从他的著作方面去探索他的意见。

福里内利教授一生著作所用的方法，是把文学史研究中的若干普遍原则，应用于探索各种极难解决思潮和影响的问题。在比较文学及意、德、西各国的国家文学所展露的园地中，福氏耐心地搜索了多少年代之后，不禁惶惑起来，问自己：如此精微，如此深刻的研究，是否真能使一般学者获得若干对于文学的真体和宝藏的启示？

他反对把文学上的内容分门别类，做一种固定的研究。他并不否认在文学史上，有若干宗派（即气禀相同的作家）的存在，但这些互相的影响与交流，对于他显得远没有探究艺术家个人的心魂那样主要。他曾说过，以他多少年的经验，敢明白声言，他渐渐地不信任在思想的领域中用的确切肯定某个时代、某个派别的界限的那种严格的方式，他不能再容忍把变化无穷的精神界的事实，加上某种某种的标识，如处理植物标本一般。

“我们应当谦恭地重新走向个人而放弃宗派。我们应承认推论和概括一切的不可能，即使是最深刻的、由经验充实的研究。

“环境、传统、学派、模仿，一切激动我们的各部分，没有触着精神的要点，它们只是附属在个人的面目上的。影响莎士比亚对于人生和世界观念缘由，任你搜罗千百个，也不能解释莎士比亚强烈的性格和他的创造力……

“……所谓人格，歌德说得好，是尘世间最卓越的一个儿子，它包含一切，最大的神秘都蕴藏在它里面……在人生中，多少错综变化的形象！就是最明白，最清朗的性格中间，也潜藏着为我们极难发现的隐秘。我们不问这奇特的人格是属于最大的派别中的哪一族；我们只试着去发现它究竟在哪一点上充实我们的内心的世界，它怎样的斗争、痛苦，去达到它完满的发展，达到它的自由的表白……”

福里内利这种态度，表明他从此要丢弃文学史方法而要去发掘作家个人的灵魂了。用哪种方法呢？福氏没说。

现在轮到介绍战后的俄国新兴学说了。

它责备文学的历史研究不能够暴露作品的形式。如果我们把文学作品和艺术品一般看待，那末我们可以承认，如在绘画或音乐上一样，艺术家的技巧应当比作品的情感的或精神的内容（content sentimental on intellectuel）更为重要。可是有一等文学作品的价值是含蓄在某种丰富的、新的精神内容里面；有一等文学作品的价值是全在支配它的材料上。文学史在研究前者的时候，可以获得比研究后者的时候更多的效果。俄国现代派的文学研究即是建筑在这一个出发点上。它所要追求的目标是文学作品的要素——技巧。它从最主观的、最专断的批评直接转变到形式主义的分析。

俄国革命的初期，文学批评只是极端偏枉与极违反美学原则的判断。他们正在爱国与爱党的狂热中，他们的政治理想和社会理想是他们用以批判一切的唯一的准绳。普希金的价值也减损了，只因为它是属于小资产阶级之故。这种偏执的批评以后却产生了一种全然相反的批评方式。

战后的青年诗人发愿要做纯粹的艺术家。赫列诺科夫（Khlenukov）宣传他的“纯粹言词（samo bytnoe slovo）”，风靡一时。以后，又如一切年轻的学派一样，更趋极端。这种学派竟要在毫无精神内容的字眼中，找出独立可以成为写作艺术的原素。

和这个学派并行的更产生一个批评的学派。沃斯洛夫斯基（Voselovski）和波捷布尼亚（Potebnia）以及佩列佳（Perety）可视为这派的倡始者。这个学派被称为形式主义（formalisme）或以形式为主要的研究方法。

在诗方面，形式主义把一切精神的内容丢开了，先去研究形式。对于这形式的深刻研究，自然也要引起思想和情操的发现。但就是这形式的研究也是导向批评的正道。

一九一六年，一个青年文学理论家的集团做一种新诗的试验。奥西普·布里克（Ossip Brik）的诗集，完全是依照声音而排比成功的作品：这表明在他的目光中，声音的关系应当是写诗的真正的原理。

把这种论调扩大起来，他们说一种文学的演化，并不是依据某种新材料，或思想与感觉的新方式，而是新的技巧与方法。这种新的技巧与方法就是把各种永远不变的原素——言语、文字、声音——依了某种意识特别组织起来的结果。他们并且把对于果戈里（Gogol）的短篇小说《外套》的研究，来证明形式上的精密的考察，确足以显示一部分作品的真相——它的意义和内容。

一九一六年起，在一个俄国文学教授大会中，主张历史的方法的作者，和提倡新美学方法、形式主义的学者，发生剧烈的冲突。但是一九二〇年，新学派已经胜利，而且已正式的获得政府的赞助。在艺术史学院中，除了美学史、音乐史和戏剧史三研究所外，又创办了一个文学史研究所。一九二四年，研究所发表的一份报告，大体说：研究文学史的方法应当是历史的和美学的……诗是由字句组成的，正如音乐是由声音组成的……一切关于作品的思想、情操、年代、意义、渊源等等的研究，自有语言学讲座去担任……这里我们只研究艺术的方式。

这派更有详细的申论说："文学上新形式的出现并非为表现某种新的内容，而是来代替已经失掉艺术的影响的旧形式。"

这文学史研究所的教授和学生已经有巨量的研究成绩。一切风格的原素（辞汇学、字义学、造句学、音韵学……）各部的关系，词藻，都是他们研究的对象。

其中重要作品，如维乌格拉多夫（Viuogradov）的果戈里研究（一九一九—一九二六），对果戈里的时代文学（依据当时的书籍、报章、杂志）的缜密的考察，使作者发现果戈里的心理学上的创见，只是他努力想创造一种新的文风，以排斥当时凡俗的著作的结果。

比较文学在俄国也成了比较形式主义（formalisme comparé）。它的代表作是吉尔蒙斯基（Jirmunski）对于拜仑和普希金的比较研究，从诗的技巧和风格上的研究，结果，发现普希金想摆脱他早年时所受拜仑影响的努力。

当然，这新学派，并非因为厌弃其它各国的文学史派而产生的，实际上都是由于一般人把文学作品看做政治的、社会的或道德的表白之故，才引起这种纯粹科学化的反响。虽然它毕竟表明对于艺术品的了解，它是和文学史站在绝不相同的一个新观点上。

总而言之，形式主义派对于文学作品的观念，纯粹是一件艺术品；它用科学方法去探索这种艺术——文学——的渊源，即作者的技巧。也许它的考证会使它接触到艺术家在创造时间的真正的心理状态。可是，它也有它的缺陷，譬如它固然能比专事内容的研究更能发现一个作家的风格的变化，但它仍不能解释这变化的原因。

比俄国学派更美学的趋向，但没有那样主张纯粹形式主义的，是德拉戈米雷斯戈（Dragomiresgo）氏的学说。

德氏在一九二八年出版的三本《文学的科学》*La Science de la Littérature* 中，一方面批评他种学说，一方面陈述他自己的主张。他竭力反对文学史方法，它的原则和滥用一并在内。

对于他，似乎在研究文学作品之前，第一先应当明白天才的性质：尤其在创造时间的情况。

在阐明一件作品和同时代的社会生活、或前或后的作品、作家本人的关系上，德氏也承认文学史极有用处。但这些关系，在德氏眼中，不能作为文学研究的目的。德氏肯定的说，文学史方法在研究并无实在价值、并无真“美”的作品时，较之研究第一流的杰作要切实有效得多。换言之，文学史方法所解释的，并非是真“美”，并非是作品中的主要性格。

不论是好的或坏的，美的或丑的，或无意义的作品，都称为文学，这是滥用名器。所谓文学，应当是全部美丽的作品。而文学的科学，只应当研究作品中美的部分，其余的无数不美的文字，可由历史来照管，在其中采取风化、渊源、因果、某几种思想的递嬗或影响……等等的资料；但历史用不到顾虑作品中纯粹文学的成分。

可是批评不是能够在相当范围内，脱离了时代和原因，纯粹去体味作品的美吗？当然它能够，只要它不是随便拿作品做胡说八道的题目，而努力于可能范围内，重新去生活在作者创造的那一秒钟内（因为这才是一件作品真正的原因），一眼抓住这个内心的和谐。

对于这类人的了解与领悟，科学是全然没有地位。然而德、法两国学者先后创立文学史，岂非就是要替科学争回它应有的位置，并把它的领土扩张到艺术中去的缘故吗？

那末，德拉戈米雷斯戈氏是否也有创立他的科学欲望？

的确，在他的著作中，他发表一种批评的方法。这方法大概可以节略如下：

艺术品是一个“整个的”东西，只有“整个的”去研究，才能了解；这整个并不服从物理律（lois physiques），因为它和一切物质的或精神的现象毫无共通点；它是一个特殊的整个，既然它是绝对独一的个人的产物。在这里，德氏认为，个人是宇宙中与任何东西不相同的特殊的心灵，所以他的作品也是一个绝对独一——无二——的现象。

他反对文学史的从倾向、情操、形式和文学品类的演化上去研究作家，他认为这些都是可笑的，既然作家的心灵是“独一无二”的、特殊的，惟有美学上的特殊点（originalité esthétique），才是研究一部作品的秘钥。研究的是一个作家在艺术品各部分的个人方式（主观的特殊性，造型的特殊性，音节、形式、和谐等等的特殊性），所做的便抓到了作品中所包含的要点。

在此，我们又遇到和上面所述的苏俄学派相同的理论：一件作品中的内部的关系比它和社会、情操或精神的关系重要万倍。对于技巧及其纯粹艺术的原素，加以深刻的研究，便是可以开启天才创造境界的门户的秘钥，使我们对于这不相识的世界，获得最完满的指示。

怎样去解释一部作品？当然不是随着各人的直觉，而是依据了若干确切的、严格的方法。德拉戈米雷斯戈氏提出他的“天才论”，这是他和苏俄的形式主义派及意大利史家克罗塞（Crose）派的主张不同的地方。克罗塞认为一个创造的天才故意应用某种固定的形式以表现他的情操和思想。故批评家可以完全依着创作家的途程重新走过，不过创作家的途程是由简单而繁复，由憧憬而具体的鲜明；批评家则是从他的繁复而具体的面目追索到他的单纯而模糊的境界。

德氏的天才论以为，在艺术的创造上，有一个神秘的时间，为我们所不能了解的。但依靠研究，我们可以接近它，因了“美”，是这个神秘的时间用人类的思想来传达出来的。

总而言之，德氏主张文学的科学应当以美的作品为对象，把它放到美学的园地中加以分析。

德国学者基苏尔茨（Cysurz）对于文学研究的主张比较是站在哲学家的立场上。

文学史想把采集的材料应用的时候，只能建立一种理论的制度，对于非理论的发展的现象，毫无追索与推求的能力；它只能在可能范围内，在一片模糊的事实中引进若干理智与逻辑。作品真正的生命所维系的部分，不能由文学史处理，因为这个原素不能用理智去推解。

可是，基苏尔茨认为，这精神的生命却是作品中最主要的成分。在一切作品中，它要搜求使作品的产生在某个时间内，对于某种心灵成为必要的原因。艺术品将是把生活与思想两个领域联络起来的桥梁。

因此，艺术品研究应当是“在持久的形式中抓住生命的动性，而不至损灭它维系生命力的神经”。在这一点上，史家才能获得产生作品的原动力。史家的生命，由观察作品所得的精神原素的帮助，能觅得、了解、感到作家的生命。当然，史家应当把这同情心任理智的法则驱遣。

基苏尔茨氏的学说，和一般以表露作品的精神面目为目的的历史家既已不同，即和科学也全然有异。

他的方法，在于寻觅，使一个作家的思想和感觉鼓动到表现于外界（其结果便是作品）的活力。

## 三、结论

现在，把各派相反的论调简单的叙述之后，且来说一说我们的意见吧。

第一，我们得肯定文学史的目的，在于令人对于文学作品——并非对于一切写成的文学——的认识，更加确切透彻；它的对象是艺术家而不是它的为人。因为我们的所谓“文学”，是指一切赋有“美”的作品，并非是表白一种情操或思想的作品；如果作品不能具有“美”，但至少也当是努力想达到美的境界的试验；万一作品表白一种情操或思想，然而文学史的任务并不在于解释这种情操和思想，它只能把它们当做美的原素。这意思就是要把风俗史或思想史的领域和文学史的划分开来；文学史的对象是那些可以由我们加以美学的批判的部分。

可是近年来学者们所发表的工作成绩，只是对于某个时代的风化极饶兴味的史料。大体的趋向，文学是被认为一种史料，对于作者的史料，对于作者的时代的史料；对于思想之演化，感觉之变易，有时并是一时代道德问题的史料。证据便是，最庸俗的作家被放在与最卓越的作家一条水平线上那事实——他们甚至被认为比伟大的作家更为重要，因为他们更近于中智的人，故更能反映出一时代的真面目。

因此，我们对于各个时代及其群众的面目，已经有了相当的认识，有些人进戏院去单是为观察群众，对于他们，台上的戏似乎远没有台下的群众那么饶有意味。现在的文学史家不是很像这对于一般的人类较之艺术更为关切的观客吗?

如果是一个大艺术家的作品，那末史家便去研究它的影响、来源；他的理由是在确定一个作家的外来的成分以后，可以发现纯粹属于作家个人的原素。可是所谓作家个人的原素，不就是他处理事物的方法与手段么?同一个社会，同一个事实，用的是一样的工具——文字——其所以使作家获有特殊的面目者，不过是他安排这社会、事实，应用这工具的手段不同而已。

也许有人说，这种长久的探讨末了，也是会追寻到艺术品本身，可是这探讨不是往往被认为目标而非方法吗?

更站在作品的精神的立场上（而非技巧的），也有人说这种种毫无利害观念的对于“真”的追求，也当和“美”的追求，同样有益于人类。这是不错的。可是我们先要问，以艺术品为对象的文学史，应当寻求的是“真”呢还是“美”？在作品中间是找不到所谓“真”的，所以他们往作品以外去寻找，我们不能说某种艺术是真的，我们只能把这种艺术中间许多原素的真正的关系建立确定。

而且所谓科学，即对于各种事物加以毫无利害观念的研究，其目的只是启迪人类的知识，使他对于世界获得更深的认识。科学应当揭示人类自己的面目，使人类更认识自己；它使人类明白，懂得人间的事物，而不是教导他什么学问。可是这种教育，只有“美”能够实现，因为只有美能够直接予人以感化力量。

在西方，能够实施这种教育的美的形式，无疑的是文学。人们自然可以举出音乐或建筑，但文学内更含有精神的、智的、易感受的要素。

这种美的形式——文学，我们付托给学生，请他把其中的教训标示出来，因为“美”固然能赐予我们以人类一切精神上的宝藏，但要感到“美”，还得去创造“美”。

我们对于文学研究的目标，应当是把“美”表显出来，解释它；这“美”自非纯粹属于抽象的美，而是由感官与形式造成的美，同时和智慧、感觉、器官发生沟通的关系。

但在追求“美”的时候，是否能够获得确切不移的效果？不。某部作品对于我们似乎较为明显，某一部又似乎较为暗晦。在解释作品的原文的时候，我们自己所取的途径就会变动，至少各个时代对于一部作品的原文的了解是不同的。

然而，我们所认为重要的，是透入作品原文的核心：研究它的每字每句，寻求它们的价值；要探讨建筑于这些字句的关系上的和谐；在寻常人只认为是美妙的辞藻中间，要分辨出作者所藉以表白的情操或思想的精微处；标出作者所深刻的探究、发展，而并没妨害文体的思想；凡作者显示我们的生动的综合（synthèse vivante），我们应寻觅它所蕴藏着的心灵境界的无数复杂的原素。

批评家或学者的地位，似乎应该是介于天才与庸众之间。以天才言，他没有直接归纳的天禀，没有创造的才能，没有绝对澄明的心境，也没有把广泛的思想或错综的心理用几句言词表白的能力。以庸众言，他在美的前面，感到庸众所感不到的强烈的复杂印象。这印象，他只能用和作品本身相同的原素——言语来表白。他的任务便是群众与天才之间的苦人，他由理智的迟缓而明白途径，用分析、比较等各种方法使群众感觉到作品中美的成分。

有人曾提出异议说，如果你不知道作品的渊源，你会把作家所受到的外来影响当做作家个人的优点，由此弄岔了作家个人的特性。可是我们并不要发现作家的新奇；在写历史的时候，弄错作家的特点是件危险的事；然而，在只要标明作品的内容真“美”的时候，却全然谈不到。对于若干作品的深刻的研究，便可证明历史学家所探求的不在作品之内，而在作品以外。

我们试观察一下目前文学研究的实际情况，每年都有大批文学史出版，它们很多是用极有条理的方法，把各种事实罗列组织得极有秩序。但其中有几部文学史，足以帮助我们了解一件艺术品的？有多少作品能够把作家的技巧和艺术的来源启示我们？也有人回答说，艺术品本身是天才的产物，不容我们加以理性的分析。这种把天才神秘化，认为非我们能够认识它的渊源的论调，和一般只当天才是比较特别伶俐的人的观念同样是错误的。无疑的，天才的直觉因为是直观，故不易被我们捉摸。但他整个的思想的，我们不妨局部的思想，他同一时间思想的，我们不妨在先后的时间上思想。

由此，我们对于目前文学史的趋向可以分作两种。其一，是渐渐在把文学史转变到社会史或思想史的方面去，文学作品被他们看做一种史料。其二，是纯粹站在文学艺术史的立场上，它的目标只在分析艺术的渊源。我们不必来断定这两种研究谁是谁非，它们各自的研究成绩便是它们批判自己的最好的证据。

〔附注〕本文大体是介绍旅美法国教授协会小丛书《文学史上的新趋向》，原著者菲利普·凡·蒂格姆（Philippe Van Tieghem）氏，出版年月为一九三〇年六月。所谓文学史研究在中国是方在萌芽时代的科学，特将此书译其大意，以见西方学者近来对于此学之意见，并为吾国治文学史者之借镜耳。

一九三二年十二月十五日

原载《时事新报·星期学灯》，一九三二年十月——一九三三年五月

# 世界艺坛情报和世界文艺情报十三则

## 一、法国秋季沙龙

第二十五届法国秋季沙龙已于十月三十日开幕，此刻我写这篇简短的情报时，它照例已经闭门了。中国和欧洲毕竟距离得相当远啊！

据最近接到的欧洲杂志所载，本年度的秋展获得极好的批评。它们都说，近年来世界经济衰落，社会的消耗力大减，尤其对于奢侈品——艺术自然是其中一分子——大都未遑一顾。画商不去按画家的门铃了！画家一方面固然在生活上受到影响，但同时也有更多静静的思索的机会；他不得不重新去想一想摆在他面前的问题和他追求着的目标。艺术的市场固然萧索，但艺术的品质却更充实了。

因此，本年秋展中一般的成绩，远非往年的画家们随便在壁角里捡几张东西送大宫殿——秋展的会场——的情形，而是下过功夫的制作了。一个很显著的例子，就是在这次会场中发现重新回到大幅画面的倾向。Charles Blanc 的《骚乱之夜》即是一个好例：它的构图的谨严，苦苦推敲的用色，简练的素描都证明上述的趋势。

勃纳尔（Bonnard）与马凯（Marquet）也并不衰老。勃氏的作品如果放在光线较弱的地位，会使人批评它的模糊与混乱，然而一经强烈的电炬辉照，立刻是一个五光十色，气象万千的世界。马凯出品中的夜景，是一件珍贵的作品。因为在历史上多少表现夜的画，光与色都是错误的。

雕刻家篷篷（Pompon）陈列一头巨大的公牛。篷氏的长处，在他巨大的，单纯化的雕塑中，并没有像斯当达（Stendhal）所说的，一张用放大镜照出来的小幅工笔画（miniature），这就是说它的大与单纯是有内容的，并非是故意造作的矫饰。

我不再把欧洲批评家的读后感一一在这里译下去，没有真品看到——连照相也没有，而只在文字上描写，那是怎样无聊与乏味啊！

## 二、威尼斯现代国际艺术展览会

现代艺术的中心，大家都知道是在巴黎。一切重要的国际展览会在那里举行，各国的艺术家都有他们的代表长住在那里。除了巴黎以外，举行国际艺术展览的唯一的城市要算威尼斯了。

在那里，每隔两年，西班牙，比利时，荷兰，瑞士，波兰，美国，丹麦，俄国，奥国，英国，捷克，法国和意大利自己都把它们的作品展览一次。它们各自占据一个会场。在各大国中，只有德国还未加入，日本和希腊也已经参与了。

本年度正是威尼斯第十八届国际展。法国的作品较往年的尤为丰富！画家，雕刻家，素描家，镌刻家，装饰美术家共达八九十人，出品达两仟八佰六十五件，占据壹百壹拾壹室。

参观展览会的群众，照例是特别注意意法两国的会场，自然因为意大利是居于主人的地位，出品特别多；而法国则其代表作家，一向在现代艺坛上，执有最高的权威之故。可是本年法国的作品，还没有往年那样精彩。固然，我们不能要求它老是摆出 Bonnard，Vuillard，Rovault，Utrillo，

Vlaminck，Dufy，Maillat，Despiau 等的绘画与雕塑，但法国秋季沙龙和蒂勒黎沙龙的会员中，究竟还有不少高明的作家，比此次所陈列的更配代表法国。的确，我们在法国会场中看到 Monet，Derain，André Lhote，可是陈列的作品，并非是这几位大师的最好的东西。

比较起来，法国出品中还以雕塑和镂刻部分为令人满意。

基斯灵（Kisling）虽是久居巴黎而被人目为巴黎画派（école de Paris）中的一员大将，但在威尼斯，却被人放回到他本国的行列中去了。雕刻家扎德金（Zadkin），亦然如是。不过他们两人的作品，都非最近之作，不能确切指明他们目前的倾向，殊为遗憾。

此外，还有两间特别的陈列室引人注意，一是“三十年中的意大利艺术（一八七〇——一九〇〇）”，一是“在巴黎的意大利艺术”。

另有一所画廊则专门陈列未来派的作品。

俄国陈列室，亦在这个展览会中占有特殊地位。大家对于苏俄的新兴艺术，极少认识，这次能够看到它一部分的面目，自然是很可欣幸的。从大体说来，这些普罗艺术和通俗艺术的确表现一种蓬勃的新生命力，不过因为这力量是簇新的，所以在强烈地极端地往前迈进的情形，不免予人以混乱的印象。而且这些作品的最大的缺点，是取材的褊狭，太重故事化，只想表现无产阶级的胜利而忘记了绘画。

美国会场中，当推印第安艺术的陈列室最有特色。其中并有以几何形象配合的瓶类装饰。

## 三、关于巴黎埃菲尔铁塔

一九三二，正是建造巴黎铁塔的工程师埃菲尔（Eiffel）的百年诞辰①。

---

① 按埃氏于一八三二年生于法国南部大城第戎。

最近，巴黎人士正做了一番大规模的纪念。而且现代文艺中也早已留有铁塔的影响。例如诗人约翰·科克托（Jean Cocteau）、约翰·季洛杜（Jean Giraudoux），电影家勒南·克莱尔（René Clair），画家德洛奈（Robert Delaunay）等都曾采用过埃菲尔塔为材料。可是一八八七年建造铁塔的时候，多少著名的文人，艺术家，签名发表宣言，竭力加以反对。那篇宣言的原文是：

“我们，文人，画家，雕刻家，建筑家，对于整个完好的巴黎抱着热情的鉴赏家，我们用被忽视了的法国趣味的名义，用被威胁了的法国历史及艺术的名义，反对在我们的京都中心，建造那无用的魔鬼般的埃菲尔塔。”

## 四、福楼拜与电影

电影很少利用文学名著，而且如果利用，那常常是把杰作的面目与优点都抹煞了，斯当达的《红与黑》，托尔斯泰的《复活》都是，此刻法国导演雅克·费代（Jacques Feyder），正在摄制福楼拜的《包法利夫人》。他曾导演左拉和法朗士的名著（前者的 *Thérèse Raquin*，后者的 *Crainquebille*）颇获成功。

## 五、法兰西学士会中的白里欧遗缺

戏剧家白里欧逝世后，他在法兰西学士会中的坐椅又出了缺。此刻巴黎文艺界正在谈论候补人选。但迄今为止，尚无人自提候选资格。据一般意见，如以戏剧家承继戏剧家实为最好；因此亨利·伯恩斯坦（Henry Bernstein），萨夏·吉特里（Socha Guitry）等呼声甚高。惟法兰西学士会内部——即会员们，却颇属意于一个小说家。法国文人协会（Société des Gens de Lettres）会长一席往往是进入学士会的等待室；而这文人协会的现任会长却是那位名小说家弗朗索瓦·莫里阿克（François Mauriac）。

## 六、魏尔兰展览会

法国象征派诗人保罗·魏尔兰（Paul Verlaine），最近在巴黎 Edouard Pelletan 书店为他举办的展览会中，重新唤起我们的回忆。展览会中陈列着他的著作的各种版本，和由拉普拉德（Laprade），勃纳尔（Bonnard），介朗（Guérin）那些名画家装帧和插图的诗集。他的手迹，照相，画像，哀痛的信，都使人追念起他穷困潦倒的颓废生涯。

## 七、科学与绘画——立体主义与科学

最近，立体主义竟壮丽的升入巴黎大学的大堂。

这是由巴大教授维克托·巴施（Victor Basch）主席的演讲。

这哪里是立体派的战士马克斯：雅各布（Max Jacob）与安德烈·萨尔蒙（André Salmon）所梦想到，预料到的？

讲台上坐着著名前锋画家安德烈·洛特（André Lhote）：

——立体派与博学者不应该是互相敌对的，因为他们是共同为了同样的事业而努力。立体派不采事物的特殊性，而把传统的技巧上的特殊性重新恢复它的价值：这便是立体主义奇特的外表的由来，把宇宙减缩为形象的符号，很有节奏地安排着，这样，立体主义完成了解析宇宙的物体的功业，这功业由印象派发轫而为十七世纪的巴洛克（Baroque）艺术家所预感到的。在目下所谓“分解物体”的工作中，画家实为物理学家的先驱……

## 八、马克西姆·高尔基的荣誉

在今日的世界上，没有一个文学家在他本国的精神上的权威，可以和高尔基相比的了。

据最近欧洲文坛消息，苏维埃联邦当局正在筹划建造一座纪念建筑，作为高尔基文学生涯四十周年的纪念。因为把他的名字作为某条街道的名字这举动，在苏联当局是认为不足表示对于这位作家的推崇，所以他们另作考虑，想把高尔基的故乡的城名诺夫哥罗德改为高尔基。

## 九、威尼斯海湾在文艺上的影响

威尼斯海湾的天光水色，曾经感应了多少文学家与艺术家！各人依了各人的性格和气禀在这变化万千的绿水中搜寻灵感：有的找到了他自己心中的哀愁；有的发现了威尼斯的“生之欢乐”的特性。这些各各不同甚至互相矛盾的观察，的确是一个极有趣味的问题。

意大利现代艺术史家兼批评家布鲁内蒂（Mario Brunetti）最近写了一本专书，把各时代各国的文人画士和比较著名的游客们对于威尼斯的感想，搜罗详尽，做一个研究。

书中并附有插图，从圣玛克大寺内的古旧的镶嵌图案一直到丁托列托，韦罗内塞的巨制都被收入。

## 十、中国美术学者逝世

巴黎东方美术馆 Cernuschi 馆长达尔登·特·蒂扎克（d’ Ardenne de Tizac）研究中国美术垂二十年。前年记者在巴黎时，曾蒙其姊丈名画家阿曼让（Aman Jean，蒂勒黎沙龙会长）介绍访问，承出示其新著中国装饰美术两大册，印刷极精，举凡瓷器、漆器、图案、花式均彩色精印，书中对于中国装饰美术之源流及发展考据极详。蒂氏年在四五十左右，精神甚健，不料其遽尔作古。按蒂氏又以假名约翰·维奥利（J.Viollis）著有重要小说多种云。

## 十一、讽刺画一百年

一九三二年十一月至十二月，巴黎法国国立装饰美术馆举行“讽刺画一百年展览会”。

“一百年”这名词在一九三〇年前后的法国确有特殊的意义。第一，一八三〇年是浪漫主义全盛时代；第二，一八三〇年是七月革命爆发的年份，从此以后，到一八四八年为止，是中产阶级统治时代；一八四八年的二月革命是第二共和的开始。因了这些政治，社会，经济的剧变，所以自一八三〇年到一九三〇年——其间还经过一八七〇年的普法战争，法国第三共和的纪元，一九一四年的欧战——中间的历史，实在是一个变化最多，最复杂的时期。

讽刺画是一个社会的风俗人情的产儿，所以这“讽刺画一百年”，无异是一百年社会史的赤裸裸的暴露。

这个展览会中的作品，自杜米埃（Daumier），穆尼耶（Henri Mounier）起直至土鲁士·劳特累克（Toulouse-Lautrec），福兰（Forain）为止。

杜米埃是不独被视为讽刺画之王，而且因为他对于政治，道德，礼教，社会的苦味的讥嘲，更被认为绘画上的巴尔扎克，也有人称他为“现代的米开朗琪罗”或“急进社会党的米开朗琪罗”。他生于马赛，这个爱好嘲弄说笑的乡土。他在当时反对帝制甚烈，运用他的黑与白竭力攻击路易·腓力伯王的政治；他也讥刺中产者的狭小的享乐与一般人的愚昧，自私。在这一点上，人家把他一生巨大的无量数的制作比拟巴尔扎克的“人类的喜剧”。他的简洁，单纯，有力的线条，并予现代绘画以极大影响。

福兰差不多是德加（Degas）的悲观主义的承继者。他在社会上闹着各种案件——奸细，贿赂——最多的时候，运用他的幽默的笔锋在报纸上做最严厉最尖刻的批评。土鲁士·劳特累克则是一个在戏院，咖啡店，跳舞场——下等跳舞场——红磨坊，等处流浪的颓废者，因此，他的作品是下层阶级的悲剧的代表。

## 十二、歌德在巴黎

一九三二年是一个百年纪念独多的年份。司各脱，歌德，斯宾诺莎，般生，马奈……只就最大的而说。在国内，《大公报》的文学副刊已先后刊过专文纪念——除了画家马奈——这在学术荒漠的中国，实在是一件令人钦佩的举动。因为这种纪念的意义，并不如一般浅薄之士的想象般，是对于过去的执著，而为缺乏奋励进取精神的表现；相反，我们纪念以往的伟人，正是要令人怀念他们在历史进程上，对于我们全人类的功绩，而直接策勉自己，应该要努力继续他们的工作，承接着他们留传下来的一份丰富的财产而更加发扬光大。其次，对于过去人物的纪念，还是一个领导我们往研究与修积的大道的好机会。这在一般修养上尤其重要。无论你的口号唱得如何美妙，如何前锋，如果不深切地认识过去，你一定不会有什么切实的成绩来证实你的口号，没有过去——不论它是黑暗或光明——便没有现在，更何有将来！历史的铁则是摧摇不动的。

现在我要把法国纪念歌德百年忌辰的情形介绍一个大概。

法国国家图书馆于一九三二年十月二十七日起举行歌德展览会，陈列歌德手迹，原稿，肖像，遗物，及其生平交往的人们的东西。自一七四九年八月二十八日歌德诞生起，一直到他一八三二年逝世之日为止，歌德全部的作品与人格的发展与过程再生了；用一句外国语的口气来说，是一部活的文学史展露在我们眼底。

他受到服尔德——他不欢喜服尔德的过于干燥的理智论，但他在文人与政治的关系上受了他不少感应——狄德罗的影响。不独感染百科全书派的趣味，并且狄德罗的 *Neveu de Rameau*一书还是由歌德译成德文后才使法国人自己认识狄德罗在文学上的光荣。其次，卢梭的 *Nouvelle Héloïse*——它的出版年期比《少年维特之烦恼》先——也在德国比在法国获得更早的收获。

歌德受到法国文学影响最多的，尤其是当法国军队占据法兰克福时表现的古典剧。十六岁时，在莱比锡（Leipzig）当学生，他就翻译高乃依的《说谎者》*Le Menteur*。这个展览会中就有这篇译文的原稿。还有各种镌版图像，他的法律论文，他在旧鱼市街上住过的屋子。此后，是 Trederique Brion，阿尔萨斯一个牧师的女儿的像；她曾在法兰克福主持一个极有法国风味的沙龙。其次是 Charlote Buff，就是那少年维特的女主人：玻璃柜中，放着夏绿蒂的巨大的表，耳环，给小孩们吃点心的面包篮，歌德去访问她时她请他喝茶的茶叶罐，多少刺激我们想象的遗物！少年维特的故事，在对外国文学的认识很浅薄的中国算是最知名的作品了，读者在读到这几行涉及夏绿蒂的遗物时，一定很感到特别的亲切吧！

这是少年的歌德。

以后，展览会引领我们随着歌德旅行到意大利。几个意大利画家替他画的像，便是这时代的纪念物。

因为这个展览会是由法国国家图书馆主办的，所以它的内容尤其着重于歌德和法国的关系：如歌德和拿破仑的会面，法国作家和歌德来往的信札等等。

自然，在这里，也并不忽略歌德在魏玛的历史——这是他生命中最重要的一个时期，他是魏玛大公的首相。

# 十三、一九三二年龚古尔文学奖金

法国十九世纪自然主义派小说家爱特蒙·龚古尔（Edmond Goncourt）遗嘱创办的文学奖金，早已为法国现代最重要的文学奖。这奖金规定由龚古尔学会的十个委员用投票法选定，但必须以大多数当选。因为学会的组成委员都是代表各种不同的倾向，而其共同的性格，便是绝对自由独立；所以每次决定得奖的投票老是要经过一番热烈的辩论。这是新闻记者最忙碌的一天，他们都围绕在龚古尔十委员聚餐的 Drouant 饭店探听消息。

然而一九三二年的龚古尔奖金的结果大出一般意料之外。在预选时，两个最有希望的作家：居伊·马泽利娜（Guy Mazeline）与路易·费迪南·塞利那（Louis Ferdinand Céline）竞争得很厉害。学会中两个重要分子德卡夫（Lucien Descavés）与多热莱斯（Roland Dorgelés）各自坚持一个候选人。到了正式选举的那天，会长罗斯南（兄）（J.H.Rosné Ainé）先投票，票上写的是 de Rienzi 那小说家。接着各委员依了姓字字母先后的次序陆续投票：阿耶贝投塞利那，希罗投塞利那，雷翁·都德投塞利那，德卡夫投塞利那，多热莱斯投居伊·马泽利娜……

投马泽利娜票的还有哀尼葛，保尔·纳佛，篷凶……

至此为止，两个候选人的票数仍旧争执得很剧烈，大概一定要第二次投票来决定，那时，据一般的猜测，罗斯南（兄）将转到塞利那这一方面。

不料罗斯南（弟）一票，投了马泽利娜，于是一切都改变了，最后的胜利分明已属于马泽利娜。

居伊·马泽利娜在 Fémina 奖金中失败了，这次却在龚古尔奖金中获胜。

可是，事后，拥护马泽利娜最热烈的多热莱斯和他的同僚们说：

——现在，我很可告诉你们，我良心上的得奖者，确是塞利那。

居伊·马泽利娜提出候选资格的小说是《群狼》；塞利那的是《夜深

时的旅行》。

《群狼》描写欧战以前的哈佛地方的一个家庭历史。全部小说充满着这家庭中各个兄弟姊妹的私情丑事，而以母亲私爱幼子嫉忌媳妇为主要故事。

据一般批评家的意见，作者描写战前中产阶级的生活未免错误。居伊·马泽利娜是生长于一九〇〇年的青年作家，对于她童年时代的社会，当然认识不足。只是以这样巨大篇幅的著作（全书共六百二十二页，而且是最小号的字密排的）原非有伟大的魄力不办，而作者在描写各个人物的个性，生动与紧张上竟能抓住读者，使其无暇注意琐屑之处，而掩蔽了缺点。但因为书中的故事太多太繁复了，以至有时不免令读者迷失。

一九三二年十二月与一九三三年一月

原载《艺术旬刊》第一卷第十一期，第二卷第一期

# 关于乔治·萧伯讷的戏剧

乔治·萧伯讷（George Bernard Shaw）于一八五六年生于爱尔兰京城杜白林。他的写作生涯开始于一八七九年。自一八八〇年至一八八六年间，萧氏参加称为费边社（Fabian Society）的社会主义运动，并写他的《未成年四部曲》。一八九一年，他的批评论文《易卜生主义的精义》*The Quintessence of Ibsenism* 出版。一八九八年，又印行他的音乐论文 *The Perfact Wagnrite* 一八八五年开始，他就写剧本，但他的剧本的第一次上演，这是一八九三年间的事。从此以后，他在世界舞台上的成功，已为大家所知道了。在他数量惊人的喜剧中，最著名的《华伦夫人之职业》(一八九三)、《英雄与军人》(一八九四)、*Candida*（一八九七）、*Caesar and Cleopatra*（一九〇〇）、*John Bull' s Other Island*（一九〇三）、《人与超人》(一九〇三)、《结婚去》*Getting married*（一九〇八）、《The Blanco Posnet 的暴露》*The showing up of Blanco posnet*（一九〇九）、*Back to Mathuselah*（一九二〇）、《圣耶纳》(一九二三)。一九二六年，萧伯讷获得诺贝尔文学奖金。

本世纪初叶的英国文坛，有一个很显著的特点，就是，大作家们并不努力于美的修积，而是认实际行动为文人的最高的终极。这自然不能够说英国文学的传统从此中断了或转换了方向。桂冠诗人的荣衔一直有人承受着；自丁尼生以降，有阿尔弗莱特、奥斯丁和劳白脱・勃里奇等。但在这传统以外，新时代的作家如吉卜林（Kipling）、切斯特顿（Chesterton）、韦尔斯（Wells）、萧伯讷等，各向民众宣传他们的社会思想、宗教信仰……

这个世纪是英国产生预言家的世纪。萧伯讷便是这等预言家中最大的一个。

在思想上，萧并非是一个孤独的倡导者，他是塞缪尔・勃特勒（Samuel Butler，一八三五——九〇二）的信徒，他继续白氏的工作，对于维多利亚女王时代的文物法统重新加以估价。萧的毫无矜惜的讽刺便是他唯一的武器。青年时代的热情又使他发现了马克思与亨利・乔治（Henri Georges）（按，乔治名著《进步与贫穷》出版于一八七七年）。他参加当时费边社的社会主义运动。一八八四年，他并起草该会的宣言。一八八三年写成他的名著之一《一个不合社会的社会主义者》*An Unsociable Socialist*。同时，他加入费边运动的笔战，攻击无政府党。他和诗人兼戏剧家戈斯（Edmond Gosse）等联合，极力介绍易卜生。他的《易卜生主义的精义》即在一八九一年问世。由此观之，萧伯讷在他初期的著作生涯中，即明白表现他所受前人的影响而急于要发展他个人的反动。因为萧生来是一个勇敢的战士，所以第一和易卜生表同情，其后又亲切介绍瓦格纳（他的关于瓦格纳的著作于一八九八年出版）。他把瓦氏的 *Crèpuscai des Dieux* 比诸十九世纪德国大音乐家梅耶贝尔（Meyerbeer）的最大的歌剧。他对于莎士比亚的研究尤具独到之见，他把属于法国通俗喜剧的 *Comme il vous plaira*（莎氏原著名 *As You Like It*）和纯粹莎士比亚风格的 *Measure for Measure* 加以区别。但萧在讲起德国民间传说尼伯龙根（Nibelungen）的时候，已经用簇新的眼光去批评，而称之为“混乱的工业资本主义的诗的境界”了：这自然是准确的，从某种观点上来说，他不免把这真理推之极度，以至成为千篇一律的套语。

萧伯讷自始即练成一种心灵上的试金石，随处应用它去测验各种学说和制度。萧自命为现实主义者，但把组成现实的错综性的无重量物（如电、光、热等）摒弃于现实之外。萧宣传社会主义，但他并没有获得信徒，因为他的英雄是一个半易卜生半尼采的超人，是他的思想的产物。这实在是萧的很奇特的两副面目：社会主义者和个人主义者。在近代作家中，恐怕没有一个比萧更关心公众幸福的了，可是他所关心的，只用一种抽象的热情，这是为萧自己所否认但的确是事实。

很早，萧伯讷放弃小说。但他把小说的内容上和体裁上的自由赋予戏剧。他开始编剧的时候，美国舞台上正风靡着阿瑟波内罗（Arthur Pinero）、阿瑟琼斯（Arthur Jones）辈的轻佻的喜剧。由此，他懂得戏剧将如何可以用做他直接针砭社会的武器。他要触及一般的民众，极力加以抨击。他把舞台变做法庭，变做讲坛，把戏剧用做教育的工具。最初，他的作品很被一般人所辩论，但他的幽默的风格毕竟征服了大众。在表面上，萧是胜利了；实际上，萧不免时常被自己的作品所欺骗：观众接受了他作品中幽默的部分而疏忽了他的教训。萧知道这情形，所以他愈斥英国民众为无可救药的愚昧。

然而，萧氏剧本的不被一般人了解，也不能单由观众方面负责。萧氏的不少思想剧所给予观众的，往往是思想的幽灵，是历史的记载，虽然把年月改变了，却并不能有何特殊动人之处。至于描写现代神秘的部分，却更使人回忆起小仲马而非易卜生。

萧氏最通常的一种方法，是对于普通认可的价值的重提。这好像是对于旧事物的新估价，但实际上又常是对于选定的某个局部的坚持，使其余部分，在比较上成为无意义。在这无聊的反照中便产生了滑稽可笑。这方法的成功与否，全视萧伯讷所取的问题是一个有关生机的问题或只是一个迅暂的现象而定。例如《人与超人》把《唐璜》Don Juan 表现成一个被女子所牺牲的人，但这种传说的改变并无多大益处。可是像在《凯撒与克莉奥佩特拉》(*César and Cleopatœ*)、《康蒂妲》(*Candida*)二剧，人的气氛浓厚得多。萧的善良的观念把“力强”与“怯弱”的争执表现得多么悲壮，而其结论又是多么有力。

萧伯讷，据若干批评家的意见，并且是一个乐观的清教徒，他不信Metaphysique的乐园，故他发愿要在地球上实现这乐园。萧氏宣传理性、逻辑，攻击一切阻止人类向上的制度和组织。他对于军队、政治、婚姻、慈善事业，甚至医药，都尽情地嬉笑怒骂，萧氏整部作品建筑在进化观念上。

然而，萧伯讷并不是创造者，他曾宣言：“如果我是一个什么人物，那么我是一个解释者。”是的，他是一个解释者，他甚至觉得戏剧本身不够解释他的思想而需要附加与剧本等量的长序。

离开了文学，离开了戏剧，离开了一切技巧和枝节，那末，萧伯讷在本世纪思想上的影响之重大，已经成为不可动摇的史迹了。

这篇短文原谈不到“评”与“传”，只是乘他东来的机会，在追悼最近逝世的高尔斯华绥之余，对于这个现代剧坛的巨星表示相当的敬意而已。

在此破落危亡，大家感着世纪末的年头，这个讽刺之王的来华，当更能引起我们的感慨吧！

一九三二年二月九日

原载《一九三二年二月十七日

《时事新报，欢迎萧伯讷氏来华纪念专号》

# 雨果的少年时代

## 一、父亲

维克托·雨果（Victor Hugo）的曾祖，是法国东北洛林（Lorraine）州的农夫，祖父是木匠，父亲是拿破仑部下的将军。

雨果将军（Général Léopold Hugo）于一七七三年生于法国东部南锡城（Nancy）。一七八八年从朗西中学出来之后，不久便投入行伍，数十年间，身经百战，受伤数次：从莱茵河直到地中海，从科西嘉岛（Corse——即拿破仑故乡）远征西班牙。一八一二年法国军队退出西班牙后，雨果将军回到故国，度着差不多是退休的生活，一八二八年病死巴黎。

论到将军的为人，虽然是一个勇武的战士，可并非善良的丈夫。如一切大革命时代的军人一样，心地是慈悲的，慷慨的，但生性是苛求的，刚愎的，在另一方面又是肉感的，在长年远征的时候，不能保守对于妻子的忠实。

一七九三年革命军与王党战于旺代（Vendée）的时候，利奥波德·雨果还只是一个大尉，他结认了一个名叫索菲·特雷比谢（Sophie Trébuchet）

的女子，两人渐渐相悦，一七九七年十一月十五日在巴黎结了婚。最初，夫妇颇相得，一七九八年在巴黎生下第一个儿子阿贝尔（Abel），一八〇〇年于南锡生下次子欧仁（Eugène）。一八〇二年于贝桑（Besançon）复生下我们的大诗人维克托（Victor）。

结缡六载，夫妇的感情，还和初婚时一样热烈，一样新鲜。丈夫出征莱茵河畔的时候，不断的给留在家里的妻子写信，这些信至今保留着，那是卢梭的《新哀洛绮思》*Nouvelle Hèloïse* 式的多愁善感的情书。妻子的性情似乎比较冷静，但对于丈夫竭尽忠诚。一八〇二年，维克托生下不久，她们正在南方的口岸马赛预备出发到科西嘉去；她为了丈夫的前程特地折回巴黎去替他疏通。她一直逗留了九个月，回来的时光，热情的丈夫耐不住这长期的孤寂，"不能远远地空洞地爱她"（这是丈夫信中的话），已经另觅了一个情妇，从此，直到老死，就和妻妇仳离了。雨果夫人从马赛到科西嘉，从科西嘉到易北河岛（Elbe），从易北河到意大利，到西班牙，转辗跟从着丈夫，想使他回心转意，责备他忘恩负义，可是一切的努力，只是加深了夫妇间的裂痕。

父亲一向只欢喜长子阿贝尔，两个小兄弟，欧仁和维克托，从小就难得见到父亲，直到一八二一年母亲死后，父亲才渐渐注意到两个孤儿，也在这时候，维克托发现了他父亲"伟大处"，才感觉到这个硕果仅存的老军人，带有多少史诗的神秘性和英雄气息。但在母亲生存的时期，幼弱的儿童所受到父亲的影响，只有生活的悲苦，从一八一五年起，雨果将军差不多是退伍了，收入既减少，供给妻子的生活费也就断绝了：母亲和两个小儿子的衣食须得自己设法。幼年所受到的人生的磨难，数十年后便反映在《悲惨世界》*Les Misérables* 里。维克托·雨果描写玛里于斯·蓬曼西（Marius Pontmercy）从小远离着父亲的生活：父亲是拿破仑部下的一个大佐，早年丧妻，远游在外，又因迫于穷困，把儿子玛里于斯寄养在有钱的外祖家。这是一个保王党的家庭，周围的人对于拿破仑的名字都怀着敌意，因为父亲是革命军人，故孩子亦觉得到处受人歧视："终于他想起父亲时，心中满着羞惭悲痛……一年只有两次，元旦日和圣乔治节（那是父亲的命名纪念日），他写信给父亲，措辞却是他的姨母读出来教他录写的……他确信父亲不爱他，故他亦不爱父亲……"这段叙述，只要把圣乔治节换做圣莱沃博节，把姨母换做母亲，便是维克托·雨果自己的历史了。如玛里于斯一般，维克托想着不为父亲所爱而难过。见到自己的母亲活守寡般的痛苦，孤身为了一家生活而奋斗，因了母亲的受难，觉得自己亦在受难，这种思想对于幼弱的心灵是何等惨酷！雨果早岁的严肃，在少年作品中表现的悲愁，便可在此得到解释。他在一八三一年（二十九岁）刊行的《秋叶》*Feuilles d'Automne* 诗集中颇有述及他苦难的童年的句子，例如：

Maintenant, jeune encore et souvent éprouvé,
J'ai plus d' un souvenir profondément gravé,
Et I' on peut distinguer bien des choses passées,
Dans ces plis de front que creusent mes pensées,

（大意）年少磨难多，回忆心头锁，
额上皱痕中，往事曷胜数。

父亲赐与儿童的，除了早岁便识得人生悲苦以外，还有是长途的旅行，当后来雨果逃亡异国的时候，他的夫人根据他的口述写下那部《一个伴侣口中的维克托·雨果》*Victor Hugo raconté par un témoin de sa vie*，其中便有多少童年的回忆，尤其是关于一八一一年维克托九岁时远游西班牙的纪录，无异是一首儿童的史诗。

一八一一年三月十日，他们从巴黎出发：但旅行的计划在数星期前已经决定了；三个孩子也不耐烦地等了好久了，老是翻阅那部西班牙文法，把大木箱关了又开，开了又关。终于动身了，雨果夫人租一辆大车，装满了箱笼行李，车内坐着母亲，长子亚倍尔，男仆一名，女仆一名。两个幼子虽然亦有他们的位置，却宁愿蹲在外面看野景。他们经过法国南部的各大名城，布卢瓦（Blois），图尔（Tours），博济哀（Poitiers）。昂古莱姆（Angoulême）的两座古塔的印象一直留在雨果的脑海里，到六十岁的时候，还能清清楚楚的凭空描绘下来。至于那西部的大商埠波尔多（Bordeaux），他只记得那些巨大无比的沙田鱼和比蛋糕还有味的面包。每天晚上，他们随便在乡村旅店中寄宿。多少日子以后，到达西南边省的首府，巴约纳（Bayonne）。从此过去，得由雨果将军调派的一队卫兵护送的了，可是卫兵来迟了，不得不在城里老等。等待，可也有它的乐趣，巴约纳有座戏院，雨果夫人去买了长期票。第一个晚上，孩子们真是快乐得无以形容："那晚上演的剧，叫做《巴比仑的遗迹》，是一出美好的小品歌剧……可喜第二晚仍是演的同样的戏！再来一遍，正好细细玩味……第三天仍旧是《巴比仑的遗迹》，这未免过分，他们已全盘看熟了；但他们依旧规规矩矩静听着……第四天戏目没有换，他们注意到青年男女在台下喁喁做情话。第五天，他们承认太长了些;第六天，第一幕没有完，他们已睡熟了;第七天，他们获得了母亲的同意不再去了。"

对于维克托，时间究竟过得很快；因为他们寄住的寡妇家里，有一个比他年纪较长的女孩，大约是十四五岁，在他眼里，已经是少女了。他离不开她：终日坐在她身旁听她讲述美妙的故事，但他并不真心的听，他呆呆地望着她，她回过头来，他脸红了。这是诗人第一次的动情……一八四三年，他写*Lise*一诗，有言：

Jeunes amours si vite épanouies,
Vous êtes I' aube et le matin du coeur,
Charmez nos coeurs, extases inouîes,
Et quand le soir vient avec la douleur,

Charmez encor nos âmes éblouies,

Jeunes amours si vite épanouies !

（大意）转瞬即逝的童年爱恋，
无异心的平旦与晨曦，
抚慰我们的心灵吧，恍惚依稀，
即是痛苦与黄昏同降，
仍来安抚我们迷乱的魂灵，
啊，转瞬即逝的童年爱恋！

三月过去了，卫兵到了，全家往西班牙京城进发。

这是雨果将军一生最得意的时代，他把最爱的长子阿贝尔送入王宫，当了西班牙王何塞（Joseph）的侍卫。欧仁和维克托被送入一所贵族学校。那里的课程是幼稚得可怜，弟兄俩在一星期中从七年级直跳到修辞班。那些当地的同学都是西班牙贵族的子弟，他们都怀恨战胜的法国人。雨果兄弟时常和他们打架，欧仁的鼻子被他们用剪刀戳伤了，维克托觉得很厌烦，忧忧郁郁的病倒了。母亲来看他，抚慰他。有一天，他在膳厅里和贝那王德侯爵夫人的四个孩子在一起玩耍时，忽然看见一个穿着绣花袍子的妇人高傲地走进来，严肃地伸手给四个孩子亲吻，依着年龄长幼的次序。维克托看到这种情景，益发觉得自己的母亲是如何温柔如何真切了。日子一天一天的过去，法国人在西班牙的势力一天一天的瓦解了。雨果一家人启程回国，孩子们在归途上和出发时一样高兴。

这些经过不独在雨果老年时还能历历如绘般讲述出来，且在他的许多诗篇（如*Orientales*）许多剧本（如*Hernani*，*Ruy Blas*）中，留下西班牙的鲜艳明快的风光，和强悍而英武的人物。东方的憧憬，原是浪漫派感应之一，而东方色彩极浓厚的西班牙景色，却在这位巨匠的童稚的心中早已种下了根苗。

## 二、母亲

凡是世间做了母亲的女子，至少可以分成二类：一是母性掩蔽不了取悦男子的本能的女子，虽然生男育女，依旧卖弄风情，要博取丈夫的欢心；一是有了孩子之后什么都不理会的女子，她们觉得自己的使命与幸福，只在于抚育儿女，爱护儿女。

维克托·雨果的母亲便是这后一类的女子，不消说，这是一个贤母，可是她为了孩子，不知不觉的把丈夫的爱情牺牲了。

关于她的出身，我们知道得很少。索菲·特雷比谢于一七七二年生于法国西部海口南特（Nantes）。她的父亲从水手出身做到船长，在她十一岁上便死了，她的母亲却更早死三年，故她自幼即由姑母罗班（Robin）教养。姑母家道寒素，由此使她学得了俭省。姑母最爱读书观剧，使她感染了文学趣味。嫁给雨果将军的最初几年，可说是她一生最幸福的岁月，我们在上文已提及。但自一八〇三年起，丈夫便和她分居了，他亦难得有钱寄给她，只有在一八〇七到一八一二年中间，因为雨果将军在意大利西班牙很有权势，故陆续供给她相当的生活费。一八〇七年，她收到全年的费用三千法郎，一八〇八年增至四千法郎，一八一二年竟达一万二千法郎。但一八〇五年时她每月只有一百五十法郎，一八一二年十月到一八一三年九月之间也只收到二千五百法郎，从此直到一八一八年分居诉讼结束时，她的生活费几乎是分文无着。但这最艰苦的几年，亦是她一生最快乐的几年。她自己操作，自己下厨房，省下钱来充两个小儿子的教育费。但她受着他们热烈的爱戴，弟兄俩早岁已露头角，使她感到安慰，感到骄傲。对于一个可怜的弃妇，还有比这更美满的幸福么！

她的性格，也许缺少柔性，夫妇间的不睦，也许并非全是将军的过错，也许她不是一个怎样的贤妻，但她整个心身都交给孩子了。从一八〇三年为了丈夫的前程单身到巴黎勾留了九个月回来以后，她从没有离开孩子。虽然经济很拮据，她可永远不让孩子短少什么，在巴黎所找的住处，总是为了他们的健康与快乐着想。

她是一个思想自由，意志坚强的女子，尽管温柔地爱着儿子，可亦保持着严厉的纪律。在可能范围内，她避免伤害儿童的本能与天性，她让他们尽量游戏，在田野中奔跑，或对着大自然出神。但她亦限制他们的自由，教他们整饬有序，教他们勤奋努力；不但要他们尊敬她，还要他们尊敬不在目前的父亲，这是有维克托兄弟俩写给将军的信可以证明的。她老早送他入学，维克托七岁时已能讲解拉丁诗人的名作。当他十一二岁时，母亲让他随便看书，亦毫不加限制，她认为对于健全的人一切都是无害的。她每天和他们做长时间的谈话，在谈话中她开发他们的智慧，磨炼他们的感觉。

不久，父母间的争执影响到儿童了。雨果将军以为他们站在母亲一边和他作对；为报复起见，他于一八一四年勒令把欧仁和维克托送入 Decotte et Cordier 寄宿舍，同时到路易中学（Lycée Louis le Grand）上课。他禁止两个儿子和母亲见面，把看护之责付托给一个不相干的姑母。母子间的信札，孩子的零用都亦经过她的手。这种行为自然使小弟兄俩非常愤懑，他们觉得这不但是桎梏他们，且是侮辱他们的母亲。他们偷偷和母亲见面，写信给父亲抗议，诉说姑母从中舞弊，吞没他们的零用钱。一八一八年分居诉讼的结果，把两个儿子的教养责任判给了母亲，恰巧他们的学业也修满了，便高高兴兴离开了寄宿舍重行回到慈母的怀抱里。维克托表面上是在大学法科注册，实际已开始过着著作家生活。雨果将军原要他进理科，进国立多艺学校（Ecole Polytechnique），维克托还是仗着母亲回护之力，方能实现他自己的愿望。

知子莫若母，她的目力毕竟不错。十五岁，维克托获得法兰西学院（Académie Française）的诗词奖；十七岁，又和于也纳创办了一种杂志，

叫做 *Le Conservateur Littéraire*；一八二三年，二十一岁时，又加入 *Muse Française* 杂志社。未来的文坛已在此时奠下了最初的基础，因为缪塞，维尼，拉马丁辈都和这份杂志发生关系，虽然刊物存在的时候很短，无形中却已构成了坚固的文学集团（Cénacle）。

像这样的一位慈母，雨果自幼受着她的温柔的爱护，刚柔并济的教育，相依为命的直到成年，成名，自无怪这位诗人在一生永远纪念着她。屡次在诗歌中讴歌她，颂赞她，使她不朽了。

## 三、弗伊朗坦斯（Feuillantines）

现在我们得讲述维克托·雨果少年时代最亲切的一个时期。

治法国文学的人，都知道在十八九世纪的法国文学史上有三座著名的古屋。第一是夏多布里昂（Chateaubriand）的孔布（Combourg）古堡：北方阴沉的天色，郁郁苍苍的丛林，荒凉寂寞的池塘环绕着两座高矗的圆塔，这是夏多布里昂童时幻想出神之处，这凄凉忧郁的情调确定了夏氏全部作品的倾向。第二是拉马丁（Lamartine）在米里（Milly）的住处，这是在法国最习见的乡间的房屋，一座四方形的二层楼，墙上满是葡萄藤，前面是一个小院落，后面是一个小园，一半种菜一半莳花，远景是两座山头。这是拉马丁梦魂萦绕的故乡，虽然他并不在那里诞生，可是他的心“永远留在那边”。

夏多布里昂和拉马丁的古屋至今还很完好，有机会旅行的人，从法国南方到北方，十余小时火车的途程，便可到前述的两处去巡礼。至于第三处的旧居，却只存在于雨果的回忆与诗歌中了。那是巴黎的一座女修道院，名字铿锵可诵，叫做 Feuillantines，建于一六二二，一六二三年间，到十八世纪的末叶大革命的时候，修道院解散了，雨果夫人领着三个儿子于一八〇九年迁入的辰光，园林已经荒芜了十七年。

一八〇九年，雨果母亲和他们从意大利回到巴黎，住在 Rue du faubourg St -Jacques 二五〇号。母亲天天在街上跑，想找一所有花园的屋子，使孩子们得以奔驰游散。一天，母亲从外面回来，高兴地喊道："我找到了！"翌日，她便领着孩子们去看新居，就在同一条街上，只有几十步路，一条小街底上，推开两扇铁门，走过一个大院落，便是正屋，屋子后面是座花园，二百米达长，六十米达宽。园子里长满着高高矮矮的丛树和野草，孩子们无心细看正屋里的客厅卧室，只欣喜欲狂地往园里跑，他们计算着刈除蔓草，计算着在大树的桠枝上悬挂千秋。这是他们的新天地啊。

从此他们便迁居在这座几百年古屋中。维克托和长兄们，除了每天极少时间必得用功读书之外，便可自由在园子里嬉游。他们在那里奔驰，跳跃，看书，讲故事。周围很静穆，什么喧闹都没有，只听见风在树间掠过的声音，小鸟啼唱的声音。仰首只是浮云，一片无垠的青天，虽然巴黎天色常多阴暗，可亦有晨曦的光芒，灿烂的晚霞夕照。一八一一年他们到西班牙去了回来依旧住在这里。四年的光阴便在这乐园似的古修院中度过了，虽然四年不能算长久，对于诗人心灵的启发和感应也已可惊了。在雨果一生的作品里，随处可以见出此种痕迹。一八一五年十六岁时，他在《别了童年》（*Adieux à l'enfance*）一诗中已追念那弗伊朗坦斯（Feuillantines）的幸福的儿时。

## 四、学业

虽然雨果是那么的自由教养的，他的母亲对于他的学业始终很关心，很严厉。在出发到意大利之前，他们住在 Rue de Clichy，那时孩子每天到 Mont Blanc 街上的一个小学校去消磨几小时。只有四五岁，他到学校去当然不是真正为了读书，而是和若干年纪同他相仿的孩子玩耍。雨果在老年时对于这时代的回忆，只是他每天在老师的女儿，罗思小姐的房里——有时竟在她的床上——消磨一个上午。有一次学校里演戏用一顶帷幕把课室分隔起来。罗思小姐扮女主角，而他因为年纪最小的缘故，扮演戏中的小孩。人家替他穿着一件羊皮短褂，手里拿着一把铁钳。他一些也不懂是怎么一回事，只觉得演剧时间冗长乏味，他把铁钳轻轻地插到罗思小姐两腿中间去，以致在剧中最悲怆的一段，台下的观众听见女主角和他的儿子说："你停止不停止，小坏蛋！"

到十二岁为止，他真正的老师一个叫做特·拉·里维埃（De la Riviére）的神甫。这是一个奇怪好玩的人物，因为大革命推翻了一切，他吓得把黑袍脱下了还不够，为证明他从此不复传道起见，他并结了婚，和他一生所熟识的唯一的女子——他以前的女佣结了婚。夫妇之间却也十分和睦，帝政时代，他俩在 St.Jacques 路设了一所小学校，学生大半是工人阶级的子弟，学校里一切都像旧式的私塾，什么事情都由夫妇合作。上课了，妻子进来，端着一杯咖啡牛奶放在丈夫的面前，从他手里接过他正在诵读的默书底稿（dictée）代他接念下去，让丈夫安心用早餐。一八〇八至一八一一年间，维克托一直在这学校里；一八一二年春从西班牙回来后，却由里维埃到弗伊朗坦斯来教他兄弟两人。

思想虽是守旧，里氏的学问倒很有根基。他熟读路易十四时代的名著，诗也做得不错，很规矩，很叶韵，自然很平凡。他懂得希腊文亦懂得拉丁文。维克托从那里窥见了异教的神话，懂得了鉴赏古罗马诗人。这于雨果将来灵智的形成，自有极大的帮助。

法国文学一向极少感受北方的影响，英德两国的文艺是法国作家不十分亲近的，拉丁思想才是他们汲取不尽的精神宝库。雨果是拉丁文学的最光辉的承继人，他幼年的诗稿，即有此种聪明的倾向。他崇拜维尔吉尔（Virgile），一八三七年时他在《内心的呼声》（*Les Voix Intérieures*）中写道："噢，维尔吉尔！噢，诗人！噢，我的神明般的老师！"他不但在古诗人那里学得运用十二缀音格（alexandrin），学习种种做诗的技巧，用声音表达情操的艺术，他尤其爱好诗中古老的传说。希腊寓言，罗马帝国时代伟大的气魄，苍茫浑朴的自然界描写；高山大海，丛林花木，晨曦夕照，星光日夜的吟咏，田园劳作，农事苦役的讴歌。一切动物，从狮虎到蜜蜂，一切植物，从大树到一花一草，无不经过这位古诗人的讽咏赞叹，而深深地印入近代文坛宗师的童年的脑海里。

一八一四年九月，雨果兄弟进了寄宿舍，一切都改变了。这是一座监狱式的阴沉的房子，如那时代的一切中学校舍一样，维克托虽比欧仁小二岁，但弟兄们俩同在一级。普通的功课在寄宿舍听讲，数学与哲学则到路易中学上课。一八一六年他写信给父亲，叙述他一天的工作状况，说："我们从早上八时起上课，直到下午五时，八时至十时半是数学课，课后是吉亚尔教授为少数学生补习，我亦被邀在内。下午一时至二时，有每星期三次的图书课；二时起，到路易中学上哲学，五时回到宿舍。六时至十时，我们或是听德科特先生的数学课，或是做当天的练习题。"

实际说来，六时至十时这四小时，未必是自修。维克托也很会玩，兄弟俩常和同学演戏，各有各的团体，各做各的领袖。但他毕竟很用功，四年终了，大会考中，获得了数学的第五名奖。

一八一七年他十五岁时，入选法兰西学士院的诗词竞赛，他应征的诗是三百五十句的十二缀音格，一共是三首，合一千〇五十句。一个星期四的下午，寄宿舍的学生循例出外散步，维克托请求监护的先生特地绕道学士院，当别的同学在门外广场上游散时，他一直跑进学士院，缴了应征的诗卷。数星期后，长兄阿贝尔从外面回来感动地说："你入选了！"学士院中的常任秘书雷努阿尔（Raynouard）并在大会中把他的诗朗诵了一段，说："作者在诗中自言只有十五岁，如果他真是只有十五岁……"接着又恭维了一番。以后，雷努阿尔写信给维克托，说很愿认识他。学士院院长纳沙托（Neufchâteau）回忆起他十三岁时亦曾得到学士院的奖，当时服尔德（Voltaire）曾赞美他，期许他做他的承继人，此刻他亦想做什么人的服尔德了；他答应接见维克托，请他吃饭。于是，各报都谈论起这位少年诗人，雨果立地成名了。两年以后，他又获得外省学会的 Jeux Floraux 奖。

## 五、罗曼斯

雨果的母族特雷比谢，在故乡有一家世交，姓福希（Foucher）。在雨果大佐结婚之前，福希先生已和雨果交往频繁，他们在巴黎军事参议会中原是同事。雨果婚后不久，福希也结了婚。在婚筵上，雨果大佐举杯祝道："愿你生一个女儿，我生一个儿子，将来我们结为亲家。"

维克托生后一年，福希果然生了一个女儿，取名阿代勒（Adèle）。一八〇九至一八一一年间，在雨果夫人住在 Feuillantines 的时候，两家来往颇密，福希夫人带着六岁的阿代勒来看他们。大人在室内谈话，小孩便在园中游戏。他们一同跳跃奔驰，荡千秋，有时也吵架，阿代勒在母亲前面哭诉，说维克托把她推跌了，或是抢了她的玩具。可是未来的热情，已在这儿童争吵中渐渐萌芽。

一八一二年雨果一家往西班牙去了一次回来，仍住在 Feuillantines。福希夫人挈着阿代勒继续来看他们，但此时的维克托已经不同了，罢伊翁的女郎，在讲述美好的故事给他听的时候，已经使他模模糊糊的懂得鉴赏女性的美，感受女性魅力。他不复和阿代勒打架了。两人之间开始蕴藉着温存的友谊和雏形的爱恋。当雨果晚年回忆起这段初恋的情形时曾经说过：

> 我们的母亲教我们一起去奔跑嬉戏；我们便到园里散步……
>
> "坐在这里吧，"她和我说。天还很早，"我们来念点什么吧。你有书么？"
>
> 我袋里正藏着一本游记，随便翻出一面，我们一起朗诵；我靠近着她，她的肩头倚着我的肩头……

慢慢地，我们的头挨近了，我们的头发飘在一处，我们互相听到呼吸的声音，突然，我们的口唇接合了……

当我们想继续念书时，天上已闪耀着星光。

“喔！妈妈妈妈，”她进去时说，“你知道我们跑的多起劲！”

我，一声不响。

“你一句话也不说，”母亲和我说，“你好像很悲哀。”

“可是我的心在天堂中呢！”

寄宿舍的四年岁月把他们两小无猜的幸福打断了，然而他们并未相忘。雨果的学业终了时，正住在 Petits-Augustins 街十八号，福希先生一家住在 Cherche-Midi 街，两家距离不远。每天晚上，雨果夫人领了两个儿子，携了针黹袋去看她的老友福希夫人。孩子在前，母亲在后，他们进到福希的卧室，房间很大，兼作客厅之用。福希先生坐在一角，在看书或读报，福希夫人和女儿阿代勒在旁边织绒线。一双大安乐椅摆在壁炉架前，等待着每晚必到的来客。全屋子只点着一支蜡烛，在黝暗的光线下，雨果夫人静静地做着活计。福希先生办完了一天的公事，懒得开口，他的夫人生性很沉默，主客之间，除了进门时的日安，出门时的晚安以外，难得交换别的谈话。在这枯索乏味，冗长单调的黄昏，维克托却不觉得厌倦，他幽幽地坐在椅子上尽量看着阿代勒。

有一次——那是一八一九年四月二十六日，阿代勒大胆地要求维克托说出他心中的秘密，答应他亦把她的秘密告诉他。结果是两人的隐秘完全相同，读者也明白他们是相爱了。但他只有十七岁，她十六岁，要谈到结婚自然太早。他们必得隐瞒着，知道他们的父母一旦发觉了，会把他们分开。从此他们格外留神，偷偷地望几眼，交换一二句心腹话。阿代勒很忠厚，也很信宗教，觉得欺瞒父母是一件罪过，一方面又恐扮演这种喜剧会使维克托瞧她不起。一年之中，维克托只请求十二次亲吻，把一首赠诗作交换品，她在答应的十二次中只给了他四次，心中还怀着内疚。

虽然雨果夫人那么精细，毕竟被儿子骗过了；阿代勒没有维克托巧妙，终于使她的母亲起了疑窦。一经盘诘，什么都招供了。

一八二〇年四月二十六日，恰巧是他们倾诉秘密后的周年纪念日，福希夫妇同到雨果家里来和雨果夫人讲明了。如一切母亲一样突然发现自己的孩子成了人，未免觉得骇异。雨果夫人更是抱有很大的野心，确信维克托的前程定是光荣灿烂的，满望要替他找一个优秀的妻子，配得上这头角峥嵘的儿子的媳妇。阿代勒，这平凡的女孩，公务员的女儿，维克托爱她，热情地爱她！不，不，这是不可能的。这是要不得的。虽然她和福希夫妇是多年老友，她亦不能隐蔽这种情操。他们决裂了，大家同意从此不复相见，把维克托叫来当场宣布了。他，当着客人前面表示很顺从，一切都忍耐着，但一待他和母亲一起时，他哭了。他爱母亲，不愿拂逆她的意志，可亦爱他的阿代勒，永远不愿分离：他不知如何是好，尽自流泪。

隔离了一年，他担心阿代勒的命运，他不知道福希夫妇曾想强把她出嫁，但他猜到会有这样的事。偶巧福希先生发表了一篇关于征兵问题的文字，机会来了，年轻的雨果运用手段，在他自办的 *Le Conservateur Littéraire* 杂志上面写了一篇评论，着实恭维了一番。他没有忘记福希曾订阅他的刊物，他发表了多少的情诗和剧本，表白他矢志不再爱别的女子，自然，这是预备给阿代勒通消息，保证他的忠诚的。他又探听得阿代勒一星期数次到某处去学绘画，他候在路上，有机会遇到时便偷偷交谈几句，递一封信。

一八二一年六月，雨果夫人突然病故。在维克托与阿代勒中间，她是唯一的障碍，她坚持反对这件婚事。现在她死了，障碍去了，可是维克托依旧哀毁逾恒：母亲是他一生最敬爱的人，最可靠的保护者。葬礼完了，欧仁发疯似的出门去了，父亲住在布卢瓦，一时不来理睬他们。他们是孤儿。其间，虽然福希先生曾来看过他们，唁慰他们，但为了尊重死者生前的意志之故，他并未和维克托提起阿代勒。

同年七月，终竟和福希夫妇见了面，正式谈判他的婚事。福希先生答应他可以看阿代勒，但必须当了母亲的面。他们的订婚，也只能在维克托力能自给时方为正式成立。

这是第一步胜利，他从此埋头工作，加倍热心，加倍勤奋。这是他的英雄式的奋斗时期。他经济来源既很枯竭，卖得的稿费又用作购办订婚的信物，他只有尽力节省。他自己煮饭，一块羊肉得吃三天：第一天吃瘦的部分，第二天吃肥的部分，第三天啃骨头。

一八二二年六月，他的《颂歌集》（*Odes*）出版了，路易十八答应赐他一千二百法郎的年俸，在当时，这个数目，刚好维持一夫一妻的生活，福希先生因此还要留难。加以部里领俸手续又很麻烦，不知怎样，数目又减到一千法郎。九月杪，福希夫人又生了第二个女儿，还要等待……小女儿的洗礼举行过了，雨果与阿代勒，经过了多年的相恋，多少的磨难周折，终于同年十月十二日在巴黎 St- Sulpice 教堂中结合了。拉马丁和当时知名的青年作家都在场参与。

雨果的罗曼斯实现为完满的婚姻以后，我们可以展望到诗人未来的荣光，将随 *Cromwell* 剧的序言，*Hernani* 的诞生而逐渐肯定，但他少年时代的历史既已告一段落，本文便以下列的参考书目作为结束。

〔研究雨果少年时代的主要参考书目〕

一　*Victor Hugo raconté par un témoin de sa vie*.

二　*Oeuvres de Victor Hugo*（édition Gustave Simon）.

三　*L'Enfance de V. Hugo*, par G. Simon.

四　*Le Général Hugo*, par Louis Barthou.

五　*V. Hugo et son père le Général Hugo à Blois*, *V. Hugo à la pension Decotte et Cordier*, par L. Belton.

六　*V. Hugo à Vingt ans*, par P. Dufay.

七　*Bio-bibliographie de V. Hugo*, par l'abbé P. Dubois.

八　*La Jeunesse de Victor Hugo*, Par A. Le Breton.

一九三五年九月七日，于上海

原载《中法大学月刊》第八卷第二期，一九三五年十二月出版

# 读剧随感

决心给《万象》写些关于戏剧的稿件，是好久以前的事了。因为笔涩，疏懒，一直迁延到现在。朋友问起来呢，老是回答他：写不出。写不出是事实，但一部分，也是推诿。文章有时候是需要逼一下的，倘使不逼，恐怕就永远写不成了。

这回提起笔来，却又是一番踌躇：写什么好呢？题目的范围是戏剧，自己对于戏剧又知道些什么呢？自然，我对“专家”这个头衔并不怎样敬畏，有些“专家”，并无专家之实，专家的架子却十足，动不动就引经据典，表示他对戏剧所知甚多，同时也就是封住有些不知高下者的口。意思是说：你们知道些什么呢？也配批评我么？这样，专家的权威就保了险了。前些年就有这样的“专家”：在报纸上发表文章，号召建立所谓“全面的”剧评：剧评不但应该是剧本之评，而且灯光，装置，道具，服装，化妆……举凡有关于演出的一切，都应该无所不包地加以评骘。可惜那篇文章发表之后，“全面的”剧评似乎至今还是影踪全无。我倒抱着比较偷懒的想法，以为“全面”云云不妨从缓，首先是对于作为文艺一部门之戏剧须有深切的认识，这认识，是决定一切的。

我所考虑的，也就是这个认识的问题。

平时读一篇剧本，或者看一个戏剧的演出，断片地也曾有过许多印象和意见。后来，看到报上的评论，从自己一点出发——也曾有过对于这些评论的意见。但是，提起笔来，又有点茫茫然了。从苏联稗贩来的似是而非的理论，我觉得失之幼稚；装腔作势的西欧派的理论，我又嫌它抓不着痒处。自己对于戏剧的见解究竟如何呢？一时又的确回答不上来。

然而，文章不得不写。没有法子，只好写下去再说。

这里，要申明的，第一，是所论只限于剧本，题目冠以“读剧”二字，以示不致掠“专家”之美；第二，所说皆不成片段，故谓之“随感”，意云想到那里，写到那里也。

释题即意，请入正文。

## 一、不是止于反对噱头

战后，话剧运动专注意“生意眼”，脱离了文艺的立场很远（虽然营业蒸蒸日上，竟可以和京戏绍兴戏媲美），这是众所周知的事实。特别是“秋海棠”演出以后，这种情形更为触目，以致使一部分有心人慨叹起来，纷纷对于情节戏和清唱噱头加以指摘。综其大成者为某君一篇题为“圯忧”的文章，里面除了对明星制的抨击外，主要提出了目前话剧倾向上二点病象：一曰闹剧第一主义，一曰演出杂耍化。

刚好手头有这份报纸，免得我重新解释，就择要剪贴在下面：

### 闹剧第一主义

其实，这是一句老生常谈的话，不过现在死灰复燃，益发白热化罢了。主要，我想这是基于商业上的要求；什么类型的观众最欢迎？这当然是剧团企业化后的先决问题。于是适应这要求，剧作家大都屈尊就辱。放弃了他们的“人生派”或“艺术派”的固守的主见,群趋“闹剧”(Melodrama)的一条路上走去，因为只有这玩意儿：情节曲折，剧情热闹，苦——苦个痛快，死——死个精光，不求合理，莫问个性。观众看了够刺激，好在他们跑来求享受或发泄；自己写起来也方便，只要竭尽“出奇”和“噱头”的能事！

……岂知这种荒谬的无原则的“闹剧第一主义”，不仅断送了剧艺的光荣的史迹，阻碍了演出和演技的进步，使中国戏剧团堕入万劫不复的深渊，嗣后只有等而下之，不会再向上发展一步，同时可能得到“争取观众”的反面——赶走真正热心拥护它的群众，因之，作为一个欣赏剧艺的观众，今后要想看一出有意义的真正的悲剧或喜剧，恐怕也将不可能了！

### 演出“杂耍化”

年来，剧人们确是进步了，懂得观众心理，能投其所好。导演们也不甘示弱，建立了他们的特殊的功绩，这就是，演出“杂耍化”。安得列夫的名著里，居然出现了一段河南杂耍，来无踪去无影，博得观众一些愚蠢的哄笑！其间，穿串些什么象舞，牛舞，马舞——纯好莱坞电影的无聊的噱头。最近，话剧里插京剧，似乎成了最时髦的玩意儿，于是清唱，插科打诨，锣鼓场面，彩排串戏……甚至连夫子庙里的群芳会唱都搬上了舞台，兴之所至，再加上这么一段昆曲或大鼓，如果他们想到申曲或绍兴戏，又何尝安插不上？我相信不久的将来，连科天影的魔术邓某某的绝技，何什么的扯铃……独角戏，口技，或草裙舞等，都有搬上舞台的可能，这样，观众花了一次代价，看了许多有兴味的杂耍，岂不比上游戏场还更便宜，经济！……

上面所引，大部分我是非常同感的。但我以为：光是这样指出，还是不够。固然，闹剧第一和杂耍化等都是非常要不得的，但我想反问一句：不讲情节，不加噱头，难道剧本一定就“要得”了么？那又不尽然。

在上文作者没有别的文章可以被我征引之前，我不敢说他的文章一定有毛病，但至少是不充分的。

一个非常明显的破绽，他引《大马戏团》里象舞牛舞马舞为演出杂耍化作佐证，似乎就不大妥当。事实如此，《大马戏团》是我一二年来看到的少数满意戏中的一个，这样的戏而被列为抨击的对象，未免不大公允。也许说的不是剧本，但导演又有什么引起公愤的地方呢？加了象舞、牛舞、马舞，不见得就破坏了戏剧的统一的情调。演员所表达的“惜别”的气氛不大够，这或许是事实，但这决不是导演手法的全盘的失败。同一导演在《阿Q正传》中所用的许多样式化（可以这样说吗？）手法，说实话，我是不大喜欢的。我对《大马戏团》的导演并无袒护之处，该文作者将《大马戏团》和《秋海棠》等戏并列，加以攻击，我总觉得不能心服。

然而，抱有这样理论的人，却非常之多。手头没有材料，就记忆所及，就有某周刊上“一年来”的文章，其中列为一年来好戏者有四五个，固然，《称心如意》是我所爱好的，其余几个，我却不但不以为好戏，而且对之反感非常之深。我奇怪：“一年来”的作者为什么欣赏《称心如意》呢？外国人的虚构而被认为“表现大地气息”，外国三四流的作品而被视做“社会教化名剧”……抱有这样莫名其妙的文艺观的人，他对《称心如意》是否真的欣赏呢？其理解是否真的理解呢？在这些地方，我不免深于世故而有了坏的猜测。我想一定是为了《称心如意》中没有曲折情节或京剧清唱之故。这样，就成了为“反对”而反对。对恶劣倾向的反对的意义也就减弱了。

我并不拥护噱头。相反，我对噱头有同样深的厌恶。但是，我想提起大家注意，这样一窝风的去反对噱头是不好的。我们不应该止于反对噱头，我们得更进一步，加深对戏剧的文学的认识，加深对人物性格的把握。一篇乌七八糟的充文艺的作品，并不一定比噱头戏强多少。反之，如果把噱头归纳成几点，挂在城门口，画影图形起来，说：凡这样的，就是坏作品，那倒是滑天下之大稽的。

## 二、内容与技巧孰重?

新文艺运动上一个永远争论，但是永远争论不出结果来的问题——需要不需要“意识”？或者换一种说法：内容与技巧孰重？

对这问题，一向是有三种非常单纯的答案。

一、主张意识（亦即内容——他们以为）超于一切的极左派；

二、主张技巧胜于一切的极右派；

三、主张内容与技巧并重的折衷派。

其中，第二种技巧论是最落伍的一种。目前，它的公开的拥护者差不多已经绝迹，但“成名作家”躲在它的羽翼下的，还是非常之多。第一种最时髦，也最简便，他像前清的官吏，不问青红皂白，把犯人拉上堂来打屁股三十了事，口中念念有词，只要背熟一套“意识”呀“社会”呀的江湖诀就行。第三种更是四平八稳，“意识要，技巧也要”，而实际只是从第一派支衍出来的调和论而已。

说得刻薄点，这三派其实都是“瞎子看匾”，争论了半天，匾根本还没有挂出来哩。

第一第三派的理论普遍，刊物上，报纸上到处可以看到不少。这一点，如《海国英雄》上演时有人要求添写第五幕以示光明之到来，近则有某君评某剧“……主人公之恋爱只写到了如‘罗亭’一样而缺乏‘前夜’的写实”云云的妙语。尤其有趣的，是两个人对《北京人》的两种看法，一个说他表达出了返璞归真的“意识”——好！一个又说他表达出了茹毛饮血的“意识”——不好！这那里是在谈文艺？简直是小学生把了笔在写描红格，写大了不好，写小了不好，写正了不好，写歪了也不好，总之，不能跳出批评老爷们所“钦定”的范围才谓之“好”。可惜批评老爷们的意见又是这样地歧异，两个人往往就有两种不同的批示！

写到这里，我不禁又要问一句了：譬如《海国英雄》吧，左右是那么一出戏，加了第五幕怎样？不加第五幕又怎样呢？难道一个“尾巴”的去留就能决定一篇作品价值之高下吗？《北京人》是一部好作品，有优点，也有缺点，但是，优点就在返璞归真，缺点就在茹毛饮血吗？

光明尾巴早已是被申斥了的，但这种理论是残余，却还一直深印在人们的脑海，久久不易拔去。人们总是要求教训——直接的单纯的教训（此前些年“历史剧”之所以煊赫一时也）。《秋海棠》的观众们（大概是些小姐太太之流）要求的是善恶分明的伦理观念，戏子可怜，姨太太多情，军阀及其走狗可恶……等等。前进派的先生们看法又不同了，但是所要求的伦理观念还是一样，戏子姨太太不过换了“到远远的地方去……”的革命青年罢了。

我这样说，也许有人觉得过分。前进派的批评家到底不能和姨太太小姐并提呀！自然，前者在政治认识上的进步，是不容否认的。但是，政治认识尽管“正确”，假使没有把握住文艺的本质，也还是徒然。这样的批评家是应该淘汰的。这样的批评家孵育下所产生的文艺作家，更应该被淘汰。

现在要说到第二派了。前面说过，他们的理论是非常落伍的。目下凡是一些不自甘于落伍的青年，大都一听见他们的理论就要头痛。但是，我又要说一句不合时流的话：这也不能一概而论。唯技巧论是应该反对的，但也得看你拿什么来反对。如果为了反技巧而走入标语口号或比标语口号略胜一筹的革命伦理剧，那正是单刀换双鞭，半斤对八两，我以为殊无从判别轩轻。

总括地说，第一第三派的毛病是根本不知文艺为何物，第二派的毛病则在日亲王尔德、莫利哀等人作品，而同样没有认清楚这些作家的真面目——至多只记熟一些警句，以自炫其博学而已。

那么，文艺到底是什么东西呢？

第一，它的构成条件决不是一般人所说的政治“意识”。历史上许多伟大的文艺作家，他们的意识未必都“正确”，甚至还有好些非常成问题的。

第二，也决不是为了他们技巧好，场面安排得紧凑，或者对白写得“帅”。事实上，有许多伟大作家是不讲词藻的，而中国许多斤斤于修辞锻句的作家，其在文学上的成就，却非常可怜（这里得补充一点，技巧倘指均衡，谐和，节奏……等所构成的那整个的艺术效果而言，自然我也不反对，文体冗长如杜思妥益夫斯基，他的作品还是保持着一定的基调的。但这，与其说杜氏的技巧如何如何好，倒不如说他作品里另外有感人的东西在。）

第三，当然更不是因为什么意识与技巧之“辩证法的统一”。这些人大言不惭地谈辩证法，其实却是在辩证法的旗帜下偷贩着机械论的私货。

曹禺的成功处，是在他意识的正确么？技术的圆熟么？或者此二者的机械的揉合么？都不是的。拿《北京人》来说，愫芳一个人在哭，陈奶妈进来，安慰她……这样富有感情的场面，我们可以说一句：是好场面。前进作家写得出来么？艺术大师写得出来么？曹禺写出来了，那就是因为曹禺蘸着同情的泪深入了曾文清，曾思懿，愫芳……等人的生活了之故。意识需要么？需要的。但决不是一般人所说的那种单纯的政治“意识”。决定一件艺术品优胜劣败的，说了归齐，乃是通过文艺这个角度反映出来的——作家对现实之认识。

这里，就存在着一切大作家成功的秘诀。

作品不是匠人的东西。在任何场合，它都展示给我们看作家内在的灵魂。当我们读一篇好作品时，眼泪不能抑制地流了下来，但是还不得不继续读下去，我们完全被作品里人物的命运抓住了。这样，一直到结束，为哭泣所疲倦，所征服，我们禁不住从心窝里感谢作者——是他，使我们的胸襟扩大，澄清，想抛弃了生命去爱所有的人！……

在这种对比之下，字句雕琢者，文字游戏者……以及“打肿脸成胖子”的口头革命家之流，岂不要像浪花一样显得生命之渺小么?

## 三、关于"表现上海"

大约三四年前吧，正是大家喊着“到远远的地方去……”（或者“大明朝万岁”之类）沉醉于一些空洞的革命辞句的时候。“表现上海”的口号提出来了。

但是，结果如何呢? 还是老毛病：大家只顾得“表现上海”，却忘记从人物性格，人与人的关系上去表现上海了。比“到远远的地方去……”或者“大明朝万岁”自然实际多了，这回的题材尽是些囤米啦，投机啦……之类，但人物同样地是架空的，虚构的。这样的作家，我们只能说他是观念论者，不管他口头上“唯物论，唯物论……”喊得多起劲。

发展到极致，更造成了“繁琐主义”的倾向（名词是我杜造的）。这在戏剧方面，表现得最显明。黄包车夫伸手要钱啦，分头不用，用分头票啦，铁丝网啦，娘姨买小菜啦……等等。上海气味诚然十足，但我不承认这是作家对现实的透视。相反，这只是小市民对现实的追随。

“吴友如画宝”现在是很难买到了。里面就有这样的图文:《拔管灵方》;意谓将臭虫捣烂，和以面粉，插入肛门，即能治痔疮。图上并画出一张大而圆的屁股来，另一人自后将药剂插入。另有二幅，一题《医生受毒》，一题《粪淋娇客》,连呕吐的龌龊东西以及尿粪都一并画在图上。我人看后，知道清末有这样的风俗，传说，对民俗学的研究上不能说绝无俾助，然而艺术云乎哉!

我不想拿“吴友如画宝”和某些表现上海的作品比拟，从而来糟蹋那些作品的作者。我只是指出文学上“冷感症”所引起的许多坏结果，希望大家予以反省而已。

这许多病象，现在还存在不存在呢？还存在的。谓余不信，不妨随手举几个例子：

一、“关灯，关灯，空袭警报来啦”，戏中颇多这样的噱头。这不显明地是繁琐主义的重复么？这和整个的戏有什么关系呢？由此可以帮助观众了解上海的什么呢？

二、关于几天内雪茄烟价格的变动，作者调查得非常仔细，并有人在特刊上捧之为新写实主义的典范。作者的心血，我们当然不可漠视，但也得看看心血化在了一些什么地方。如果新写实主义者只能为烟草公司制造一张统计表，那么，我宁取旧写实主义。

三、对话里面硬加许多上海白，如“自说自话”“搅搅没关系”……等，居然又有“唯一的诗情批评家”之某君为之吹嘘；“活的语言在作家笔下开了花了……”云云。这实在让人听了不舒服。比之作者，我是更对这些不负责任的批评家们不满的。捧场就捧场得了，何苦糟蹋“新写实主义”“活的语言”呢？

……

这类例子，实在是举不胜举。而这意见的出入，就在对“现实”两个字的诠释。

我对企图表现上海的作家的努力，敬致无上的仰慕。但有一点要请求他们注意：勿卖弄才情，或硬套公式，或像《子夜》一样，先有了一番中国农村崩溃的理论再来“制造”作品。而是得颠倒过来：热烈地先去生活，在生活里，把到现在为止只是书斋的理论加以深化，揉和著作者的血泪，再拿来再现在作品。

且慢谈表现什么，或者给观众带回去什么教训。只要作者真有要说的话，作者能自身也参加在里面，和作品里的人物一同哭，一同受难，有许多话自然而然地奔赴笔尖，一个字一个字，像活的东西一样蹦跳到纸上，那便是好作品的保证。也只有那样，才能真到“表现”出一些什么东西来。

什么都是假的。决定一件艺术品的品格的，就是作者自身的品格。

## 四、论鸳鸯蝴蝶派小说之改编

鉴于《秋海棠》卖座之盛，张恨水的小说也相继改编上演了。姑无论改编者有怎样的口实，至少动机是为了“生意眼”，那是不可否认的。其实“生意眼”也不是什么可耻的事，只要是对得起良心的生意就成。

张恨水的小说改编得如何，不在本文讨论之列。本文只想对鸳鸯蝴蝶派作一简单的评价。既有评价，鸳鸯蝴蝶派之是否值得改编以及应该怎样改编，就可任凭读者去想像了。

对于《秋海棠》，说实话，我是没有好感的——虽然秦瘦鸥自己不承认《秋海棠》是鸳鸯蝴蝶。张恨水就不同了。我始终认为他是鸳鸯蝴蝶派中较有才能的一个。在体裁上，也许比秦瘦鸥距离新文艺更远，（如章回体，用语之陈腐……等）但这都没有关系，主要的在处理人物的态度上，他是更为深刻，更为复杂的。因此一点，也就值得我们向他学习。

张恨水的小说我看得并不多。有许多也许是非常无聊的。但读了“金粉世家”之后，使我对他一直保持着相当的崇敬，甚至觉得还不是有些新文艺作家所能企及于万一的。在这部刻画大家庭崩溃没落的小说中，他已经跳出了鸳鸯蝴蝶派传统的圈子，进而深入到对人物性格的刻画。

然而张恨水的成功只是到此为止。我不想给予他过高的估价。

最近，刊物上开始有人丑诋所谓“新文艺腔”了。新文艺腔也许真有，亦未可知，但那种一笔抹煞的态度，窃未敢引为同调。一位先生引了萧军小说中一段描写，然后批道：全篇废话！其实用八个字就可以说完（大概是“日落西山”“大雪纷飞”之类非常笼统的话，详细已忘）。这是历史的倒退，在他们看来，新文艺真不如“水浒”“三国志”了。

萧军行文非常疙瘩，且有故意学罗宋句法之嫌。但这不能掩盖他其余的优点。

同样，张恨水对生活的确熟悉之至，但这许多优点，却不能掩盖他主要的弱点——他对生活的看法，到底，不免鸳鸯蝴蝶气啊！

鸳鸯蝴蝶的特点到底是什么呢？

我以为那就是“小市民性”。

张恨水是完全小市民的作家。他写金家的许多人物，父母、子女、兄弟、妯娌、姑嫂……以及金家周围的许多亲戚朋友，都是站在和那些人同等的地位去摄取的。他所发的感慨正是金家人的感慨。他所主张的小家庭主义正是金家人所共抱的理想。实际上他就是那些人中间的一个。他不能站在更高的角度去理解他们，批判他们。

我并不要求张恨水有什么“正确的世界观”，或者把主人公写得怎么“觉悟”，怎么“革命”，而是说，作者得跳出他所描写的人物圈子，站在作为作家的立场上去看一看人。

曹雪芹在文学上的成就，就大多了。那就是因为他有了自己的哲学——不管这哲学是多么无力，多么消极——他能从自己的哲学观点去分析笔下的那些人。

写作的诀窍就在这里：得深入生活，同时又得跳出生活！

## 五、驳斥几种谬论

上面几节已经把我的粗浅的意见说了个大概。就是，我认为，决定一篇作品好坏的，乃是作家对现实之深刻的观察和分析（当然得通过文艺这个特殊的角度）。

遗憾的是，合乎标准的作品，却少得可怜。不但少而已，还有人巧立名目和这原则背逆，那就更其令人痛心了。

这种巧立名目的理论，我无以名之，名之为“谬论”。

第一种谬论说:这年头儿根本用不着谈文艺。尤其是戏剧,演出了完事,就是赚钱要紧。因此,公开地主张多加噱头。

这种议论,乍看也未尝不头头是道。君不见,天天挤塞在话剧院里的人何止千万,比起从前"剧艺社"时代来,真是不可同日而语。不加噱头行吗?

然而,这是离开了文艺的立场来说话的。和他多辩也无益。

也有人说:这是话剧的通俗化,那就不得不费纸墨来和他讨论一下。

首先,我对通俗化三字根本就表示怀疑。假使都通俗到《秋海棠》那样,那何不索性上演话剧的《小山东到上海》,把大世界的观众也争取了来呢?事实上,《称心如意》那样的文艺剧,据我所知,爱看的人也不少(当然不及《秋海棠》或《小山东》)。那些大都是比较在生活里打过滚的人,他们的口味幸还不曾被海派戏所败倒,他们感觉兴趣的是戏中人的口吻,神情,所以看到阔亲戚的叽叽喳喳,就忍不住笑了。当然,抱了看噱头的眼光来看这出戏是要失望的。

"通俗化"的正确的诠释,应该就是人物的深刻化。从人物性格的刻画上去打动观众,使观众感到亲切。脱离了人物而抽象地谈什么"通俗不通俗",无异是向低级观众缴械,结果,只有取消了话剧运动完事。

事实上,现在已经倾向到这方面来了。不说普通的观众,连一部分指导家们也大都有这样的意见,似乎不大跳大叫,白刀子进红刀子出就不成其为戏剧似的。喜剧呢,那就一律配上音乐,打一下头,鼓咚的一声;脱衣服时,钢琴键子卜龙龙龙的滑过去。兴趣都被放在这些无聊的东西上面,话剧的前途真是非常可怕的。说起来呢,指导家们会这样答覆你:不这样,观众不"吃"呀!似乎观众都是天生的孱种,不配和文艺接近的。这真是对观众的侮辱,同时也是对文学机能的蔑视。我不否认有许多观众是为了看热闹来的,给他们看冷静点的戏,也许会掉头不顾而去,但这样的观众即使失去,我以为也并不值得惋惜。

第二种谬论，比前者进了一步。他们不否认话剧运动有上述的危机，他们也知道这样发展下去是不好的，但是“……没有法子呀！一切为了生活！”淡淡“生活”两个字，就把一切的责任推卸了！

对说这话的人，我表示同情。事实如此，现在有许多剧本，拿了去，被导演们左改右改，你也改，我也改，弄得五牛崩尸，再不像原来的面目。生活程度又如此之昂贵。怎么办呢？当然只有敷衍了事的一法。

然而，还是那句话：尽可能地不要脱离人物性格。

文艺究竟不是“生意经”，粗制滥造些，是可被原谅的，但若根本脱离了性格，那就让步太大了。

我不劝那些作家字斟句酌地去写作。那样做，别的不说，肚子先就不答应。不过，话又说回来。这并不能作玩弄噱头的藉口。生活的担子无论怎么压上来，我们的基本态度是不能改变的。

第三种谬论，可以说是谬论之尤。他们干脆撕破了脸，说道：我这个是……剧，根本不能拿你那个标准来衡量的！前二种谬论，虽然也在种种藉口下躲躲闪闪，但文艺的基本原则，到底还没有被否认。到这最后一种，连基本的原则都被推翻了，他们的大胆，不能不令人吃惊。

什么作品可以脱离现实呢？无论你的才思多么“新奇”，那才思到底还是现实的产物。既是现实的产物，我们就可以拿现实这个标准来批评它。

一个人对现实的看法，是无在而无不在的。文以见人，从他的文章里，也一定可以看出为人的态度来——无论那篇文章写得多么渺茫不可捉摸。不是吗？在许多耀眼的革命字眼之下，结果还是发见了在妓院里打抱不平的章秋谷（见《九尾龟》）式的英雄……

## 六、并非“要求过高”

回过头来一看，觉得自己似乎是在旷野里呐喊。喊完之后，回答你的，只是自己的回声的嘲笑。

有几个人会同意我的话呢？说不定还会冷冷地说一句，这是要求过高。

前些年就有这样冷眼旁观的英雄。当“历史剧”评价问题正引起人们激辩的时候，他出来说话了：历史剧固然未必好，但是应该满意的了——要求不可过高呀！

后来又有各种类似的说法：

一、批评应该宽恕；

二、须讲“统一战线”；

三、坏的，得评，好的，也应该指出……等等。

这样，一场论战就被化为面子问题，宽恕问题了。

不错，东西有好的，也有坏的，梅毒患到第三期的人，说不定还有几颗好牙齿哩！但是，这样的批评有什么意思呢？我顶恨的就是这种评头品足的批评。因为它们只有使问题愈弄愈不明白。

我的意见正相反，我以为斤斤于一件作品那一点好，那一点坏，是毫无意义的。主要的，我们须看它的基本倾向如何，基本倾向倘是走的文艺的正路，其余枝节尽可以不管，否则，饶你有更大的优点，我也要说它是件坏作品。

这何尝是“要求过高”！这明明是各人对文艺的认识的不同。

譬如不甚被人注意的《称心如意》，我就认为是一二年来难得的一部佳作。也许有人要奇怪：我为什么在这短文里要一再提到它？难道就没有比它更好的作品了？这样想的人，说不定正是从前骂人要求过高的人亦未可知。

《大马戏团》因为取材较为热闹之故，比较地容易使观众接受。顶倒楣的是《称心如意》这类作品。左派说它“温开水”，不如《结婚进行曲》有意义。右派比较赞成它，但内心也许还在鄙薄它，说它不如自己的有些“肉麻当有趣”的作品那样结构完密，用词富丽。《称心如意》得到这样的评论，这也就是我特别喜爱它的原因。

别瞧《称心如意》这样味道很淡的作品，上述二派人恐怕就未必写得出来。这是勉强不来的事。《称心如意》的成功，是杨绛先生日积月累观察人生深入人生后的结果。这和空洞的政治意识不同，是可望而不可求的。同时，也和技巧至上论者的技巧不同，不是看几本书就可“雕琢”出来的。

《称心如意》不可否认地有它许多写作上的缺点和漏洞。但我完全原谅它。

这何尝是“要求过高”！

## 七、尾声

写到此处，拉拉杂杂，字数已经近万了。还有许多话，只好打住。

最后，我要申明一句：因为是抽空出来说的原故，凡所指摘的病征，也许甲里面有一些，乙里面也有一些，然而，这不是“人身攻击”。请许多人不必多疑，以为这篇文章是专对他而发的，那我就感激不尽了。

倘仍有人老羞成怒，以为失了他作家的尊严者，那我就没有办法——无奈，只好罚他到《大马戏团》里去饰那个慕容天锡的角色罢。

原载《万象》一九四三年十月号

# 论张爱玲的小说

## 前言

在一个低气压的时代，水土特别不相宜的地方，谁也不存什么幻想，期待文艺园地里有奇花异卉探出头来。然而天下比较重要一些的事故，往往在你冷不防的时候出现。史家或社会学家，会用逻辑来证明，偶发的事故实在是酝酿已久的结果。但没有这种分析头脑的大众，总觉得世界上真有魔术棒似的东西在指挥着，每件新事故都像从天而降，教人无论悲喜都有些措手不及。张爱玲女士的作品给予读者的第一个印象,便有这情形。“这太突兀了，太像奇迹了”，除了这类不着边际的话以外，读者从没切实表示过意见。也许真是过于意外而怔住了。也许人总是胆怯的动物，在明确的舆论未成立以前，明哲的办法是含糊一下再说。但舆论还得大众去培植；而且文艺的长成，急需社会的批评，而非谨慎的或冷淡的缄默。是非好恶，不妨直说。说错了看错了，自有人指正——无所谓尊严问题。

我们的作家一向对技巧抱着鄙夷的态度。五四以后，消耗了无数笔墨的是关于主义的论战。仿佛一有准确的意识就能立地成佛似的，区区艺术更是不成问题。其实，几条抽象的原则只能给大中学生应付会考。哪一种主义也好，倘没有深刻的人生观，真实的生活体验，迅速而犀利的观察，熟练的文字技能，活泼丰富的想象，决不能产生一件像样的作品。而且这一切都得经过长期艰苦的训练。《战争与和平》的原稿修改过七遍：大家可只知道托尔斯泰是个多产的作家（仿佛多产便是滥造似的）。巴尔扎克一部小说前前后后的修改稿，要装订成十余巨册，像百科辞典般排成一长队。然而大家以为巴尔扎克写作时有债主逼着，定是匆匆忙忙赶起来的。忽视这样显著的历史教训，便是使我们许多作品流产的主因。

譬如，斗争是我们最感兴趣的题材。对，人生一切都是斗争。但第一是斗争的范围，过去并没包括全部人生。作家的对象，多半是外界的敌人：宗法社会，旧礼教，资本主义……可是人类最大的悲剧往往是内在的。外来的苦难，至少有客观的原因可得而诅咒，反抗，攻击；且还有赚取同情的机会。至于个人在情欲主宰之下所招致的祸害，非但失去了泄仇的目标，且更遭到"自作自受"一类的谴责。第二是斗争的表现。人的活动脱不了情欲的因素；斗争是活动的尖端，更其是情欲的舞台。去掉了情欲，斗争便失掉活力。情欲而无深刻的勾勒，一样失掉它的活力，同时把作品变成了空的躯壳。

在此我并没意思铸造什么尺度，也不想清算过去的文坛；只是把已往的主要缺陷回顾一下，瞧瞧我们的新作家把它们填补了多少。

## 一、《金锁记》

由于上述的观点，我先讨论《金锁记》。它是一个最圆满肯定的答复。情欲（passion）的作用，很少像在这件作品里那么重要。

从表面看，曹七巧不过是遗老家庭里一种牺牲品，没落的宗法社会里微末不足道的渣滓。但命运偏偏要教渣滓当续命汤，不但要做她儿女的母亲，还要做她媳妇的婆婆——把旁人的命运交在她手里。以一个小家碧玉而高举簪缨望族，门户的错配已经种下了悲剧的第一个远因。原来当残废公子的姨奶奶的角色，由于老太太一念之善（或一念之差），抬高了她的身份，做了正室；于是造成了她悲剧的第二个远因。在姜家的环境里，固然当姨奶奶也未必有好收场，但黄金欲不致被刺激的那么高涨，恋爱欲也就不致被抑压得那么厉害。她的心理变态，即使有，也不致病入膏肓，扯上那么多的人替她殉葬。然而最基本的悲剧因素还不在此。她是担当不起情欲的人，情欲在她心中偏偏来得嚣张。已经把一种情欲压倒了，才死心塌地来服侍病人，偏偏那情欲死灰复燃，要求它的那份权利。爱情在一个人身上不得满足，便需要三四个人的幸福与生命来抵偿。可怕的报复!

可怕的报复把她压瘪了。"儿子女儿恨毒了她"，至亲骨肉都给"她沉重的枷角劈杀了"，连她心爱的男人也跟她"仇人似的"；她的惨史写成故事时，也还得给不相干的群众义愤填胸的咒骂几句。悲剧变成了丑史，血泪变成了罪状：还有什么更悲惨的?

当七巧回想着早年当曹大姑娘时代，和肉店里的朝禄打情骂俏时，"一阵温风直扑到她脸上，腻滞的死去的肉体的气味……她皱紧了眉毛。床上睡着她的丈夫，那没有生命的肉体……"当年的肉腥虽然教她皱眉，究竟是美妙的憧憬，充满了希望。眼前的肉腥，却是刽子手刀上气味——这刽子手是谁?黄金——黄金的情欲。为了黄金，她在焦灼期待，"啃不到"黄金的边的时代，嫉妒妯娌姑子，跟兄嫂闹架。为了黄金，她只能"低声"对小叔嚷着："我有什么地方不如人?我有什么地方不好?"为了黄金，她十年后甘心把最后一个满足爱情的希望吹肥皂泡似的吹破了。当季泽站在她面前，小声叫道："二嫂！……七巧！"接着诉说了（终于！）隐藏十年的爱以后——

七巧低着头，沐浴在光辉里，细细的音乐，细细的喜悦……过些年了，她跟他捉迷藏似的，只是近不得身，原来还有今天！

“沐浴在光辉里”，一生仅仅这一次，主角蒙受到神的恩宠。好似项勃朗笔下的肖像，整个的人都沉没在阴暗里，只有脸上极小的一角沾着些光亮。即是这些少的光亮直透入我们的内心。

> 季泽立在她眼前，两手合在她扇子上，面颊贴在她扇子上。他也老了十年了。然而人究竟还是那个人啊！他难道是哄她么？他想她的钱——她卖掉她的一生换来的几个钱？仅仅这一念便使她暴怒起来了……

这一转念赛如一个闷雷，一片浓重的乌云，立刻掩盖了一刹那的光辉；“细细的音乐，细细的喜悦”，被暴风雨无情地扫荡了。雷雨过后，一切都已过去,一切都已晚了。“一滴,一滴,……一更,二更……一年,一百年……”完了，永久的完了。剩下的只有无穷的悔恨。“她要在楼上的窗户里再看他一眼。无论如何,她从前爱过他。她的爱给了她无穷的痛苦。单只这一点,就使她值得留恋。”留恋的对象消灭了，只有留恋往日的痛苦。就在一个出身低微的轻狂女子身上，爱情也不曾减少圣洁。

> 七巧眼前仿佛挂了冰冷的珍珠帘，一阵热风来了，把那帘紧紧贴在她脸上，风去了，又把帘子吸了回去，气还没透过来，风又来了，没头没脸包住她——一阵凉，一阵热，她只是淌着眼泪。

她的痛苦到了顶点（作品的美也到了顶点），可是没完。只换了方向，从心头沉到心底,越来越无名。忿懑变成尖刻的怨毒,莫名其妙的只想发泄,不择对象。她眯缝着眼望着儿子，“这些年来她的生命里只有这一个男人，只有他，她不怕他想她的钱——横竖钱都是他的。可是，因为他是她的儿子，他这一个人还抵不了半个……”多怆痛的呼声！“……现在，就连这半个人她也保留不住——他娶了亲。”于是儿子的幸福，媳妇的幸福，女儿的幸福，在她眼里全变做恶毒的嘲笑，好比公牛面前的红旗。歇斯底里变得比疯狂还可怕，因为“她还有一个疯子的审慎与机智”。凭了这，她把他们一齐断送了。这也不足为奇。炼狱的一端紧接着地狱，殉难者不肯忘记把最亲近的人带进去的。

最初她把黄金锁住了爱情，结果却锁住了自己。爱情磨折了她一世和一家。她战败了，她是弱者。但因为是弱者，她就没有被同情的资格了么？弱者做了情欲的俘虏，代情欲做了刽子手，我们便有理由恨她么？作者不这么想。在上面所引的几段里，显然有作者深切的怜悯，唤引着读者的怜悯。还有：“多少回了，为了要按捺她自己，她迸得全身的筋骨与牙根都酸楚了。”“十八九岁做姑娘的时候……喜欢她的有……如果她挑中了他们之中的一个，往后日子久了，生了孩子，男人多少对她有点真心。七巧挪了挪头底下的荷叶边洋枕，凑上脸去揉擦一下，那一面的一滴眼泪，她也就懒怠去揩拭，由它挂在腮上，渐渐自己干了。”这些淡淡的朴素句子，也许为粗忽的读者不会注意的，有如一阵温暖的微风，抚弄着七巧墓上的野草。

和主角的悲剧相比之下，几个配角的显然缓和多了。长安姊弟都不是有情欲的人。幸福的得失，对他们远没有对他们的母亲那么重要。长白尽往陷坑里沉，早已失去了知觉，也许从来就不曾有过知觉。长安有过两次快乐的日子，但都用“一个美丽而苍凉的手势”自愿舍弃了。便是这个手势使她的命运虽不像七巧的那样阴森可怕，影响深远，却令人觉得另一股惆怅与凄凉的滋味。Long，Long ago 的曲调所引起的无名的悲哀，将永远留在读者心坎。

结构，节奏，色彩，在这件作品里不用说有了最幸运的成就。特别值得一提的，还有下列几点：——

第一是作者的心理分析，并不采用冗长的独白，或枯索繁琐的解剖，她利用暗示，把动作、言语、心理三者打成一片。七巧，季泽，长安，童世舫，芝寿，都没有专写他们内心的篇幅；但他们每一个举动，每一缕思维，每一段谈话，都反映出心理的进展。两次叔嫂调情的场面，不光是那种造型美显得动人，却还综合着含蓄、细腻、朴素、强烈、抑止、大胆，这许多似乎相反的优点。每句说话都是动作，每个动作都是说话。即在没有动作没有言语的场合，情绪的波动也不曾减弱分毫。例如童世舫与长安订婚以后——

> ……两人并排在公园里走着，很少说话，眼角里带着一点对方的衣服与移动着的脚，女子的粉香，男子的淡巴菰气，这单纯而可爱的印象，便是他们的阑干，阑干把他们与大众隔开了。空旷的绿草地上，许多人跑着，笑着，谈着，可是他们走的是寂寂的绮丽的回廊——走不完的寂寂的回廊。不说话，长安并不感到任何缺陷。

还有什么描写，能表达这一对不调和的男女的调和呢？能写出这种微妙的心理呢？和七巧的爱情比照起来，这是平淡多了，恬静多了，正如散文、牧歌之于戏剧。两代的爱，两种的情调。相同的是温暖。

至于七巧磨折长安的几幕，以及最后在童世舫前毁镑女儿来离间他们的一段，对病态心理的刻划，更是令人“毛骨悚然”的精彩文章。

第二是作者的节略法（raccourci）的运用——

> 风从窗子里进来，对面挂着的回文雕漆长镜被吹得摇摇晃晃。磕托磕托敲着墙。七巧双手按住了镜子。镜子里反映着翠竹帘子和一幅金绿山水屏条依旧在风中来回荡漾着，望久了，便有一种晕船的感觉。

> 再定睛看时，翠竹帘子已经褪色了，金绿山水换了张丈夫的遗像，镜子里的人也老了十年。

这是电影的手法：空间与时间，模模糊湖淡下去了，又隐隐约约浮上来了。巧妙的转调技术！

第三是作者的风格。这原是首先引起读者注意和赞美的部分。外表的美永远比内在的美容易发现。何况是那么色彩鲜明，收得住，泼得出的文章！新旧文字的揉和，新旧意境的交错，在本篇里正是恰到好处。仿佛这利落痛快的文字是天造地设的一般，老早摆在那里，预备来叙述这幕悲剧的。譬喻的巧妙；形象的入画，固是作者风格的特色，但在完成整个作品上，从没像在这篇里那样的尽其效用。例如:“三十年前的上海，一个有月亮的晚上……年轻的人想着三十年前的月亮，该是铜钱大的一个红黄的湿晕，像朵云轩信笺上落了一滴泪珠,陈旧而迷糊。老年人回忆中的三十年前的月亮是欢愉的，比眼前的月亮大，圆，白，然而隔着三十年的辛苦路望回看，再好的月色也不免带些凄凉。”这一段引子，不但月的描写是那么新颖，不但心理的观察那么深入，而且轻描淡写的呵成了一片苍凉的气氛，从开场起就罩住了全篇的故事人物。假如风格没有这综合的效果，也就失掉它的价值了。

毫无疑问,《金锁记》是张女士截至目前为止的最完满之作，颇有《猎人日记》中某些故事的风味。至少也该列为我们文坛最美的收获之一。没有《金锁记》，本文作者决不在下文把《连环套》批评得那么严厉，而且根本也不会写这篇文字。

## 二、《倾城之恋》

一个“破落户”家的离婚女儿，被穷酸兄嫂的冷嘲热讽撵出母家，跟一个饱经世故，狡猾精刮的老留学生谈恋爱。正要陷在泥淖里时，一件突然震动世界的变故把她救了出来，得到一个平凡的归宿——整篇故事可以用这一两行包括。因为是传奇（正如作者所说），没有悲剧的严肃、崇高，和宿命性；光暗的对照也不强烈。因为是传奇，情欲没有惊心动魄的表现。几乎占到二分之一篇幅的调情，尽是些玩世不恭的享乐主义者的精神游戏：尽管那么机巧，文雅，风趣，终究是精练到近乎病态的社会的产物。好似六朝的骈体，虽然珠光宝气，内里却空空洞洞，既没有真正的欢畅，也没有刻骨的悲哀。《倾城之恋》给人家的印象，仿佛是一座雕刻精工的翡翠宝塔，而非哥特式大寺的一角。美刚的对话，真真假假的捉迷藏，都在心的浮面飘滑；吸引，挑逗，无伤大体的攻守战，遮饰着虚伪。男人是一片空虚的心，不想真正找着落的心，把恋爱看做高尔夫与威士忌中间的调剂。女人，整日担忧着最后一些资本——三十岁左右的青春——再吃一次倒账；物质生活的迫切需求，使她无暇顾到心灵。这样的一幕喜剧，骨子里的贫血，充满了死气，当然不能有好结果。疲乏，厌倦，苟且，浑身小智小慧的人，担当不了悲剧的角色。麻痹的神经偶尔抖动一下，居然探头瞥见了一角未来的历史。病态的人有他特别敏锐的感觉——

> ……从浅水湾饭店过去一截子路，空中飞跨着一座桥梁，桥那边是山，桥这边是一块灰砖砌成的墙壁，拦住了这边的山……柳原看着她道："这堵墙，不知为什么使我想起地老天荒那一类的话……有一天，我们的文明整个的毁掉了，什么都完了——烧完了，炸完了，坍完了，也许还剩下这堵墙。流苏，如果我们那时候再在这墙根底下遇见了……流苏，也许你会对我有一点真心，也许我会对你有一点真心。"

好一个天际辽阔，胸襟浩荡的境界！在这中篇里，无异平凡的田野中忽然显现出一片无垠的流沙。但也像流沙一样，不过动荡着显现了一刹那。等到预感的毁灭真正临到了，完成了，柳原的神经却只在麻痹之上多加了一些疲倦。从前一刹那的觉醒早已忘记了。他从没再加思索。连终于实现了的“一点真心”也不见得如何可靠。只有流苏，劫后舒了一口气，淡淡的浮起一些感想——

> 流苏拥被坐着，听着那悲凉的风。她确实知道浅水湾附近，灰砖砌的那一面墙，一定还屹然站在那里……她仿佛做梦似的，又来到墙根下，迎面来了柳原……在这动荡的世界里，钱财，地产，天长地久的一切，全不可靠了。靠得住的只有她腔子里的这口气，还有睡在她身边的这个人。她突然爬到柳原身边，隔着他的棉被拥抱着他。他从被窝里伸出手来握住她的手。他们把彼此看得透明透亮。仅仅是一刹那彻底的谅解，然而这一刹那够他们在一起和谐地活个十年八年。

两人的心理变化，就只这一些。方舟上的一对可怜虫，只有“天长地久的一切全不可靠了”这样淡漠的惆怅。倾城大祸（给予他们的痛苦实在太少，作者不曾尽量利用对比），不过替他们收拾了残局；共患难的果实，“仅仅是一刹那的彻底的谅解”，仅仅是“活个十年八年”的念头。笼统的感慨，不彻底的反省。病态文明培植了他们的轻佻，残酷的毁灭使他们感到虚无，幻灭。同样没有深刻的反应。

而且范柳原真是一个这么枯涸的（Fade）人么？关于他，作者为何从头至尾只写侧面？在小说中他不是应该和流苏占着同等地位，是第二主题么？他上英国去的用意，始终暧昧不明；流苏隔被拥抱他的时候，当他说：“那时候太忙着谈恋爱了，哪里还有工夫恋爱”的时候，他竟没进一步吐露真正切实的心腹。“把彼此看得透明透亮”，未免太速写式的轻轻带过了。可是这里正该是强有力的转捩点，应该由作者全副精神去对付的啊！错过了这最后一个高峰，便只有平凡的，庸碌鄙俗的下山路了。柳原宣布登报结婚的消息，使流苏快活得一忽儿哭一忽儿笑，柳原还有那种 cynical 的闲适去“羞她的脸”；到上海以后，“他把他的俏皮话省下来说给旁的女人听”：由此看来，他只是一个暂时收了心的唐·裘安，或是伊林华斯勋爵一流的人物。

“他不过是一个自私的男子，她不过是一个自私的女人。”但他们连自私也没有迹象可寻。“在这兵荒马乱的时代，个人主义者是无处容身的。可是总有地方容得下一对平凡的夫妻。”世界上有的是平凡，我不抱怨作者多写了一对平凡的人。但战争使范柳原恢复一些人性，使把婚姻当职业看的流苏有一些转变（光是觉得靠得住的只有腔子里的气和身边的这个人，是不够说明她的转变的），也不能算是怎样的不平凡。平凡并非没有深度的意思。并且人物的平凡，只应该使作品不平凡。显然，作者把她的人物过于匆促的送走了。

勾勒的不够深刻，是因为对人物思索得不够深刻，生活得不够深刻；并且作品的重心过于偏向俏皮而风雅的调情。倘再从小节上检视一下的话，那末，流苏“没念过两句书”而居然够得上和柳原针锋相对，未免是个大漏洞。离婚以前的生活经验毫无追叙，使她离家以前和以后的思想引动显得不可解。这些都减少了人物的现实性。

总之，《倾城之恋》的华彩胜过了骨干：两个主角的缺陷，也就是作品本身的缺陷。

## 三、短篇和长篇

恋爱与婚姻，是作者至此为止的中心题材；长长短短六七件作品，只是 variations upon a theme。遗老遗少和小资产阶级，全都为男女问题这恶梦所苦。恶梦中老是淫雨连绵的秋天，潮腻腻的，灰暗，肮脏，窒息与腐烂的气味，像是病人临终的房间。烦恼，焦急，挣扎，全无结果，恶梦没有边际，也就无从逃避。零星的磨折，生死的苦难，在此只是无名的浪费。

青春，热情，幻想，希望，都没有存身的地方。川嫦的卧房，姚先生的家，封锁期电车车厢，扩大起来便是整个的社会。一切之上，还有一只瞧不及的巨手张开着，不知从哪儿重重的压下来，要压瘪每个人的心房。这样一幅图画印在劣质的报纸上，线条和黑白的对照迷糊一些，就该和张女士的短篇气息差不多。

为什么要用这个譬喻？因为她阴沉的篇幅里，时时渗入轻松的笔调，俏皮的口吻，好比一些闪烁的磷火，教人分不清这微光是黄昏还是曙色。有时幽默的分量过了分，悲喜剧变成了趣剧。趣剧不打紧，但若沾上了轻薄味（如《琉璃瓦》），艺术就给摧残了。

明知挣扎无益，便不挣扎了。执著也是徒然，便舍弃了。这是道地的东方精神。明哲与解脱;可同时是卑怯,懦弱,懒惰,虚无。反映到艺术品上，便是没有波澜的寂寂的死气，不一定有美丽而苍凉的手势来点缀。川嫦没有和病魔奋斗，没有丝毫意志的努力。除了向世界遗憾的射一眼之外，她连抓住世界的念头都没有。不经战斗的投降。自己的父母与爱人对她没有深切的留恋。读者更容易忘记她。而她还是许多短篇中（《心经》一篇只读到上半篇，九月期《万象》遍觅不得，故本文特置不论。好在这儿写的不是评传，挂漏也不妨）刻划得最深的人物！

微妙尴尬的局面，始终是作者最擅长的一手。时代，阶级，教育，利害观念完全不同的人相处在一块时所有暧昧含糊的情景，没有人比她传达得更真切。各种心理互相摸索，摩擦，进攻，闪避，显得那么自然而风趣，好似古典舞中一边摆着架式（figute）一边交换舞伴那样轻盈，潇洒，熨帖。这种境界稍有过火或稍有不及，《封锁》与《年轻的时候》中细腻娇嫩的气息就要给破坏，从而带走了作品全部的魅力。然而这巧妙的技术，本身不过是一种迷人的奢侈；倘使不把它当做完成主题的手段（如《金锁记》中这些技术的作用），那末，充其量也只能制造一些小骨董。

在作者第一个长篇只发表了一部分的时候就来批评，当然是不免唐突的。但其中暴露的缺陷的严重，使我不能保持谨慎的缄默。

《连环套》的主要弊病是内容的贫乏。已经刊布了四期，还没有中心思想显露。霓喜和两个丈夫的历史，仿佛是一串五花八门，西洋镜式的小故事杂凑而成的。没有心理的进展，因此也看不见潜在的逻辑，一切穿插都失掉了意义。雅赫雅是印度人,霓喜是广东养女:就这两点似乎应该是《第一环》的主题所在。半世纪前印度商人对中国女子的看法，即使逃不出玩物二字，难道竟没有旁的特殊心理？他是殖民地种族，但在香港和中国人的地位不同，再加是大绸缎店铺子的主人。可是《连环套》中并无这二三个因素错杂的作用。养女（而且是广东的养女）该有养女的心理，对她一生都有影响。一朝移植之后，势必有一个演化蜕变的过程；决不会像作者所写的，她一进绸缎店，仿佛从小就在绸缎店里长大的样子。我们既不觉得雅赫雅买的是一个广东养女，也不觉得广东养女嫁的是一个印度富商。两个典型的人物都给中和了。

错失了最有意义的主题，丢开了作者最擅长的心理刻划，单凭着丰富的想象，逞着一支流转如踢跶舞似的笔，不知不觉走了纯粹趣味性的路。除开最初一段，越往后越着重情节：一套又一套的戏法（我几乎要说是噱头），突兀之外还要突兀，刺激之外还要刺激，仿佛作者跟自己比赛似的，每次都要打破上一次的记录，像流行的剧本一样，也像歌舞团里的接一连二的节目一样，教读者眼花缭乱，应接不暇。描写色情的地方（多的是），简直用起旧小说和京戏——尤其是梆子戏——中最要不得而最叫座的镜头！《金锁记》的作者竟不惜用这种技术来给大众消闲和打哈哈，未免太出人意外了。

至于人物的缺少真实性，全都弥漫着恶俗的漫画气息，更是把Taste“看成了脚下的泥”。西班牙女修士的行为，简直和中国从前的三姑六婆一模一样。我不知半世纪前香港女修院的清规如何，不知作者在史实上有何根据；但她所写的，倒更近于欧洲中世纪的丑史，而非她这部小说里应有的现实。其次，她的人物不是外国人，便是广东人。即使地方色彩在用语上无法积极的标识出来，至少也不该把纯粹《金瓶梅》《红楼梦》的用语，硬嵌入西方人和广东人嘴里。这种错乱得可笑的化装，真乃不可思议。

风格也从没像在《连环套》中那样自贬得厉害。节奏，风味，品格，全不讲了。措辞用语，处处显出“信笔所之”的神气，甚至往腐化的路上走。《倾城之恋》的前半篇，偶尔已看到“为了宝络这头亲，却忙得鸦飞雀乱，人仰马翻”的套语；幸而那时还有节制，不过小疵而已。但到了《连环套》，这小疵竟越来越多，像流行病的细菌一样了：——“两个嘲戏做一堆”“是那个贼囚根子在他跟前……”“一路上凤尾森森，香尘细细”“青山绿水，观之不足，看之有余”“三人分花拂柳”“衔恨于心，不在话下”“见了这等人物，如何不喜”“……暗暗点头，自去报信不提”“他触动前情，放出风流债主的手段”“有话即长，无话即短”“那内侄如同箭穿雁嘴，钩搭鱼腮，做声不得”……这样的滥调，旧小说的渣滓，连现在的鸳鸯蝴蝶派和黑幕小说家也觉得恶俗而不用了，而居然在这里出现。岂不也太像奇迹了吗？

在扯了满帆，顺流而下的情势中，作者的笔锋“熟极而流”，再也把不住舵。《连环套》逃不过刚下地就夭折的命运。

## 四、结论

我们在篇首举出一般创作的缺陷，张女士究竟填补了多少呢？一大部分，也是一小部分。心理观察，文字技巧，想像力，在她都已不成问题。这些优点对作品真有贡献的，却只《金锁记》一部。我们固不能要求一个作家只产生杰作，但也不能坐视她的优点把她引入危险的歧途，更不能听让新的缺陷去填补旧的缺陷。

《金锁记》和《倾城之恋》，以题材而论似乎前者更难处理，而成功的却是那更难处理的。在此见出作者的天分和功力。并且她的态度，也显见对前者更严肃，作品留在工场里的时期也更长久。《金锁记》的材料大部分是间接得来的：人物和作者之间，时代，环境，心理，都距离甚远，使她不得不丢开自己，努力去生活在人物身上，顺着情欲发展的逻辑，尽往第三者的个性里钻。于是她触及了鲜血淋漓的现实。至于《倾城之恋》，也许因为作者身经危城劫难的印象太强烈了。自己的感觉不知不觉过量的移注在人物身上，减少了客观探索的机会。她和她的人物同一时代，更易混入主观的情操。还有那漂亮的对话，似乎把作者首先迷住了：过度的注意局部，妨害了全体的完成。只要作者不去生活在人物身上，不跟着人物走，就免不了肤浅之病。

小说家最大的秘密，在能跟着创造的人物同时演化。生活经验是无穷的。作家的生活经验怎样才算丰富是没有标准的。人寿有限，活动的环境有限；单凭外界的材料来求生活的丰富，决不够成为艺术家。唯有在众生身上去体验人生，才会使作者和人物同时进步，而且渐渐超过自己。巴尔扎克不是在第一部小说成功的时候，就把人生了解得那么深，那么广的。他也不是对贵族，平民，劳工，富商，律师，诗人，画家，荡妇，老处女，军人……那些种类万千的人的心理，分门别类的一下子都研究明白，了如指掌之后，然后动笔写作的。现实世界所有的不过是片段的材料，片段的暗示；经小说家用心理学家的眼光，科学家的耐心，宗教家的热诚，依照严密的逻辑推索下去，忘记了自我，化身为故事中的角色（还要走多少回头路，白花多少心力），陪着他们做身心的探险，陪他们笑，陪他们哭，才能获得作者实际未曾经历的经历。一切的大艺术家就是这样一面工作一面学习的。这些平凡的老话，张女士当然知道。不过作家所遇到的诱惑特别多，也许旁的更悦耳的声音，在她耳畔盖住了老生常谈的单调的声音。

技巧对张女士是最危险的诱惑。无论哪一部门的艺术家，等到技巧成熟过度，成了格式，就不免要重复他自己。在下意识中，技巧能像旁的本能一样时时骚动着，要求一显身手的机会，不问主人胸中有没有东西需要它表现。结果变成了文字游戏。写作的目的和趣味，仿佛就在花花絮絮的方块字的堆砌上。任何细胞过度的膨胀，都会变成癌。其实，彻底的说，技巧也没有止境。一种题材，一种内容，需要一种特殊的技巧去适应。所以真正的艺术家，他的心灵探险史，往往就是和技巧的战斗史。人生形相之多，岂有一二套衣装就够穿戴之理？把握住了这一点，技巧永久不会成癌，也就无所谓危险了。

文学遗产的记忆过于清楚，是作者另一危机。把旧小说的文体运用到创作上来，虽在适当的限度内不无情趣，究竟近于玩火，一不留神，艺术会给它烧毁的。旧文体的不能直接搬过来，正如不能把西洋的文法和修辞直接搬用一样。何况俗套滥调，在任何文字里都是毒素！希望作者从此和它们隔离起来。她自有她净化的文体。《金锁记》的作者没有理由往后退。

聪明机智成了习气，也是一块绊脚石。王尔德派的人生观，和东方式的“人生朝露”的腔调混合起来，是没有前程的。它只能使心灵从洒脱而空虚而枯涸，使作者离开艺术，离开人生，埋葬在沙龙里。

我不责备作者的题材只限于男女问题。但除了男女之外，世界究竟还辽阔得很。人类的情欲不仅仅限于一二种。假如作者的视线改换一下角度的话，也许会摆脱那种淡漠的贫血的感伤情调；或者痛快成为一个彻底的悲观主义者，把人生剥出一个血淋淋的面目来。我不是鼓励悲观。但心灵的窗子不会嫌开得太多，因为可以免除单调与闭塞。

总而言之：才华最爱出卖人！像张女士般有多方面的修养而能充分运用的作家（绘画，音乐，历史的运用，使她的文体特别富丽动人），单从《金锁记》到《封锁》，不过如一杯对过几次开水的龙井，味道淡了些。即使如此，也嫌太奢侈，太浪费了。但若取悦大众（或只是取悦自己来满足技巧欲——因为作者能可谦抑地说：我不过写着玩儿的）到写日报连载小说（fluilleton）的所谓 fiction 的地步，那样的倒车开下去，老实说，有些不堪设想。

宝石镶嵌的图画被人欣赏，并非为了宝石的彩色。少一些光芒，多一些深度，少了一些词藻，多一些实质：作品只会有更完满的收获。多写，少发表，尤其是服侍艺术最忠实的态度（我知道作者发表的决非她的处女作，但有些大作家早年废弃的习作，有三四十部小说从未问世的记录）。文艺女神的贞洁是最宝贵的，也是最容易被污辱的。爱护她就是爱护自己。

一位旅华数十年的外侨和我闲谈时说起："奇迹在中国不算希奇，可是都没有好收场。"但愿这两句话永远扯不到张爱玲女士身上！

一九四四年四月七日

原载《万象》一九四四年五月号，署名迅雨

# 《勇士们》读后感

刚结束的战争已经把人弄糊涂了，方兴未艾的战争文学还得教人糊涂一些时候。小说，诗歌，报告，特写，新兵器的分析，只要牵涉战争的文字，都和战争本身一样，予人万分错综的感觉。战事新闻片，《勇士们》一类的作品，仿佛是神经战的余波，叫你忽而惊骇，忽而叹赏，忽而愤慨，忽而感动，心中乱糟糟的，说不出是什么情绪。人，这么伟大又这么渺小，这么善良又这么残忍，这么聪明又这么愚蠢……

然而离奇矛盾的现象下面，也许藏着比宗教的经典诫条更能发人深省的真理。

厮杀是一种本能。任何本能占据了领导地位，人性中一切善善恶恶的部分都会自动集中，来满足它的要求。一朝入伍，军乐，军旗，军服，前线的几声大炮，把人催眠了，领进一个新的境界——原始的境界。心理上一切压制都告消灭，道德和教育的约束完全解除，只有斗争的本能支配着人的活动。生命贬值了，对人生对世界的观念一齐改变。正如野蛮人一样，随时随地有死亡等待他。自己的生命操在敌人手里，敌人的生命也操在自己手里。究竟谁主宰着谁，只有上帝知道。恐怖，疑虑，惶惑，终于丢开一切,满不在乎。(这是新兵成为老兵的几个阶段,也是“勇士们”的来历。)真到了满不在乎的时候，便勇气勃勃，把枪林弹雨看做下雾刮风一样平常，屠杀敌人也好比掐死一个虱子那么简单。哪怕对方是同乡，同胞，亲戚，也不会叫士兵软一软心肠。一个意大利人，移民到美国不过七年光景，在西西里岛上作战毫不难过，“我们既然必须打仗，打他们和打旁的人们还不是一样。”他说。勇气是从麻木来的，残忍亦然。故勇敢和残忍必然成双作对。自家的性命既轻于鸿毛，别人的性命怎会重于泰山？在这种情形之下，超人的勇敢和非人的残酷，同样会若无其事的表现出来。我们的惊怖或钦佩，只因为我们无法想象赤裸裸的原人的行为，并且忘记了文明是后天的人工的产物。

论理，战争的本能还是渊源于求生和本能。多杀一个敌人，只为减少一分自己的危险，老实说，不过是积极的逃命而已。因此，休戚相关的感觉在军队里特别锐敏。对并肩作战的伙伴的友爱，真有可歌可泣的事迹，使我们觉得人性在战争中还没完全澌灭。对占领区人民的同情，尤其像黑夜中闪出几道毫光，照射着垂死的文明。

> 军队在乡村或农庄附近发饭的行列边，每每有些严肃有耐性的孩子，手里端着锡桶子在等人家吃剩下来的。有位兵士对我说：“他们这样站在旁边看，我简直吃不下去。有好几次我领到饭菜后，走过去望他们的桶子里一倒，踅回狐狸洞去。我肚子不饿。”

这一类的事情使我想到，倘使战争只以求生为限，战争的可怕性也可有一个限度。例如野蛮民族的部落战，虽有死伤，规模不大，时间不久，对于人性也没有致命的损害。但现代的战争目标是那么抽象，广泛，空洞，跟作战的个人全无关连。一个兵不过是战争这个大机构中间的一个小零件，等于一颗普通的子弹，机械的，盲目的，被动的。不幸人究非子弹。你不用子弹，子弹不会烦闷焦躁，急于寻觅射击的对象。兵士一经训练，便上了非杀人不可的瘾。

> 第四十五师的训练二年有半，弄得人人差一点发疯，以为永远没有调往海外作战的机会。
>
> 我们的兵士对于义军很生气。“我们连开一枪的机会都没有”，有个兵士实在厌恶地说……他又说他本人受训练得利如刀锋，现在敌人并无顽强的抵抗，失望之余，坐卧不安。

久而久之，战争和求生的本能、危险的威胁完全脱节，连憎恨敌人都谈不到。

> 巴克并不恨德国人，虽然他已经杀死不少。他杀死他们，只为要保持自己的生命。年代一久，战争变成他唯一的世界，作战变成他唯一的职业……“这一切我都讨厌死了，”他安静地说，“但是诉苦也没用。我心里这么打算：人家派我做一件事，我非做出来不可。要是做的时候活不了，那我也没法子想。”

人生变成一片虚无，兵士的苦闷是单调、沉寂、休战，所害怕的不是死亡，而是不堪忍受的生活。唯有高速度的行军，巨大的胜仗，甚至巨大的死伤，还可以驱散一下疲惫和厌烦。这和战争的原因——民族的仇恨，经济的冲突，政治的纠纷，离得多远！上次大战，一个美国兵踏上法国陆地时，还会迸出一句充满着热情和友爱，兼有历史意义的话：“拉斐德，我们来了。”此次大战他们坐在诺曼底滩头阵地看报，还不知诺曼底滩头阵地在什么地方。人为思想的动物，这资格被战争取消了。

兵士们的心灵，也像肉体那样疲惫……总而言之，一个人对于一切都厌烦。

例如第一师的士兵，在前线日夜跑路作战了二十八天……兵士们便超越了人类疲惫的程度。从那时起，他们昏昏的干去，主要因为别人都在这么干，而他们就是不这么干，实在也不行。

连随军记者也受不了这种昏昏沉沉的非人非兽的生活，时间空间都失去了意义。

到末了所有的工作都变成一种情感的绣帷，上面老是一种死板不变的图样——昨天就是明天，特路安那就是兰达索，我们不晓得什么时候可以停止，天啊，我太累了（《勇士们》作者的自述）。

这种人生观是战争最大罪恶之一。它使人不但失去了人性，抑且失去了兽性。因为最凶恶的野兽也只限于满足本能。他们的胃纳始终是凶残的调节器。赤裸裸的本能，我们说是可怕的；本能灭绝却没有言语可以形容。本能绝灭的人是什么东西，简直无法想象。

固然，《勇士们》一书中有的是战争的光明面。硬干苦干的成绩（“他们做的比应当做的还要多”），合作互助的精神（那些工兵），长官的榜样（一位师长黑夜里无意中妨碍了士兵的工作，挨了骂，默不作声的走开了），都显出人类在危急之秋可以崇高到不可思议的地步。还有世人熟知的那种士兵的幽默，在阴惨或紧张的场面中格外显得天真，朴实。那么无邪的诙谐，叫后方的读者都为之舒一口苏慰的气，微微露一露笑容。可是话又说回来，这种诙谐实在是人性最后的遗留，遮掩着他们不愿想的战争的苦难。

是的，兵士除了应付眼前的工作，大都不用思想。但他们偶尔思想的时候，即是我们最伟大的宗教家也不能比他们想得更深刻、更慈悲。

> “看着新兵入营，我总有些不好过，”巴克有一天夜里用迟缓的声调对我说，话声里充满着一片精诚，“有的脸上刚刚长了毛，什么事都不懂，吓又吓得要死，不管怎么样，他们中间有的总得死去……他们的被杀我也知道不是我的错处……但是我渐渐觉得杀死他们的不是德国人，而是我。我逐渐有了杀人犯的感觉……

这种释迦牟尼似的话，却出自于一个美国军曹之口。他并不追究真正的杀人犯。

可是我读完了《勇士们》，觉得他，他们，我们，全世界的人都应当追究真正的杀人犯。我们更要彻底觉悟：现代战争和个人的生存本能已经毫不相关，从此人类不能再受政治家的威胁利诱，赴汤蹈火地为少数人抓取热锅中的栗子。试想：那么聪明、正直、善良、强壮的“勇士们”，一朝把自己的命运握在自己手里，把他们在战争中表现的超人的英勇，移到和平事业上来的时候，世界该是何等的世界！

原载《新语》半月刊第三期，一九四五年十一月

# 答《大公报》问

一、我的第一本书是什么?

我第一部译的书，是梅里美的《嘉尔曼》，同时还有《高龙巴》，都全部译完（一九二九年），因系求学时代的练习，译后即丢得不知去向。第二部译的书是罗曼·罗兰的《贝多芬传》(一九三二年)，一九四二年全部重译，一九四六年五月方由骆驼书店出版。

二、是怎样出版的?

第一部出版的书是《夏洛外传——卓别麟的英雄历险记》，原著者为法国 Philippe Soupault。一九三三年自己出资排印贰千册，托开明书店代售，三年后结账，只售去数十册。旋即全部称斤做废纸出售。

三、我的下一本书将是什么?

巴尔扎克的《欧也妮·葛朗台》译了一半，摆了十个月，不知何时译完。

原载上海《大公报》一九四七年十二月十一日
出版界栏第六十二期“作家及其作品特辑”

# 答陈冰夷查询

Farce 为一种戏剧形式（dramatic form），往往为独白式的，其中掺入不少兴之所至的打趣和滑稽突梯的嘲弄。

Satire

（一）最早在罗马时代，为一种戏剧体裁，其中杂有音乐、说白、舞蹈。因 satire 原出拉丁文 satura（或 satira），为炒杂烩的意思，故当时借用此字以名一种戏剧体裁。

（二）在罗马晚期，直迄近代，此字系指一种韵文作品，对人类的可笑、恶习、热狂、愚蠢，加以针砭及抨击。

Satire 与 Farce 最显著的不同点，即 Satire 为韵文的，Farce 为散文的（虽则 Satire 在后代亦有指韵文散文掺杂之作品）；Satire 为尖刻的讽刺，Farce 为轻松的滑稽；Satire 作者，对人生必有深意，Farce 作者，往往不过作游戏笔墨，初无愤世嫉俗之慨。

至 Satire 一字究如何翻译为妥，还请尊裁。

*De clerics et puella* 不似法文，无考。

*Le Garcon et l'Aveugle* 出处无考。Garçon一字在法文内有作单身汉（即未婚男子）解，与英文 boy 同；又作侍者解，亦与 boy 同。

*Jeu de Robin et Marion* 无考。

此三则，容稍缓至图书馆细查。目前怕生冻疮，不能去久留。

*Le Jeu d'Adam ou de la Feuillee*

作者 Adam de la Halle，法国诺曼底极北的一州 Pas de Calais 的首府 Arras 城里的人。此剧一名 *Le Jeu d'Adam*，一名 *Le Jeu de la Feuillée*，作于一二六二年，为真正喜剧之鼻祖（当然以近代论）。剧本形式甚为古怪，毫无连接性，仅将十八个人物随意凑合，人物中包括作者自己，作者之父，Arras 城中五个 bourgeois，一个医生，一个僧侣，一个疯子，一位太太，一个小客店主人。

本剧内容虽甚驳杂而不连贯，但无论从史的方面或文学方面着眼，均极重要。其中甚多隐射当时时事，且有剧烈之抨击，抨击对象且不限于 Arras 城之本地人士，即禁止僧侣与寡妇结婚之教皇 Alexandre 第四亦在其内。所当注意者，本剧作风酷肖 Aristophane，语言之尖刻生辣，结构之漫无条次，亦均相似。上演情形，完全无考，但大致必在 puy 演出。

Puy 为一种半宗教、半俗人（profane = 即非宗教的）之一种学会（academy），中古时代各大城市极多此类组织，常半公开的表演戏剧，一如今日上流社会之俱乐部。

"Jeu"一字，在诗歌方面常用以指"戏剧"，不分悲喜剧，皆通用。鄙见此处作为常见之戏名：*Jeu de*……恐即此义。

鄙见 *Le Jeu d'Adam ou de la Feuillee* 不必译成中文，但置原文，以免歪曲内容。按"Feuillee"一字，原义为一组树叶或"叶荫"。

——Charles Hastings 著 *Le Theatre Francais et Anglais*

（《法国与英国之戏剧》），作者为英国人，原文即以法文写成，大抵属于博士论文性质（恐作者曾留学巴黎）[以上各节见该书

P.111-P.112]。

Adam de la Halle，别号“阿拉城里的驼子”（le Bossu d’Arras），为十三世纪法国北部行吟诗人（trouvére），作有歌谣及各种舞曲甚多。戏剧中有著名的 *Jeu de Robin et Marion*，为最早的喜歌剧（opéra-comique）。

*Jeu de Robin et Marion*，全部用韵文写成，但杂有若干说白与歌唱的场面（音乐也是 Adam 自己谱的）。故事并不新鲜，采自当时流行的抒情诗，改为戏剧化的田园诗（pastorale）。本事如下：

牧女 Marion，牧羊时唱着她对牧童 Robin 的爱情。其时来了一个手擎鹰隼的骑士，求她跟他上宫堡去，被牧女拒绝。骑士走了，Robin 来了，相与谈笑，饮食，跳舞。但牧童离开 Marion 去找伙伴时，骑士又来了，并且挟 Marion 上马，牧童及其伙伴虽目击其事，亦不敢上前争斗。但 Marion 竭力挣扎，骑士卒释之使去。然后全场人物又以各种新的游戏与舞蹈表示庆祝。

（初次上演在 Naples，时代大概在一二八三年前后。）

Jeu de Feuillée——布景为一绿荫密布的棚下（即 feuillée 一字的来源），此棚乃特为庆祝春天复临而搭造的。

*Le Garçon et l’Aveugle* 是一二七七年时在 Tournai 地方上演的一出 Farce，恐亦系 Adam 所作。（确否待考？）

Sotie（此字亦写作 Sottie）由所谓“傻子”（sots）与“快乐孩子”（enfants-sans-souci）扮演。“傻子”与“快乐孩子”皆十五世纪时一种社团，“快乐孩子”团员大多为穷学生、穷艺术家，上演地点为教堂或法院附近的广场。上身穿黄，下身穿绿；头上饰有小铃及驴耳，手持笏杖，彼等自命为“疯子”，其意以为社会全系疯子组成。演剧时身上常有特殊装饰，以标明代表人物之身份（如教士、律师、商人等）。彼等所以能演出讽刺极露骨之 Sotie，大半藉自命“疯子”一点为掩护，使群众不致过于认真，致有触动公愤情事。

此等组织至十六世纪末期尚有存在。所演作品除 Sotie 外，尚有 Farces 与 Moralités 。

# 评《三里湾》

以农业合作化为题材的创作近来出现不少,《三里湾》无疑是最受欢迎的作品之一。任何读者一上手就放不下，觉得非一口气读完不可。一部小说没有惊险的故事，没有紧张的场面，居然能这样的引人入胜，自不能不归功于作者的艺术手腕。惟有具备了这种引人入胜的魔力，文艺作品才能完成它的政治使命，使读者不知不觉的，因而是很深刻的，接受书中的教育。农民的日常生活和家庭琐事写得那么生动，真切；他们的劳动热情写得那么朴素而富有诗意；不但先进人物的蓬勃的朝气和敦厚的性格特别可爱，便是落后分子的面貌也由于他们喜剧性而加强了现实感：这都是同类作品中少有的成就。表面上，作者好像竭力用紧凑热闹的情节抓住读者，骨子里却反映着三里湾农业的演变，把新事物与旧事物的交替织成一幅现实与理想交融的图画。

谁都知道文艺创作的主题思想要明确，故事要动人；但作者的任务还要把主题融化在故事中间，不露一点痕迹；要把精神食粮调制得既美观，又可口，教人看了非爱不可，非吃不可。《三里湾》中大大小小，琐琐碎碎的情节，既不显得有心为题材作说明，也不以卖弄技巧为能事。作者写青年男女的恋爱，夫妇的争执，婆媳妯娌之间的口角，顽固人物的可笑，积极分子的可爱，没有一个细节不是使读者仿佛亲历其境。而那些细节所反映的时代背景和包涵的教育意义，又出之以蕴蓄暗示的手法，只教人心领神会。表现农民学习文化并不从正面着手；但玉梅在黑板上练字那一幕把求知欲表现得何等具体！情景又何等天真，何等妩媚！三里湾农村的经济情况是借了一个极有风趣的插曲，用金生笔记上“高、大、好、剥、拆”五个字说明的。合作社的全貌是由张信与何科长两人视察的时候顺便介绍出来的。美丽的远景是教老梁画给我们看的。运用了这一类好像漫不经意，轻描淡写的手法，富有思想性的内容才没有那副干枯冰冷的面目，才有具体的感性形象通过浓郁的诗情画意感染读者。

赵树理同志深切地体会到，农民是喜欢听有头有尾的故事的；其实不但农民，我国大多数读者都是如此。但赵树理同志把“从头讲起”的办法处理得极尽迂回曲折，避免了平铺直叙单调的弊病。故事开头固然“从旗杆院说起”，可是很快的转到民校，引进玉梅和其他两个年轻的角色；再由玉梅带我们到她家里，认识了现代农村中的一个模范家庭，再由这个家庭慢慢的看到全局的发展。不但这种技巧的选择投合了读者的心理，而且作者在实践中把传统的写作办法推陈出新了。

一般读者都喜欢热闹的场面，所以作者在十四万五千字的中等篇幅之内，讲了那么多富有戏剧性的故事。丰富的内容一经压缩，节奏当然快了，结构也紧凑了。但那家常琐碎的事并没因头绪纷繁而混乱；相反，线条层次都很清楚，前后照应很周到，上下文的衔接像行云流水一般的顺畅。作者一方面借每个有趣的插曲反映人物的性格与相互的关系，一方面把日常细故发展成重大的事故，而归结到主题。玉生夫妇为了买棉绒衣而吵架，小俊听了母亲的唆使而兴风作浪，都是微不足道的生活小节。结果却竟至于离婚，从而改变了几对青年男女的关系。离婚、结婚也是人生常事，不足为奇；但玉生与小俊的离异，与灵芝的结合，小俊的嫁给满喜，有翼的革命以及他的娶玉梅，都反映出新社会与旧社会的斗争，新社会的胜利与年轻一代的进步。“两个黄蒸，面汤管饱”的趣剧不但促成了菊英的分家，还促成了糊涂涂那个顽固堡垒的崩溃；军属的支持菊英，附带表现了农村妇女的觉悟与坚强。可见书中连最猥琐的情节都有巨大的作用，像无数细小的溪水最后汇合成长江大河一样。

以上的几个例子提高到理论上，大可说明作者从实际生活中体会到生活规律，从复杂的事例中挑出的具有概括性的典型，的确是通过了生动活泼的形象表达出来的。虽然我们不熟悉赵树理同志的生活，也不难想象他为了实现这个目的，如何抱着真诚严肃的态度和热烈的情绪投入生活，如何以极大的谦虚和耐性磨练他的目光和感觉，客观的了解一切，主观的热爱一切；同时还在那里继续不断的做着艰苦的努力，在实践中提高他的写作艺术。

作者自己说常用“保留关节”的办法[①]，并举出“刀把上”一块地，一张分单，范登高问题等等为例，说那是吸引读者的一个办法。其实吸引读者只是一个副作用；不立刻说明底蕴主要是为一个并不曲折的故事创造曲折，或者为曲折的故事创造更多的曲折，在主流的几个大浪潮之间添加一些小波浪；情节的变化一多，节奏也有了抑扬顿挫，故事的幅度也跟着大大的扩张了。越是与主题的关系密切，越是对全局的发展有推动作用的情节，便越需要用一波三折的笔法。因为这缘故，赵树理同志才在“刀把上”一块地，一张分单等等的大题目上尽量保留关节。

为了说明这个技巧的作用，我想举一个例：《三里湾》第五面上，满喜找不到房子安排何科长，玉梅便出主意，叫他去找袁天成老婆，“悄悄跟她说……专署法院来了个干部，不知道调查什么案子”，央她去向她姊

---

① 见赵树理作：《〈三里湾〉创作前后》第三段。原载《文艺报》一九五五年第十九号，收入中国青年出版社编印的《作家谈创作》中，列为第七篇。

姊马多寿老婆借房子，“管保她顺顺当当就去替你问好了。因为……”话说到这里就被满喜截住，说道：“我懂得了，这个法子行！”作者在此留了一个大关节，让读者对玉梅的主意，案子跟借房子的关系，完全摸不着头脑。到二十七面末，二十八面初，才点出多寿老婆两个月前告过副村长张永清一状。但糊涂涂又拦着常有理不让说下去，“案子”的关节便继续保留，直到六十一面上何科长在田里遇到张永清才交代清楚。

这儿的关节是双重的：第一是为了表现玉梅的精灵，善于利用人家的心理；第二是为了强调“刀把上”一块地对马家和对扩社开渠的重要。两个不同的目的对主题的作用也不同。表现玉梅聪明事小，所以到二十八面上，谜就揭穿了。“刀把上”一块地是全书的主眼之一，从头至尾隐隐约约的出现过几回，又消失过几回，直到书末才完全显露；“案子”的关节不到相当的阶段而太早的点破，是会破坏“主眼”的作用的。关节的保留与揭穿不仅仅服从主题的要求，也得服从全局各阶段发展的要求。最初提到玉梅出主意的时候，最重要的几个正面人物尚未登场，自然不能随便把事情扯到马家去。在二十八面上，何科长的住处只解决一半，小俊与玉生打架的事也只讲了一半，也没有余暇来说明“案子”的底细。

不是为吸引读者,但同样能扩大故事幅度的是旧小说中所谓的“伏笔”。顾名思义，伏笔正与保留关节相反，是闲处落墨，有心在读者不经意的地方轻轻打个埋伏。有了埋伏，故事就显得源远流长，气势足，规模大，加强了它在书中的比重。小俊在范登高处挑了棉绒衣，声明没有带钱；范登高紧接着说：“一会你就送过来！这是和人家合伙做的个生意。”这两句都是伏笔，又各有各的用意。前一句暗示范登高手头不宽，作为以后和王小聚争执，以及向供销合作社贷款的张本；后一句点出范登高雇工做买卖的情虚，成为以后屡次听人说他做买卖，跟王小聚是东家伙计而着急的伏线。伏笔不限于一句两句，有时整个插曲都等于伏笔；运用巧妙的话，往往带有连环性质，还能和保留关节同时并用。上面提到的玉梅出主意，一方面保留了关节，一方面也埋伏了满喜和天成老婆的喜剧；这幕喜剧又埋伏了满喜和有余老婆的一幕活剧（“惹不起遇一阵风”）；这幕活剧又埋伏了菊英分家胜利的一个因素。

赵树理同志的作品中从来没有“冷场”。他用十八面以上的篇幅，分四章来写三里湾的全景。集中介绍的办法是不容易讨好的，很可能成为一篇流水账。但我们读那四章，一点不觉得沉闷，倒像电影院中看一张农村短片那样新鲜。我们对各个小组的工作，菜园与粮田的不同情况，玉生的小型试验场，开渠的路线，都有了一个鲜明的印象；还感染到社员们开朗的心情，劳动的愉快，仿佛能听见他们欢乐的笑声和嘻嘻哈哈的打趣。这个效果显然是靠许多小插曲得来的。那些插曲多数是用的侧笔，只会增加色彩的变化而不至于喧宾夺主。何科长刚到田里，张信便介绍概况，说到第一组外号叫武装组，因为组员“大部分是民兵——民兵的组织性、纪律性强一点，他们愿意在一处保留这个特点”。以后作者写武装组的“一个小男青年，用嘴念着锣鼓点儿给她们帮忙（按她们是民兵与军干部的家属，也是组员）”；看见何科长来了，又向妇女们“布置了一下，大家高喊：欢、迎、何、科、长！接着便鼓了一阵掌”。这小小的一幕，不是从侧面把武装组的特色——组织性与纪律性——活活表现出来了吗？

运用侧笔的例子触目皆是：糊涂涂外号的来历，我们是从范登高老婆那里听到的；范登高之所以称为翻得高是马有翼说明的。侧面描写是一种比较轻灵的笔触，含蓄多，偏重于暗示，特别宜于写恋爱场面。灵芝与有翼的“治病竞赛”，袁小旦的取笑玉梅“成了人家的人了”，取笑有翼“你放心走吧！跑不了她！”等等，都是用侧笔极成功的例子。

描写的细腻是《三里湾》受到欣赏的另一原因。玉生与小俊吵架，插入一段棉绒衣与木板的误会；趁吵架还没正式开展，先来一番跌宕，在大吹大擂之前来一番细吹细打，为那个打架的场面添加了不少风趣。这小小的曲折还把玉生的专心一意于工作，跟小俊的专心一意于衣服构成一个强烈的对比。接着小俊去找母亲，跑到范家，马有翼对她说："大概到我们家去了。"灵芝插嘴问："你怎么知道？"有翼说："你忘记了玉梅跟满喜说的是什么了？"灵芝一想便笑着说："你去吧！准在！"作者在这儿好像是专为小俊安排找母亲的，却顺手把玉梅出主意的那个关节虚提一笔，作为前后脉络的贯串。同样的技巧也表现在"回目"上：第十九章叫做"出题目"，里面写的是：玉生要老梁画三里湾的远景，灵芝要有翼作检讨。老梁的三张画对扩社开渠帮助很大，灵芝教有翼检讨是两人感情的转捩点；因此这回目除了含有双关意义，还连带标出了内容的重要。

作者的笔墨很经济：写玉梅与大嫂的和睦，同时写了他们与小俊的不和睦；写万宝全，同时写了王申老汉；讲玉生夫妇的争吵，顺便把范登高做买卖的事开了头。菊英的分家与马氏父子的打算；"刀把上"一块地与合作社的开渠问题；袁天成贪多嚼不烂的苦闷与有翼的不会做活；农村对机械农具的想望与张永清的形象；张永清与常有理的对照跟"案子"的交代，差不多全是双管齐下，一笔照顾了几方面的。

以下预备谈谈三里湾中的人物。

糊涂涂与常有理等几个外号特别有趣的角色，早已脍炙人口，公认为最生动的形象。但他们和所有的人物有一个共同的特点，就是没有一星半点的生理标志：关于他们的高矮肥瘦，面长面短，声音笑貌，举动步履，作者始终不着一字。勉强搜寻，只有两处例外：十五面上说到袁小俊"从小是个胖娃娃，长大了也不难看"，说到玉生"模样儿长得很漂亮"[①]。这情形出现在一个老作家笔下，尤其在一部很精彩的小说中，不能不令人奇怪。

塑造人物的技巧很多，如何运用并没有一定的规律，只要能尽量烘托人物的性格。可是也有几个基本项目只能在用多用少之间伸缩，而不能绝

---

① 一四〇面上又说玉生"漂亮"，一七三面又说小俊"长得满好看"，但都是重复前文。

对摒弃。有的小说，人物难得说话，但决不是哑巴；有的人物动作不多，或是相貌的描写很少，但决不是完全没有，除非是书信体的作品。以上的话特别是指主角而言。当然，我们并不要求人物的出现像旧戏中的武将登场，先来一个“亮相”，再来一套“起霸”；但毫无造型的骨干，只靠语言——哪怕是最精彩的独白和对话——生存的人物，毕竟是难以想象的。没有血肉的纯粹的灵魂，能在读者心目中活多久呢？马多寿为人精明，偏偏由于一个特殊的习惯和闹了一次笑话，得了个“糊涂涂”的外号：这对比非常有力；假如让大家知道他的长相和他的性格是相符的或是相反的，他的造像岂不更有力吗？人物的举动面貌和他的性格不是相反，便是相成；而两者都能使形象格外突出。有翼，灵芝，玉梅，考虑他们的感情关系时从来不想到对方的美丑；新时代的农村青年因为重视了道德品质与劳动积极性，就连一点点审美感都没有了，难道是合乎情理的吗？有些作家把人物的状貌举动处理得很机械化，像印版一样；或是一味的繁琐，无目的地拖拖拉拉。这两种办法，我们都反对；但若因此而把外形描写减缩到绝无仅有，也未免矫枉过正，另走极端了。

值得考虑的还有一些更重要的问题，就是作者所创造的人物是否完全实现了作者的意图（至少是相去不远）？是否充分反映了主题思想？在整部小说中，各个人物的比例是否相称？

据赵树理同志的自白（见《〈三里湾〉创作前后》第二段，）他在本书中要写的人物，一种是“好党员”，他们“在办社工作中显示出高尚的品质，丰富的智慧和耐心，细致的作风……为了表现这种人，所以我才写了王金生这个人物”；一种是“在生产上创造性大的人”，或是“心地光明，维护正义”的人，“为了表现这两种人，所以我才写王宝全、王玉生、王满喜等人”；一种是青年学生，“为了表现这种新生力量，我所以才写范灵芝这个人”；一种是被农民的小生产者根性和资本主义倾向侵蚀的人，“为了批判这种离心力，我所以又写了马多寿夫妇、袁天成夫妇、范登高、马有翼等人”。

为方便起见，以上四种人物不妨归纳为作者所批判的，和他所表扬的两大类。前一类人物中写得成功的是马多寿夫妇，马有余夫妇，袁天成夫妇，王小聚，袁丁未等等，而以马有翼为最出色。一个天性懦弱，立场不坚定，没有斗争精神，沾染旧习气的知识青年，最后为了失恋才闹“革命”，走出顽固落后的家庭，投入积极分子的队伍：他从灰暗逐渐转向光明的过程写得非常细致，自然，因而前后的发展很完整。马多寿的刻划就没有这样圆满了；它后半不及前半，令人有草草终场之感。老二（马有福）捐献土地的家信，对糊涂涂应当是个很大的打击；老夫妻俩为“刀把上”那块地始终作着“顽强的斗争”，到了被老二扯腿，前功尽弃的关头，即使不再挣扎，总该有几声绝望的呻吟吧？可是作者只让铁算盘对他母亲说话中间（“妈！……老二来了信！又出下大事了！”）透露了一些消息，而绝对没有描写这个富农精神上的震动。固然，马多寿是个精明家伙，他最后的不坚持留在社外，一则因为大势已去，二则入社的利益比不入社多；固然，他接到老二来信以后也曾“和有余商量了一个下午，结果他们打算等社里打发人来说的时候，再让有余他妈出面拒绝”；但这些都不足以成为马多寿失却土地的一刹那不感到紧张的理由，更不足以成为不描写这个紧张心情的理由。即使马多寿是个老谋深算，见风扯篷，不动声色的人，但要说他心里毫无波动究竟是不大可能的。

范登高占的篇幅不少，足见作者对他的重视；事实上这个人物却好像只有身体，没有头脚。在当地开辟工作的老干部，村子里第一任的党支书，现任的村长，竟会留在互助组，不参加合作社，还做小买卖，走富农路线：那决不是一朝一夕所致的。我们对这段历史知道得太少了。开头只晓得他土改时多分了土地，得了个“翻得高”的外号。后来张乐意在党内批评他，翻了翻他的老账，举出了几桩事实；但在全书已经到了三分之二的阶段才追述他蜕变的过程，而且还不甚详细，给人的印象势必是很淡薄的。范登高的变质，据我们推想，可能有好几个原因：一个是小生产者的根性，一个是他的个性，一个是受的党的教育不够，也就是当地的党组织不强。作者提到他“为什么要写《三里湾》”（见《〈三里湾〉创作前后》第一段）的时候，曾经说：“一到战争结束了，便产生革命已经成功的思想。”可惜作者没有把他的理性认识在艺术实践中表达出来。假定这个背景能和范登高联系在一起，范登高立刻可以成为更突出、更有血肉的典型。他在党内做了两次检讨；第三次当着群众检讨，态度又不老实，又受了县委批评，他“在马虎不得的情况下，表示以后愿意继续检查自己的思想”。以后检查了没有呢？作者没有告诉我们；只说他当天（就是九月十日开群众大会的那一天）晚上连人带骡子入了社。看到范登高事件这样结束，我们不禁怀疑：他的入社究竟只是无可奈何的低头呢，还是真心悔改的表现？一个变质的党员不经过剧烈的思想斗争，可能在半天之内彻底觉悟，丢掉他背了多年的包袱吗？对于早先的蜕化和最后的回头，作者没有一个明确的交代，范登高的形象便显得残缺不全了。

书中的进步分子,和落后分子一样是次要角色比较成功。满喜那股“一阵风”的劲头，为了争是非“可以不收秋不过年”的脾气，他的风趣，他的旺盛的生命力，写得都很传神。秦小凤与玉梅，理性与感情很平衡，见事敏捷，有决断，有作为，不愧为新生力量；玉梅尤其在刚强中带着妩媚，给读者留下深刻的印象。灵芝的性格略嫌软弱，不完全能担负作者给她的使命。她发誓要治父亲的思想病，但只在范登高被支部大会整了一顿以后才劝过一阵是不够的。玉生的造像还可以加强些；书中用的多半是侧面手法，笔触太轻飘，色调太柔和，跟他应有的地位不大相称。但他到底是有个性的，会跟小俊离婚。

金生照理是跟范、马、袁等落后分子作斗争的领导，在实际行动中却是作用不大。虽然出场的机会极多，但始终像个陪客。在公开的场合也罢，跟私人接触也罢，在内部开会也罢，讨论扩社开渠也罢，批判范登高也罢，金生都不大有领导的气魄。便是要表现集体领导，金生的分量也不能太轻；

因为集体领导并不等于没有中心人物，而张乐意、魏占奎等等骨干分子的形象也得相当加强才说得上。“耐心”和“作风细致”两个优点，在金生身上有点近于息事宁人的“和事佬”作风。最显著的是他在马家入社以后，劝玉梅与有翼不要再向马多寿闹分家。作者的解释是他一时“顾不上详细考虑……当秦小凤一提出来，他觉着是不分对，可是和玉梅辩论了一番之后，又觉得是分开对了”。我认为问题不是来不及详细考虑，也不是金生头脑迟钝，而是由于他的本性带点儿婆婆妈妈，看事情偏重于团结而不大问实际的效果。我决不说党员只应该有理智；相反，人情味正是党员最优秀的品质之一；但领导一个比较进步的农村的党支书，总不能像金生那样的带点姑息的作风。范登高的小买卖已经做了一年之久，金生从来没有正面批评他，帮助他，更证明金生的软弱。

因为被批判和被表扬的主要角色不是发展不完全，便是刻划得不够有力，所以先进与落后的对比不够分明，矛盾不够尖锐，解决得太容易。矛盾的尖锐不一定要靠重大的事故：落后的农民不一定都勾结反革命分子做穷凶极恶的破坏，先进分子也不一定要出生入死，在险恶的波涛中打过滚而后胜利。平凡的事只要有深义，就不平凡。三里湾是老解放区，有十多年的斗争史（《三里湾》第一面末了，说到汉奸地主刘老五在一九四二年就被枪毙了。）落后农民的表现不像旁的地方那样见之于暴烈的行动：那也是一个典型环境。惟其上中农与富农发展资本主义的倾向不表面化，像慢性病一样潜伏在人的心里，所以更需要深入细致的挖掘。暴露了这种内心的戏剧（例如范登高被整以后的思想情况，糊涂涂接到老二来信以后的苦闷），自然能显出深刻的矛盾，批判也可以更彻底；而落后与先进两个因素的斗争，尽管没有剧烈的行动，本质上就不会不剧烈。惟有经过这种剧烈的艰苦的斗争，才有辉煌的、激动人心、影响深远的胜利。何况矛盾的尖锐与否也是从大处衡量一部作品的艺术尺度呢！

作者决非体会不到这些，他在无数细小的场合都暗示了两种力量的冲突。不幸他似乎太顾到农民读者的口味，太着重于小故事的组织、交错、安排，来不及把“冲突”的主题在大关节上尽量发挥，使主要人物不能与次要人物保持适当的比重，作品的思想性不能与艺术性完全平衡。他不是主观的在思想与艺术之间有所轻重，而是没有把两者掌握得一样好。因为在大关节上注意力松了一些，上文所列举的许多高明的艺术手腕，在某个程度之内倒反成为作者的一个负担。丰富多彩，生动有趣的情节，也许把他犀利的目光掩蔽了一部分。另外一个原因，可能是篇幅限得太小了，容纳了那么多的素材，再没有让主流充分发展的余地。

可是人物的塑造有了缺陷，主题的表现不够显著，《三里湾》又怎么能成为一部杰出的小说，为读者大众喜爱呢？本文前半段的评价是不是过高了呢？我的解答是这样：除了人物比例所引起的结构问题以外，本书的艺术价值之高是绝对可以肯定的。除了几个大关节表现薄弱之外，本书的思想性还是很充沛的。作者处理每个插曲的时候，从来没有放过暗示主题的机会。花团锦簇的故事，无一不是用敏锐的观察与审慎的选择，凭着长期的体验与思考，从现实生活中提炼出来的典型。就是这点反公式化、反概念化、同时也反自然主义的成绩，加上作者对农民深刻的了解与浓厚的感情（作者自己就是农民出身），发出一股强烈的温暖的气息，生活的气息，大大的补偿了《三里湾》的缺点。而且某些形象的笔触软弱，也并不等于完全失败。说明白些，《三里湾》的优点远过于缺点，所谓“瑕不掩瑜”；何况那些优点是有目共赏的，它的缺点却不是每个人都能清清楚楚的感觉到。

有人说《三里湾》中的恋爱故事“缺乏爱情”，我认为这多半由于人物缺乏外形描写；同时或许是作者故意不从一般的角度来描写爱情，也多少犯了些矫枉过正的毛病。但基本上还是写得很成功。情节的安排不落俗套，又有曲折，又很自然。真正关心恋爱的只有灵芝、有翼与玉梅；玉生、小俊、满喜三人的结局都不是主动争取的，甚至是出乎他们意料的。前半段写灵芝、玉梅与有翼之间的三角关系非常微妙。中国人谈恋爱本来比较含蓄，温婉；新时代的农村青年对爱情更有一种朴素与健全的看法。康濯同志写的那篇《春种秋收》也表现了这种蕴藉的诗意。灵芝选择对象偏重文化水平，反映出目前农村青年中普遍存在的一个现象；灵芝的觉悟对他们是个很好的教训。

附带提一笔：赵树理同志还是一个描写儿童的能手。他的《刘二和与王继圣》(《刘二和与王继圣》是赵树理同志写的一个短篇，) 以及在《三里湾》中略一露面的大胜、十成和玲玲三个孩子，都是最优美最动人的儿童画像。

总而言之，以作者的聪明、才力、感情、政治认识、艺术修养而论，只要把纲领性的关键再抓紧一些，多注意些大的项目，多从山顶上高瞻远瞩；只要在作品完成以后多搁几个月，再拿出来审阅一遍，琢磨一番，他一定有更高的成就，一定能创造出更完美的艺术品为伟大的社会主义事业服务。《三里湾》虽还有些美中不足的地方可以让我们吹毛求疵，但仍不失为近年来的创作界一个极大的收获，一部反映现阶段农村的极优秀的作品。明朗轻快的气氛正是全国农村中的基本情调。作者怀着满腔热爱，用朴素的文体和富有活力的语言，歌颂了我国农民的高贵品质：勤劳，耐苦，朴实；还有他们的政治觉悟，伟大的时代感应他们的积极性与创造性。书中有的是欢乐的气象，美丽的风光，不伤忠厚的戏谑，使读者于低徊叹赏之余，还被他们纯朴温厚的心灵所感动而爱上了他们。

一九五六年五月三十日

原载《文艺月报》，一九五六年七月号

# 评《春种秋收》

## 《春种秋收》

近年来的农村青年，随着时代的转变，一反过去那种安土重迁的保守思想：人生观改变了，天地扩大了，表现出一股蓬蓬勃勃的朝气和前所未有的热情。他们因为生长在乡间，见闻有限，对于水利、交通、矿山、电业和一切现代工业的计划，好奇心特别强，期望特别高，参加建设的要求特别迫切；但由此而产生的性急病也大大扰乱了他们的情绪。在农业发展纲要颁布以前，大家特别注意到乡村干部的不安于位，农村青年的不耐烦从事农业生产，婚姻不得解决等等。这个复杂的问题至今存在；而康濯同志早在一九五四年写的一篇《春种秋收》，就以婚姻问题为中心有所反映。

刘玉翠苦闷的起因是不能升学，又看不起“笨劳动”而不做活，不工作。求知与恋爱原是发育时期两股最强烈的欲望，互相关连，互相影响的。所以刘玉翠会从闷恹恹的闹情绪，进一步变为专门打扮起来找对象。可是她并不虚荣，眼界相当高，动机又离不开对“城市，学习，建设”的向往：

她自以为找对象只是追求这些美妙理想的一种手段，没有意识到其中也有感情的需要。但便是追求前途的热情也已近于盲目的、执著的、难以抑制的冲动。单靠理性决不能廓清她好高骛远的空想，决不会使她对参加社会主义建设有什么正确的理解与信念；必须有一天，“对自己养种的地开始感觉亲切，对劳动好的人也开始有些佩服”了，她才真正能回心转意，而学习与感情方面的要求才能同时满足。

康濯同志的作品当然不像我的分析这样枯索；相反，他用活泼的笔调，素淡的色彩，把这些问题写成一首别有风趣的牧歌。说它牧歌，也许把作品和现实拉得太远了些；但的确是这种艺术境界使人物的劳动热情，思想转变，婚姻苦闷，融合在一起，显得那么浑成。略嫌冗长的《开头》(《春种秋收》原来分为《开头》《故事》《结尾》三个部分，）以半正经半诙谑的口吻给一件“又是恼人，可又是新鲜漂亮的事儿”布置了一个序曲，暗示出通篇的气氛。《故事》本身交错的说着两位主角的恋爱史与玉翠的思想过程；时而追述过去的根由，时而叙说事情的发展，极尽纡回曲折而仍脉络贯通，衔接得很自然。正文中间有一个关于团委副书记的大插曲和一个关于百货公司干部的小插曲，内容因之更充实，事态的演变更合逻辑。《结尾》则用轻快的调子点出《春种秋收》的含义：恋爱成功，耕作成功，八对男女婚姻的成功；这三重收获更加强了牧歌的意味。

正因为《春种秋收》是恋爱故事，作者把女主人公的思想变化只当做一股暗流处理，虽然占的篇幅不少，但主客关系分得很清楚。副书记对玉翠的思想帮助，玉翠是在追求另一个目的时无意中得来的，在她已经开始醒悟的时候接受的，所以故事毫无板着脸孔说教的气味。

当然，玉翠情绪的好转是由于周昌林的实际教育。要不是眼看他干活的本领强，庄稼种得好，玉翠是不会喜欢自己养种的地的。农村的团员应该热爱农村的话，副书记早在前年说过，她不是当做耳边风吗？但昌林给她的启发也出于无心，他的许多行动又掺杂在两人微妙的关系中间。可见作者写周昌林的帮助和写副书记的帮助，用的都是同样的手法——把思想性与情节的逻辑化为一片——而且都用得成功：作品所以能有强烈的感染力与说服力，关键就在这里。

除了积极因素，玉翠的觉悟也有消极因素，例如几次找对象的经验和高小同学进城以后的苦闷。这些大小事故，不管是仅仅从回忆中映过一个镜头，带过一笔，还是用较多的笔墨正面描写，都结合着主题的发展，一点不露出有心穿插的痕迹，好像一切都是客观环境的推移。有了这样的现实性与必然性，故事的转捩与结束便显得水到渠成的应有文章了。

作者写恋爱故事，从他的少作《我的两家房东》起，就有独到的地方。他不但极细腻地刻划了女性心理，还能体贴入微的勾勒出许多微妙的感情波动：波动的幅度既大小不一，方向也常常在转换，不是直线进行，而是转弯抹角，忽隐忽现，慢慢的归向一点的。按照玉翠过去的思想情况，她的感情必然先倾向副书记；所以第二次见到他，玉翠听了人家的打趣，“笑着扯开了别的。但是胸口里头却丝丝地发颤，正跟黑夜做梦梦见考上了中学的情景差不多”；副书记进省受训，没有来信，她就心怀怨望，想着：“你瞧不起我，莫非我还硬要找你？……看你去城市里找女学生去吧”；后来又看到他了，玉翠“脸上起了一层粉嫩粉嫩的云彩，胸脯卜卜卜的乱动。”除了正面描写，作者还用旁敲侧击的方法：副书记进省以前，说玉翠也该常常写信报告学习情况，妇联会的一位同志在旁插嘴：“当然好哇！玉翠你说是不是？一来一往，理所应当啊！”不难想象，最后两句会引起玉翠那么甜蜜的幻想，体验到比“丝丝地发颤”更醉人的快感！

为什么要这样三番四复的写玉翠对副书记的感情呢？显然是为了烘托她和周昌林的关系；但更重要的是说明玉翠的感情与思想钻过了多少牛角尖才走上正路的。农村姑娘也有她的精神历险记。

因此，在两个主角中，玉翠的心情要复杂得多：首先她是女性，其次她有苦闷。第二回跟昌林相遇，昌林只是继续发窘，玉翠却想着："他不也跟我一样，拒绝了咱们的事么？莫非他还口是心非？他还就是对我有意思，故意要找个机会跟我接近接近……哼，要那么着呀，他才是更没出息哩！"她第二天清早就下地，"倒要看看周昌林是不是还会在坡上的地里等她……直闹到半前晌，她的地都刨完了，昌林可还没去。玉翠禁不住有点儿难过。觉着人家对自己还怕就是没什么想头……"她对副书记是直线上升的单相思，对周昌林却是纡回曲折，一刹那间感情也千变万化。这固然表现了女性的矛盾心理：人家追求她，她自高声价；不追求她，她又伤心难过；同时也指出真正的爱情往往在开始别扭，甚至于互相厌恶，继而心中七上八下，矛盾百出的情形中抽芽的；而在另一角度上也说明了一个人必须经过多少考验，做过多少反省的工夫，才能弄清楚自己感情的深浅。

直到她在城里和昌林谈过话，回到村里"天天直着脖子等昌林"为止，作者只是隐隐约约的点染，始终不让高潮出现。最后一段是急转直下的局面，作者也跟着换了一种口吻；两个主角毕竟是现代的青年，到了某个阶段会用直率、爽朗、俏皮的作风谈情的——

> 快到秋收的时候……有一天……只听得玉翠说："你今年多大啦？"昌林说："你问这干什么？"玉翠说："就不能问问？唔，我知道，你快满二十三啦！"昌林说："你知道又还用问？好，我也问问你：你多大啦？"玉翠说："你问这干什么？"昌林说："就不能问问？我也知道，你刚满了二十岁！"

等到玉翠说出已经找定了对象，昌林问："谁？"玉翠干脆就回答说："你！"

康濯同志的文字好比白描：只凭着遒劲的线条勾出鲜明的形象，在朴素中见出妩媚，在平淡中藏着诗意，像野草闲花一般有种大然的风韵；尤其可爱的是那种疏疏落落，非常灵活的节奏，例如写昌林与玉翠第二次相遇："又是两个人刨开了地。不用说，两个人的劲头都绷的像梆子戏上的琴弦。简直是在闹什么竞赛一般，可又都发了誓——决不注意对方。不过……工夫一大，这眼睛就变成了个怪东西！不定怎么一来，就会要你眇我两下，我眇你两下……这么眇来眇去，昌林发现了玉翠干的那么欢实——不喘，不哼，镢头不偏歪，不摇晃，稳扎扎地刨一下是一下，还满像个干活的派头……昌林差点要叫出声来，赶紧搓了搓巴掌，给镢头上更加了分量……"这段节奏优美的文字同时写出了人物的心理，表情，和田野操作的健美的姿态；一举数得才是高度的艺术手腕。又如两人一块儿播种那一回，昌林"不免也就咬住牙根，稳扎扎地撒着籽，细致得一抬腿一动手都不冒失；他那一身的力气也扑扑扑往外直冒……昌林干了一阵，觉着穿着鞋，鞋里光进土，就一踢一踢把鞋踢到地边上，光着脚播种"：这不像短打武生的身段与把式么？不堆砌，不夸张，只是老老实实的写生，结果却写出了一首歌颂劳动的诗篇，充满着泥土味。原来劳动与爱情在这个故事里是靠了浓郁的诗意结合的，怪不得效果会这样调和。

作者的笔调有时也机智、潇洒、飘逸：昌林与玉翠订婚以前的那次谈话，还躲着个精灵鬼怪的周天成在偷听；谈话中间，昌林好像生了气要走开，"把个躲在陡岩后面的天成急的差点没摔下来。亏的是给玉翠抓住了……不是抓住了天成，是抓住了昌林。"这种聪明的手法给读者一个出其不意的刺激，平添了不少风趣。并且从全局来说，在这一幕中插入天成的镜头，用天成从岩上跳下，先吓了别人，然后自己跑掉来收场，整个画面的色调立刻有了变化，添了光彩；而这一点淡淡的喜剧气氛，也使故事的结尾显得更丰腴，更明快。

## 其他各篇

任何一个作家，作品不能篇篇好；好的里头也还有参差。康濯同志收在这本集子里的几篇，艺术水平高下不一的情况很显著；因此我下面预备着重分析缺点。我的主观当然不一定符合实际；赞美尚且可能过分，何况是指摘。

各篇都以农村过渡时期的人物为题材，不论思想情况如何，他们都有特殊的面貌与性格。从写作的年代看，我们不能不佩服作者对农村问题的感觉敏锐。最明显的缺陷是没有接触到深刻的矛盾，有点儿“浅尝即止”；对待人物与事件的演变太偏于乐观，因而教育意义不够强。动人的段落固随处可见，通篇完整的也不是没有。但作者在《春种秋收》中显露的才能并没全部发挥。有些作品近于特写，往往平铺直叙，不大注意关节、高潮、层次的处理；结构松懈，剪裁不甚讲究，尤其是舍不得割弃材料，以致文字拖沓，影响了主题的发展。

《牲畜专家》是好像内容很丰富，其实作品很空虚的典型例子。我们看不出重心在哪里，究竟是牲畜市场的问题呢，还是牲畜专家刘春堂这个人物？

开头写牲口交易的情况，牙行经纪人的嘴脸，买主的惶惑，卖方的苦恼，都写得淋漓尽致，的确是极精彩的段落。以后叙述二毛卖骡驹的原因；从二毛嘴里说出刘春堂的好处和本领；又由刘春堂谈到市场；最后写刘春堂的家庭。在所有的情节里头，重点仍离不开牲口市场：第一段是正写，刘春堂的叙述是侧写，内容都是谈的同一现象，问题根本不曾有什么进展。

再看故事的主角：写市场的一段从侧面反映刘春堂；二毛的话分量固然重，但还是侧面反映；正面写到他与他家庭的时候，一半是回溯过去，一半是不重要的细节。刘春堂话说得很多，但既没有深入分析市场问题，也没说出第一段以外的新材料，仅仅在篇末重复几句上级的纲领性的指示；对二毛的劝告也浮光掠影。除了二毛口述的情节以外，刘春堂自己再没有显露出别的精神面貌。因此，我们对这个人物的认识始终局限于第一段。

因为故事开头就出现了紧张热闹的场面，以后没有其他的高潮或低潮；因为问题与人物都停留在一个圈子里打回旋；也因为中间夹着不必要的穿插，作者露面的次数也太多；所以给人的印象更近于一篇报道，而不是苦心经营的小说。

瑕瑜互见，前后不大匀称的另外一篇是《在白沟村》。放羊的孤儿白成茂是个挺可爱的模范青年；在他旁边有个贪吃懒做，迂腐不堪的老头儿作陪衬。题材好，人物好，对比好，满可以成为一个杰出的短篇。

羊倌与杠老汉一出场便是一幅清新秀丽的图画。热情的成茂有股英俊之气扑人眉宇；老杠见了人却拿出一副玩世不恭的轻薄口吻，问："在北京也没享福？怎么还是两条腿当交通？就不能开个汽车来？"这一段文字干净利落，非常轻灵可爱。第二段写羊倌对羊的感情，笔触沉着，正好与上文的风格遥遥相对，同时也切合内容。不幸自此以下，再也看不见紧凑的结构；成茂的苦学没有集中处理，线条太轻飘，大好题材不曾尽量发挥；老杠与羊倌的对比没有充分利用；整个作品被后半部拉松了，变得软弱无力。

篇中的闲文也还不少，如第二段的三行开场白："村公所里的一伙干部热热火火地欢迎着我……"第三段末："又谈了一阵，我忽然想再问问这两个人恋爱的事。又一想：他们的事不是已经很清楚了么？倒是我应该赶紧走开，让他们在一起说说话才对。"这不仅是赘疣，而且平凡庸俗，破坏了全篇的气氛。

短篇小说不怕内容少，只怕拉扯；不怕情节平凡，只怕七拼八凑。《最高兴的时候》与《往来的路上》正好是两个一正一反的例证。

在三分之二的篇幅以内，七次提到邮递员小吴长久没收到妻子来信，结果只是她要等自己学会了写信亲自动笔。用这样雷声大、雨点小的方法写报道文章尚且嫌拖拉，何况是最讲究以少胜多的短篇！表现小吴对本位工作的热心，不用具体形象而用长篇累牍的抽象文字（开头第三至第四面）；刘洪的形象很空洞；不必要的枝节太多；都是这个故事失败的原因。写何老大娘过于理想化；而且跟小吴妻子久不来信的情节一样，把些少的材料尽量铺排，便是用许多鼓动性的篇章渲染，也掩盖不了内容的贫乏。何家老三在朝鲜受伤立功，应该是全篇的高潮，但放在黄继光的英勇事迹以后便黯淡无光，收束不住一万二千字的一篇小说了。

反之，《往来的路上》材料更少：不过是一个老头儿去看拖拉机耕田，晚上回来，对合作化有了信心；可是作品写得紧凑，结实，精神饱满。因为言之有物，没有多余的笔墨；必要的穿插都紧紧的扣住题目，不拉慢节奏；所以材料少而内容不单薄，篇幅多而不是勉强拉扯。老头儿在路上的谈话有分量，有实质，有根据，逻辑严密，一步一步的向前推进，终于暴露出他带着三分怀疑的症结，是在于不相信牲口和农具能“变成神仙的宝物”，土地能“变成金板银板”。到了现场，他把手伸进泥沟量深浅，抓起泥土细瞧，细闻，用舌头舐过。这一下，土地可真成了金板银板啦！临走对拖拉机手嚷着：“‘同志！同志！歇歇吧……哈哈！这小伙子可真是干啦！干吧！干吧！……喂，歇歇吧……’又叫人家歇，又叫人家干。一边嚷，一边还平地跳三跳。”作者所有的长处在这儿又都显出来了：他从头至尾都用着奔放的笔力塑造了一个生龙活虎般的形象，把人物的言语、思想、举动、表情，都朝着一个方向推动。

费解的是结尾两句：“我（作者自称）很满意我今天走的这一条一往一来的路。这也许是一条人人都要往来的路。”故事说的是一个老农在一往一来的路上思想有了转变，与作者有什么相干？但上一句好像说作者也在一天之中经历了从怀疑到肯定的过程。不管这两句的意义何在，放在这儿总是画蛇添足。

挖掘了矛盾而半途而废的是《第一步》。

两个交错的主题：在大旱的季节，合作社主任徐满存以实际行动帮助一个落后的农民向前迈进了一步；但贫农出身的人也有强烈的个人英雄主义。作者一再强调来顺认为生产上的潜力是人，而除了两个社干部以外，群众都不行。不是为了攒钱做富农，因为只相信自己而跟合作社赌气，要在生产上见个高低的农民，当然也是一种类型。要这等人觉悟，必须让他看到群众的力量胜过个人、集体组织能提高个人的事实。如今来顺因偷水不受处分，社里又慷慨的替所有的单干户浇地，才重新加入了互助组：这是他受了感动的表现，也是报答徐满存的情谊，而非思想真正改变，但满存劝铁根的话只笼笼统统的说："咱们这是刚走这条道儿，才走了第一步，又不是走得挺好的，人家当然要不放心啊！人家不放心，你急有什么用？"他既不点破来顺的思想症结是在于个人逞强，自然说不出彻底帮助他的办法。上文徐满存对来顺提过组织的力量，但撞见来顺偷水的时候没有再拿这个论点去教育他；全篇的紧要关节就此错过了。作者一再描写徐满存指导有方，而从来不正面提到开渠与节省用水也靠了群众的觉悟。不把集体主义跟个人英雄主义明白对立起来，教育作用就不大，作品也不完整不深刻了。

康濯同志最擅长写尴尬场面尴尬人物，《一同前进》中的王老庆与儿媳闹别扭的几幕，便是出色的例子。可惜结构有了问题，这些美妙的笔墨像在别的几篇中一样，只能成为孤立的片段了。

王老庆是个性情古怪，说话老像吵架，有许多思想疙瘩而感情又极丰富的老头儿。他不顽固，不落后；但对于翻身以后得来的土地与牲口，感情特别重；即使土地入了社，还老是挂在心上，怕别人种不好；他还亲眼看见有些地耕得不匀实呢。自己愈重视，愈觉得别人不重视，尤其是自己的儿媳；可是又不敢暴露心事，怕人笑他落后。这是一个特别有意义的人物。

作者在第一第二段中只交代了老人的思想情况，没有充分挖掘他的矛盾——面上粗暴而心地仁厚；虽不自私而丢不开一个我字，——“我”的地，“我”的牲口；不愿落后而又不敢信任群众。第三段写他思想疙瘩的解除也就跟着太平淡，太轻松了。第四段加了两个插曲，王老庆帮着收麦子和发觉一个偷麦秸的人，但插曲的作用很模糊。假如要借此表现老人心情快活，家庭和睦以后的新气象，则不该紧接在他看见麦子丰收而高兴的一节之后，令人觉得老头儿是为了丰收而兴奋。说是参加了社员大会而格外积极吧，帮助收麦子的情形不过是顺便插一手。送柴火给偷麦秸的人，也说明不了什么，因为老人本来不是吝啬的——凡是作用不明确的插曲，唯一的后果是妨碍主题的发展，分散读者的注意力。

第三段的结尾是全局的转捩点；王老庆的苦闷一朝解除，就该着重写出与心情好转直接有关的事，就是牲口入社那件大事；这一段，作者的确用着深厚的感情写得非常动人。在此以前，插进自留地的问题，仿佛雨过天晴的局面几乎又罩上了乌云，在接近圆满结束的阶段多一个波折，倒是很好的办法；但原文仍嫌松散，显不出这个作用。儿子说父亲封建顽固的话，应当清清楚楚加以批评；老人舍不得舅舅——也是一个穷人——遗下的一亩几分地，完全从感情出发，他实际还是吃亏的，事先又不知道作为自留地会妨碍合作社的并地。作者对这一点含混过去，青年读者可能以为老人的想法真是封建顽固的。

始终以第一人称写的《第一次知心话》，近于书信体，没有什么特殊技术可言。

故事与人物打成一片，笔墨经济，可称为短小精悍的作品，是第二篇《放假的日子》：严肃与诙谑，朴实与风趣交相辉映，很富于人情味。

最后一篇《竞赛》，用了许多小插曲而都没有越出衬托的范围；节奏明快，正好配合主题的性质。第一到第四段，把东花台西花台两村的事轮番分叙，章法却并不呆板。主要人物与次要人物的地位都分配恰当，层次分明。美中不足的是王小旺的错误思想解决得太容易；没有影响到别的青年，似乎也不合情理。第六节写万连夫妇的感情，太琐碎，篇幅太多；而像“丈夫一边吃，一边说”那一节，更有许多庸俗猥琐的话，降低了全篇的格调。

在不够完美的作品中，可以归纳出作者的主要缺点是思考不够，逻辑不严，刮垢磨光的工作不曾做到家，特别对布局与剪裁没有加以应有的注意。或许他和时下许多作家一样，还不曾深刻体会到短篇比长篇难写的关键，不曾严格分清报道文学与短篇（或中篇）小说在艺术上的界限，因此也没感到文字精练与结构严密的重要。我相信这不是他见不及此，而是感受得不够深切，掌握原则不够坚强；也不是限于才力，否则《春种秋收》怎么会写得那样精彩？作者对付单独的段落很能运用“笔简意繁”的手腕，只是不曾贯彻到全篇，因为缺少一番从大处着眼，照顾整体的功夫。可是只要对每篇作品多花一些时间，他一定能发现并克服现有的缺点而做出更优越的成绩。

上面提过，作者在《春种秋收》中把思想性与艺术性结合得十分圆满；但他在别的几篇中没有完全做到，反而有时露出说教的口吻，喜欢在故事的结尾标出它的政治意义；例如《牲畜专家》的结束：“听着他的话，我在心里对他说：你开头开得很好，你真是老百姓说的‘牲畜专家’。你自己说牲畜这也是一条战线，你就正是这条战线上的战士。”又如《在白沟村》的结尾：“我觉得我应该走得更快些。”诸如此类的句子，以《最高兴的时候》一篇为最多。

说话太露，用笔太实，会减少作品的韵味。最有说服力的——也就是最能发挥教育作用的，是写得完美的、活生生的故事，是光芒四射的艺术品，而不是火暴的辞藻和鼓动性的文句。已经由故事说明了的真理或原则，读者是不喜欢从抽象的话里再听一遍的；因为读小说的心情不同于读社论、听报告的心情。这些都是老生常谈，不足为奇；但在创作实践上真能贯彻的例子还很少见。

最后,我还想举几个例,说明“形象化”的格调也大有高低。如《竞赛》第一段第二节末了：“他们的劲头鼓的当当响，真是逢山开路，遇水架桥，一气儿跑步向前。”《最高兴的时候》中：“把脑门子大大地张开，使出一切力量，兴奋地迎接各式各样的新鲜的养料”，都是与康濯同志清新朴素的风格不相称的，甚至不相容的。这在康濯同志仅仅是一时的疏忽，但一般文艺青年往往因为识见不足，还有意模仿印版式的滥调和庸俗的比拟与夸张，以糟粕为精华呢。

一九五六年十二月七日

原载《文艺月报》一九五七年一月号

# 关于少年儿童读物的问题

## 甲、现有缺点

一、儿童读物出版社所出各书，无论创作或翻译，所用辞汇均不及小学或初中之语文教科书的广泛。——曾问该社编辑，据云总编辑对文字力求浅显。鄙意，少年儿童读物兼有作课外语文补充材料的教育使命，正宜比语文教科书酌量提高，至少亦当相等，方能收效。若一味迁就儿童，专从浅显着眼，恐与普及与提高并重之原则不尽相符。

二、对少数质量较高的作品或翻译，稿酬太低，对著译者缺少鼓励。——例如，已故之戴望舒所译的《鹅妈妈的故事》，早在开明出版，但不知印数，据估计不可能超过三四千册。今移归儿童读物出版社，则以第三个定额印数计算稿费（即照第一个印数，七折计算），未免太不公平。

三、争取老作家不够努力。——例如，冰心的第一部特约稿，由社方提过三次意见，认为资产阶级意识过重（事实上作者均已接受、改正）；故此次冰心由闽返京，道经上海，社方当局虽与见面，即不再继续约稿。其实老作家在思想方面极需要、亦极欢迎帮助。社方似应利用其纯熟的写作技巧，同时鼓励其思想进步。若对作家的选择过于郑重，则少年儿童读物的稿源势必愈形枯竭。鄙意，新生力量固宜培养，老作家也需要尽量帮助。希望出版社能放手做去，勿太顾虑。

四、社内编辑平日兼管杂务太多——为答复信件、接见著译者（以上两项工作，在北京中青出版社大多由“通联组”处理），版权问题，其他出版社移交过来的纸型问题等等，致妨碍本位工作，致无从提高工作质量。缺少业务进修的时间；无暇阅读书籍，当然亦为无法提高质量之重要原因。

五、社内工作人才安排不尽恰当。——例如，前商务印书馆儿童读物编辑宗亮寰，现任校对科主任；前世界书局编辑朱翊新，现在秘书处任职；以写作技巧及体验而论，均以调任编辑为更能发挥。

六、本年度（一九五六年）出版计划，译文部门大量减少，以求与创作部门平衡。其实问题在于创作太少，而非译文太多。平衡之道，似宜大量鼓励创作。儿童文学的翻译，除供应小读者阅读外，兼可为作者进修之参考，不宜偏废。

七、《少年文艺》月刊，由新华印刷厂承印，自发稿至出版，需时五十日，编辑极感困难，历次交涉均无结果。此事恐需由新闻出版事业管理处切实调查，倘新华厂任务太忙，宜另行指派他厂——甚至私营印刷厂——排印。

## 乙、几点建议

一、为扩大少年儿童文学的写作内容，凡（一）劳动模范及先进工作者的生活故事、传记，（二）解放军故事及有名战役，（三）各地的伟大建设（如沿淮及边疆地区新建之公路、铁路）的描写，（四）民间传说，（五）有名的历史故事及寓言，（六）科学故事及发明家传记，（七）有名的戏剧故事，（八）少数民族的风俗介绍，（九）各地游记……等等，均可尽量利用。

二、为号召更多的作家为少年儿童写作，似宜与各日报（包括《少年报》《青年报》《劳动报》等等)、画报、期刊(特别如《旅行家》《新观察》《解放军文艺》等)的记者与作者联系，加以组织，请他们将适当材料改写为儿童读物；或组织少年儿童读物的作家，随同记者及摄影记者等，同时下去采访及体验生活。为达到上述目的，(一)专业出版社不妨设一“创作组织科”专门负责；(二)作家协会推定一二人员从旁协助；(三)大力号召过去写作儿童读物或通俗故事的老作家，由出版社帮助其思想改造(不一定出诸“座谈”等形式，即以他们的作品多提意见，使他们从实践中打通思想，或许收效更大、更实际)。

三、为提高及丰富出版物内容，专业出版社似应加强业务领导。——目前社内业务会议，往往偏重于制订计划，而未能对执行状况做细致与深入的检查(例如“甲”项第一条所提的辞汇问题)，不但对广大的读者群众隔膜，即社内同事亦太少接触；对所提的合理化意见未能充分重视，更不能及时纠正与改进。

一九五六年一月二日

# 关于文艺创作与出版事业等问题

一、对文艺创作放宽尺寸问题

欲求创作繁荣，似非放宽尺寸不易收效。而所谓放宽尺寸，特别在思想内容与政治水平方面，老辈作家逡巡不敢动笔，此种顾虑当为重要原因之一。是否可以从消极方面着眼，例如，凡无反革命情绪，无唯心主义观点的作品，即思想性不够强，亦可予以发表？

再，此项问题不但对文艺工作者有关，对美术工作者及音乐工作者同样有关，过去的情形且更严重。美协办展览会审查作品时，往往以题材及光线明暗作为主要取舍标准（鄙意色彩灰暗的不一定都是颓废或表示精神消极）；音乐作品则越是接近国际水平，越被音协领导人及《人民音乐》编辑认为“形式主义”。上述情形可否向周扬先生反映，请其注意！最好能使全国美术及音乐方面的干部把尺寸都放宽一些，以便鼓励作品？（此点不在作协范围之内，但兄此去必有机会与上级领导见面，故望转达。）

二、大量发展通俗读物的问题

自从《农业发展纲要草案》公布以后，大家对通俗读物的需要均感无法应付。最近上海政协举行第六次常委扩大会议，我在第七小组（包括作家、新闻界、出版界）发言，就书稿来源一点，主张五路进军：——

第一，把现在的各种创作、报道等，选出若干种适合农民需要的读物，请作家——最好是原作家，用通俗文字缩写“简本”；这是应付青黄不接的救急办法，做得好，也许可以作为经常办法；便是翻译作品，也可酌量试行。第二，邀请正在农村体验生活的作家，写好作品，接着再写一部通俗的节本。第三，号召在农村工作的知识分子，例如教师，目前即有三百多万，鼓励他们写通俗读物，开头对他们不必要求太高。他们生活在农民中间，耳闻目见，一定有很多好材料，借此也可为“发掘新生力量，扩大写作队伍”打开一条大路。第四，鼓励机关干部的业余写作；但此事需先向各机关的领导做一番疏导的工作，打通思想；过去有不少例子，机关干部业余写了文章，画了宣传画，受到批评，认为是“名利思想”，此种情况最近仍有发现。第五，要求翻译工作者也抽出一部分时间去体验生活，写作品，短文、报道、游记都可以。

其次，为了适应新形势，印刷业必须大力发展（上海目前已无剩余印刷力，第一季度早已满额）。装订业必须及早改为“机械化”，不能再任其停留在手工业阶段，让印好的书，再在装订时老等。

但是写通俗的节本，假使以广大的农民为对象，势必用字不能超过扫盲标准的一千五百字，而作家势必感到无法下笔，故此事有赖于从长计议。否则向作家提出他们做不到的任务（尤其是大家工作繁忙，不能多费功夫与时间解决困难），结果还是一无所得。因为通俗两字，看似容易，实在是极难办到的。

三、扩大发行网问题

〔甲〕为了补救新华书店发行工作的缺陷，可否建议中央，从基本上在两大要点上加以纠正？两大要点是：（一）经营作风不要纯粹追求利润，而要把经济观点跟发行机关所负的思想教育、传布政策的任务，密切结合起来；（二）加强新华书店各级工作干部的思想教育与业务教育，向各工厂及农业合作社的工作精神看齐。〔乙〕对农村，则利用供销合作社，请他们代销通俗图书。

四、出版社对书稿的定额印数问题

现行的版税率，已经很合理，但还有一点需要灵活运用的，出版社未能掌握得尽善尽美。就是定额印数问题。按定额印数是以书稿性质及销行数量来确定的（“人文”的《稿酬暂行办法》第二条即如此规定），按照常识，凡一个性质的书籍，倘“销售数量”有大变动时，自宜酌量情形，加以调整，或提高（遇到书籍销数大增时），或降低（遇销数大减时）。近两年来，古典翻译作品每年销数均在下降（以巴尔扎克作品为例，一九五四——一九五五两年平均销数不到两千），而出版社仍以一万册为印数定额；换言之，一万本要五年销完，而著作、译者也要五年以后才能得到再版的酬报。此种情况似乎不大合理，曾向出版社交涉，出版社答以“一万册为古典翻译的最低印数”[①]，而对我所提的“销售数量”则只字不提。据我所知，目前著、译者在印数定额上与出版社争执甚多。有人说：“假如西蒙诺夫在中国出书，因为他是名作家，预计他的书销路必大，印一次确定印数为一百万，西蒙诺夫不到一百万零一册的时候，即只能拿初版的稿酬，不知他是否会同意。”听说今年又要有新的稿酬办法了，但不管办法如何，印数定额的原则想必不会变更，而印数定额的依据书稿性质与销售数量想必也不会变更，确定印数定额的权操在出版社手中的情况，想必也是继续存在。中国作协为了会员的福利，似乎应将此点向中宣部反映。因著、译者（我的译作虽仍不能与创作的条件比，但不能计日而待亦是实况）的再生产，不能像机器那么容易，那么有规律；中间的空白时间在所难免，而空白时间的生活全靠再版书的收入。本问题的症结，鄙见认为仍在于出版社机构单纯从本位经济观点出发；订出版契约时，尽管著、译者提出要求，出版社大都不大肯

---

① 脱离了销售数量，所谓“最低”“最高”都是空话。况原来办法，五千才是最低数。

用协商态度来接受；说直捷些，根本不接受。

五、出版社积压书稿问题

即特约书稿，审读时间往往亦要一年以上，还杳无消息。此种情况相当普遍。也要请作协向中宣部反映,希望出版社加强领导,充实编辑部阵容。倘一方面鼓动作家写作，一方面出版社办事拖拉，势必给作者以精神上的打击。

一九五六年二月十六日

# 关心书籍的命运，注意积累和淘汰

## ——改变姑息新生力量，迁就老作家的现象

这里我想谈两个问题：

第一，书籍的积累与淘汰问题。解放后，出版工作者在组稿、审稿、发排和校对工作上很努力认真，可是书籍一经付印之后，就很少去关心，似乎不大注意积累，因此许多好书发生脱销现象，过去私营出版社大都有几本所谓“生命线”的好书，而现在的出版社却不注意这一点，往往不大关心书籍的命运。我想如果经常注意积累，可以部分的解决书的“缺”的问题。

与积累相对的是淘汰，如果只注意好书的积累，对坏书不加淘汰，品种越来越多，若干年后就无法应付，好书的积累也会成问题。我也主张今后决不出坏书，可出可不出的书也坚持不出。同一品种的书，必须比较其内容、品质，择优出版。同一原作的译本，一定要各有特长，才允许有不同译本并存。新译本比老译本好，老译本就该淘汰。

要做到既积累又淘汰，辨别书的好坏，必须既要依靠群众（如举办读

者座谈会，调查书的销数、多少与快慢，图书阅览室的反映等），又要依靠专家（如提倡批评，征求专家意见等）。

第二，提高质量与增加品种问题，这是一个矛盾。解放后书的品种多了，是好现象。但是“质”落后于“量”，也是事实。质量不高，原因很多，譬如我们学术界水平不高，与社会主义建设和读者需要不相适应；出版社方面追求数量，有任务观点，也是一个重要原因。往往在刊物上不能发表的作品，送到出版社去倒印成了书。出版社对作者的实际能力了解不够，所委托的译者也往往不恰当。

与提高书籍质量有关的是提高编辑的水平，这个问题早已提出，今后在于实践，否则提高质量也会落空，出版社与作者之间的关系也不易搞好。

出版物质量不高的另一原因，在于我们有些作者、译者责任感不强，艺术良心不高。有些作者为了“生活”而草率著书。这需要通过知识分子的自我改造自觉的转变过来。有些译者对自己中外文能力估计不正确，专业知识很欠缺，不肯经过艰苦的学徒阶段，译出第一本书就急于出版。有些青年作者往往把学校里课卷式的创作到处投稿，遇到退稿，火气很大，不愿冷静的把自己的作品与比较成熟的作品比一比。这样，对编辑来说，增加了负担，对自己，也阻止了进步。一般业余作者、译者工作忙碌，时间不够，也需要努力争取解决。出版界反映，近一二年来有一种对新生力量姑息、对老作家迁就的现象，这些都是值得著作家、翻译家深自检查的。

原载《文汇报》一九五七年三月十一日第二版

# 为繁荣创作、提高出版物质量提供更好的条件

谁也不能否认，解放七年来的出版界有了空前的进步：品种之多，印数之巨大，都达到了五四以来的最高纪录，为我们社会主义的文化建设打下了基础。但是我们欣幸之余，也不能不承认出版物的质量还远远的跟不上数量。不但学术水平、艺术成就不能跟出版物的品种及数量齐头并进；便是印刷装订，近几年也进步很少，甚至有落后的现象；推广发行方面也是问题重重。广大人民对于精神粮食需要激增，而作家的队伍来不及有相应的增长；用纸的总量日益巨大，而造纸工业还相当落后，特别是原料不足；编辑、校对、印刷、装订、发行等等的干部的增加，跟不上客观需要；出版部门对于读者及作者的实际情况没有充分掌握，更谈不到科学的规划：这些原因使作者、读者、出版社、印刷厂、发行机构，相互之间发生很多矛盾。个人见闻有限，只能就文艺出版界的情形来谈谈；收集的材料不多，也不尽可靠，不正确和片面的论点自知难免，有待各方面指正。

# 五项矛盾

先是作家与出版社有矛盾——作家抱怨纯文艺的出版机构太少，一共只有人文、新文艺两家；青年、少年儿童、文化、通俗等等，不是单出文艺书的，不计在内。有些作译者反映，一部稿子退回了，没有别处可投，等于宣告死刑；所以认为齐放与争鸣的园地不够，机会太少。出版社方面却抱怨来稿很多，来不及看，而可用率很低；作品一般的水平不高，作家的产量不多，尽管积压的稿件上百上千，选题计划还是不容易完成。作家抱怨编辑部任意改稿，乱提意见，清规戒律，不胜其繁，编辑部却也叫苦连天，说浪费了大量精力替外稿加工。这不过是作家与出版社的矛盾的一部分，其他如为了稿费等等的争执还有很多。

附带说一说文艺刊物与作者之间的矛盾。作家们对刊物的意见，主要的是投去的稿子石沉大海，登出来的往往是知名作家的，有权威思想。但刊物每月收到的外稿，少则两百万字，多则上千万，每期的篇幅只能容纳十余万。这样沙里淘金的繁重工作，现有编辑部的人力是难于应付的。由于篇幅有限，登了长文章，就得挤掉短文章，登了短文章，就得挤掉长文章；而被挤掉的总有意见。以取稿标准来说：尺寸放宽了，读者不答应；尺寸收紧了,作者不答应。来稿尤以青年作者为多,质量不高而发表欲很强，甚至课卷一类的东西也不少，但一经退稿，往往指为压制新生力量。可是上海《文艺月报》去年的总结，发现老作家写稿还是少的，不是多的。

出版社与读者有矛盾——读者嫌重复的、大同小异的、质量平常的书太多。他们特别批评一窝蜂现象，如肃反故事，惊险小说，很多是粗制滥造的，造成“滥”的现象；另一方面，有定评、有价值的书经常脱销：老舍、茅盾、巴金、赵树理等等的创作都买不到，曹禺过去写的剧本好多种没有重印；很多世界名著的译本也是奇缺，造成了“缺”的现象。有人说出版社只在选题、编审上做功夫，书一送到发行机构就从此不问，好比父母只管生儿女，不管教养。可是出版的图书也是国家的财富，物质的财富需要积累，精神的财富就不需要积累吗？所谓积累，是把有价值的图书流传下去，经常与读者见面，而不是今年出了，明年就丢开不问，从此在书店里不见影子。过去每个出版社都有若干常销书作为生命线，读者也作为必不可少的精神食粮；难道社会主义改造以后，人民的精神食粮倒不需要有些营养丰富，可以冬夏常服的补品吗？至此为止，出版社对这一点是不够重视的。他们也有另外一些苦闷，觉得怎样在思想教育观点上来掌握出版物的品种与质量，心中无数；读者的需要有时也与作品的思想性不相称；比如前几年的《牛虻》，出版社认为要压缩印数，市面上却要求大量发行；又比如从提倡阅读古典小说以后，《三国》《水浒》《红楼》等等的需要量，决不是目前的纸张供应与印刷条件所能胜任。

出版社与印刷厂有矛盾——出版社要求提高印刷质量，内容正确完美，编排版式美观悦目，尽量缩短出书时间。印刷厂却另有一套生产计划，另有一套每月每季的生产量指标；出书的时间要由他规定是不必说了，还不容许在排字阶段多做内容或文字的修改，连多打一份清样也很难办到。有位朋友花了六年时间，从事一门在中国是空白点的科学研究，写了一部稿子给一家专业出版社；将近一年才发排，校样送来了，作者又有了新的研究成果要补充，出版社说这一部分排工要作者负担，出版时间要推迟几个月，最好根本不动，等再版时补充。这个例子说明，对于文化生产的特殊性，学术研究的需要日新月异，需要严肃的执著真理，作者的需要对人民负责，出版事业与任何工业不同，在发排以后还需要精益求精，保留琢磨与修正的余地等等，不但印刷厂不了解，连出版社也不了解。这样说也许过分了一些，因为我知道印刷业务繁忙，供不应求，出版社不得不仰承鼻息，对排字房印刷房都不敢坚持自己正当的主张。书印好以后，照例也有验收手续，但纯粹流于形式。任何工业品都免不了有次货，验收时还免不了有极少数的退货；独出版社与印刷业之间从来没有退货的事：是不是印的书完全合乎规格呢？那只消问一问经常买书的群众就知道了。明明不合规格的图书而出版社照单全收，怎么能督促印刷业的进步呢？这种情况同样发生在装订方面。由于排、印、装订的厂家是印刷公司统一分配的，出版社即使对他们的工作不满意，也无法调换。那些厂家也就有恃无恐，不必担心像资本主义经营的时期那样，会失掉主顾，影响营业，因之养成安于现状，缺乏进取的精神。

期刊受到印刷所的牵制更大，因为刊物有时间性。《文艺月报》稿子发到排字房，要四五天才送初校，校对以后改样很慢，以至有的稿子改了一次，第二次就作为清样了；有四分之一左右的稿子，初校就作清样。这些都还不是发稿脱期，而是排字房耽搁的结果。遇到刊物有突击任务，像去年苏联舰队访问上海，临时需要加进文章，改动版面，印刷厂也不大愿意合作帮助；刊物出版脱了期，只说是编辑部的责任。

另外一个重大的矛盾发生在出版社与发行机构之间——先是印数问题：一部新书印多少，由专管发行的新华书店决定。新华在全国各地有区分店，区分店根据一部未出版的书的内容提要，估计在当地的销路，在表上填一个数字。新华书店总店把这些数字汇总起来，作为书的总印数。但新华发行的书，上自天文，下至地理，无所不包，世界上，哪有一个这样百科全书式的发行人员，能熟悉各个学术部门的作家情况和读者需要呢？何况大大小小的区分店，全国有几千家，这样博学的人员也得有几千才行呢！更何况书还没有出，只看内容提要怎么能断定好坏呢？这种确定印数的办法好像是科学的，其实是极不科学的。但新华书店就是根据这个脱离实际的统计，跟出版社在书的印数上经常争执。这是一方面。另外，出版社有时为了书的思想性不预备大量印的，新华书店因为读者需要，倒要求多印，还要求三版四版地印下去。一般说来，新华书店对于新书是热心的，对于重版书是不感兴趣的，除非是风行一时的作品。因为新书容易吸引读者，销得快，至于细水长流，十年八年可以销下去的书，因为数量少，周转慢，利润少，就不欢迎；尽管有些重版书是文艺界公认的好书，发行机构也不加考虑。所以不注意积累文化财富这一点，不能单责备出版机构；很重要的一个关键是在于发行机构。举一个我个人的例：五种巴尔扎克的小说，一九五四年从平明转到人文，只在一九五五年一月印了一千部；新华书店推说平明还有存书，不同意多印。事实上，一九五六年已经全部脱销，但到目前为止，新华还是不同意人文重印。再举一个章靳以先生的例：他去年出国访问，想带几本自己的著作送外国作家，一种也买不到；回国以后想寄去吧，还是买不到。大家知道，在社会主义社会里头，精神粮食跟物质粮食不同，跟副食品不同，不能无原则的以满足市场需要为唯一的目的：一方面，教育意义不大的作品，即使读者欢迎，我们也要控制印数；另一方面，优秀作品，我们要主动的宣传与推广；又有教育意义，又有艺术价值，又是大众需要的书，更不能长期脱销，直接使读者得不到精神营养，间接影响作家的收入，尤其是专业作家的生活。当然，新华书店也有它的困难：出版社每印一部书，不论多少，全部由发行机构包下来，经济的盈亏，责任全在发行机构；他们自然要问：我们要少印，出版社要多印，资金积压起来，谁负责？我们要多印的，出版社要少印，我们不在畅销书上多赚些钱，怎么能跟积压的部分平衡呢？这些话听起来很有道理，不过事实上，出版社向新华书店争取多印的数字，大半是论千，很少是论万的；只要新华书店稍为热心一些，不会销不掉的；他们原来有套办法，叫做重点发行。许多脱销的创作与翻译文艺，据上海新华书店第一书店的营业员说，已经屡次反映上去，要求重印。可见新华书店的领导与它自己的基层干部也脱节了。反之，几十万、上百万积压起来的书和小册子，倒是新华书店要求多印的，而不是出版社争取多印的。（最后消息：去年文化部具体规定新华书店对宣传农业合作化的小册子等五种书籍要印五千万册左右，现有半数左右积压；可见问题还在中央的领导。）

邮局发行刊物的工作也需要大大的改进。刊物的编辑部和广大读者对邮局意见很多；最近许多全国性刊物，受邮局限制定户的影响，销数惨跌；《中国青年》竟跌去二十万份之多。

最后一个矛盾是在出版社与出版领导之间——出版领导在中央是文化部的出版局，在地方是出版事业管理处。他们对大政方针，对必要的检查与纠正，工作做得很不够，例如对积累好书、淘汰坏书的问题未予注意，群众提出了好久"缺"与"滥"的现象，还不见采取具体措施。反之，琐碎小事倒管得很多，不合理的制度倒抓得很紧，不愿修改。例如书的定价，按照性质分为十一类，一般文艺书列入第六类，每半张报纸（不分开本）的定价是七分五厘，诗歌、戏剧、理论属于第七类，每半张报纸的定价是八分二厘。这些定价完全不顾到每面上排的字近几年来加了很多，也不问稿费支出是高是低，以致与实际成本比较之下，多数是偏低的，只有极小部分是偏高的。文学书定价偏低了，印数又掌握在新华书店手里，因此以新文艺出版社为例，去年除了二三部印数较大的书以外，其他初版书一律亏本。地方出版领导与印刷公司在分配印刷厂装订工作的时候，没有考虑到出版社的方便，更没有照顾专业出版社的特殊要求；比如儿童读者要印一些插图，分配的印刷厂却是业务水平很低的。出版社有了问题有了困难，中央机关的帮助非常不够。《文艺月报》精打细算，每期不增加用纸能多印五千份，邮局却不愿意多收定户；《文艺月报》向中央文化部及邮电部呼吁，至今一个月了，没有回音。

## 五项建议

针对上述种种情形，我不自量力，大胆提出一些原则性的建议，供领导参考。

一、出版社由集中酌量改为分散，自负一部分经济责任，自己掌握印数——目前的文艺出版社过分集中，机构庞大臃肿，内部层次过多，形成办事迂缓，效率不高的严重官僚主义。业务骨干非常缺乏，新干部非但一时培养不起，最近的将来也难有希望。有二事为证：一、出版社把大学毕业生派充校对，出版局即有意见，认为大材小用了。可是过去的老编辑，很多是校对出身，甚至一部分知名学者也如此，因为校对工作本身并不容易，而且可以多看文章，增进各方面的知识。二、去年出版局招了几百个初中毕业、不能升学的青年，一下子派了四十名给人文，结果什么工作也不能做，怎么谈得上培养？另一方面，旧有的骨干或则独当一面，唱独脚戏，或则东零西散，既起不了老母鸡作用，也不能把老经验为新事业服务。总编辑及社长忙于事务工作，忙于到处开会，无时间亦无精力从全面考虑，也不能检查工作，关心出版物的命运。在这样的条件之下，要办现代化的高度集中的文化事业，从整个社会主义建设来看，是犯了欲速则不达的毛病。我建议仿上影厂办法，将现有的文艺出版社酌量分散，组成几个中型出版社，大量精简人员，不要机关化，做到短小精悍，也许倒是现有的编辑人才与经理人才能够胜任愉快的。这样做，可以鼓励大家树立独特的出版风格，展开友谊竞赛，对“百花齐放、百家争鸣”更有利。为了促使出版社积累优秀作品，提高出版质量，我建议出版社自负一部分经济责任，改变现在由新华书店全部包销的办法。为了使图书印数更好的配合教育任务，建议把确定印数的权移交各个出版社，新华书店只居于顾问地位。因为各个专业出版社对专业的读者情况，应该了解得更清楚些。

二、改变印刷厂的经营作风，以配合出版事业为主导思想，以提高质量为首要任务——合营以前，出版社大都与印刷厂有很好的协作关系，事事协商，互相照顾：这些好的传统必须恢复。我建议：第一，文化印刷工业划归出版部门领导，大力克服印刷厂独自为政的思想，加强教育，要从提高质量的基础上提高数量，生产指标订立的标准要重新考虑，防止单纯的追求增产节约。第二，印刷厂也可适当的分散经营，也要打倒机关化的办法，恢复过去印刷工友与作家及编辑的联系，那对双方工作都有好处。第三，可以考虑出版社有直属的印刷厂或排字房，经济可以彼此独立，业务上必须指臂相连。第四，刊物的排字房与印刷所必须与排印书版的分开，以免牵制。附带提一句：装订业也供不应求，操作落后，迫切需要改进旧有的，增添新的。有过一个时期，不但印刷厂积压书稿，印好的书在装订做也得搁上十天二十天。

三、改单线发行为多边发行，改综合为分工——现在新华书店也是尾大不掉，分支店之多，人员之众，使训练、培养、提高，都成问题。况图书种类这样多，数量这样大，吾国地域这样广，各地文化水平这样参差不一。要一个机构来独力做好发行工作的确很难。外边对新华意见很多，恐怕新华的领导也有力不从心之苦。倒不如（一）按照图书门类分设专业发行机构，销科技书的专销科技书，销文艺书的专销文艺书，如此等等，可以养成一批内行的专业发行干部；机构小了，人员少了，管理也方便，官僚主义也不容易滋长。（二）便是这样的专业发行机构也宜于多设几家，分担任务，展开竞赛。（三）出版社也可在各大都市酌设门市部，或者与同类的出版社组织联合发行所或邮购部。新华书店一度说要与图书馆订长期预约的合同，我个人不敢赞成；因为提高学术水平有赖于读者大众的督促，一部书销得多或少，快或慢，往往无形中反映了群众的意见。解放以来，买书的大半是团体，很多阅览室的买书同志到书店里只知道要买多少钱的书，任凭书店同志配搭，像饭店里配和菜一样，这就大大降低了读者对出版物的选择作用，以后不能再进一步采取包销制。

四、加强对出版事业的领导——希望从中央到地方，出版的领导部门经常深入下层，了解情况，不但要了解出版的各个环节的情况，还要了解群众的反应，专家的意见，图书馆的借书人次等等。一切制度不要订得过死，要灵活运用，权力尽量下放，使出版社有更大的机动性。对纸张的分配，希望权衡缓急轻重，统筹兼顾。例如华东师大中文系出的《语文教学》是辅导中学教师的重要材料，以纸张限制，规定只印七万六千份，邮局定数已经到八万六千，估计不久要到十万；新知识出版社勉强加码到八万，与实际需要相差还远；是否可以少印一些连环画，支援一下正规教育呢？以此类推，能调整得合理，也许纸张的紧张不至于对出版事业有太大的影响。总的来说，是否可以像毛主席在三月中接见新闻出版界代表时所说的，少给些纸给机关，移一部分作为文化用纸呢？我看值得请中央考虑。除此以外，领导出版的部门还得为远景规划着想，例如增加印刷用纸的品种，提高质量，改良油墨，尤其是彩印的油墨，改良字模，研究精装用的纸版及布料等等，需要及早与科学界及各工厂各专家联系，委托他们设计。最重要的是尽量鼓励排字机器的发明与研究。这些工作，地方上就可以着手，不必等中央布置，因为上海有轻工业的基础，也有科学院。

五、正确运用增产节约的原则，多为读者的长远利益着想——我们已经进入社会主义建设的阶段，精神食粮似乎更应当求其精而不单纯的求其多了。在学术上艺术上越经得起考验，越接近世界水平的书，越有价值，因此而稿费多出了一些，编审的力气多花了一些，因此而影响到成本和定价，对读者来说也不是浪费。在印刷上讲究一些，保养保养读者的目力，间接减少一些配眼镜的费用，减轻一些公费医疗的支出，在国家的总账上也是节约。装订得牢固一些，一本书多看十个八个人，多保存几年，对读者的负担，对国家的人力物力，也都合乎经济的原则。我决不是说，书价可以不顾读者购买力而任意增加，但减低书价要从根本着手，要在降低主要成本上动脑筋。例如纸张在成本中占的比重很大，纸厂每年上缴利润很可观，是否可以对文化用纸的定价酌量减低一些呢？又例如新华书店与邮局的销售折扣都是七折，听说他们把书报的耗损率定得很高，是否可以精打细算，减低一些发行费用呢？又例如出版社机构庞大，非生产的行政人员很多，是否可以精简一下，吸收一些过去办书店，很少人办很多事的经验呢？我个人希望出版界，尤其是领导上，多打些大算盘，少打些小算盘；多从纸价、发行费用、行政管理费用上求根本解决，而不要仅仅把书的印刷装订拖到因陋就简的路上去，因为那不符合读者的长远利益。

顺便提一个建议：对印刷、装订、发行三个部门要加强爱护图书的教育。——我看到一些精印的美术图书，封面的彩色沾污另一本书的底封面；也看到柜上才拿出来的精装本马列主义经典著作，四边被绳子捆坏了。从著作、翻译，到装订为止，一本书不知要花多少人的心血与劳动，没有送到读者手里就受到破坏，是大可痛心的。我们必须要求出版的各个部门，各个经手人把书当做珍贵艺术品，当做娇嫩的丝织品一样小心服侍，当做初生的婴儿一样爱护惟恐不至。这件事不但要借助于思想教育，也需要有业务教育，因为书店营业员，出版社的工作同志不会好好的包扎图书的例子，目前是相当普遍的。

以上谈的出版问题，话已经很多，占了大家很多时间，但还不过是个大概。其他如稿费，选题计划制度，编辑制度等等，下次有机会再谈。这里所提到的也仅仅从一个观点出发，就是要为社会主义文化事业，为百花齐放、百家争鸣，提供更好的条件。解决种种矛盾和改善现状的总关键，无论在哪个环节上，都是在于合理调配，缩小机构，精简人员这几点。当然，繁荣创作，提高出版物质量，基本上要靠作家本身的努力；我们要不断的学习，实践，端正写作与翻译的态度——特别是翻译的态度！我们要提高业务，深入生活，做长期耐性的艰苦劳动，才有希望对百花齐放、百家争鸣贡献出我们的一份力量，才有资格享受更有利的出版条件。

原载一九五七年五月十四日上海《文汇报》

# 关于经理、编辑、选题计划的三点意见

在出版社本身，我觉得经理部，编辑部与选题计划三方面的制度都需要彻底改变。下面再提三点原则性的意见，供有关部门参考。

**行政管理人员必须少于编辑人员** 无论是资本主义国家还是新民主主义国家，出版社的编辑人员都是很少的。经理人员更其少。一共只有一二十人而年出一二百种书的例子并不希罕。日本最大规模的出版社，岩波书店，全部人员两百左右，一年出书二千五百种。足证书的品种多寡，出版社的发达与否，完全不在于机构的大小与人员的数量。可是我们出版社的行政管理干部，一般都超出编辑两倍左右。没有人会想象：一个工厂的管理人员，数目可以超过生产工人，一个农业合作社的脱产干部可以多于下地的农民；为什么独独对于出版社这种情况，大家熟视无睹呢？所以我们首先要反对、坚决的反对机关化，衙门化；行政人员必须大大的少于编辑人员：不但人事、财务部门要缩小到最低限度（人事部门根本可以不要），便是跑排字房印刷厂的工作人员也要尽量减少。身为一长就不做具体工作，也不需要有业务知识的情况，必须消灭。这样，不说别的，仅仅在降低成本、提高工作效率两点上，就能立刻见到效果。过去私营出版社要像现在这样办事，早就关门大吉了。

编辑大量精简，尽量外放　再谈编辑部。不论哪家出版社，目前正式编辑只占全部编辑（校对除外）的三分之一左右，繁重工作集中在少数人身上。越是水平低的，文字修养差的，越喜欢动笔乱改，真叫做成事不足，败事有余；出了毛病而受到外界批评，都由全体编辑分担。有能力的编辑为此暗中叫屈，近来更大鸣不平。后者因为经验比较多，学识比较丰富，主要任务是替外稿加工，特别替翻译稿改错误，润色文字；有加工至三四道的，也有七八道的；提的意见有高至盈尺的，——一点不夸张。但名利双收的是作译者，辛辛苦苦的无名英雄除了拿月薪，只有出了岔子的时候挨骂的份儿。于是他们也搞业余翻译；原是作家而兼编辑的，当然更要从事业余创作。无奈在八小时紧张脑力劳动之后，到晚上已是强弩之末，勉强撑持了。自动加班，身心愈来愈疲劳，结果是两败俱伤，本位工作与业余工作的质量都只能下降，不能提高。

既然只有少数是真正管用的编辑，为什么不把余下的精简，而只留小部分有培养条件的助手呢？既然有实力的编辑大都在搞业余写作或翻译，为什么不干脆把他们放到社外去做专业作家，而只留少数的骨干当家把舵呢？放出去的人，可以用按件取酬的方式继续为出版社审稿。留在社内的一部分要挑老经验，好眼光，没有做作家的野心，而愿意把编辑作为终身事业的人。他们的任务决不是替外稿加工，而是掌握出版方针，考虑读者需要，品种比例，如何组稿，如何审稿等等；同时以师父带徒弟的方式培养助手。但他们的政治待遇与物质待遇都要加以适当的提高，以便发挥他们的积极性。此外，还可聘请社外的专家学者为特约编审，也采取按件计酬的办法。惟有这样，出版社才能做到精兵简政，而编辑部的阵容真正的充实起来。

正视现状实事求是　几年来的“选题计划”制度，我认为是脱离实际，纯凭主观行事。一个国家的学术必须到了真正繁荣昌盛的阶段，学者如林，作品如雨后春笋一般的时候，才可以拿着单子去“配货”“定货”。我们从抗战以来，二十年中学术的园地虽不至于满目荒凉，至少是花果寥落；做学问的人一般都抛荒了很久，世界上的风吹不到，究竟什么是现代国际水平还摸不着头脑，温课补课都还没有开始；老作家只有这么几个，新进的人才还没有完全成长；青黄不接，怎么能马上“要啥有啥”？过去煞费周章，订了选题计划，到处约稿，组稿，甚至于拉稿；稿子来了，品质不高，但或者为了作译者是名流，碍于情面，或者为了已经预付一部分稿费，免得经济损失，更为了执行计划，只能勉强付印。看书目是花色繁多，品种齐备，究其实很多是滥竽充数，不过完成任务而已。这样做去，书出得再多也是虚假的文化繁荣。

出版事业要顾到读者和作者两方面，但既不能一味做群众的尾巴，也不能一味讲团结统战而迁就作家；如何掌握是一件复杂细致的工作，需要有经验的专家一面研究，一面实践，一面修正。今后至少应当正视我们创作界学术界的现状，实事求是，不能再一厢情愿的好高骛远，把心思放在橱窗陈列的设计上面。出版社的编辑，尤其是总编辑，应当经常与作家接触，从正面侧面了解他们的学术水平，写作情况，摸清了底细才约稿。计划不能没有，但只能有个纲目，定一个大概的比例，主要仍须按照具体情况，随机应变。同时还得了解读者群众的意见和反应。在目前的情况之下，尤其需要以脚踏实地，稳步前进的作风作为改善出版事业的关键。

原载一九五七年五月十七日上海《文汇报》

# 关于翻译、出版、发行、印刷等问题的若干意见①

## 一、关于翻译工作方面

甲、据本人经验，翻译任何作品，欲求彻底提高品质，必须与国外学术机关联系：倘属现代作品，尤须与原作者联系；倘属古典作品，国外也有不少专门团体，例如法国的巴尔扎克学会，照理对翻译巴尔扎克的人可有很多帮助。但最好先由政府做好沟通工作，然后由译者直接通信。

（附带说明）本人历来均系靠数十年前之法国老同学，由其代为委托青年讲师及教授，解决文学、风俗、史地、法律等方面的难题。但本人工作既系经常的，又是长期的，势不能无条件麻烦人家。因每部巴尔扎克的小说，问题平均有百数以上。帮助我们解答的青年讲师往往需在图书馆工

① 此文系傅雷致全国人大和全国政协视察代表的书面意见。——编者按

作，时间精力都耗费不少，以往均以国内所印画册（例如北京所印的《敦煌壁画选》及古代名画复制画册等）寄赠作为酬劳，但事实上远不如金钱酬报实惠。关于此点，一九五三年年底，曾向中央文化部提出；据答，我国与资本主义国家通汇不便，不能允许国内私人汇款前往。

乙、为翻译工作的方便，事实上需要多种不同的版本，特殊的字典、辞典等等作参考。资本主义国家因纸张缺乏，二次大战后图书印数极少，转瞬售罄（本人往往请法国友人转托旧书店物色新书，否则永远无法购得）。过去所出图书辞典，又极少重印。本人虽以朋友关系，偶尔还能买到，但汇款亦成问题。国际书店历来经营不够积极，在西欧各国又无直接代理人，倘译者作者需要搜罗某种参考书而不知书名，简直无法解决。鄙意应请国际书店与国外各大书店建立经常关系，由其经常供应新书及重版书目，同时也需要与国外规模较大的旧书店发生关系（理由见前）。基本上还要请求国际书店改善经营作风，手续力求迅速简便，办事提高效率。

## 二、关于出版方面

公营出版机构宏大，任务繁重，熟练工作人员不够，许多地方还在手工业经营的阶段，致有时反不及少数进步的私营出版社。最显著的是办事迟缓、拖拉，各部门联络不够，甚至完全没有联络；所出图书，以印刷装订而论，倘以其它工业标准测量，“次货”比重极大；编辑方面的错误屡见迭出，即使经原作者一再提出，原书一再重印，亦未改正（此点巴金先生亦可提供材料）。

以办事迟缓与拖拉言，可举一事为证：拙译《克利斯朵夫》于一九五四年年终即由平民出版社将全部纸型移交人民文学出版社，至今瞬将一载，仍未与译者签订出版契约。据“人文”称，是为了审阅“译注”；但审阅“译注”前后几及一年而仍未竣事，不无拖拉之嫌。

以“次货”比重极大而言，亦可举一事为证：一九五五年年初，“人文”所印精装本《巴尔扎克选集》五种，印刷及装订成绩，以言“精装”二字，无异讽刺。

以各部门缺乏联络而言，则本人对“人文”直接提出意见，二三年来已不知凡几，但事实上并无改进（最近十个月来，本人因此已不再提意见了）。

综上所述，可见问题关键，在于内部工作人员对业务认识不足，又不专心学习，而这两点又可归纳到对业务的爱好不够。

本人与公营出版社的接触，只限于人民文学出版社，其它公营出版机关，情况是否较好，不得而知。但“人文”系中央级文艺出版社，一切应起带头作用，本人不能不对之求全责备。

## 三、关于发行方面

历年来各方面（包括出版社、作者、译者）对新华书店的经营作风及办事态度、效率、意见极多，本人兹提出两个基本问题——

甲、每种新书或重版书的印数，向例均由新华书店估计销售数额而批定，事实上此种办法流弊甚多：一则，新华书店总店所根据的估计，是各地分店所填写的需要量；而各分店工作人员水平不够，所填需要量往往甚不可靠。二则，新华书店对实际销售问题的注意比较多，对中央关于图书的政策注意比较少；故出版社根据政策需要大量印行的图书，新华书店从销量方面着眼而要求减少。出版社根据政策决定少量印行的图书，新华书店反要求增加。此种矛盾情形，经常发生，成为出版社与发行机构之间极不容易调和的困难。鄙意宜做根本解决，即——

（一）图书的印数（不论初版、重版）不能由新华书店决定，而当由出版社规定；新华书店只能以销售情况提供出版社作为参考；（二）凡根据政策需要大量印行的图书，新华书店应视为重要政治任务，设法大力推广。

乙、新华书店各级工作人员应大力加强业务学习，熟悉图书内容概要，研究各种推销方法，改善门市部人员的服务精神；同时，也当提高政治学习，彻底认识政府对图书发行的政策，明了图书发行业务，与其它消费品发行业务的本质上的不同，从而减少纯业务观点——即利润观点。

## 四、关于印刷装订方面

本人过去每出一书，常与印刷所，装订所直接发生关系，故有一印象，似乎解放以后的印刷业及装订业的工作成绩，并无显著提高，反有退步现象；与其它各业比较，相差甚远。鄙意宜发动各该业工人的劳动热情，加强他们的业务学习，提高他们的政治觉悟。总之，希望印刷装订两业中，也多几个劳模与先进工作者。

## 五、一般性的问题

作家协会会员向无会员证，会员身份无从证明，在实际生活中常常遇到困难。一九五五年八月举行全国翻译会议时，周扬先生也曾提及此点。希望能于短时期内实现。否则无实际行政工作的作家，仿佛是无组织无单位的个体，在日常生活中尤其是往外埠时，常感苦闷。

一九五五年十二月二十日

# 翻译经验点滴

《文艺报》编辑部要我谈谈翻译问题，把我难住了，多少年来多少人要我谈，我都婉词谢绝，因为有顾虑。谈翻译界现状吧，怕估计形势不足，倒反犯了自高自大的嫌疑；一九五四年翻译会议前，向领导提过一份意见书，也是奉领导之命写的，曾经引起不少人的情绪，一之为甚，岂可再乎？谈理论吧，浅的大家都知道，不必浪费笔墨；谈得深入一些吧，个个人敝帚自珍，即使展开论战，最后也很容易抬出见仁见智的话，不了了之。而且翻译重在实践，我就一向以眼高手低为苦。文艺理论家不大能兼作诗人或小说家，翻译工作也不例外；曾经见过一些人写翻译理论，头头是道，非常中肯，译的东西却不高明得很，我常引以为戒。不得已，谈一些点点滴滴的经验吧。

我有个缺点：把什么事看得千难万难，保守思想很重，不必说出版社指定的书，我不敢担承，便是自己喜爱的作品也要踌躇再三。一九三八年译《嘉尔曼》，事先畏缩了很久，一九五四年译《老实人》，足足考虑了一年不敢动笔，直到试译了万把字，才通知出版社。至于巴尔扎克，更是远在一九三八年就开始打主意的。

我这样的踌躇当然有思想根源。第一，由于我热爱文艺，视文艺工作为崇高神圣的事业，不但把损害艺术品看做像歪曲真理一样严重，并且介绍一件艺术品不能还它一件艺术品，就觉得不能容忍，所以态度不知不觉的变得特别郑重，思想变得很保守。译者不深刻的理解，体会与感受原作，决不可能叫读者理解，体会与感受。而每个人的理解，体会与感受，又受着性格的限制。选择原作好比交朋友：有的人始终与我格格不入，那就不必勉强；有的人与我一见如故，甚至相见恨晚。但即使对一见如故的朋友，也非一朝一夕所能真切了解。想译一部喜欢的作品要读到四遍五遍，才能把情节，故事，记得烂熟，分析彻底，人物历历如在目前，隐藏在字里行间的微言大义也能慢慢咂摸出来。但做了这些功夫是不是翻译的条件就具备了呢？不。因为翻译作品不仅仅在于了解与体会，还需要进一步把我所了解的，体会的，又忠实又动人的表达出来。两个性格相反的人成为知己的例子并不少，古语所谓刚柔相济，相反相成；喜爱一部与自己的气质迥不相侔的作品也很可能，但要表达这样的作品等于要脱胎换骨，变做与我性情脾气差别很大，或竟相反的另一个人。倘若明知原作者的气质与我的各走极端，那倒好办，不译就是了。无奈大多数的情形是双方的精神距离并不很明确，我的风格能否适应原作的风格，一时也摸不清。了解对方固然难，了解自己也不容易。比如我有幽默感而没写过幽默文章，有正义感而没写过匕首一般的杂文；面对着服尔德那种句句辛辣，字字尖刻，而又笔致清淡，干净素雅的寓言体小说，叫我怎能不逡巡畏缩，试过方知呢？《老实人》的译文前后改过八道，原作的精神究竟传出多少还是没有把握。

因此，我深深的感到：（一）从文学的类别来说，译书要认清自己的所短所长，不善于说理的人不必勉强译理论书，不会做诗的人千万不要译诗，弄得不仅诗意全无，连散文都不像，用哈哈镜介绍作品，无异自甘做文艺的罪人。（二）从文学的派别来说，我们得弄清楚自己最适宜于哪一派：浪漫派还是古典派？写实派还是现代派？每一派中又是哪几个作家？同一作家又是哪几部作品？我们的界限与适应力（幅度）只能在实践中见分晓。勉强不来的，即是试译了几万字，也得“报废”，毫不可惜；能适应的还须格外加工。测验“适应”与否的第一个尺度，是对原作是否热爱，因为感情与了解是互为因果的；第二个尺度是我们的艺术眼光，没有相当的识见，很可能自以为适应，而实际只是一厢情愿。

使我郑重将事的第二个原因，是学识不足，修养不够。虽然我趣味比较广，治学比较杂，但杂而不精，什么都是一知半解，不派正用。文学既以整个社会整个人为对象，自然牵涉到政治、经济、哲学、科学、历史、绘画、雕塑、建筑、音乐，以至天文地理，医卜星相，无所不包。有些疑难，便是驰书国外找到了专家说明，因为国情不同，习俗不同，日常生活的用具不同，自己懂了仍不能使读者懂（像巴尔扎克那种工笔画，主人翁住的屋子，不是先画一张草图，情节就不容易理解清楚）。

琢磨文字的那部分工作尤其使我长年感到苦闷。中国人的思想方式和西方人的距离多么远。他们喜欢抽象，长于分析；我们喜欢具体，长于综合。要不在精神上彻底融化，光是硬生生的照字面搬过来，不但原文完全丧失了美感，连意义都晦涩难解，叫读者莫名其妙。这不过是求其达意，还没有谈到风格呢。原文的风格不论怎么样，总是统一的，完整的；译文当然不能支离破碎。可是我们的语言还在成长的阶段，没有定形，没有准则；另一方面，规范化是文艺的大敌。我们有时需要用文言，但文言在译文中是否水乳交融便是问题；我重译《克利斯朵夫》的动机，除了改正错误，主要是因为初译本运用文言的方式，使译文的风格驳杂不纯。方言有时也得用，但太浓厚的中国地方色彩会妨碍原作的地方色彩。纯粹用普通话吧，淡而无味，生趣索然，不能作为艺术工具。多读中国的古典作品，熟悉各地的方言，急切之间也未必能收效，而且只能对译文的语汇与句法有所帮助；至于形成和谐完整的风格，更有赖于长期的艺术熏陶。像上面说过的一样，文字问题基本也是个艺术眼光的问题；要提高译文，先得有个客观标准，分得出文章的好坏。

文学的对象既然以人为主，人生经验不丰富，就不能充分体会一部作品的妙处。而人情世故是没有具体知识可学的。所以我们除了专业修养，广泛涉猎以外，还得训练我们观察、感受、想象的能力；平时要深入生活，了解人，关心人，关心一切，才能亦步亦趋的跟在伟大的作家后面，把他的心曲诉说给读者听。因为文学家是解剖社会的医生，挖掘灵魂的探险家，悲天悯人的宗教家，热情如沸的革命家；所以要做他的代言人，也得像宗教家一般的虔诚，像科学家一般的精密，像革命志士一般的刻苦顽强。

以上说的翻译条件，是不是我都做到了？不，差得远呢！可是我不能因为能力薄弱而降低对自己的要求。艺术的高峰是客观的存在，决不会原谅我的渺小而来迁就我的。取法乎上，得乎其中，一切学问都是如此。

另外一点儿经验，也可以附带说说。我最初从事翻译是在国外求学的时期，目的单单为学习外文，译过梅里美和都德的几部小说，非但没想到投稿，译文后来怎么丢的都记不起来：这也不足为奇，谁珍惜青年时代的课卷呢？一九二九年至一九三一年间，因为爱好音乐，受到罗曼·罗兰作品的启示，便译了《贝多芬传》，寄给商务印书馆，被退回了；一九三三年译了莫洛阿的《恋爱与牺牲》寄给开明，被退回了（上述两种以后都是重新译过的）。那时被退的译稿当然不止这两部；但我从来没有什么不满的情绪，因为总认为自己程度不够。事后证明，我的看法果然不错；因为过了几年，再看一遍旧稿，觉得当年的编辑没有把我幼稚的译文出版，真是万幸。和我同辈的作家大半都有类似的经历。甘心情愿的多做几年学徒，原是当时普遍的风气。假如从旧社会中来的人还不是一无足取的话，这个风气似乎值得现代的青年再来提倡一下。

一九五七年五月十二日

原载《文艺报》一九五七年第十期

# 对于译名统一问题的意见

（一）统一译名是一件长时期的艰巨工作，属于专门学术机构的业务范围，不仅需要集中相当数量精通各种外文发音的专家，也需要国语发音专家参加。便是这些专家也得经过反复讨论，甚至热烈争论，一再修正才能制定一系列的译音标准，然后方能从事译音本身的工作。而即使一致通过了原则，在译音过程中仍然会有不同的意见需要一再商讨，方能决定。并且译音不但要尽量符合或接近原音，还须照顾过去的习惯用法，照顾吾国人名不宜太长（以致难记），从而力求简化等；总之，仅凭常识推断，此事已极复杂，倘请教音韵学者以及中外语文发音专家，则内容还要复杂。

（二）目前出版社所能做的工作，恐怕只能限于：一、统一每本书内本身的译名，避免前后参差；二、统一“流行广泛，历有年数”的译名；三、对于理论及历史著作，书末附加中西姓氏对照表，以资补救。超过此范围，恐徒然引起作译者与出版社之间无穷尽的争论而仍无结果可言。

（三）即以出版社做小规模之统一而论，统一也要有原则，有标准。仅仅因某种译名先用，并不能成为统一以后译名之理由。凡已有译名并无正确可靠之把握者即不能据为统一之标准，若证明确系不合原音者更不能令后人向“不合理”看齐。至何种译名与原音为最接近，非一二人所能解决，有赖于作译者长时期摸索，从错误与正确中逐渐减少错误，接近真理。——以上所云，当然并非指大众皆知之西人名字或作品名字，而是指近年来开始有一小部分人注意之译名，或过去数十年中不时有人提及，但并不十分普遍之名字——凡属此类，似可多放任译者各自推敲，以期于试验中逐步获得成绩。

（四）在已有的数种流行广度相仿之译名中，不妨听任译者自行选择一种，而不必硬性规定一种（除非有极充分之理由），例如 Tennyson 自“五四”以来即有数种译音同时流行，普遍性均不相上下，则大可不必立即肯定某一种。

（五）希腊译名牵涉问题更多，接触的学术性与专门性的面更广。除一般熟知之荷马、柏拉图、苏格拉底等，神话名字如宙斯等，作品如《奥德赛》等，确宜加以统一之外，其他较生僻之专名均可从缓统一。

例如将希腊文中之 P 一律译做轻唇音“珀”，the 译成“忒”，lysi 译做“吕西”，phoe 译做“福”，he 译做“赫”，ge 译做“革”，Ares 译做“阿瑞斯”（带 s 或 sh 音ㄕㄨㄟ，决不可能接近 r 音），Aphrodite 中之 di 译做短音“狄”等等，均难使人折服。又如 Pythagoras 之后半既已承认可译做“哥拉”，则 Anaxagoras 之后半又何必改做“戈拉”？可见出版社目前之统一，实亦无原则。

最后，古希腊人名究应用古希腊文发音为准，抑应以现代希腊文发音为准，更是一个专门性学术问题，非出版社所能解决。

（六）法文译音部分——一、初将一切 de 改做“德”，后于校样上一律改为“特”，而 Delacroix，Delaroche，Delarigne 又一律改为“德”，更可证统一并无准则。二、特拉克洛阿为国内美术界数十年来熟知之译名，更不必多所更动。三、Manon Lescault 改做“曼侬·列斯戈”——“曼”与“列”以国语标准音读或国内各重要方言读，都不可能读成法文中之 Ma 与

Les两音，且ma做“曼”，les做“列”，即初学法文之人亦知为大错。四、Bruyère中之yère译做“耶”，不知根据何种文字？ yère在法文中并无子音音素〔因y=ii（两个i）〕，无论如何念不出“耶”这个音的。五、Boileau译做波瓦洛，“瓦”明明含有子音“W”，而法文中oi二字母，只连在B字上，念做鲍阿（或布阿）。六、pou是重唇音，于“波”为近，绝非轻唇音“普”。七、Leclec中lec应读做开口音“兰”，非闭口音“莱”。八、Pascal之cal于“格”为近，与“加”则相差甚远。九、Stendhal之ten为重舌音“当”，非轻舌音“汤”；法文中之ten或tan都读如“当”，惟有英国人才会把法文的ten、tan念做“汤”；且国内译做“斯当达”尚远在译做“史汤达”之前。原有正确之音译废置不用，而以不正确之“音译”代之，恐于学术界并无补益。十、Roland应读做“洛朗”。罗曼·罗兰之译名实因在国内历史太久，知者太多，罗曼·罗兰之名气亦太大，不便再改。今Chanson de Roland并无此种特殊情形，正应改正。——以我的法文读音知识，认为不能附和之新改译名尚多，不能一一列举。

（七）特别重要的一点，是Taine译做“泰纳”，原是最初从英文中介绍过来之故。Tai在法文中是重舌尖音，非轻舌尖音。且Taine在国内尚非大众皆知之人，译名更可改正为“丹纳”。

（八）法国名著译名——莫里哀的Ecloe des Femmes，其中仅仅是一个普通人（非教师）教导一女子，预备造成自己理想中的人物，日后娶之为妻，如何能译做“妇人学堂”？我因剧中主旨是讽刺当时对女子的教育，故译做“女子教育”。若译做“妇人学堂”未免望文生义，文不对题（其实是题不对文）了。Les Femmes Savantes，内容系讥刺说话装腔作势，冒充有学问的女子；译为“才女”与十七世纪法国社会比较恰当。“女博士”之“博士”二字太新，太近代化。

（九）意大利人名中如Vinci，原有“文西”“文琪”“芬奇”数种译音同时并存，任择一种固无不可。但Leonardo之le明明读“雷”，nar读“那”，今改 le 为“列”，改“nar”为“纳”，纯是英文音。Titien 译做“铁相”亦为数十年来美术界熟知，不宜改为完全陌生之“提善”。本书既以艺术为主题，更应照顾国内美术界读者习惯。Perugino 亦素来译做班鲁琴，且法文美术书常常将外国人名“法文化”，Perugino 即写做“Pérugin”。

（十）本人译《艺术哲学》时除一般通用而且年代已久之译音外，凡比较生疏之专名均参照商务印书馆一九二四年出之《外国人名地名表》。该书既非一人执笔，并且数年后经过彻底修正，读音均根据 Century Encyclopedia 内之《专名读音表》，似乎比较的有系统，有原则，有标准。西方人对各国文字发音还是值得我们参考的。

翻译专名时，本人亦曾加以郑重考虑，且全部制成卡片，以期前后一致；但仍有挂漏及疏忽之处，承一一改正，甚为感谢；但新改译音仍有绝大部分缺少说服力，不能使原译者接受，甚为抱歉！

总之，译名统一及整理工作，无法匆促从事，亦不能枝枝节节为之；最好仍由专门学术机构组织专门人才处理。

凡仍用原译音者，译者均有其不成熟之理由，恕不从头至尾一一罗列，幸请见谅。

# 亦庄亦谐的《钟馗嫁妹》（残文）

喜剧要轻松愉快而不流于浅薄，滑稽突兀而不堕入恶趣，做到亦庄亦谐可不是容易的，所谓穷愁易写欢乐难工。神怪剧要不以刺激为目的，而创造出一个奇妙的幻想世界，叫人不恐怖惊骇而只觉得别有情趣，在非现实气氛中描写现实，入情入理的反映生活，便是求诸全世界的戏剧宝库中也不可多得。昆剧中短短的一折《钟馗嫁妹》却兼备了上述条件，值得我们的艺术界引以自豪。

录旧作《亦庄亦谐的〈钟馗嫁妹〉》片段应

继庼老先生雅属并希　粲改

怒庵

壬寅　春日

# 政论杂评

# 我们的工作

庚子以还，我们六十年来的工作，几乎可说完全是抄袭模仿的工作：从政治到学术没有一项能够自求生路。君主立宪，共和政治，联省自治，无政府主义以至鲍尔希尔克主义，无一不是从西方现现成成的搬过来的标语和口号。在文学上，浪漫派，唯美派，写实派，普鲁文学，阶级意识；在艺术上，古典派，官学派，印象派，野兽派，表现派，立体派，达达派，只是一些眼花缭乱的新名词。至于产生这些学说派别的历史背景，精神状态，一切因果关系都在置之不问之列。我们的领袖与英雄，不问是哪一界——政治上的或艺术上的——都要把我们的民族三脚并两步的开快车；至于这历史的鸿沟，能否这么容易而且毫无危险地超越，亦在置之不问之列。这种急于上进的热情值得我们十二分的崇拜，但我们稍稍具有自由思想的怀疑者，在他们乱哄哄的叫喊声中，不得不静静地加一番思考，深恐犯了盲人骑瞎马，黑夜临深渊的大忌而自趋死路。自由思想与怀疑这两种精神，在所谓“左倾”或某个阶级独裁的拥护者目中，自然已被严厉地指斥，谓为“不革命”与“反动”，正如这类思想在十八世纪的欧罗巴被视为“革命”，为“叛逆”一样。这对于他们——不论左右——无异是宗教上的异端邪说，为历代教皇所判罚的“hérénésie”。固然，所谓革命是绝对地肯定的，决不能有丝毫踌躇。在历史已经准备得很充分，社会已经演化到很恰当程度的国家，这种绝对肯定的精神，也许正是最需要的心理条件。革命理论家要说，在历史未曾准备得充分，社会没有演化到恰当程度的场合，更需要肯定和果断;这也许是对的，如果他的大前提——研究，认识，判断，没有错误的话。然而一个国家，一个民族，到了历史上大转扭的时间，必定是错综万状的一片混乱和矛盾；要从这混乱、矛盾的现象中去打出一条生路，决非是浅薄的认识与研究，可以成为适当的准备的。法国大革命爆发之前，服尔德、第特洛一般百科全书派的思想家，对于一切政治、哲学上的进程和学说，曾用了何等深刻的研究功夫，然而他们并没立刻拿出一种主张来，强迫人家承认是解决一切的总结论。他们只提出一种方法，一种思考的方法，这方法就是怀疑精神。怀疑的出发点是理性主义。在一个乱哄哄的时代中，唯有用你冷静的头脑，锐利的目光去观察，更用科学方法去抉剔，方才能够渐渐辨识时代的面目及其病源。然而理论一事，实际又一事。即使我们经过了合理的思维而获得的方案，往往还是免不了引起实际上的纠纷。因此法国的大革命，虽然先有了那般思想家的准备，一待大革命爆发之后，还是扰攘了一世纪，我们一翻法国自拿破仑一世直至第三共和这一个时代的历史便可明白。那时候是民主思想和贵族政治的对抗，是特权阶级与中产阶级的争斗，是手工业和小工业的递嬗。然而把这些冲突和现代中国的冲突一比，又显得我们的比他们的要复杂万倍了。他们只是推翻四五世纪的历史，而我们则要把二十个世纪的传统一并斩断。这是不是可能的事，尤其是不是在短时间内可能的事？一般革命者当然要以肯定的语气回答。因为他们以为不革命是一种羞耻，他们并没有想革命是不得已的行为。再把法国的历史做一个例：十八世纪末期的大革命，在表面上仿佛是历史上的一个三级跳远，是一个剧烈的突变，但整个的十九世纪，不是在补走前世纪所连奔带跳越过的途程么？

“你们数千年的伦理，道德，比我们西方更优越的制度就此废弃吗？”“你们满含着哲理和诗意的美学为何把它一概丢了？”“你们是有那么美丽的传统的国民何必来学我们的油画？”西方的朋友时常这样的问我们，而我们自己，有没有想到这些问题？有的，也许在五四之后提倡国故的时代；然而曾几何时，除了几个极少数的专门学者还锲而不舍之外，还有谁敢向青年提起“国故”两字？谁敢？敢被人家骂为落伍？现在那些高唱唯物论的青年，对于我们固有的文化，除了含含糊糊加上一大串罪名以外，还认识什么儒家思想？老庄思想，以至宋明之学？他们把新奇的偶像来抹煞史实，并掩饰他们自己的愚昧。

自然，我们也懂得，他们取法于西方的理由。西方，多么醉人的名字！但那般崇拜西方的人之于西方，是否比痛骂东方的人之于东方，有较彻底的认识？他们自以为有的是在某种正统论和一元论之下的认识，或竟是跳舞与咖啡的认识。大自政论，小至娱乐，无非是学西方的皮毛。

而且，假定你对于西方，自亚里斯多德至爱因斯坦，自荷马至萧伯讷，的确有了彻底中正的研究，你还是不能把它整个地搬过来。西方的金鸡纳霜，可以医治东方人的疟疾，但还得认清了病人的体质和病情。西方的政论可不就这么简单了。你得记起，你还是中国人啊！你的细胞组织根本就不同。而且数千年的历史摆在那里，任凭你哪一种暴力摧不动它分毫。人是渺小的！

对于西方的研究，以前也曾有一般学者下过功夫。译学馆后，亦有共学社、尚志学会等译了不少西方的名著。但实际上并没收获得相当的功效；这也许是介绍的思想，并没有和介绍者的思想发生何等密切的关系，因之亦不能予读者以若何影响；出版界的落后，以及学术空气的淡薄，也许是互为因果的一个缘由。至于站在东方的立场上去探讨东西文化之奥秘，也有梁任公一辈人下过功夫，然而不久就成为一种时髦的口号，而轻薄的社会，更当它做茶余酒后的谈笑讥讽的资料。

因此，留学生尽管在两大洋中来来往往，翻译的书籍尽管一本一本的出版，东西文化至今还没有正面冲突过，我要说在学术上还没正式开过仗，只是凭它们两股不同的潮流在社会的底层激荡。没落么？的确是没落，因为我们受了外来文化的侵略没有反响。我们只放弃了自己的立脚点，想借用别人的武器，作为以毒攻毒的战略。他们有枪炮，我们也学做枪炮，他们喊口号，我们也喊口号，他们倡什么最新的主义，我们也跟着莫名其妙的提倡。他们喊口号的后面，那些在实验室里，图书馆里，画室里，过一辈子学术生活的人，我们全没有看见。

现代中国的青年，自以为认识了时代，并看到了未来的时代，他们的大胆使人佩服，他们的武断使人出惊。

这都是我们过去的工作（我们，因为这些人中都有我们过去的影子）：喊口号，倡主义，是否成为工作自是疑问，但喊着倡着的人的确认为是一种工作。我们现在清算之下，不能不及早转换方向。不赶政治的人，自然用不到谈什么主义，研究文艺的时候，也不必把某个学说偶像般放在脑袋里。我们不敢唱融合东西艺术，发扬民族文化那种高调，因为我们明白自己的力量。我们不愿和人家争执，因为中国到处都充满了战氛；何况我们不能消极地攻击人家的阴私或缺德，以为自己没有阴私或缺德的夸耀。我们只有培养自己的力量，拿出实在的东西来。我们的工作，是研究、介绍。发表的文字也只限于这两方面。忘了时代？谁说的？可是我们不能以斩钉截铁的公式来判断一切，我们要虚心地观察，探讨。要找真理并非是怎么容易的事。各种学说在我们的眼里是一视同仁，我们不能把东风压了西风，因为这是盲目的。思想上的专制是真理的最大敌人。我们的信心，只在修养自己，万一有点滴的成就，足以贡献给人家，那是我们喜出望外的事。在没有丝毫成绩之前，我们只是以虔敬的心情去研究学问，以深思默省的工夫去体验时代。具体地说，我们现在要认识他人与自己，以怀疑的精神去探索，以好奇的目光去观察，更要把各种不同的思潮，让我们各人的内心去体味。如果真是要到民间去，或人间去（意即中国固有的出世思想之反面），那不独要去饱尝社会的风味，并还得要打开我们的心扉，吹受各种的风，这也许会使我们发热发冷，但这些 crise 就能锻炼我们的人格与力量。我们不希望速成，我们都还年轻！

原载《艺术旬刊》第一卷第八期，一九三二年十一月

# 现代青年的烦闷

一九三二年十月二十八日《晨报·时代文艺》曾刊拙译《世纪病》一文，此次《学灯》编者又以一九三三年元旦特大号文字见嘱，我特地再用《世纪病》相类的题材，把若干现代西方青年的不安的精神状态做一番介绍。这并非要引起现代中国青年们的烦躁——这烦躁，不待我引起，也许他们已经感到——而是因为烦闷是文艺创造的源泉，由于它的反省和刺激内生活使其活跃的作用上，可以领导我们往深邃的意境中去寻求新天地。而且烦闷唯有在人类心魂觉醒的时候才能感到，在这数千年来为智（sagesse）的教训磨练到近于麻痹的中国人精神上给他一个刺激，亦非无益之事。

阿那托法郎士曾言："只有一件可以使人类的思想感到诱惑便是烦闷。绝对不感到烦躁的心灵令我厌恶而且愤怒。"的确，在历史上，每个灿烂的文艺时代，总是由不安的分子鼓动激荡起来的！古典派和浪漫派一样，不过前者能够遏止烦闷，而后者被烦闷所征服罢了。在个人的体验上，心境的平和固然是我们大部分人类所渴望的乌托邦，但这种幸福只有睡在坟墓里叹了最后一口气时才能享受。而且，就令我们在生命中获得这绝对的平和（它的名字很多，如宁静，休息等等），我们反而要憎恨它；失掉了心的平和，我们又要一心一意的企念它：这是人类永远的悲剧。不独如此，人类的良知一朝认识了烦闷的真价值，还幽密地在烦闷中感到残酷的喜乐。

西方的医药上有一句谚语："世界上无所谓病，只有病人。"《世纪病》的作者乔治勒公德把现代青年的骚乱归之于现代社会的和思想上的骚乱；这无异是"世界上无所谓烦闷，只有烦闷的人"的看法。固然，我们承认他有理。在一般所谓健全的，尤其是享受惯温和的幸福的人眼中，烦闷者是失掉了心灵的均衡的病人。然而要知道，烦闷的人是失掉了均衡，正在热烈地寻找新的均衡。他们的欲望无穷，奢念无穷，永远不能满足，如果有一般自命为烦闷者，突然会恢复他们的宁静，那是因为他们的烦闷，实在并不深刻，而是表面的，肤浅的。真正在苦闷中煎熬的人决不能以一种答案自满，他们要认识得更透彻，更多。他们怕找到真理，因为从此以后，他们不能再希望一个更高卓的真理。唯有"信仰"是盲目的，烦闷的人永远悲苦地睁大着眼睛。

每个人在他生命中限制自己。每个人把他要求解决的问题按照他自己的身份加以剪裁。这自然是聪明的办法。他们不愿多事徒劳无益的追求。实在，多少代的人类曾追求哲学，伦理美学等等的理想而一无所获！然而没有一个时代的人类因此而停止去追求。因为他们觉得世俗的所谓"稳定""宁静""平和"，只是"死"的变相的名称。"死"是西方人所最不能忍受的，他们极端执著"生"。

烦闷的现象是多方面的，又是随着每个人而变动的。从最粗浅的事情上说，每个人想起他的死，岂不是要打一个寒噤？听到人家叙述一个人受伤的情景而无动于衷是非人的行为。因为，本能地，人类会幻想处在同样的境地，受到同样的痛苦。同样，一个人在路上遇到出殡的行列，岂非要兔死狐悲的哀伤？一切的人类真是自私得可怜！这自然是人类烦闷的一种原因，心理病学家亦认为烦闷是一种感情的夸大，对于一种实在的或幻想的灾祸的反动，可是认烦闷是对于不测的事情的简单的恐怖，未免是肤浅的，不完全的观念。因此对于病态心理学造诣极深的作家，如保罗·布尔热（Paul Bourget）亦不承认心灵上的病，完全由生理上的病引起的。生命被威胁的突然的恐怖，在原始民族中，确是烦闷的唯一的原因。可是民族渐渐地长成以至老大，他的烦闷亦变得繁复，精微，在一般普通人的心目中也愈显得渺茫不可捉摸。在这个过程中，我们自然承认有干病的影响存在着，但除了病态心理学家的物的解释以外，还有精神上的现象更富意味。

人类在初期的物质的恐怖以后，不久即易以形而上的恐怖。他们怕惧雷鸣，远在怕惧主宰雷鸣的上帝以前。原始时代的恐怖至此已变成烦闷，人类提出许多问题，如生和死的意义等。被这些无法解答的问题扰乱着，人类一方面不能获得宁息，一方面又不能度那丰富的追求生活，于是他祝祷遗忘一切。柏斯格说过："人类有一种秘密的本能，使他因为感到苦恼的无穷尽而到外界去寻觅消遣与事业；他另有一种秘密的本能，使他认识所谓幸福原在宁息而不在骚乱。这两种矛盾的本能，在人类心魂中形成一种渺茫的计划。想由骚动达到安息，而且自以为他得不到的满足会临到，如果他能够制胜他事业中的艰难，他便可直窥宁息的门户。"

这种烦闷的形而上的意义固是极有意味的，但它还不能整个地包括烦闷。烦闷，在人类的良心上还有反响——与形而上的完全独立的道德上的反响。例如责任观念便是烦闷的许多标识之一。假定一个作家在创作的时候，为使他的文章更为完满起见，不应该想到他的著作对于群众将发生若何影响的问题，然而一本书写完之后，要作家不顾虑到他的书将来对于读者的影响是件不可能的事。

原载一九三三年一月一日上海《时事新报》

# 吾国过去教育之检讨

时至今日，任何人都感到吾国的教育已面临严重的关头。辛丑以来，学制教材屡次更改，全国教育会议亦召开多次，而学生成绩反每况愈下，服务效率更日趋低降。长期抗战的结果，整个国家的机构为之动摇，过去筚路蓝缕、惨澹经营的一些薄弱的教育根基，亦破坏殆尽。在此复兴建设、实现民主的口号高唱入云之际，关键所在的教育问题似尚未受到应有的注意。作者不揣谫陋，愿在这方面先作一番粗疏的检讨。但篇幅有限，材料缺如，许多细节未能彻底探讨，观察错误亦属难免，阅者谅之。

## 一、征象

【社会的垢病】公私机关的抱怨人才荒落，久已习闻；不是说技能不足，学识浅薄；便是说学校出身的青年不合实际需要。比较现代化的企业，纵使用大规模的招考方法，仍不易觅得适当的职员。对于主管事务的观察，判断，应付，固谈不到；甚至寻常文件及计算工作亦多不能胜任。反之，凡大中学生的不良习气，如虚荣、傲慢、希望奢而能力低等等，倒应有尽有，使雇主望而生畏，不敢领教。至于社会人士对学生智识程度与道德水准的慨叹，尤其普遍，毋容赘述。

【教育家与教师的苦闷】办学的和当教师的首当其冲，苦闷之深可想而知。他们的观点是：（一）新生考的程度一届不如一届。倘取舍严格，则学校经济无法维持；倘从宽取录，则程度参差，影响教学，损及校誉。（二）青年求知欲衰退；即用功学生，亦仅知埋首课本，于真知实学甚少兴味。此点使优良教师大为失望，而以身经五四运动巨潮之教师为尤甚。（三）社会恶习深入学校；流连于歌场舞榭者固不待言，投机取巧，嚣张横暴之事，皆所习见。师道尊严，破坏无遗。

【政府当局的失望】上述种种，胥为十五年来政府痛心疾首之事。民国二十二年下半年起，各校实施军训，后又举办暑期集训。民国廿一年教育部下令各大学停收文法科学生，旋复裁减若干学校之文法科。这两项重要的措施，一是整饬风纪，并为国民军训的准备；一是针对社会上人浮于事的现象，同时提倡实科，为建设事业做初步准备。此外，如整顿学风的文告，三令五申，虽不无其他政治作用，要亦足见政府改善教育之决心。

【学生的痛苦】然而青年本身的痛苦，比之政府社会，实有过无不及。即使平日耽于嬉游的学生，到毕业时也不免为职业的恶梦所扰。至于勤奋的学生，头脑较为清醒，苦闷亦愈甚；举其大者而言：（一）学科不合社会需要；眼见前辈同学一出校门即成问题的先例，早已不寒而栗。学非所用，用非所学，似乎是现代中国青年命定的悲剧。（二）平时功课繁重，连预习复习都无暇应付，遑论融会贯通。至于锻炼身体的运动，更无时间可以支配。此种情形，使埋头苦攻的学生疲于奔命，不知自爱的学生更趋荒废。（三）一部分学科不合青年需要（按青年需要与社会需要未必尽同），一部分教员不能尽职，或竟滥竽充数。

总之，社会各方面都对教育现状深致不满，而且交相指摘，例如：（一）社会怨人才寥落，青年恨怀才不遇。（二）教师叹学生的不可教，学生愤教师的敷衍塞责。（三）青年怨政府不代谋出路，政府指学生不堪任用。更显著的矛盾是：当局一面认为文法科学生太多；一面又感行政人才缺乏，远在民国二十年之前，即遍设财政、税务、地方自治等各种人员的训练班或养成所，甚至由行政院特设行政效率研究会，足见公务人员的供求不相应。据世界各国通例，大学文法科毕业生，除了从事专门研究和自由职业之外，大多数投身于各级政府机关服务。今吾国一面停收文法科学生，一面另办训练班，养成所，非独矛盾，抑且浪费。

吾国教育界之畸形状态，民国二十年以后逐渐显著，经此战乱，变本加厉，自不足怪。近八年中的教育法令，调查报告，统计数字，泰半阙如，故实际情形，一时甚难明了。但有数点可得而言：（一）二十八年教育部曾有通令，凡修业期未满之大中学生，在流亡中服务军政机关而有证明文件者，回至原校或转入他校时，均得以服务年期抵充修学年期。此项通令有效期限何时为止，不得而知；当时情势特殊，当局自有苦衷；但于战争初期学生成绩不无重大影响，亦难否认。服务经验确甚宝贵，究不能与学术智识混为一谈，更不能彼此替代。（二）战前成绩较优之学府，转辗迁徙，元气大伤；非特规模不复当年，图书仪器泰半损失，抑且师资星散，环境大异，不得不降低水准，迁就现实。至战前本属平庸或办理欠佳之学校，八年中与世浮沉，内容更不堪问。（三）抗战期间，国民道德澌灭殆尽，人格操守，堕落已极；青年血气未定，耳濡目染，尤难把握。投机侥幸，以实学为无用，视学校为过渡之心理，非独遍及学生，即家长亦复如此。沦陷地区之中学生，三年前已在教室内讨论洋烛市价，股票行情；即此一端，可概其余。（四）社会经济到处枯竭，失学青年与岁俱增；衣食不周，何来余钱购买图书？失学之余，并自修亦不可能。

由此观之，人才恐慌之象，短期内决难消灭，且有益趋严重之势。复兴建设所需要的人才，以量言，较前激增（仅以实行实业计划最初十年内所需各级干部之人才而论，即达二百四十六万人之多，见中国之命运页七一）；以质言，较前提高。而近八年的教育造就，以之应付承平时代尚感困难，遑论建国大业与善后工作了。烽火虽熄，来日大难，决非危言耸听也。

## 二、剖视

大家知道，教育的落后与腐败，不外政治未上轨道，国民经济贫乏，道德破产，一言以蔽之，客观环境太恶劣。这种说法虽属实情，但容易使人以这些一时无法解决的大题目为藉口，而不再进一步探求症结所在。环境固然大不利于教育的发展，但教育的使命就是使人有改造环境的能力。而且教育是与政治、经济、道德等等社会活动互为因果的。衣食足而后知荣辱，这句话在乱世愈显得真切；物质生活不安定，谈不到精神生活，更谈不到文化的高下。但物质生活的改善，就需要教育的助力。同是受教育的，谋生技能的高低，逃避天灾人祸的可能性，都随教育程度而转移。若希望政治清明，实现民主，更须以良好而普遍的教育为大前提。教育尽管因政治、经济、道德的崩溃而大受阻碍，但那些阻碍正是教育所要努力排除的目标。唯如此，教育方能贯彻它改造社会的使命。

在探索病源的时候，作者先要声明：教育牵涉的方面太多，列举原因总不免有挂一漏万之弊。以下我们想从解释表面的病象（例如失业问题，人才寥落问题）开始，进而检视教育本身的问题（如学制，课程等）。

外表的原因 （一）欲望与能力的不相称。智识是欲望的酵母。失学儿童与在学儿童相比，已可看出欲望的差别；大中学生和失学青年的欲望更为悬殊。物质享受的要求已经很高，青春期的野心特别强烈，毕业之时，便以为一登龙门，身价十倍，理当平步青云，立致富贵。然而实际的学识修养，先天的秉赋，以及社会的现状，都无法配合这远大的理想。于是在就业之时，高不攀，低不就，终而至于无业。失望之余，不免怨天尤人，以为壮志未酬都是社会压迫所致。而这种郁抑不伸的愤懑，更招致社会的非难，认为大学生非但无能，并且自大。

（二）错认学校教育部分的功能为全部的功能。学校原来只是人生教育的一阶段，离校以后，还需要受终身的社会教育。学校教育应该授予谋生技能，但这种功能仅是它许多功能中间的一种。技能固可谋生，谋生未必尽恃技能。而青年大抵认为学校对于他们将来的生计，应负完全责任。这种错误的希望，与从前士子对科举的希望毫无二致。流弊所及，多数学生抱定实用主义（或趣味主义）：惟自己选定的学科方有价值，因为将来可藉以糊口；凡是与此无关的学科皆属无用。理工科学生之厌恶文史等科，文法科学生之诅咒数理学科，虽然还有教材和教学方面的原因，要以误认教育目标为主因。似此情形，所谓陶养身心，研究学识云云，都是徒托空言而已。

（三）社会与当局的误解。然而抱有这些谬误观念的并不限于青年。社会与政府亦误认学校教育为万能；且常苛于责人，宽于责己。社会既未对教育从旁协助，主管当局亦未探求治本之道。若以学非所用而言，往往由于社会的经济状况，工商业的发展阶段，土地政策及一般行政现状，不能和学校培养出来的人才配合。倘政治经济的改革未能立时实现，则应视实际需要重行厘定课程。若以就业困难而言，社会与政府亦当分担一部分责任。便如理工科学生就业初期的工厂实习，文法科学生在服务机关内所需要的指导和训练，大都无从获致。社会既不予便利，教育当局亦未联络其他公私机关妥筹办法。

内在的（即教育本身的）原因 （1）学制及课程纲要：自辛丑、壬寅（一九〇一、一九〇二）两学制以来，学制更易已达五次；这些学制之长短优绌，因施行之时甚暂，且吾国近百年来情势变更极速，无法批评。所可断言的，历届更改学制之时，事先未必细究各国学制及其社会情形，更未必充分考虑吾国的特殊情形与固有文化。吾国幅员辽阔，几等全欧；风俗文物之歧异，文化水准之差别，即东南数省之间亦有相当距离，足为编制课程、厘定学制时郑重思考之依据。民初之时，学制仿效日本；民国八年以后，复以美国为蓝本；迄今为止，能免于东移西植，而确与本国传统密切联系，与吾国国情完全适合之学制，尚付缺如，明乎此，今日教育之病根不难洞见。再若改革学制之时，聚专家于一堂，几经研究，几经辩难，但结果常有出人意料者。例如民国二十八年在重庆召开的全国教育会议中，教育部提案，专科学校修业期限改为三年（原为五年），入学资格改为初中毕业（原为高中毕业）。在此特别提倡技术教育之时，忽然减缩专科学校修业期限，殊为费解。尤可异者，全教会议未经辩论，即予通过。

历观各届学制与课程纲要的变迁，大致有下列几种趋势：（一）学校教育的全部学年逐渐缩短（光绪二十九年的奏定学堂章程，小学至大学共定二十年；民国十七年国府颁布的新学制定为十六年）。（二）科目逐渐加多。（三）课程及作业标准逐渐提高。（四）教育目标渐趋狭隘。除第四点有关教育哲学，留待后文讨论外，第一、二、三各点在理论上已觉不合逻辑。复按实际，从小学三年级起，教师即无法使学生做到部定的作业标准，因为课程标准与作业标准都大大的超过了学生的智力和精力。如此大量的智识（参看教育法规内中小学各级各科课程及作业标准）在短时期内即使加速灌输，犹恐不及；更无启发辅导等等的余暇。以二十一年部颁“高初中各学期每周各科教学及自修时数表”，与“高中各科各级课程标准及作业要项表”对照，即知时数与工作绝对无法配合。

再若细按各科课程标准内容，最显著的缺点是：太高深，太繁琐，太专门，而各学科间又太无联络。以理化课程标准观之，似乎中学生非成为理化专家不可；以造型艺术及音乐课程标准观之，似乎中学生非成为艺术家或音乐家不可。以此类推，中学毕业必为百科全书派之全材。实则各科非但失却联系，且互争指导地位，致理当无所不知的学生反而一无所知。按课程标准过高过繁之弊，当缘（一）起草的人多为各科专家而非有经验有研究之教师；（二）课程标准大都抄袭欧美成例，忽视吾国国情；而于学生之健康、智能与心理的发展阶段，尤未顾及；（三）同一学科在纵的方面毫不连贯；例如小学毕业时未读一字文言，而于初中一年级即须“养成了解平易文言文之能力”；又如初中教师均觉小学生之毕业成绩与初中入学标准相差太远，无法补救。

（2）教材编制：（甲）凡数、理、化、自然，以及世界史地等科，大抵采用欧美教材，或翻译，或编译；选择取舍，漫无标准，且闭门造车，不合实际。外国语文之教科书，迄无善本。小学算术，大体以英国小学教本为模型；不知英国中小学期限不一，与吾国情形更不相宜。（乙）凡自编课本，非陈腐，即浅薄，或艰深；盖亦东抄西摘，而非长期研究之结果。中学国文教本所选近人语体文，语病及文法错误触目皆是。小学五年级之本国史，述及“诗歌发源于骚赋”，可谓荒谬绝伦。同书又有“南北朝时，印度音韵学传入，中国便有切韵与四声的发明”之语，此种专门史实，生吞活剥，徒苦儿童。类此笑柄，各科教材皆不能免，兹仅略举一二而已。

要之，教材编制不出于书店编辑之手，即出于专门学者。书店编辑学识经验，本难胜任；出版者复急功近利，唯知与同业争先，更不容编者认真从事。送部审查，亦仅虚文。故现有教材，大抵不合实用。

（3）设备：各级学校限于经费，图书仪器每多因陋就简。僻远省份，或竟绝无仅有。以聊备一格的设备，应付规模宏大之课程纲要与作业标准，纵有热心认真、学识渊博的教师，亦将徒唤奈何，逢理化生物各科，更有纸上谈兵之苦。

（4）师资：（甲）师范学校自民国二十年以后逐渐裁减，或与中学合并（民国十六年前，各省师范学校甚为发达，尤以江浙两省为成绩卓著）。故师资之来源骤减，而品质亦骤降。盖师范教育性质特殊，绝不能在普通中学内分科兼办。（乙）公私学校经费，皆极拮据；教师待遇菲薄，生计为难，不得不敷衍塞责，以便兼课或兼营副业。素有学养之辈，学而优则仕，又多中途改业。（丙）反之，凡学校出身而无业可就的青年，皆以教书为唯一出路。是以真正的师资日缺，而候补的教员日增：滥竽充数，堂堂学府几与慈善救济机关无异。（丁）政治党派的斗争弥漫教育界，师生或交相结纳，或彼此排挤。学生一旦离校入世，又挟此风气而广为传播；循环影响，国家前途实难想象。

## 三、结论

以上的分析还没触及问题的核心，我们当进一步探求更深刻的原因。

一、思想方面：缺乏教育哲学　教育的中心思想，一方面固须顾及目前的实际需要，另一方面更须考虑如何承受固有文化，进而创造新文化。前者仅为一时的便利，后者方为真正的建设。十年树木，百年树人，教育家的目光应当如何远大！在固有文化未曾整理就绪，对西方文化未知取舍之时，要求确定一种教育哲学，当然过早。民国以来，世界思潮千变万化，动荡不已，诚令人有手足无措之感。反顾旧有传统，或遭唾弃，或被破坏，立身处世，尽失准绳。但道德之重建，传统之估价，外来学说之研究，原为教育分内之事。故教育哲学即须由教育本身促成。纵今日思想界青黄不接，混乱扰攘，亦当有一保存民族特性、多留发展余地、培养自由思想的教育原则，以资过渡。民国十八年国府公布的教育宗旨，于东西文化之融合，个人与社会国家之关系，虽已兼筹并顾，究嫌政治色彩过浓，以青年身心发展之阶段而论，仍恐害多利少。三民主义作为政治的原则，或已尽善尽美；但以之为国民教育的中心思想，是否有当，不无疑问。大中学公民训练之侧重党政学识与社会科学，是否较纯粹的人格训练为优胜，正恐不易遽下结论。以事实而论，今日大中学生对于党政之认识与热忱，反远不及北伐前后，教育未革新时代之青年。尤甚者，多数学生视党义课程如教会学校之圣经课，教师学生俱抱敷衍了事之心：是岂提倡党化教育者始料所及？

二、实践方面：教育机构与物质条件的悬殊　学校教育，在吾国实在是外来制度，试看下列一些年代的计算，即可明了：

一八六二（同治元年）设立同文馆——一九〇〇（光绪二十六年）开办京师大学堂，相距三十八年；

一八七七（光绪三年）派遣留学生于英法——开办京师大学堂，相距三十三年。

从首倡新学到成立最高学府（当时的京师大学堂其实只是好几个学术机关的总汇），历时之久，发展之缓，固然大部分因为清廷闭塞，但人才不足，亦为重大原因。民国以后，三十年（因战后学校停顿，故以三十年为言）中增设的公私立大学，不下五十余所；虽云此三十年之进步，远过前清末叶；但膨胀之速，究亦远过实际能力。当人才物力仅能办一二所完全大学时，即已扩为五所十所；仅能就原校加以充实时，即已另创新校。于是小学教员被召为中学教师，中学教师被召为大学教授。甚至初中尚未卒业的青年，即已充任小学教员。似此情形，欲求提高文化，昌明学术，不啻南辕而北辙。然而事势推移，客观之要求日益迫切：学校教育而外，平教义教亦刻不容缓。师资日绌，而学龄儿童与升学青年之数激增。这种教育方面的供求不相应，正如财政收支的不平衡同为吾国今日最大的难题。

本文所述，不过就作者见闻所及，将过去吾国教育之缺陷列一纲目，略加检视而已。至于如何改善，既非作者鄙陋所敢置喙，恐亦非少数专家所能奏效。挽回颓风，革新教育，愿社会贤达共起图之。

原载《新语》半月刊第一期，一九四五年十月

# 《历史的镜子》

近人用史料写一般性的论文而汇成专集的，在上海还只看见吴晗先生的《历史的镜子》一种。它不是一部论史的专著，而是以古证今，富于现实性、教育性、警告性的文集。全书十七篇短文，除二三篇外，大都以吾国黑暗的史料做骨干；论列的范围，从政治经济到思想风尚，可说包罗了人类所有的活动。不过这些被检讨的活动全是反面的，例如“政出多门，机构庞冗，横征暴敛，法令滋彰，宠佞用事，民困无告，货币紊乱，盗贼横行，水旱为灾等等”，外加一个“最普遍最传统的现象——贪污”。因为作者是治史的学者，材料搜集相当丰富：上自帝皇卿相，下至门丁衙役，催征胥吏，那副丑态百出的嘴脸，都给描下了一个简单而鲜明的轮廓，在读者心头唤引起无数熟悉的影子：仿佛千百年前的贪官污吏，暴君厂衙，到现在都还活在那里，而且活得更有生气，更凶恶残忍，因而搜括得更肥更富了。本来，生在今日的人们，什么希奇古怪的丑事听得多，看得多，身受其苦的也不可胜数，所以对汉灵帝明神宗辈的贪赃枉法，也觉得稀松平常，情理得很。但在一个深思之士，偶尔揽镜，发觉眼前种种可悲可痛的事原是由来已久，“与史实同寿”时，便不由不懔然于统治阶级根性的为祸于国家人民之深远惨烈，而觉悟到非群策群力，由民众自己起来纠正制止，便不足以挽救危急的国运。

在这一点上，本书的作者决不止于暴露，也不止于以过去的黑暗反映现在的黑暗；作者不但在字里行间随时予人以积极的暗示，且还另有专篇论列人治与法治的问题。历史上君权的限制一文，尤其有意义：它除了纠正近人厚诬古人的通病，还历史以真面目外，并且为努力民主运动的人士供给了很好的资料，同时也给现时国内的法西斯主义者一个当头棒喝。自汉至明，尤其是三唐两宋，君主政体纵说不上近代立宪的意义，至少还胜于十三世纪时英国大宪章的精神。君主的意志、命令、权力，广泛的受着审查、合议、台谏和信天敬祖的传统限制，和今日号称民国的政府相比之下，不论在名义上或事实上，法治精神皆有天壤之别。历史上政治最黑暗的时代，都不乏大小臣工死谏的实例；近人很多以“忠于主子”“愚忠”一类的话相讥；其实他们的“忠君”都有“爱国”的意识相伴；而且以言事得罪甚至致死的人，维护法律维护真理的热忱与执著，也未必有逊于革命的志士烈士或科学界的巨人如伽利略之流。反观八年抗战，版图丧失大半，降贼的高官前后踵接，殉职死事的将吏绝无仅有；试问谁还能有心肠去责备前代的“愚忠”？另一方面，汉文帝、魏太武帝、唐太宗，宋太祖一流的守法精神，又何尝是现代的独裁者所能梦见于万一！而这些还都是五十年来举国共弃的君主政体之下的事情。

当然，本书以文字的体裁关系，多半是大题小做，像作者所说的“简笔画”的手法；对各个专题的处理，较偏于启示性质；在阐发探讨方面的功夫是不够的，结论也有过于匆促简略的地方，甚至理论上很显著的漏洞亦所不免。倒如“论社会风气”，作者篇首即肯定移风易俗之责在于中层阶级；后来又把中层阶级的消灭列为目前几种社会变化的第一项；结论却说：“在被淘汰中的中层集团，除开现实的生活问题以外，似乎也应该继承历史所赋予的使命。对于社会风气的转移尽一点力量。”这种逻辑，未免令人想起“何不食肉糜”的故事。这等弊病,原因是作者单纯的依赖史实,在社会科学——尤其是经济方面的推敲不够透彻不够深入。“治人与治法”,“历史上政治的向心力与离心力”诸篇,一部分也犯了这个毛病;而视野的狭隘,更使论据残阙,分析难期周密。

本书的前身显然是刊登杂志的文字;每篇文字写的时候都受时间与篇幅的牵掣,不容作者尽量发挥,这是可以原谅的;但为何他在汇成专集时不另花一番整理、补充、修正的功夫呢?“生活与思想”“文字与形式”“报纸与舆论”,虽在某程度内可做历史与现实的参照;但内容更嫌简略,多少重要的关节都轻轻丢掉了,与本书其他各篇很不调和;即编次的地位也欠考虑。这最后一点且是全书各篇的通病。

至于以史料的研究,用为针对现实的论据,在从前是极通行的,从习作文章起到策论名人传世的大作,半数以上都用这类题材。自从废止文言以来,史论就冷落了。但在目前倒利多弊少,颇有提倡的需要。第一,学术和大众可因此打成一片,尤其是久被忽视的史学,更需要跟大众接近:“鉴往知来”,做他们应付现实摸索前路的南针。第二,在风起云从,大家都在讨论政局时事的情况之下,空洞的呐喊,愤激的呼号,究不及比较冷静,论据周全的讨论更有建设性。第三,吾国史学还很幼稚,对于专题的研究仅仅开端,即使丢开现实价值不谈,这一类的整理讨论也极有意义。关于明末的异族侵略史,清代的文字狱,到辛亥革命之前才引起大众的注意;当时倡导的人不过为了政治作用,结果却不由自主地帮助了近代史的发掘。第四,即使牛鬼蛇神之辈不会读到这类书,读了也决不会翻然憬悟,痛改前非,至少这种揭破痛疮的文字的流传,也可促成他们的毁灭。否则,何至于连“外国的法西斯不许谈,历史上几百年前的专制黑暗也不许谈……甚至连履春冰,蹈虎尾一类警惕的话也不许发表”?鬼魅魍魉是素来怕照镜子的,怕看见从前虎狼的下场预示他们的命运,同时更怕民众在镜子里见到他们的原形和命运。

所以，即使瑕瑜互见，也是瑕不掩瑜：《历史的镜子》仍不失为胜利以来一本极有意义的书，应当为大众所爱读。我们并希望作者继续公布他的研究成绩，即是像附录内所列的十八则史话和十二则旧史新话，也是值得大规模的搜集、分析而陆续印行的。

原载《民主》周刊第十三期，一九四五年一月五日

# 上海杂志界的恶性膨胀

和平以来，沉寂了三年左右（从太平洋战争算起）的上海杂志界，三个月内忽然像火山似的爆发起来。接一连二的新刊物，排日应市，把报贩架陈列得五光十色，令人目眩神迷。种数之多，不但造成了从来未有过的盛况，抑且一步追上了世界任何大都市的记录。别的且不说，单以一九三一年的巴黎而论，除开漫画画报、电影杂志、色情刊物不计外，严肃的杂志也不过二三十种，远不及今日上海六十种这个数目。我国事事落后：八年抗战，教育情形每况愈下；社会经济濒于破产，民众的购买力一天比一天减退；复员工作等于瘫痪；全国交通又节节皆断，凡百条件连人家十余年二十余年前的情形都远比不上，独有杂志一项追过了人家，甚至可与受战事影响最小的纽约并驾齐驱，这可决不是一个正常现象。且与上海其它各业相比，杂志界的突飞猛进，显然是畸形的；即在出版界本身范围之内，亦已失去均衡。在同一时期内，上海杂志共有六十种，而新出版或重版的书籍不过八十余种。所以我们不能不说，杂志界表面的繁荣是建筑在沙地上的。

六十种之数是根据十一月二十六日《前线日报·书报评论》《胜利后

上海出版物编目》所载，截至十一月二十三日止，共有四十八种（内胜利后创刊在三十种，复刊者四种，胜利前已刊而继续者四种，由渝迁沪者十种），再加十二月份新刊的和《前线日报》罗列的共十二种（内新刊六种，复刊及由渝迁沪者六种）。虽然这些刊物中已有停刊的，但也有新刊而我们调查遗漏的，两相抵消，占十种之数与事实必相去不远。而且这六十种纯是严肃的刊物，凡小报型的周刊如《海鸥》《海光》等，以及电影刊物、漫画之类，都不计在内。

以期刊论：六十种所包括的有周刊二十种，半月刊十六种，月刊二十一种，旬刊一种，刊期不明者二种。

以内容论：政论时事及一般社会批评（包括国际政治及经济建设等）者十六种，综合性者九种，文摘性质者六种，纯粹翻西洋杂志集锦者（如《西风》《西点》）六种，部分翻译部分政论（如《文汇周报》）者三种，学生读物（如《中学生》）六种，妇女刊物五种，儿童刊物一种，专科性（为数理、医学）者七种，职业界者（如《教师生活》）一种。

以各刊印数论：周刊、半月刊平均每期三千份，月刊四千份。每月全沪发行的期刊总数常在四十二万份左右，约当本市人口十分之一左右。目前，交通仅通京沪、沪杭两线，各刊外埠销售之多者每期数百，少者十，在全部刊物印数比例上渺乎其微。由此可见，在销售方面，倘以本市《大公报》最近之发行额十万份左右，作为可能购买杂志之读者数，则每人每月需购买杂志四份强。实际上杂志读者决无此数。若放宽限度，以《大公报》读者之半数计算，每人每月亦需购买杂志刊物八份至九份，方能容受四十二万份之生产量。即谓其中有党方、官方主办而以大量赠送方式推行者，充其量也不过十余种；假之其全部为周刊，则每月印数总额亦不过十余万份；而纯粹需由读者购阅之刊物仍有每月三十万份。

以成本论：以目前白报纸市价每令一万七千元计，稿费千字千元计，印刷工资以十一月六日印刷业公会价目单计，杂志人事开支以最低限度计

（假定编辑费及庶务薪工均不超过每人每月二万元，而每家杂志之全部员役平均为三至四人）；复以周刊平均十六面 / 半月刊三十二面，月刊六十四面为计算标准，则一种刊物每期之成本约如下列：（一）周刊每期三千份，总成本十八万元；（二）半月刊每期三千份，总成本三十万元；（三）月刊每期四千份，总成本六十万元。虽为减低成本起见，可以无章报纸或招贴纸代西报纸，但所省甚微；且上列预算内之制版费仅以最低限度每期四万寸计，两相统扯，实际开支只有超过，不会多余。依此总计上海六十种大小期刊，每月之总开支，当在三千五百万元左右。

据各书报社一般经销情形，大抵各刊物平均销数，至多占印数百分之七十五，不问印数减少至一千五或一千，此项比例照样适用。全部销罄者几绝无仅有，销至百分之九十以上者仅有三四种；反之，每期仅销百分之五十五至七十者则居大多数，故而以百分之七十五为平均销数。月刊以时间性较长，或可增至百分之八十。

根据上述平均销数，再以平均定价（周刊十六面者一百元，半月刊三十二面者一百五十元，月刊六十面者二百元，一律七折批发。倘照此售价再行提高，销数恐更加低落）计算，每种三千份（七五折）之收入金额，与支出相较，则周刊每期约亏二万二千五百元，每月九万元；半月刊每期亏六万三千七百五十元，每月十二万七千五百元；月刊每月亏十五万二千元（倘减少印数，则每本成本加高，亏损更多）。六十种刊物每月之总亏损约为七百零三万二千元，占总成本五分之一。此项亏损数，尚须以全部刊物真能实销百分之七十五为条件；倘有降落，折损犹不在此数。且售得现款，因小报贩大报贩及书报社几经转手，除照例需延搁一期外，往往更需拖宕一二星期方能收齐。但多项支出概需即期现付。因收支日期相距过远，故流动资本常需有一二期之周转方能应付。一出一入之间，利息上又吃亏不少。

上述各点，虽以印数销数及一切收支情形，各刊讳莫如深，难求准确，但从印刷业及书报社多方调查所得，大致与事实相去不远；且恐一般刊物真正的平均情形，还没有如是乐观。因为即使除去官方党方支持的刊物以外，全市每月的生产量尚有三十万份，以实销百分之七十五论，还有二十二万五千份，需有经常的读者四万人，以每人每月购买五份的消耗率，才能全部消受。而这一点，以上海市民的购买力及读书兴趣而论，恐怕就不大可能。

在这种情形之下，沪上刊物一方面停刊，一方面创刊复刊，仍能维持六十种上下的数目，是很有原因的——

（一）除了官方党方的杂志（正式的机关公报之类本不计在六十种内）外，尚有其他党派主持的刊物，因为要推行各自的政治主张和树立各自的舆论，不惜经常予以有力的支持，即期期赔本，也在所不顾。

（二）现在当杂志发行人的跟八年前的大不相同：从前除了书局、出版社、学术团体、政治集团外，业外人士绝没有出资办杂志的兴趣。今则受了八年抗战的教训，内忧外患，迫使工商界对政治及一般文化逐渐注意。且各地都有一批新兴的企业家，年事较轻，对国事更热心，深感有造成舆论，促进民主运动的必要；一遇机会，他们颇肯凑集资本，发行刊物，目的既非图利，亏损也不计较。

（三）发行人既不出上列两等人物，杂志资本自然远较战前为雄厚。创办之始，即一次购进大量纸张；即使物价上涨，一时也不致有经济基础动摇之虞。

（四）作者与工商界的关系，抗战以来日渐密切，今日文化人欲在友朋中找几个出钱不管事的发行人，已相当容易。一般作家沉默多年，胜利来临，跃跃欲试，重理旧业的心情较任何人为热烈；国内外大局的动荡，文化人亦较任何人为敏感，写作既为自由职业，编辑杂志又为最轻便之事；文人本富于独当一面的自由精神，兼具匡世济时之理想主义：心理的酝酿，时势之推移，物质的便利，使文化人散兵线式的办杂志事业格外容易成功。

经济有了后援，其它阻碍当然不在热情与理想高于一切的编辑人眼里。而且多数编者对刊物之真实销数与经济状况，亦茫然不知：唯其不知，故勇气勃勃，创刊、复刊，一直维持下去。不幸，编辑人的困难并不能单靠热情与理想来解决，而且目前最大的困难还不在于经济而在于稿源的枯竭。任何工业在过分发达而竞争尖锐的时候，只能引起原料的飞涨，却决不致促成原料的枯竭。但杂志的原料——稿子——即使出了重价也不一定能获致。尤其是上海的刊物，从（和平前的）十余种一跃而为五六十种，在执笔的人并未照比例增多的情况之下，即使多年蛰居地下的留沪作家一齐动员，加上西南各地的作家从空中接济，也还是供应不了这新兴的庞大机构的需要。另一方面还需减去眼前息影的“汉奸文化人”及“伪府帮闲”，这一批的数目足以抵消新从内地来沪的作家而有余。

一个刊物的编辑，为每星期十六面或半月三十二面或每月六十四面，张罗十篇、十四篇、二十篇的总数三万、五万、十万的文字，当然不会十分困难。但这一星期过了，下一星期还得想法，期期如此，月月如此，恐怕就无以为继了。除非你有一班阵容坚强，下笔千言立就的作者做你一个杂志、而且只做你的一个杂志的班底。但现在全沪作家，每月需供应六十份杂志、六百六十余万言、一万七千篇文章时，拉稿的情形就非常困难了。当然，一个作家参加的杂志至多不过四五种，但此外还有报纸副刊；要他替每份杂志经常轮流执笔，就不容易。每人出品既不能大量，亦不能定期（极少数的例外不算），人脑究竟不是不知疲倦的机器。况眼前性质相类的杂志占最多数：一个时事问题来了，大家都要文章，供求不相应的弊病便格外尖锐。

编辑的苦闷也即反映作家的苦闷，有些苦闷还是双方相同的。两者都无法靠文字为生，甚至任何一种职业都不能养活一个人，而需要身兼数职，终日奔波，心绪纷烦达于极点，拉稿苦，写稿更苦。好容易定下心神，文思不一定就肯光临；题目又大多非自己专门，客串之事至再至三，艺术良心更在暗中抗议。结果是：初时兴高采烈的编者，期复一期，终视刊物为无法摆脱之枷锁；而无法交卷之作者，又视编者为债主。两败俱伤，莫此为甚。

可怜编者、作者这种艰难的支撑还得不到代价。先是刊物内容无法维持水准，更不必说逐渐充实了。其次，真正的读者无钱购买，有钱的又不是你的读者。（如某报贩所说，他们宁可花几万伪币买一包糖炒栗子！）再则精力时间皆属有限，刊物既多，选择为难。从前杂志多赖定户，今则全靠零售，可见读者之采取游击战略；一方面固由于经济之不充裕，由于精神的不安定和思想的没有中心；而杂志种类太多，读者不愿顾此失彼，也为一重大原因。

有人认为杂志众多，正好是竞争的机会，经过相当时期，可由淘汰作用而产生几份水准较高的期刊。我觉得这种见解似是而实非。一般工业固可因竞争而淘汰，而优胜劣败，但当须在工业发达的国家方才可能；在工业落后，生活水准较低的国家，消费者只要求售价廉而无暇同时顾及品质精良。所以在中国这样的社会，竞争的结果不一定是优胜劣败，而是品质平庸、售价特廉者胜。何况文化事业是劳心的事业，竞争的结果和机械工业完全不同。除了读者的判别力甚低而不一定是内容的浅薄被淘汰（也许正被欢迎）以外，杂志太多的结果，必然促使作品的水准下降和出品数量的减少；因为文章写疲了，作家会厌恶执笔，不能执笔。照目前的情形，个杂志的几位干部作者，写稿几乎占据了他们所有的时间，在精神上、思想上已经造成一种只有生产没有营养的局面。这不但使杂志内容低落，抑且影响到作家的本位工作，从而影响到整个学术界的前途。

由此可见，发行人的不畏亏损，编辑人的不辞劳瘁，虽然值得钦佩，另一方面却缺乏慎思明辨的现实主义。且不谈经济的亏损，单以滞销之故，每月即有一百九十余令报纸的印刷品要受到束之高阁而终于论斤出售的命运。这种物资的消耗以及作者编者精神的消耗，都是社会的损失。

为解除编者、作者、读者三方面不必要的苦闷，为顾到中国整个的经济状况与上海市民的购买力，为避免作者思想上的收支不平衡，为不浪费社会的资源，我敢提出下列几条方案：

（一）将出而未出的刊物暂缓出版。凡发刊新杂志的人，总自以为他的刊物是市上所没有的，读者应该有此需要。殊不知此谓需要也是极空洞的：很多理论上需要的，事实上偏不需要；也有理论上极不需要甚至不应该有的，事实上偏偏极有需要。文化人往往过于爱好理想，不肯承认现实，也不屑以科学头脑去观察去分析现实。譬如很多朋友说：上海没有纯文艺刊物，应该有所需要啊。但“没有”不一定就是“需要”。内地寄沪的纯文艺刊物已有多种，每种到数则极少，但经售的书店并无在几天之内立即销罄的记录，可见上海对纯文艺刊物的需要的程度为如何了。

目前全沪甚至全国的杂志界，以种数而论，都已呈现恶性膨胀的现象。精神的食粮太多了，读者差不多患了胃病，至少是胃口倒了。最好而且最迫切的治疗，是停止给他以新的粮食。最广大的读者——大中学生——在目前的中国，并不广大；作者的数量无法平地增加，也无从像租借物资般乞援于盟国。现在创办一份新杂志，积极的无法贯彻创刊的目的，消极的还要使已有的杂志减去一分实力（以一部分的稿源），减少一分收入（即读者），竟可以说是与己无益与人有损之事。

（二）已有的杂志尽量归并，这是真正的治本之法。同性质的刊物既多至一二十种，叠床架层，徒苦作者与读者。亟应由声气相通、作家共同之若干刊物，分别归并。倘原来面目略有不同，不妨辟为专栏，由原编者负责。性质相同者，则由各刊编者合组编委会，分配门类，各就专题负责征投。例如政论时事性质之刊物十六种，除去一部分官方党方所办的以外，倘能合并为三四种，则面目分明，不独编者省力，作者省力，且内容必能充实，读者更加集中，滞销问题也可大部解决（即各党各派的杂志，也极需调整，或归并，或取消）。

（三）内地刊物停止移沪。目前沪刊六十种内，内地移沪者已有十五种，占总数四分之一，且尚有继续迁来之趋势。这也不是一个合理的现象。过去大家称上海为全国文化中心，实际并不然，将来更不会。据战前书业界及杂志界的情形，出品销路主要皆赖外埠。经过八年内地与沿海地带人士的大交流后，西南都市的文化空气比上海已有过之而无不及。再以客观条件来说，中国地域如是辽阔，文化中心、商业中心都不能也不会限于沿海地带，中国未来的都市文化，决不会像法国那样的集中于巴黎一地，而会像以前的德国和美国的情形，分散于若干不同地域内的若干大城市内。教育部已在计划不使流亡内地的大学全部返回原址。我想文化界也有此准备。上海除了印刷方便与海外交通方便以外，对出版事业并无特殊的有利条件，铁路网的总枢纽也不在这里。而内地物质的建设，过去已有相当成绩（如出版印刷事业之于桂林），将来更有发展的希望与可能。所以内地尚无移沪的刊物，极应留在原地出版，否则除加速上海杂志界的恶性膨胀以外，更无别的效果可言。

总之，一个国家一个社会的发展，决不能毫无计划系统，徒凭理想意气而推动。各部门平行地进展才是健全稳固的进展。文化事业应当是金字塔的顶尖。在百业停滞的情形中，在未来的国内国外经济危机的阴影笼罩之下，一切越级的跃进只能促成一种事业的崩溃。苏联第一次五年计划，因为偏重了“数量”的史达哈诺夫运动，在“质”的方面有了很大的缺陷。何况文化事业的进步，尤当从质的方面着眼。否则以吾国的文盲数字而论，杂志愈多，愈显得我们是绣花枕头一草包。

一九四五年十二月二十六日

原载《文汇报·元旦增刊》，一九四六年一月一日

# 所谓人道

美军在广岛上投下第一颗原子炸弹后，梵谛刚教廷首先表示“极沉痛的”印象，英美人士也纷纷响应，为人道呼吁，认为残酷之极，应速制止。真难得世界上还有这些仗义执言的人！博爱怜悯的精神尚未绝迹，总算是人类的福音。对战争中的敌人都不忘慈悲，伟大更可想而知。黑暗已成过去，光明即将来到，岂不懿欤！

不幸我们的理解力和记忆力还没消失，欣幸之余，不免想到一些史实，引起许多疑问。第一，惨酷之事不胜枚举，为何单单检举这颗原子炸弹？第二，为何我们受到敌人难以形容的虐害时不则一声，而我们还击敌人时倒引起偌大的同情？说人类真有这种以德报怨的宽大胸襟，真有爱敌人爱到这种地步的基督精神，恐怕最乐观的人也不敢相信。第三，为何同是残杀，施之于异时异地异民族，就不成其为残杀而不复予人“极沉痛的”印象？

例如济南惨案，堂堂外交官蔡公时被割耳黥首，凌迟处死（最近又有杨光泩和朱少屏在马尼拉被惨杀之事）；又如五卅惨案，手无寸铁的青年学生，横死南京路；那时节，倘不是世界正义人士尚未降生，就该是我们的狗命不足挂齿。因为义和团杀害了外交使节和传教士，整个国家就得签城下之盟，从帝国到庶民都得代凶手赎罪。可见惨案有大小之别，被难者有种族之分：人类的同情心本来有限，只能节约，不可浪费。问题就是不知道大小与种族的标准如何。否则，定是人的同情心像歇斯底里一般也有它的周期性，若有若无，忽隐忽现，弄得人一下子义愤填胸，一下子熟视无睹。

假使杀人行为的应否谴责，当以被害者人数多寡而定，那末多寡的标准如何？伤五命十命的凶手，和只伤一命的凶手，该处以怎样不同的死刑？

假使杀伤非战斗员才是战时人道主义的起点，那末，从古以来，有哪一次或大或小的战争不曾伤害过平民？这一次的战争先后已历八年，血流成河，尸横遍野，还不足以形容它的惨酷，正义之士为何缄口不言？

假使残酷的程度方为决定同情心的主因，那末今日人们所谴责的是否便是最残酷的？高等动物的杀戮虐害，大致可分三类——第一类是直截痛快地处死：毒酒，腰斩，枭首，枪决，电刑，以及旧小说里的板刀面，馄饨，外国的断头台，吊架，方式虽多，目的则一，连杀人器具最完备的战争，也无非希望对方速死罢了。第二类是慢条斯理地处死：好比猫儿玩耗子，放一下，咬一口，要对方死得慢，死得惨。钉耶稣的十字架，焚烧异教徒的火刑，都属此类。第三类是既不许死，也不许活，晕厥了得救活，救活了得叫他晕厥；目的是要对方受难，越酷烈越长久越好。落伍的夹棍，老虎凳，新式的灌水，上电，用狼犬毒蛇咬，用长长的竹刺插进指甲，用各种毒液注射静脉等等，皆在此列。凭我们简单的脑筋想，叫人不死不活的毒刑该是残暴之尤，其次才轮到钉十字架和火烧，因为犹太人并没把基督钉第二次，异教裁判所的法官，也无法把烧死的人救活过来再烧一次。直截痛快的死刑，在残酷的名单上应该列在最后，而教人死得最快的更当列在最后的最后，因为痛苦最少最短，甚至来不及有痛苦的知觉。然而仁人君子感到“极沉痛”的，并非拉锯式的炮烙之刑，倒是说时迟那时快的“电击式”的处决。

推其原因，大概人类为了生存斗争，几千年来慈悲心已经全部冻结。不是尸积如山，长年恶斗，他就不会疾首蹙额。“特工”的拷掠，集中营的酷刑，尽管比地狱还可怕，尽管在世界上天天发生，炮火的声音尽管年复一年的继续，大家可以不闻不问，直要到毒气和原子炸弹出现，才悚然而惊，矍然而起，大声疾呼地宣告末日临头。火不到燃眉不会着急：这是人类永久的悲剧。只见其大，不见其小，只见其骤，不见其渐，人类活到现在不曾进步多少。在“九一八”的时候，东北人民所受的苦难若被阻止，也许八年的战祸可以幸免。希特勒党徒虐害民主主义者和犹太人的酷刑倘被及时注意，纳粹主义恐怕不会如此根深蒂固，使欧洲民族遭受如此重大的牺牲。零星琐碎的残暴，几千年来都被放过了，才促成今日大规模的最新式屠杀，使百万生灵代前人偿还血债。星星之火，可以燎原，涓滴之水，可成江河，忘记了这两句名言，终有一天把地球翻身。

当然，抗议残酷是应该的，但仅仅抗议这一种而不抗议那一种是不应该的，到了无可挽救的时候再来抗议，尤其愚蠢。波兰（特雷布林卡和奥斯威辛二地）集中营的惨剧，公布于世已有两月，不曾听到苏联和受难国同胞以外的人哼过一声；原子炸弹一颗，却把数万里外的教皇从深宫里惊醒！人类真是既聋且瞽，一至于此吗?

真正的人道，应该是彻底消除战争。一有战争，什么国际公法，人道主义，都是自欺欺人之谈。杀人者死，伤人者刑，杀千万人者为民族英雄！这样算得人类有理性吗？枉杀不究，虐害不问，新兵器的出现方才惊心动魄；这样算得慈悲么?

消弭战争的大问题，自非单讲人道所能解决。但若人道主义的精神能渗透政治和教育，弭战也就增加了一分希望。随时随地遏止残暴的兽性，纵谈不上建立永久和平的基础，至少比在全人类发了疯的时候再来痛哭流涕，有效得多!

所以，慈悲虽是人类最圣洁的感情，但单纯的感情决不能产生实效：

即是怆天呼地，也要赶上适当的时间，而这一点就需要理性来决定。理性存在一天，人道也跟着存在一天，仁人君子所要注意的，所要努力的，还是在此而不在彼。

原载《新语》半月刊第一期，一九四五年十月，署名迻山

# 以直报怨

日本降伏以后，吾国政府屡次告诫国人，对日本俘虏及侨民须以宽大为怀，不念旧恶，与人为善。这种数千年的传统德性，在战胜之余，当然需要阐扬。且八年抗战，我们被俘虏的将士，以及徒手的平民，惨遭敌人屠杀之数，不可胜计；此时难保国人不积愤填膺，乘机报复。所以政府的谆谆告诫，更显得是贤明的措置。

可是德性也不能越出中庸之道。我们一面怀柔，一面还得警戒，否则狼子野心，祸贻后世，为患有不堪设想者。例如日本在八月十四日正式宣布投降后，驻华日军即暗中毁弃军需物资，为数甚巨。这种违反停战条件的行为，足证日本军人的怙恶不悛。我们主张不但其主犯及其负责长官应当严加惩处，而且毁弃的物资也当责令日政府赔偿，列为吾国将来要求赔偿项目之一。

其次，日本解除武装后之拘留及侨民之处理，报端虽有披露，但略而不详；甚望我国各地受降长官克日详细公布，以祛群疑。至拘禁条例之实施，与乎随时随地之监视戒备，尤须严格，勿稍宽纵。

上述种种，决非我们的过虑。美国舆论及军方领袖即对日本国民性之欺诈、伪善各点，大声疾呼，警告世人，五旬以来，不绝于耳。如太平洋美海军司令尼米资上将，远东问题专家拉铁摩，名记者密勒等等之言论，尤足发人深省，足供吾国今后对日政策之参考。

以德报怨，固是美德，但连提倡仁恕不遗余力的孔子都要问："何以报德？"他主张"以直报怨，以德报德"。

"以直报怨！"一语点破了大国民风度也有限度的这个原则。

原载《新语》半月刊第一期，一九四五年十月，署名疾风

# 是宽大还是放纵?

且不说一八九四以来日本侮华的历史,单是近二十年的血债,也就打破了世界上任何两个敌对民族间的惨酷记录。新加坡一带华侨被杀十五万,时间仅仅三年半。沦陷了十四年的东北诸省,八年的华北华东,五年以上的华中华南,我们被屠杀的同胞还有数目可计吗?

物资,占领时期被攫走的,和平以后公然销毁的,沉于海洋的,偷卖的,移转于无耻奸商叫他们顶名的(据纽约《前锋论坛报》驻平记者报告,半个月前在华北还干着这种勾当),恐怕永远无法知道数字。只要听听伪币和日军用券神话般的流通额,就可知道被劫被毁物资的总值如何巨大。

说这种滔天大祸因为降服而可一笔勾销,等于否定了人类的法律和正义。嘴里说应该膺惩而实际上事事放纵,等于养虎贻患,慢性自杀。把日本的侵略、破坏、残杀,认为只是军阀的而非日本人民的罪过,简直是故意替凶犯开脱,或者是短视之尤,近乎尼采所谓的"超人以下的"一流。退一步讲,即使承认只有军阀是主犯,死心塌地做军阀帮凶的便可免予追究了吗?法律上从犯二字又怎么讲?日本朝野为了避重就轻,躲避严厉的处罚,保存天皇体制,保全国家元气以图东山再起,当然要假撇清,故意叫军阀做负罪的羔羊。可是我们怎能轻易被他们瞒过，从而附和？谁都知道一·二八事件以前，一八九〇年以后，日本久已实行民主立宪。那四十年间的政府是对议会负责的，即是由人民选举的。而侵略中国，虐待华侨的政策，早于九一八，早于五四，早于甲午战争就开始，由所谓自由主义派的元老一辈决定了的。他们不是日本人民的代表吗？不是被民众拥护的吗？军阀的丰功伟绩不都是日本人讴歌的吗？前者所犯的血淋淋的罪行，后者决计脱不了干系，操纵五十年来日本教育的，并不是军阀，而是日本国民爱戴信仰的思想领袖。最近盟军占领日本土，战争犯相继被捕之后，日本小学生还在学校里穿着护身甲，用竹刀角斗，继续训练武士道精神（见本月二日美联社电）。试问：这也是日本军阀的责任吗？没有这种教育，今日的军阀决不会凭空跳出来。

故凡与国民性不可分割的，有历史背景的残暴行为，必须由整个民族来补赎，方才公道。日本人民的盲目服从，自大，迷信神权，崇拜军国主义，残忍野蛮，比普鲁士人有过无不及。明治维新后他们事事模仿日耳曼，便是气味相投的明证。所以联合国怎样对付德国，就得怎样对付日本。而联合国怎样对付日本，我们也不该有所例外，拿子孙的命运当儿戏。

然而按诸事实，我们不但始终抱定大国民风度，更有不痴不聋，不做阿家翁的倾向。虹口的日本商店到双十节前两天才贴上封条。日侨在“集中区”里满街逍遥，有的还在犹太人地摊上挑选东西。这种闲情逸致的生活比起集中营来差得多远，比起他们本国的同胞来尤有天堂地狱之分！手挽手的青年男女，衣冠端整，面色红润，连臂上缠一方布这种委屈都不会受到：他们真是何幸而流浪而被俘在中国！就说进了集中营的战俘吧，军官随便可和英美记者谈天（一个美国记者却气愤愤的对人说：他们胆敢！他们胆敢！），存着大量的威士忌酒，上等的罐头食物，还被允许保持少数的枪支以便自卫！吠！但愿外国的史学家不要信笔所之，把这些空前绝后的奇闻写上了历史！不幸，精彩的节目有的是：浦东集中营里忽然飞出一颗子弹打伤了美国水兵。

结果，该管的日本海军陆战队司令以失职与藏匿凶手二罪被判徒刑二月。审判犯罪的战俘而不用军法，不知军法订来何用？用了普通刑法而复拣条文中最轻的罪刑判决（刑法第一六四条规定判两年以下的有期徒刑），更令人有莫测高深之感。这仿佛告诉日俘：一枪的代价，仅是长官拘囚两月，罪犯本身仍太平无事。可是九年前，藏本不过在紫金山背后躲了几天，下关日军舰立刻卸下炮衣，炮口对准了我们的首都，差一点把中日战争提早开场。两相辉映之下，可见以感情言，国耻被忘记得太快。以理智言，司法的尊严被看得太轻。而在盟军云集的都市里，尤未顾到国际间的威信。有什么理由，战胜国要为一个敌俘付偌大的代价呢？我们要问。

话说回来，这些还不过是枝节。主要在于我们的对日政策有问题。说和平来得太快，来不及准备吗？美国也坦然承认这点。但麦克沃塞在一个半月的时期内，解除日本土的武装军队已达四百万名，同时封闭了同盟社，释放了成千的思想犯，促成东久迩内阁的解体。以这样的成绩，美国以及全世界的舆论尚且不断的在四下里督促，唯恐他不够严厉。

假如有一个中立国人，把我们对敌俘的态度和措置，同麦克沃塞的来一个比较，从而把我们今后的对日政策诠注一下，我们忝为战胜国的人民又当做何感想？

二千四百〇七年前，正当勾践降吴，把吴王奉承得心满意足，一心想对越人表示宽大的时候，伍员向吴王夫差谏道：

“越在我，心复之疾也;壤地同，而有欲于我。夫其柔服，求济其欲也。不如早从事焉。”

吴王不听。而伍员“抉吾眼，悬吴东门上，以观越寇之入灭吴也”的愤激语，竟成了奇中的预言。

这段古老的历史，愿政府诸公重新读一读，想一想。

原载上海《周报》第八期，一九四五年十月二十七日

# “日本应与德国受同等惩处”

经过了两个月，吾国各地受降手续尚未完成：最近一次的受降典礼，十月十六在北平南苑举行。迄今为止已有的一二十册降书，料想在爆竹声里都已送往陪都，永为吾国历史上最辉煌的战利品，将来陈列在博物馆中让子子孙孙瞻仰，骄傲。

这是八年苦战的酬报：我们战死疆场的先烈，和忧患余生的国民，都受之而无愧。

再看事实：上海的受降仅次于南京；迄今为止，虹口依旧是日侨的“居留民地”——仅贬其名曰集中区——熙熙攘攘的，非独面无菜色，抑且营养充足。日俘的集中营生活，也远较童子军夏令营为舒适。既不要打仗拼命，也无须做工糊口，更不必纳税缴捐。吃饱了饭，散散步，抽抽烟，喝喝威士忌，把罐头食物下酒；闲得腻了，黄浦江中美国水兵的白帽子是颇有诗意的枪靶，大可满足一下打猎的豪兴。出了乱子，自有官长秉着“百姓有罪，在予一人”的精神代为承当。

日俘日侨的这种清福，不但国人看了听了，都要心酸肠断；恐怕连伊甸园中的亚当，也要想着偷苹果获谴的往事而大为不平。

日本降服之后，因我们事先没有准备，运输工具缺乏，沦陷地区广大，再加国内政局的微妙，受降的时期拖得如此之长，原在大家意料之中。但既已受降，且在空运到达的国军已足维持秩序的地方，对日俘日侨为何还要多所顾虑？别说进过集中营的英美人士，即国军之中被敌人俘虏过的也有不少，不知他们作何感想。在他们的心目中，我们好容易挣来的强国地位，会不会动摇？

十月十七日蒋委员长接见合众社记者，曾两次声言："日本应与德国受同等惩处。"人尽皆知：上述的优遇决不是五月八日以后德国平民和军士所受到的。为什么我们不贯彻领袖的对日政策？

原载《新语》半月刊第三期，一九四五年十一月，署名逸山

# 及早送出大门

美联社十月十五日东京电：日本海外部队三百八十万人，虽已解除武装，但因缺乏船只，全部遣散回国，需时三年。海军三万人将继续供职，驾驶船只开回本国。又十七日东京电：陆相下村向内阁报告谓：朝鲜南部日军十四万人可望于十月底返国，朝鲜北部、满洲、库页岛日军数十万人须至一九四八年八月始能撤完。华北、华南日军一百零八万六千须至一九四八年四月撤退返国。菲律宾日军将于一九四七年二月撤完，另有新几内亚与南太平洋之日军十九万九千人，须于一九四七年四月撤完，台湾日军二十万二千名，将最后至一九四九年八月前撤回。

在二次大战结束后的世界电讯中，上列二件新闻可说是历史上空前的大笑柄。我们参加占领日本土的军队还没指派，我们的国土倒还得继续被占领（别以为这句话过火）三年，不知究竟谁战胜了谁？

太平洋战争所动员的兵额之众，所牵涉的地域之广，固然超过了以前的任何战争；但撤退时期之久，也越出了兵额与战线的比例。只看近如台湾要到一九四九年八月撤军，便可明了撤退时期的长短，并不完全基于物质与地理条件。朝鲜南部与北部的撤兵，前后相隔三年，尤为离奇。

百余万徒手日军散处于华北华南，对我国将是何等严重的威胁，不言可喻。且不提潜藏军火一类之事，即以口粮而论，我们已受了八年的剥削，决不能再养敌三年！而南洋各地的延迟撤退，更好比在联合国中间埋了一大堆火药。此次越南事变，暹罗虐杀华侨，都是可怕的例子。

我们知道，撤退日军的关键握在占领日本土的盟邦手里。以麦帅那样的英断，决不会延宕这件战后最重要的措施。但日本陆相的宣言，明明有虚声恫吓之意，要挟盟军在解除海军武装、没收船又方面出以宽大的处置。最后，还有更恶毒的用意，想把祸乱的种子散布东亚各地，等候机会。狡猾的日本人知道在国际政治的波动上，三年的时间已经很长。和平以来不过两个月，国际形势恐怕已经使降服的日本心中窃喜了。

对付这种阴谋最好的办法，莫如拿事实来答复：赶快遣送日俘回国，越早越妙。以盟军过去在北非、意大利、诺曼第登陆的经验，在船只运输方面决计没有克服不了的困难。至于我们，既不会用炮火把敌人轰走，至少应该尽最大努力，及早把敌俘送出大门！

原载《新语》半月刊第三期，一九四五年十一月，署名疾风

# 邮政与铁道加价

八年以来，以国库支绌与币值低落之故，国营事业如邮电交通等不得不一再加价；全国人民虽然饥寒交迫，但为了抗战，无不乐于忍受。今抗战成功，和平实现，民众战时的负担，按理可以陆续减轻，稍谋苏息。九月三日国府即有免租减息之令，足见关怀民瘼；而战乱余生，尤觉喜出望外。不料十月一日立法院通过增加邮资十倍（独航空邮资维持原价，令人费解），同时京沪、沪杭、浙赣三路客票亦提高十倍；不独所增倍数开八年来未有之记录，且与近日三令五申，抑平物价之举完全矛盾。万一奸商乘机抬价，势必振振有辞，恐主管机关亦将难以应付。流弊所及，民众倒悬未解，益有陷于水深火热之苦；而一切善后复兴计划，亦将以市面萧条，民生凋敝之故无从着手。况邮资直接影响教育文化之发展，交通运输与农村复兴工业建设之关系尤为密切，提高收费至十倍之多，妨碍今后建国大业，实非浅鲜。

尤有进者，邮费在战争八年中较战前仅增加四十倍（战前五分，至本年九月底为二元），和平以后反突提高至四百倍（铁路客票经此次加价后，亦不过等于战前之二百五十倍至三百倍）。更按法币购买值，以内地一般生活指数而论，固低落甚多，但表现于国营事业之收费者，当以此次邮资加价为最巨。此四百倍之惊人记录，不啻直接宣告法币购买值自胜利以来又跌去二百余倍。在此财政当局努力巩固货币信用之际，突予人以恶性通货膨胀之印象，对内既动摇人心，对外尤妨碍国际经济合作之前途：不智孰甚！当局既以民生为重，深望对此牵一发而动全身之措施，速予纠正；更盼立法院诸公今后于审查案件时格外郑重将事。

原载《新语》半月刊第二期，一九四五年十月，署名疾风

# 车辆右行与世界潮流

和平，民主，自由，平等，这些陈旧而又新鲜的名词从没用得今日这样普遍。战争期间，和平以后，哪一个国家，哪一个民族，不在为了这些理想而焦急，苦闷，争辩，奋斗？集体安全，民族自决，大西洋宪章，开罗宣言，波茨坦宣言，多少文献和口号，万流归一，都汇集到上述的几个焦点。从东欧到巴尔干半岛，从印度到安南、荷印，全为着同样的原则骚攘不已，甚至流血，甚至酿成大国间的误会。和平，民主，自由，平等，总该称为世界的大潮流了吧？

以细目而论：军队的复员，敌俘的处置，失业的威胁，货币的整理，都市的重建，生产的计划，国际宪章的实施，邦交的调整——占据了今日每个人的思想，成为所有的人热烈讨论、急求解决的对象。这也够得上称为世界的小潮流了吧？

大潮流也罢，小潮流也罢，车辆右行一类的事总不在其内（八月二十五日重庆电讯，称“车辆将于明年元旦起改向右行，为我国适应世界潮流一大更张”。十月十四日又有同样消息揭载报端）。右行也好，左行也好；上与政府诸公，下与平民苦力，内与社会秩序，外与国际观瞻，小至个人便利，大至建国前途，均无关涉。反之，全国改道，从上到下从南到北先得浪费无数笔墨，等因奉此写无数公文，而警察局与公用局又得浪费多少宝贵的时间，耽搁多少要公！生灵涂炭，八载于兹，凡非急政，愿悉罢免。这样，不但真正适应了世界潮流，同时也适应了古今中外永久的潮流。

原载《新语》半月刊第三期，一九四五年十一月，署名逸山

# 无照汽车

和平了三个月，上海的接收工作比全国的都办得早而比较完全。——以理推之，想必如此。

奇怪的是无照汽车，迄今满市。验车领照，手续甚简，不消一刻钟便完事；即使车主日理万机，只要开一声口，吩咐一下车夫就行了。

在租界时代，这种违反市政章程的事是从来没有的。难道中国人真非外国人管束不可吗？为了国家的颜面，希望政府注意这件事。

并且如今汽车有的有照，有的无照；将来车辆改向，难保不有的右行，有的左行，那乱子可闹大了。因为坐汽车的人，性命应该格外宝贵啊。

原载《新语》半月刊第四期，一九四五年十一月，署名疾风

# 废止出版检查制度

九月二十八日国防委员会公布《废止出版检查制度办法》:(一)自三十四年十月一日起废止战时出版品检查办法及禁载标准,战时书刊审查规则及战时违检惩罚办法。(二)新闻检查除军事戒严区外一律废止;军事戒严区之范围,依军委会之规定“收复区域复员工作尚未完成者,应视为军事戒严区域”。(三)电影戏剧检查仍继续办理,其检查标准应予修订。(四)现行出版法应酌予修订。(五)中央图书杂志审查委员会战时新闻检查局,及其附属机关,由该会呈请主管机关规定办法,分别结束或改组。(六)出版物负责人如对于其将行刊载之言论与消息是否合法,发生疑问时,得向中宣部或当地政府询问。

对于这个办法,我们有两点意思:第一,复员工作的完成有何标准,未见确定。像上海,市府各机关正式办公已有三月,各项接收事宜早已次第办竣,决计不能说复员尚未完成,社会秩序也不见得比敌人盘踞时代恶化。第二条“军事戒严区域”的限制,对本市应该克日撤销。十一月二十二日上海文化界的宣言也曾表明此点。

第二,电影戏剧的检查应当和新闻检查一并废止。因为这次所撤销的,不当限于战时的条例，而当包括一切训政时期的禁载规定。故第五条所说的“分别结束或改组”，改组二字即应除去。出版法修正时，首当删去有关党务政治的限制，以免将来实行宪政时再多一番修正手续。其次当博采全国著作界出版界的意见，以扶助吾国文化的自由发展；并宜详订惩戒翻印，和禁止出版者剥削著作人权益的专条。没有新闻自由的国家，民意决不能发挥，政治决不能上轨道。没有图书出版自由的国家，根本谈不上文化。

“假如没有言论自由，其他自由怎能保持呢？我们又怎能改正错误，反对专制呢？”——这是前美国新闻检查处处长普拉斯的话。

原载《新语》半月刊第五期，一九四五年十二月，署名疾风

# 杀鸡儆猴

十一月二十六日苏州高等法院判决前伪高法院院长张孝琳，犯通敌谋国罪，处徒刑十年。同日上海高法院开审前伪锡武清乡指挥官凌光炎，决定提起公诉。好容易，喊了三个月的惩治汉奸终算有了回响，民意究竟还有些可怜的力量。

我说可怜，因为这两件消息并没大快人心，反而叫人有一种说不出的感觉。第一，这两个汉奸以官阶论是不大不小的，在民众心目中竟是无名小卒。反之，元恶大憝却连侦查受审的影踪都没有，平津两地的头儿脑儿且还照样的声势煊赫。两相对比，不能不叫你抽一口冷气。第二，这两个汉奸是自首的，不知自首是否表示他们是标准的落水狗，所以乐得借此杀鸡儆猴？大家记得周佛海、丁默村、罗君强、梅思平等的被捕是在九月底，陈公博是在十月初，陈璧君、褚民谊等远在九月九日。从此以后关于他们的消息，便谁都茫然了。难道这些罪恶滔天的巨逆，还需要几个月的时间来搜罗证据，才好开审吗？难道还要调查戴罪立功期的“功”，以便将功抵罪吗？

能实际惩治汉奸固然甚好，但杀鸡儆猴式的开场终是大高而不妙。因为杀鸡儆猴是保留猴子的暗示。而且窃钩者诛，不但不能安慰人心，就连自首而伏法的小汉奸也要死不瞑目的。

原载《新语》半月刊第五期，一九四五年十二月，署名迭山

# 学术无伪，学生无伪

伪不伪是政治问题，学校当局与伪府有关，自然脱不了附逆之罪——而这还只能以伪国立市立的学校为限。学生念的书，学的国文，英文，几何，微积分，还是货真价实的知识。伪校所授的，二加二还是等于四，法律还是八年前国府所颁布的刑法，民法，史地中涉及“满洲国”的地方，教师是含含糊糊翻过去的，学生更嗤之以鼻，只有轻蔑厌恶的份儿。不论教师学生真正的思想如何，敢冒大不韪在学校里宣传什么大东亚秩序的，简直绝无仅有。

收复区的一切，过去两个月内几乎全免不了戴上一顶“伪”帽，差一点连泥土和黄浦江长江的水，八年中照过华北华南华中的太阳都沾了伪气，有了附逆的嫌疑。我们成人，财力腿力不济，没法扶老携幼的撤退，受了“伪”号，只要问心无愧，什么都可以逆来顺受，像过去的八年一样。但那批可怜的青年，想走，第一要家里筹得川资，还须冒着危险，一不巧被敌伪宪兵抓住，当做地下工作的人员干掉。留在沦陷区里吧，随时也有被捕的可能，尤其在华北。天保佑，河山光复了，而无数青年居然荣膺“伪”号，连恭聆长官训话也须特别分类，站在门外，这对他们含悲茹苦的精神是怎样的侮辱，对他们活泼泼的生命力是怎样的打击！因为敌伪工厂所留存下来的敌货伪货，倒并未受到“永不录用”的处分啊！

补救的办法，据报载是（一）受甄别试验，（二）进临时大学补习。细按这二点，跟伪不伪全无关系，而是充实吾国复兴建设人才的德政。好极了！足见政府特别爱护收复区的青年，优先给他们一个补习的机会（照我们想来，这种甄别与补习班应该慢慢地遍及全国，因为战时大中学生的成绩，内地的并没胜过旧沦陷区的）。但愿第一，从此把“伪学生”的名号取消：以免青年把政府特别栽培的好意，误认为反省训练一类的惩戒；第二，在补习的功课里，近乎党义之类的课程，应代以切实的学科。爱国的情绪，已经由敌人代做了八年的工作，刺激得很高涨了。至于党化教育，现在到处都在呼吁停止，不必再强迫学生像上圣经课一般的浪费时间。党国伟人的言论，学生自己要读的时候，禁止也无用；不要读的时候，面命耳提也是白费。三民主义建国大纲，我们这一辈是在孙传芳禁令之下读的，这一点大可供教育当局做参考。

十一月十日

原载《新语》半月刊一九四五年第四期，署名迻山

# 他们也是人

本月二十日学生代表为呈递致马歇尔公函，在中央路一带被殴，因各报只字不提，经过详情无从获悉。但据目击者言，殴打之前，学生所持国旗先遭撕毁，旗杆折断，掷诸街心。关于这出在上海热闹中心搬演的全武行，我们不禁要问：

第一，这些打手来自何方？倘使是官方的，不应不穿制服，不佩符号。倘说是便衣探捕，那末又是奉的什么长官命令？命令内容是否包括大打出手？倘使是捣乱的暴徒，那末维持秩序的警察有没有当场加以拘捕？拘捕了有没有审讯？审讯了有何结果？

第二，中央路不但位居全沪中心，且与马帅驻节的华懋饭店相距不过百码；万一当时乱子闹大了，再来一个惨案，叫不远千里而来的使节亲眼看一看我们勇于私斗的丑剧，闻一闻青年学生的血腥味，那末政府的颜面放到哪儿去？中华民族的颜面又放到哪儿去？

第三，从二十年前五卅惨案以来，南京路一带没有洒过血。有的只在敌人控制之下，为了封锁戒严或是恐怖案件，老百姓尝过皮鞭枪柄的味道。胜利了，收复了，过去推在帝国主义者及其走狗头上的，推在敌伪凶手头上的罪行，居然由四强之一的我们自己跃跃欲试的来一个初步表演：是不是怕旧租界当局以及印捕之流没有窃笑的资料？是不是叫民众知道除了帝国主义与敌伪以外，自己的打手也有这一套？

第四，撕毁国旗应与侮辱元首同罪，只有压境的敌军才敢这样做，中外历史上只有革命党起事时才敢这么做。在平时，谁敢在街头撕毁国旗，在世界任何国家，都准会激起群众的义愤，当场被打个半死。现在这样一件侮辱国体的行为，流了八年血，好容易，好运气救过来的一面完整的国旗反被自己国内的暴徒撕个粉碎，不知有没有引起当局的注意和追究的决心？

第五，上海大小日报共有十余种，何以对这件新闻全无报道？难道所有的外勤记者全在家里睡觉？难道殴打学生，撕毁国旗的罪行还不够占据宝贵的篇幅？再不然，是发了新闻而被编辑先生删掉的呢，还是被新闻检查处扣掉的（按理，此事无关军事，决不在检扣条例之内），否则，舆论在哪里？我们又要报纸何用？

马歇尔来华，就他所负的使命而论，本不是中国人民的光荣。马歇尔来了，大家还要递意见书（我不忍说请愿书），更是脸上无光。尽管赤诚为国，用心良苦，但在起草、签名、送达的过程中总免不了羞愧交迸的感觉。也罢，为了解救国家的危机，为了远东的大局以及世界和平的前途，再也顾不得什么自尊心。“小不忍则乱大谋”，我们还记得这句古训，即有悲痛的辛酸泪，也只能让它往肚里流。

可是在这种含垢忍辱，委曲求全的情怀下，递意见书的学生还得挨打，当局对真正扰乱治安的打手还不予深究，对撕毁国旗侮辱国体的主犯还任令逍遥，再加全上海的报纸鸦雀无声：把这一切归纳起来，似乎大家惟恐中国还存留一分正义，一分体面，还嫌纯洁的青年在敌伪治下牺牲得不够，还怕在盟军云集的都市里我们的丑出得太少，更怕披露或追究这件事情会得罪那些雄赳赳的打手！

说到打手，其实他们决非生来卑鄙无耻，灭绝人性的妖魔；他们也是血肉之身，也有灵性，也有一颗赤诚的心，也有向上为善的意念；在某些场合或许还温文尔雅，孝悌友爱，甚至柔情缱绻，只是一朝误入歧途，不禁把嫉恶如仇的心理，一变而为残忍可怖的杀性。推本穷源，一部分是由于利令智昏，甘受豢养；一部分是由于头脑简单，缺乏教育，误信了一些错误褊狭的煽动言论，凭着血气，可怜做了伤天害理、辱国辱身的勾当，还自以为替国家民族立下汗马功劳！我相信他们既不知道有辛亥、五四、五卅、三·一八那一连串可歌可泣的斗争，也不知今日的中华民国和十七年来的国民政府是多少青年的头颅换来的，更未梦想到，现在多少党国元勋，当年就是清政府与北洋军阀的暗杀党手下逃出来的青年，其纯洁与热诚就和今日挨打的青年一模一样！更可怜的是，那般打手连世界上还有法律、正义、人道等等，都不曾想到。可是谁敢说：为了正义、为了国家民族而牺牲的那些无名英雄，或是为了没有法律而无辜惨死的那些冤魂，决没有今日这批打手的直接间接前辈同辈的亲友在内？只是他们不知道罢了。所以中央路上的打手也罢，昆明惨案的凶手也罢，他们的确和被害的学生同是牺牲者。倘使他们翻一翻近代的革命史和学生运动史，他们决不会再有心肠下此毒手！因为他们究竟是人，和被害者同样的人！

惩前毖后，第一要唤醒这些为虎作伥的可怜虫，使他们觉悟：八年中不叫敌人流血而叫同胞鼻青眼肿以至伏尸地下是最可耻的行为；并须提醒他们：替任何党派火中取栗是损人而又害己的蠢事；“狡兔死，走狗烹；飞鸟尽，良弓藏；敌国破，谋臣亡”，是走狗们永远难逃的悲剧，警告他们纵不为正道人义着想，至少得为他自己的命运想想。同时我们更须发动全社会的舆论，督促政府制裁那些幕后教唆的主犯，根绝这类借刀杀人的罪案，驱使无知青年做打手刽子手的纳粹作风，倘再加容忍的话，大则动摇国本，颠覆政府，小则纵火自焚，必有自食恶果之日。

原载上海《周报》第十七期，
一九四五年十二月二十日，署名迻山

# 论警管区制

## 扑朔迷离

旬日以来，警管区问题闹得全市人心惶惶。当局说是“血口喷来”，仿佛真有谁在造谣中伤，其实倘不是施政手段过于离奇，决不致“淆惑听闻”到这步田地。查《大公报》于五月五日即有揭载（他报是否有更早的披露，待考），内有“该员主要职责，系经常前往所辖各户访问一切”之语。一天两天过去了，警局未有更正的信送登。五月七日英文《大美晚报》有了评论，一天两天过去了，警局依旧毫无声息。直到五月十一日宣局长在新闻报发表宏文，才说“挨户访问，实为无稽之谈”。平时关涉官方的消息，报纸记载偶有出入，即属芝麻大的事，有关机关也必立刻有煌煌的公函去更正。这一次的事情刺激了全市中外居民，却迟迟又迟迟地方才来解释，这是给市民的第一个疑团。

更离奇的是：和登出宣局长大文的同日，督察处张处长发表公开谈话，却又“向记者保证访问是要访问的”，恰恰和宣局长的说法来一个不留余地的对比！

次日，宣局长在记者招待会中，俞局长对外发表谈话中，又都说“挨户访问”是无稽之谈了。但同时对上一天张处长的谈话并未有何更正。在短短一二天内，上下属公务人员的态度一变再变，又是矛盾又是暗晦，又是承认又是否认，恐怕世界上教育最进步国家的人民都难免要“误会”，何怪上海的市民要群情惶惑哩！

一个附带的疑问，是宣局长所说“深恐淆惑听闻，影响治安”，“若欲人不知，除非己莫为”，“我们是良民为什么不给警察知道”，等等的话，弦外之音，大有用大帽子吓退反对警管区制市民之意。不知这种办法是不是“警察与人民打成一片”的好榜样？

## 来历是有的——对付亡国奴的法宝

所谓警管区，宣局长说各国皆有实例。查法国警察并无此种组织，惟宣局长所提出的 rayon 一词，却略有端倪可寻。法国“行政法”警察编“流动警察”（police mobile）一节内有如下的规定：“法国全国分十六区，每区各有行动范围（rayon d’action），有流动警察队（brigade mobile），专司预防重罪案（指严重刑事案件）之发生。该队归监督主任（contrôleur général）管辖，如遇检察署要求时，得协助该署办理侦查事宜。”在这种规定之下，所谓流动警察是否赋有以访问为名擅入人家之权，读者自能判辨。

纳粹德国和法西斯日本的警察制，作者不得其详。即有“警民打成一片”的情形，也决非推翻专制政体三十五年、抗日苦战八年的中华民国所当仿效。英美各国的情形如何，只要看英文《大美晚报》《字林西报》《密勒士评论报》等的抗议文章，就是旁证。倘使那些外国记者难免也是无识无知，“把警管区与居住自由闹在一起”，致“有牛头不对马嘴之憾”，那末，我们提议就近请教东京战争罪犯审判委员会派来上海调查日本罪行的美国司法专家，英美的所谓 post 是否就是我们的警管区制，立刻可以水落石出。

其实，我们明知这制度是真正有它的来历的，不过当局还不好意思明白宣布罢了。中国历史上蒙古人入主中华奴化汉人，便是用的这套法宝。日本人对付亡国的台湾人和“满洲人”，也是这一套。这些来历可惜皆非“先王之法”，而是夷狄之邦对付亡国奴的枷锁，所以当局只好迂回一番，借用英美法苏等幌子唬一唬我们这个“教育落后”国家的民众！

## “依照法律”！

警管区的详细办法，因为警局今日一个说法，明日一个说法，给你一个莫名其妙，我们无从得知。但十一日张处长的谈话内有云：

“凡属民主国家，正当政治活动，若不妨害治安，不扰乱人民，不私藏弹药，不致受访问之限制。至于访问的时间，应以居民便利为原则，不拟深夜扰民，然而如遇‘必要’亦视情形而定。”由此我们至少知道（一）访问一定要来的，（二）什么时候来，全看一些初中程度而“经过训练”的警察认为“必要”的时候就会来。这大概就是宣局长一再申说的“依照法律”了！

第一，我们要回答：凡属真正的民主国家，根本没有这种访问——除非执有搜查状或逮捕状。第二，我们的约法和刑法内，也找不到一条警察认为“必要”时可以擅入人家的条文！“依照法律”！对啊，上海市民所争的就是这一点！我们这个教育落后国家的人民，正因为不甘于长此“教育落后”，而要力争这一点。

至于“正当的政治活动”一语，更是大有文章了。什么才是正当的政治活动呢？四项诺言的宣布，释放政治犯的命令，颁布都已有数月之久，似乎表面上开放了党禁，即使宣传中共的言论，也该如宣传国民党的言论一样可以“无罪”了。然而从沧白堂、较场口、昆明惨案、南通惨案，以及最近本市还有查抄书报的情形看来，非但“异党奸匪”，罪在不赦，即提倡民主也当归入“匪徒宵小”之列。而且所谓“活动”，范围大得无边，演讲、集会、游行甚而至于阅读或贩卖非国民党的书报，都可成为“不正当活动”的罪名（这一点我想此刻正在受训练的每个警员，良心上都会承认是对的）。庙堂上雍容揖攘，举杯互祝；大街上真刀真枪，一阵厮打。（连国民党内的元老如邵力子都不免被人公开喝打，非国民党的人还有何话说！）这是举世皆知，名闻全球的事实。所以“正当的政治活动……不致受访问之限制”一类的玩艺儿，我们教育落后的国民也是早已识破了的。何况即使是正当的政治活动，还仅仅乎是“不致受……”，保留的语气何等明显！

此外，我们教育落后的国民，也知道在任何民主国家，行政命令不能改变法律。最高法院宣布行政法令无效的例子倒并不希罕。所以抬出行政院或内政部的条文，也不能使不合法的施政成为合法。何况所引用的条文，实际并未授权地方警察当局以赋予警察相当于明代锦衣卫厂卫般的权力。

“依照法律”，警察所享的自由远不如人民，不信去问问世界上那些老办警察的人。

## 再看事实的教训

丢开法理，再看事实的教训。

路易十五十六两朝，可以说欧洲近世专制政治的极峰了吧，他们欢喜不经法院而径自下诏逮捕人民，那种诏书叫做 lettre de cachet，虽然违法，还是由国王亲自颁发盖玺，以昭郑重。然而结果怎样？——法兰西大革命，路易十六上了断头台。

纳粹德国的秘密警察，管制方法之严密残酷，无异人间地狱。结果又怎样？

日寇控制我国的沦陷区，控制台湾，用尽非人道的方法，结果又怎样？

要上海市民相信警管区制只为了防止盗匪，除暴安良，上海市民决不会这样天真，说是防“奸匪异党”吧，那不但破坏和平统一，断送中国的前途，而且除了殃害大批无辜的良民（如某种书报的读者等等）以外，另一个结果是助长“奸匪异党”的声势——从清党起到十年剿共，到最近的内战，把中国的地图翻一翻就可证明。

天下只有政党与政党为敌，决无政党与人民为敌。而我们中国竟有驱人民于敌党而自掘坟墓的事。真是何苦何苦！

原载上海《周报》第三十七期，一九四六年五月八日

# 国民的意志高于一切

正统观念在民众的心目中早已消灭了，否则辛亥革命不会成功，袁氏称帝不会失败，而北伐也不会胜利，国民党也不会有今日。老百姓分辨顺逆邪正的眼光非常简单，非常准确，极容易改换，也极不容易改换，只看政府的措施对他们有利还是有害，从不理会堂皇的文告说得怎样的天花乱坠。

所以当前的内政问题，国民只认为政府党与在野党的争执，决不承认主奴的成见可以成为相持不下的理由。尽管大多数的民众谈不到政治意识，"家天下"的念头究竟和他们离得很远了。国民党"还政于民"的口号，说明它也并无永久当家的意思。在这种情形之下而事态仍会像今日这样的恶化，推本穷源，还在于正统观念在党员心中作祟，也由于双方竭力造成既成事实作为党争的手段。

冲突的近因可以简单地归纳为三点：（一）军队的国家化，这是没有一个人不赞成的，但也没有一个人能否认眼前的中国还是一党专政的局面。故若两党老抓着这一点来争，而且作为解决其他问题的先决条件，那末只有加增彼此的猜忌和疑虑，决没有好结果。（二）解放区行政长官的分配，国民党在原则上已经接受；但对"统一"，"割据"，"分裂"这些名词在现代政治上的定义，双方的了解并不一致，于是不但意见越离越远，而且淆乱了全国的听闻。

（三）受降和复员是现局中最微妙、最重要、最迫切的两件大事，也是最近两党冲突的导火线。一方面要单独负责，一方面要和旁的军队同等参预。一方面怕对方割据，一方面指对方藉端扩张地域。背后还各有更微妙的国际背景，使事情格外难于解决，同时也因投鼠忌器而阻止了事态进一步的恶化。

然而这些症结真的不可解决吗？并不。在原则上只要双方把党的利益和国家民族的利益分清，必要时肯把前者为后者牺牲。在实践上，只要双方愿意听从国家主人翁的意见，举行一次公民投票，一切的纠纷都可从根解决，中欧各国最近就不乏这样的例子。倘说现在情势紧急，公民投票远水救不得近火，那末先来一个包罗各党各派，无党无派的全国性的政治协商，仿最高国防委员会的成例，组织一个最高复员委员会，实地监督一切受降与复员事宜。这该是防止内战最彻底、最公平而有效的办法。因为不论国内或国际的争议，没有第三者出面仲裁，和平友好的谅解决不可能，尤其这里的第三者是国家真正的主人翁。以常理言，当主人出来表示意见，监督执行的时候，公众的仆人纵有天大的争执也当完全消释。难道全国人民的保证还不能祛除两造的猜忌心理么？

八年的抗战，证明我们的民族是不可征服的，不问是外来的强敌，是国内的任何党派。谁蔑视了这一点，谁就失败。所以组织调查团一类的提议是文不对题的，因为我们并不需要追究启衅的责任，而要根本消弭内战。只有街头的打架才以谁先动手来互相推诿。天天嚷“人不犯我,我不犯人”，便是非打不可的最明显的表示。以近百年的时间，千辛万苦好容易缔造起来的中华民国，遭逢了千载一时的复兴机会，也临到了万劫不复的危机：在此生死关头，一切的党派都该服从国民的最高裁判。历史上兴亡起复的是朝代和党派，不死的是民族；而全民族的意志只有一个：不许打！

十一月十日

原载《新语》半月刊第四期，一九四五年十一月，署名雷

# 历史与现实

古人说“冬日读经，夏日读史”；小时候完全不懂这两句话的道理。长大了，生活体验所得，才知夏日头脑昏沉，不易对付抽象而艰深的理论，非离开现实较远，带些故事性的读物就难于接受。而历史，究其实也是一部伟大的冒险小说。别说史前史所讲的是货真价实的神话，即近古近代史都有野人记与《封神榜》的风味，一方面是荒诞怪异，令人意荡神摇；一方面又惊心动魄，富有启发警戒之功。在临危遇难的时节，历史尤有抚慰鼓励的作用。

整整八年，全国人民仿佛过了一个冗长酷热的夏季。在悲愤郁勃、苦闷难宣的时期，的确是历史支持着我们，是历史激发了我们的民族意识，加强了忍辱负重抗战到底的决心：置生死祸福于度外之后，反而增添了挣扎的勇气。翻翻古今中外几千年的陈账，真正干净的能有几页几行！而这几页几行还是以杀人盈野,流血成河的代价换来的。那末,我们的流亡迁徙，妻啼儿号，或许也能换得来日的和平安乐。至于日常琐碎的烦恼，悲欢离合的刺激，一比之下更显得微末不足道了。

现实使人苦闷，焦躁，愤激，绝望；历史教人忍耐，明哲，期待，燃起我们对明天的信心和希望——这是我们八年之中真切体验了的。

人，先天的受着历史决定，后天又从它学得对时空的观念。随着近代史学的发展，小我，大我，物我的界限，都逐渐泯灭了。单是地球年龄和生物进化年代的数字，就够警破我们营营纷扰的迷梦，唤醒我们被利欲薰糊涂了的心：陶朱公三聚三散而不知所终，郑通钱布天下而寄死人家，岂不显得聚敛无厌，藏金异国之徒的可笑可怜！一朝视野扩大了，从名利中解放出来，自大狂消失了，连人为万物之灵的虚骄气焰也灭杀了：个人固然万虑俱清，脱然无碍；社会也多一片干净土，少一批野心家，不至于谁都自命为亚历山大与拿破仑，谁都想做煤油大王汽车大王。再如人种起源史，宗教发展史，以及多多少少的战争史，更可破除迷信，摆脱偏见，袪除猜忌仇恨，揭穿投机分子与爱国宣传家的面具，消弭一切愚妄而残酷的斗争。第一次大战后，威尔斯便想藉公共的历史观念来促进公共的和平与全体的福利。——可见在二次大战结束，人类刚恢复平时生活而要确保未来的安宁时，现实的改善，幸福的追求，人类的进步，都需要历史的启示。

现实与历史原是互为因果，彼此衔接，不可分割的一个整体。历史是前人生活过的现实，现实是我们生活着的历史。而当前的事态，在吾国比过去任何一个时期为紧急危险，民情惶惑，民怨沸腾，分不出是非黑白，分不出人兽鬼神：在此外患方去内忧未已的时节，我们更需要照照历史这面镜子。它将指出孰是生路，孰是死路，何者当生，何者当死。

首先历史告诉我们：五胡乱华亡不了中华民族，辽金元亡不了中华民族，"满洲人"长久的统治亡不了中华民族。所以日寇纵横于十三省者八年，我们的信心未尝有一日的动摇。同时，历史告诉我们：暴君的专制，官吏的贪污，诏狱的残酷，党祸的惨烈，只能断送一姓一家的朝代，只能影响一个民族进步的迟速，却不能毁灭它的生机。过去的现实够艰苦了，我们不曾灰心；将来即是再艰苦些，我们也不能灰心。因为我们的历史特别长，黑暗时期特别多，应该早把我们训练得如野蛮人一样，能在黑夜里见到光明。

历史告诉我们：世界在变，人类在变；不许变就要乱。过去一切大乱的罪魁祸首，都是妄想不变的人。路易十六倘不是那么昏庸，让群小包围，在三级会议中倘不是固执什么王朝法统，阶级成见，对人民的提案朝三暮四，反覆无信，也许法国大革命的怒潮不致那么猛烈，路易自己也许不致上断头台。这是一个最显著的例子。而且真正促成中华民国诞生的，还不就是清朝政府？真正奠定北伐胜利的还不就是北洋军阀？——为了不许变而采取最彻底的高压手段的，古莫如秦始皇：焚书坑儒，偶语弃市；然而经不起搏浪一击，十年之后，“不二世而亡”；今莫如纳粹组织；举国皆特务，特务皆科学；可怜它的政权还维持不到短短的十二年！所以事实证明：最不许变的人便是促进变的完成最努力的人。

历史也告诉我们：为政之道千头万绪，归纳起来只有简单的两句老话：“顺天者昌，逆天者亡”，“天视自我民视，天听自我民听”。凡不愿被时代淘汰的，只有安安分分切切实实做人民的公仆。那时，不用武力，不用权术，不用正统之类的法宝，自会“天下定于一”，形成和平统一之局。反之，倘有什么“亡国之臣”当日暮途穷之时，妄想牺牲民意民命做最后挣扎，或扯着人民的幌子而为一党一派一己图私利的话，其结果必不会是“上帝祝福他”，而是“魔鬼把他带走”。

最后，历史更告诉我们：人民的权利是人民争回来的，不是特权阶级甘心情愿归还的。民主和自由，有待于我们的努力和牺牲。同时还须人人做一番洗心革面的功夫，检束自己，策励自己，训练自己：立己达人，才谈得到转变风气，澄清政治，踏上建国的大道。我们要牢记：政治的腐败，不是一个局部的病象，而是社会上每个细胞都不健全的后果。

总之，历史仿佛一个几千百岁的长老，他有的是智慧的劝告和严重的警告。历史也有如一条长流不尽的河——它自身也是无穷尽的时间中一个小片段——一经它的反映，眼前的现实不过是浪花水沫，个人的生命还不如蜉蝣、不如微尘，你要不被现实的波涛吞没，不被历史的洪流冲刷，只有竭尽你些微的力量，顺着后浪推前浪，跟着它前进。

原载一九四六年一月二十日《文汇报·星期评论》

# 反对移用租借物资

二次大战后美国的态度，和上次大战以后相比，显然要明朗积极得多，特别是对于亚洲各民族的独立运动。

远在三年以前，威尔基在“天下一家”中的论调，就迥非历来美国的不干涉主义所可比拟。十月二十一日合众社电传纽约《前锋论坛报》的社论，对过去白人凌虐东方人的政策大施抨击，且直指在远东有领土问题的英、法、荷诸国认识错误。结论中有言：“发动民族主义运动之希望，将见诸数种伟大计划，决不能使以条约观念了解亚洲之白种人获得安慰”，直截痛快宣示了殖民地国家的末路，决非条约观念所能挽回。前国务卿威尔斯，且在《华盛顿邮报》（十月二十四日电讯）为亚洲民族解放运动做更进一步的声援，他说：“联合国应向东方殖民地民族保证其最后独立，并应于此时期内予以援助，直至其准备完成自治为止。”

不幸，实际政治总追随不上先知先觉的舆论。即使政策定了，当轴者的善意也具备了，往往因为缺乏智慧，狃于条文（即所谓条约观念）优柔寡断，在实行的时候仍旧不获善果。美国国务卿贝尔纳斯十月二十四日在招待新闻记者席上宣称：“美国反对以租借供应物资用于任何与政治有关之用途……美国已请求荷印政府除去在东印度所用租借物品上面之美国标识。”这番说话，倘用善意来批评，可谓矛盾离奇，不思之甚；倘使带一点外交家多疑的眼光来看，更有掩耳盗铃，重演西班牙内战把戏的嫌疑。以要求除去标识为反对的表示，我们不信堂堂美国的外交竟会如此软弱。以毁灭证据来掩饰事实，我们不信以维持正义著称的盟邦会如此虚伪。贝尔纳斯谓除此以外，“亦无其他办法”。但为何美国不用实地收回该项租借物资的办法迫使对方停止使用，或军事代表团去监督保管，使对方无法使用？拭去了枪炮上的标识，东印度民族的血腥味就和美国没有干系了吗？受到租借物资供应的国家还多着，倘群起效尤，由国内而国外，还不就是明明白白的第三次大战？英军在荷印直接参战，非但是个恶例，且是全人类安全的威胁，首先撕毁了手订的大西洋宪章。

因此，态度的明朗积极是不够的，最要紧的还是实际行动。照美国这种措置，特罗曼总统最近宣布的十二外交原则，恐不免和威尔逊的十四原则遭到同样可悲的命运。那时，亚洲民族的解放固谈不到，即新国际机构也会连画饼都不如的。

十一月十二日

原载《新语》半月刊第四期，一九四五年十一月，署名迻山

# 世界风云

主张保守原子弹秘密最大的理由，据说是为了保障世界和平。要求公开原子弹秘密的最大理由，据说也是为了保障世界和平。这仿佛条条大路通罗马，保守也好，公开也好，世界和平横竖是永保的了。

阿特里初时主张后一说，在英国下院那么堂皇那么明哲，说应当国际共管；等到他飞了一次美国，思想跟人绕了一个大圈子，结果又和前一说妥协了。我们不怪他矛盾，因为主张前说后说都是一样的和平论者。可是杜阿会谈所公布的，左一个保留，右一个保留，什么互相通知新发明，要求苏联说明它国际政治的目标，还不是大家耳熟能详的军缩老调？而过去的教训是：口里军缩喊得越响，暗里军扩进行越紧张，紧张到把一切条约盟约撕破为止。

这一回的形势更非同小可：秘密武器的竞赛使未来的军缩越发不可能。原子是人类有生以来最大的神话，谁也不知道它的边际，谁都怀着鬼胎怕旁人知道得更多，运用得更可怕。秘密固保守不了。公开也不能限制原子神话的新发展与新秘密。世界安全一样的受着威胁。

固然条条大路通罗马，通和平的却只有一条——诚信合作。

举世惴惴，为了英美苏的关系。

苏联的态度叫人不放心：因为它在巴尔干半岛的势力日益膨胀，在远东坚持要共管日本。苏联声明中欧各国的友好政府是为了自己的安全，共管日本是要彻底消灭法西斯主义，实在还是为的世界和平；倒是英美所进行的西欧集团大有包围苏联的嫌疑。

英美回答说："西欧集团仅仅是解决经济问题，别无他意。苏联在中欧和巴尔干却用假造的民意来扩张它的势力圈：既要外围，又要前哨；黑海要出口，波罗的海要控制，太平洋又要伸腿；德国大部分已落在你掌握中了，还要到日本来分肥！"（英外长贝文在伦敦五长会议中指为希特勒式，意在言外。）苏俄反唇相讥，提出南洋问题，指摘审问纳粹党徒的宽纵，麦克沃塞的有心扶植日本皇室和军阀余孽……这样的驳过来，驳过去，一方面各自在报章什志上大登对方包办选举，屠杀土人，利用敌俘，纵容战争犯等等的故事，统计数字，应有尽有，仿佛证据确凿，全无抵赖的余地；一方面又拉出大西洋宪章，开罗宣言，雅尔达会议，引经据典，无非证明所有的罪过全在别人。五长会议中，苏联反对中法两国参加讨论巴尔干和约，认为违反波茨坦协定；美国拒绝苏联共管日本的建议，也说是超出了波茨坦协定的范围。似乎波茨坦协定玄妙和圣经一般，谁都懂得又谁都要误会。

过去三五年中，人类的罪恶有日德两国全部担当了去；盟国之间总算相安无事。这叫做"兄弟阋于墙，外御其侮"。此刻希特勒、郭培尔死了，东条关起来了，咱们自家人也得"亲兄弟，明算账"！而所算的又是这样的一篇糊涂账！

起草和签订盟约的人从来不知道时代会改变，使时间倒流才是他们神圣的使命。

大西洋宪章一边承认签字国必须恢复战前领土，保持战前原状；一边承认民族有独立自主的权利。给一个无权无势的弱者签一纸空白支票，不但没有危险，而且还可指控支票持有人以诈欺罪或强盗罪。否则，在南洋寂寞了三年的英国大炮，怎么又会怒吼起来呢？

大不列颠本没有放弃帝国主义，咱们不用谈，好吧，那末自命要解放全世界的苏俄，为何还要恢复帝制时代在中国的权利呢？使时间倒流的本领在此。倘使说彼一时此一时，那末请他把正义的面孔收起来。倘使说要解放一个国家，先得捆绑它的手臂，那末谁又愿意被解放？倘使每个国家都要有友好的邻邦，那末地球不够大，人类得赶快去征服旁的星球。

再说中国问题，东家口口声声说不干涉内政，西家口口声声说不干涉内政；你也保证，我也立约；你也撤兵，我也撤兵。骨子里却是大家接济：还不是玩的当年西班牙内战的把戏？

所以条约毕竟是具文，宣言实在是谎言。

原载《新语》半月刊第五期，一九四五年十二月，署名雷

# 所谓反帝亲苏

批评根据事实，只要尊重事实，尽管见解不同，仍有商讨余地。武断全凭意气，歪曲真相，妄下结论，根本不值一辩。但若因妄下结论而乱戴帽子，还要笑容可掬地包上糖衣，令人除了钦佩批评者的古道热忱之外，同时赞美他的慈悲，那未免心机太重了些。

周建人先生在《时与文》十七期上《与张东荪先生论示人以不广问题》一文中说："前几天傅雷先生受人驳斥，过几天他如一反其亲帝反苏的态度时，立刻会受人称赞。"言下大有劝我放下屠刀，立地成佛之意，真是盛情可感。旁人也会觉得周先生大公无私，宽容到万分；从而忘记了他先定下莫须有的罪名，再网开一面的反省院作风。假如周先生没有心机，准是天真至于不可思议。

周先生在四月中的《文汇报》上说我跟法西斯蒂距离不远（大意如此，手头无原文，不能征引），虽然有位朋友说他像鲁迅先生所谓的"看到光臂膀，就想到裸体"，我总觉得自己文章写得太坏，使他看不明白，所以没有则声。不料他认为我俯首无辞，便再来一个"亲帝反苏"之罪，讽我悔改：诬蔑与宽恕，恩威并用，美其名曰"无所谓示人以不广"，这不是天真是什么？

周先生这一次宣布我的罪状是："那篇对美苏关系的态度的文章，直白地说（Sic），含有'亲帝反苏'的色彩，对于苏联用心指摘，并指斥别人为什么不反对苏联。对于美国则事事曲谅，对于美国帝国主义的行为认为只由于一些'误解',还责备别人的'口诛笔伐'的不当。"（见《时与文》十七期）

我的原文（幸而有单行本可以复按）三分之二以上的篇幅，都足以否定周先生这段断语，势不能全部抄来做反证。我只举原文中的几点——

"一个国家……为了生存，纵使与主义背驰的政策也得执行。我们承认它这种权利。但若它求生的战术妨害了另一个国家的生存，这个国家当然也有反抗的权利……"

这样的自卫权利是否就是反对某一国？若果如此，日本在七七事变以前老责备我们抗日与不友好，也是应该的了。或者说：世界各国对苏联的外交公文上倘用到抗议二字，就是反苏的国家了。人与人的关系尚且不能自始至终的亲善或自始至终的敌对，哪怕在家庭之间朋友之间，何况国与国的关系？

"……战后美国对中国的政策，犯了很大的错误，不但有目共睹，而且大家已交相指摘。（还是对美国事事曲谅吗？）但是苏俄对我们的行为也不见得全部友好，完全平等。"

这便是"对苏联用心指摘"吗？实质上与《中俄条约》并无二致的《中苏条约》，红军搬走东三省的工厂，全是我深文周纳，或向壁虚造，或轻信流言吗？（本年四月周先生还说搬走工厂之事也许仅是传闻！——大意如此。）从而我的抗议也变成了"反苏"，变成了与法西斯蒂距离不远的证据？左派论客认为红军在东三省作战两星期，牺牲红军若干万，理应获得赔偿;仿佛东三省的"人民大众"在日本铁蹄下做十四年奴隶，倒是活该！还有人说：搬掉这些工厂，可以减少中国反动派的火药供应与经济力量，所以还是帮了中国人民的忙。这真叫做左派恐怖心理：把反动派的力量估计得那么高，似乎有了工厂，恶势力真能善于运用似的。所以左派人士觉得中国人民花了十年十五年也挣不回来的家私，去换这么一个消极的安慰：还是大大的便宜。东三省的失地又不是我们中国人民收复的，我们有什么资格接收敌产？何况乌托邦已经摆在眼前，为什么不把我们做牛马换来的财产投资在天国里，待日后支用？

凡有自由良心，没有政治偏见，希望民族挣扎图存的人，都知道此刻中国的自由独立是一个大讽刺。所以我说："委曲求全未始不可，有时甚至必需，但……自己心里要明白这是委曲。"美国给我们受的委曲，我们固然要痛哭流涕（我从来没说过不），俄国给我们受的委曲未必就应该额手称庆，合唱颂歌？有人对俄国的委曲哼了几声，也未必就是亲帝反苏，反"和平民主"吧？

"我不说我们为此就不该抗议美国对我们的不公平行为（又是曲谅美国吗？），但至少要使美国人懂得，这种抗议纯粹是为了国家生命攸关的利益（这和我对苏联的态度有什么分别？），而不是党争的手段（那时谁把你当真？），更不是附和另一个国家的表现（避免增加国际猜忌）。"

这些话哪句是我"亲帝"的表现？我说过对美国应该低首下心、逆来顺受没有？

"……但一年半以来，除了口诛笔伐以外，我们有没有点破美国人的迷梦，有没有帮助他们了解我们的实情，对我们阴谋家在国外的歪曲宣传，有没有提出反证来加以纠正？"

周先生说我"责备别人的口诛笔伐的不当"，即绝没注意我的理由，更不问"迷梦""实情""歪曲宣传""反证"这许多字眼指的是什么。假如两国交恶，单靠神经战就能吓倒敌人，那么只要几句口号几张标语（中国本是符咒政治的发祥地），就能代替战争代替外交代替政治，世界不变成了君子世界，从此太平吗？（我明明指摘人家反对美国的方法，周先生偏说我根本不许人家反对美国对我们的不公平行为！）

周先生两篇文章都提到美军的暴行。谁为他们辩护呢？不过这些只是枝节与表象，不是病源。丧权辱国的事，不论来自美国或苏联的，岂横死几个平民可比？雅尔达秘密协定加之于我们的耻辱与损害，似乎更值得我们深思。

我原文本意是劝大家对美苏之间的争端，不要太动感情，不要因分不清双方的（美苏的）真主意与假姿态而做左右袒，以免增加美苏的误会。至于我们对美对苏各别的态度，仅是我为“太动感情”所举的旁证。现在左派论客和我争的，无非是这些旁证（而且迄今为止还没有驳倒），仿佛那就是我的原文的主题。“我相信我的读者对美国是有抗疫性的，(抗疫性三字做何解，卫道的武士们可曾想过？）而对苏联的软心肠却未必全部合理。所以我特别针对这一点说话。至于揭发美国人的错误，斯诺的原文十分之九都是，用不到再强调了。”这段话，周先生始终没有看见，其他“驳斥”我的人也没有看见。假如我是“亲帝反苏”，与法西斯蒂距离不远的人，为什么我要介绍一个被目为亲苏的斯诺的文章，在右派杂志的编辑会议中引起激烈争辩的文章？这么简单的逻辑，左派批评家是不屑一顾的。

还有人说，斯诺的观点不一定准确。可是认识苏联准确的人又在哪里？解释苏联政治的最高权威只有一个。我要问：为社会主义争取同情者与朋友，究竟是这位独一无二的权威或他的代言人的话，能够发生影响呢，还是一个像斯诺这样的人？评斯诺的人都忘了最主要的一点：斯诺的文章不是代共产党起草宣传大纲，也不是替苏俄政府写官方的外交史；他的读者对象是没有任何主义，而对苏联的认识模糊不清的普通美国人。大家也忘了中国人民既没有义务把世界政情用美国人的眼光去看，也没有义务用苏联政府的眼光看。我介绍斯诺的文章，就是要使我们“反躬自省”。

可是我不怪周先生一再赐我头衔，比他更天真的人有的是。举一个小故事：在拙译单行本上，第一幅插图旁边有“莫洛托夫的粗暴，维辛斯基的冷言冷语，葛罗米柯的缺少幽默，都可以帮助我们了解事情的真际，只要懂得他们真正的意思”。几句话，有位青年看了把书一丢，大叫：“这反动的话！为什么对杜鲁门、贝尔纳斯没有一句贬词？”他根本不愿费心查一查这几句话是谁说的，也不知那几个不好听的形容词是美国右派刊物上的口头禅，斯诺特意点醒读者，不要以貌论人，不要以不了解外交家的态度而就用恶意去推断一个国家。

武断往往并非由于恶意，而由于天真。惟其天真，才会有宗教热情，才会盲目，才会褊狭。不把人类先定了原始罪恶而后宽恕，怎显得上帝的慈悲与宗教的伟大？不来一次十字军与异教裁判所，怎显得神的威严与真理的神圣不可侵犯？近代思想界自以为摆脱了宗教，却另创了一个新宗教。其迷人处与可怕处正与一切宗教无异。与任何虔诚的教徒辩宇宙问题人生问题都是白费，对他们都是大不敬。可是受任何教徒诅咒亦未必真入地狱。当此大局日趋恶化，国共两党作殊死战之际，个人被戴帽子，不论为赤为白，都是意料中事。敢于道破真相，call a spade a spade 的人，一向是国民公敌。像周建人先生般认为“中国只能有两种人：不是亲苏，便是亲美”（我原文中语）的，大有人在，我不能一一申辩。尤其他们从不站在普通逻辑与常识上讲话，只知道运用一连串术语和咒语把人骂倒，使没有功夫把两造文字核对一下的旁观者觉得被骂者真如洪水猛兽，罪大恶极：对这般唐吉诃德先生，我只有顶礼颂赞的份儿，没法叫他们相信磨坊并不存在。换句话，近乎“人、手、足、刀、尺”一类的辩论，或里弄墙上“某某某是X X”等等的论战，以后恕不再行奉陪。

话又得说回来，内战决不会永久打下去，现状迟早要改变。比破坏更重要更艰苦的事业还在后面，以周先生这种作风对付未来的局面，中国是付不起代价的。左派也罢，右派也罢，死抱住正统也罢，死抱住主义与教条也罢，不容忍决不会带来和平，天下苍生也不见得会沾光。一个民族到了思想统一，异端邪说诛尽灭绝的时候，即是它的文化枯萎以死的时候，或者是把人当做物，叫他到世界上去闯大祸的时候。

七月二十二日

原载《观察》第二卷第二十四期，一九四七年

# 自报公议及其他——艺术界二三事之一

三个臭皮匠，抵个诸葛亮；只要集思广益，普通群众也能有非常的智慧：这是人尽皆知的道理。不过我想，这也限于他们内行的、或至少是熟悉的、在他们常识范围以内的事吧？谁也不会担保三个臭皮匠能解决木匠泥水匠的困难，更不敢说他们在问鼎中原或六出祁山的军国大事上也能抵个诸葛亮。可知走群众路线也是有条件的：既要酌量事情的性质，又要考虑对象的知识与能力；既不能问道于盲，也不能用千篇一律的办法到处硬套。贯彻民主原是极细致复杂的工作，决不像举手、投票、计算多少数那么简单。

我不知道工厂评定先进工作者的办法如何；单凭猜测，叫一般进厂不久的青工也参加评判老技工的产品，恐怕是不会受群众欢迎的。只因不顾经验、学识、技术的差别而硬来一套平均主义与平等主义，走群众路线的本意反得了个脱离群众的后果。把这平均主义与无原则的平等主义推而广之，新生的入学试卷不也可以交给投考年级不同的学生互评了吗？

工商业社会主义改造过程中，有一个办法叫做自报公议，过去实行估征所得税时也用过，都被认为相当公平合理。但若对新生考试也应用这样的民主方式，叫考生把自己的试卷先评一个三分四分五分，然后再由考生互评，是不是也公平合理呢？

以上两个比喻似乎有些不伦不类，不幸现实生活中竟有类乎此的不伦不类的事例。

今年七八月间上海办过一个青年美术作品展览会，出品的人都领到一张表格，要把自己的作品先评一个甲乙丙的等次，再分若干人为一小组互评甲乙丙，作为初选。这当然可说是“自报公议”了。

按照一般心理，作者自认为不行的作品是不会送去的，送去的总是自己觉得满意的。“自报”的时候究竟说老实话好呢，还是客气一番好呢？写上一个甲吧，未免自画自赞，不好意思；写上一个丙也觉妄自菲薄，心有不甘。那末是否折衷一下，含含糊糊填个乙呢？苦的是美术作品并无一定的规格，“自报”又不是与别人的大作比较；除了主观，用什么尺度衡量呢？要分析自己作品的优缺点，谈谈创作的意图与苦闷，都还容易；要笼笼统统给自己打分数可就难了。无怪当时有许多人对着表格发呆，要求免填；可是不行，那是规定的手续。

我们不了解：在没有客观标准可依据，思想不明确，心里七上八下，既怕辱没了作品，又怕犯了自高自大的毛病的情况之下所做的自我鉴定，对进行复选的委员们能有什么帮助？能有什么参考价值？我们也想不出：社会上有哪项工作，需要这种因为顾虑重重而只能敷衍塞责的报表？

其次是“公议”的阶段。从学生的习作起，一直到比较成熟的作品，统统交给大伙儿评分。这大伙儿也就是从学画一二年到七八年、以至十余年的人组成的混合大队，程度的差别大致像初中生之于大学助教与讲师，中间还有无数高下不同的等级。这样的评选能有什么结果是不言而喻的。

主事者不假思索，走这样莫名其妙的、无原则的群众路线，固然可怪；群众会这样莫名其妙的、无原则的听人摆布，更是可怪。因为他们除了要求免填以外，并没敢对办法本身提出什么意见，更不用说反对了。做领导的误用民主，不但好意落空，白忙一场，还使群情惶惑，把他们对民主的观念都搅迷糊了。另一方面，群众闭着眼睛服从组织，或是畏首畏尾，因计较个人得失而保持缄默，在我们这个新社会中也不是一个好现象。

原载一九五六年十一月二十一日上海《文汇报》

# 艺术创造性与劳动态度——艺术界二三事之二

几何学上有一条基本原理，叫做正定理对的，反定理不一定对；初步的逻辑学也告诉我们：马是四足动物，四足动物不一定是马。同样，艺术制作的成就绝对少不了辛勤的劳动，辛勤的劳动不一定能保证艺术上的成就。黄卷青灯，磨了一辈子而没留下一篇可读的文章的人，古今中外都屡见不鲜。相传王羲之练字用旧的破笔堆得像土丘一般高；破笔堆得同样高的人可能很多，但有王羲之那样成就的，历史上寥寥可数。且不谈艺术，只说可以苦修苦练以求的技巧吧，到了某个水平不能更进一步的实例也多得很。

因此，付出了高度劳动而没有多大收获是不足为奇的；但说劳动态度不好而能产生有创造性的作品，可就要被目为笑谈了。

我这段开场白仍是为今年的青年美术作品展览会说的。作品经过“自报公议”的初选程序，又经过非常郑重的三番四复的复选程序（这一阶段的工作值得表扬），然后按照艺术创造性与劳动态度两大项目评定等第，颁发奖励金（这奖励金与最近文化局所给的奖金不同）。评定结果，有些作品是劳动态度得了甲，艺术创造性得了乙或丙；那不但可能，而且根据上文的论点，是在情理之内的。但另有不少作品的艺术创造性评了甲，劳动态度评了乙或丙；或者创造性列入乙，劳动态度列入丙的。

所谓劳动态度不好，在我想来无非是指态度不严肃，投机取巧，懒于思考；表现在作品上的是草率，因袭，模仿，公式化。这种工作态度的成果竟会是具有创造性的作品，岂不成了奇迹？——除非评选委员会对劳动态度另有一套我们意想不到的解释。但他们总不至于把画面的繁简，用笔的粗细，技巧的工拙，花的时间多少当做劳动态度吧？若果如此，大部分的云林、石涛、八大、浙江，以至扬州八怪（八怪确有劳动态度不好的作品，所以那些作品也就缺乏艺术性），还有外国的画家如玛蒂斯、毕加梭，劳动态度都不会超过丙的了。再说，画面的繁简与花的时间也不成正比例：简笔的作品往往需要长期的酝酿与思索。评选委员会也不见得会把内容脱离生活，单纯追求技巧等等的思想问题，与劳动态度混为一谈吧？作品有艺术性，但题材不够现实，内容的教育性不强：那是政治认识问题，不是劳动态度问题；正如出品精良而言论落伍的工人，只能批评他政治觉悟不高，却无法指摘他劳动态度不好。

再按事实，艺术创造性评为甲或乙，劳动态度评为丙的作品，我见过，也细细琢磨过，实在琢磨不出评定两者高下的标准。

我们并非体会不到主事者奖励青年，繁荣创作的热忱，但除了把艺术创造性与劳动态度硬生生的割裂以外，是否就别无他法可以鼓励那些下了苦功而尚无成就的青年呢？而对另外一批劳动态度被评为低于艺术性的作家，是否也该照顾到他们今后的积极性呢？何况歪曲了艺术观点，对整个艺术界的不良影响不是任何物质奖励所能补救的。

原载一九五六年十一月二十二日上海《文汇报》

# 知识分子的绊脚石

本报记者问我，读了周总理关于知识分子问题的报告以后，有何感想；我回答说："除了跟大家一样兴奋以外，就怕自己的腿长得太短。"

解放六年来，祖国的面貌，不论从哪一个角度看，从哪一个地区看，从工农生产到文化教育，到国际地位，从大都市到农村，从沿海商埠到边远区域，从长白山到西藏，都整个地变了，意想不到地变了。工农之中涌现出多少的劳动模范和先进工作者，全国各地完成了多少规模宏大至于不可想象的建设事业；最近半年农业合作化的进展，最后一个月工商业社会主义改造的成就，尤其是突飞猛进，百千里；这速度，可以说已经合乎原子能时代的发展规律。面对着这样一个快速进步的新形势，谁能不感到头晕目眩，应接不暇呢？一想到我们的"穷"反而变成了促成革命的大动力，谁不感到欢欣鼓舞呢？把知识分子过去几年的成绩和广大劳动人民的成绩比较之下，谁能否认有点儿不相称不配合呢？再看看党和政府号召我们为未来奋斗的任务，客观的形势逼着我们非做不可的事业，谁能不战战兢兢，怕自己跟不上呢？

然而越是头晕目眩，应接不暇，越是需要空下心神，加强认识；越是欢欣鼓舞，越是需要脚踏实地，埋头苦干；越是过去落后，越是眼前着急，怕跟不上，越需要加紧脚步，兼程并进。

知识分子兼程并进的目标，周总理和郭沫若院长已经给了我们明确的指示，既要提高现有人员的业务水平，又要培养新生力量，扩大队伍；既要十二年后的科学研究接近国际水准，又要把很多很多的空门补上。兼程并进的道路，政府也已经在改善使用，加强信任，调整待遇，加强领导，教育改造几方面做了安排。问题的另外一半就要知识分子自己解决了。关于这一点，郭院长对全国政协的专题报告中曾经非常详尽的加以分析；我只想以自己的体验，单从思想准备上提些意见。这些意见总括起来只是：党和政府已经为我们定了方向，铺了道路，现在应当由我们动手去搬开路上的绊脚石。

我所讲绊脚石不是客观的，而是主观的；不是别人放在那里绊我们的脚，而是我们自己放在那里绊自己的脚的。例如胸怀狭窄，自高自大，就是一块最可怕最常见的绊脚石；坚持错误，固执成见，党同伐异，感情用事等等，都是从前一块绊脚石上长出来的小绊脚石。我根据近年来的反省，觉得还有些绊脚石也许不曾受到充分的注意，同时也不一定为我个人所独有。第一是明察秋毫，不见舆薪。对事情只见其小，不见其大，只见其近，不见其远；常常因为忽略了事情的全貌而认识错误；只看到近处的缺点，而忘了远处的优点，甚至于扩大缺点，使自己丧气，还叫别人灰心；而在个人的业务上也容易钻牛角尖。第二是书生气息，一味地讲妇人之仁；进一步降低了革命的警惕性，模糊了敌我意识，无形中为反动思想与阶级敌人做辩护，甚而至于做精神上的掩护。第三是老成持重，把什么事情都看得千难万难；从过分的谨慎小心出发，逐渐变为前怕狼、后怕虎的右倾保守，感觉麻痹，抗拒新事物，蔑视新力量，终于流为顽固老朽。第四是嘴上一套，理论不结合实际。知道的很多，做到的极少。把知识作为装门面的幌子，而不是实际行事的指南针。以上所说的不过是主要的几种绊脚石；性质不同或是相反的也还有不少。例如右倾保守的反面，有一知半解的好大喜功，盲目冒进的幼稚病；明察秋毫的反面，有粗枝大叶，不问情况的糊涂作风；自大狂的反面也有不问是非的一味服从自卑感；应该提的意见不提，应该争的不争，应该坚持的不坚持；因循苟且，而美其名曰深通世故，适应潮流。

可怕的是不论哪一种绊脚石都是主观的，不像客观的绊脚石容易发觉。发觉了，我们还当做宝贝一样的珍惜爱护。因为那些缺点都是投合我们的劣根性的。胸怀狭窄，自高自大，把我们的虚荣心和嫉妒心奉承得无微不至；明察秋毫，不见舆薪，使我们自命不凡，以为是目光敏锐；妇人之仁使我们自以为大公无私，富有正义感；而老成持重，右倾保守，跟贪逸恶劳，抱残守缺的懒惰思想又是好朋友。总而言之，每一块绊脚石都是一个谄媚小人，利用我们的弱点和不健全的心理，阴损了我们，还博得我们的欢心。

当然，人都有缺点，缺点都是进步的绊脚石，都需要一块一块地搬开。但知识分子思想复杂，感情复杂，心理复杂，主观的绊脚石特别多。加上知识为虎作伥，替绊脚石找出辩护与宽恕的理由，使绊脚石对知识分子更其成为一种顽固的、但是为病人喜爱的恶疾。搬开的时候，病人反而会觉得痛苦，搬开以后，还会长时期的留恋怀念。——要不然怎么会有思想斗争呢？所以绊脚石不是可以一劳永逸的搬开的，今天搬开了，明天可能会再来呢！对付它们的最有效的武器，莫过于自我批评，特别是不断的，不限于公开场合的自我批评。郭沫若院长把曾子的吾日三省吾身的名言，改成了切合于现代知识分子的“三问”。要是把这种精神贯彻到我们全部的生活与业务中去，贯彻到我们的学习与实践中去，我想绊脚石再多些，也不难一扫而空，不让它们有再回来的机会。

人都是怕痛的，知识分子比较敏感，尤其怕痛。但是怕痛就贯彻不了自我批评，就搬不掉绊脚石，就改造不了自己，就担负不了社会交给知识分子的重任。只要复杂的思想，复杂的感情，复杂的心理，能全部用在建设社会主义的文化事业上，我们的知识就决不会是压在我们背上的包袱，妨碍我们前进，而相反的会变成我们肩上的翅膀，使我们能够在研究学术的天地中飞翔。

放在我们面前的任务是艰巨的，不是没有困难的，但我们是有信心的，跟不上的感觉只能鞭策我们加倍努力，加紧做好思想准备。因为周总理说过："这些困难，不会比我们改造五亿农民和改造全国资本主义工商业者更加困难，不会比我们实现第一个五年计划更加困难。"

一九五六年二月五日

# 知识分子与节约时间

为了帮助知识分子发挥潜力，向学术进军，党和政府已做了具体规划，对知识分子的生活、工作、思想改造各方面都提供了优越的客观条件。问题的另外一半需要我们自己来解决了。知识分子要不长期的做主观的努力，政府的计划再好也难以完成。我所讲主观努力不是指学术研究本身，而是指一些先决条件，也就是自我改造的内容。其中包括的项目很多。我不揣谫陋，想以知识分子的身份，根据自我检查和观察所得，就几个关键性的问题和大家商讨一下。

先谈时间问题。马克思说："任何节约归根结底都是时间的节约。"但时间一方面是最具体、最现实的东西，一方面也是最抽象的东西：浪费物资的罪过，谁都看得见；浪费时间所造成的损失却不一定有目共睹。所以法国的服尔德提到时间，也说："当时谁都不加重视，过后谁都表示惋惜。"知识分子的时间观念是比较强的；但在实际行动中，大自事物的处理，工作的安排，小至起居饮食，访亲会友，仍不免多多少少浪费时间。倘使日常生活不科学化，不纪律化，不一点一滴的去挤出时间来，那末便是有了"整片的"时间，也未必能充分利用。何况时间是公共财产，不好好掌握，不但会妨碍我们本身的业务，还要连累别人的业务。

惟其时间是公共财产，是一切活动的总因素，与集体生活关系重大，所以大家除了要求精简会议以外，还主张必要的会议应当缩短时间，增加效果。为了这个双重的目的，现在参加的人和召集的人都已在事先做充分准备，并且到会也相当准时；但若能再进一步把开会当做搭火车飞机一样，过一分钟就会脱班的心理，还可以节约更多的时间。而尤其重要的是精简发言：不论小组或大会，一律不用套头，不用八股，不说人尽皆知的话，不重复自己和别人的话，尽量求其简洁，扼要。因为说话最容易在我们不知不觉中消磨时间；比如有些人在会议中往往不尊重主席的规定，发言任意“超时”；事先既不把讲稿念一遍，当然不会发觉超时而压缩内容；结果是不必要的拉长了会议，侵占了别人发言的时间。我觉得即使不为时间着想，单为知识分子正当的自尊心着想，似乎也应当避免给人以不顾公德，不守纪律的印象吧？

以知识分子的文化水平与思考能力，毫无问题能把学术研究上的科学方法贯彻到生活的各方面去，从而尽量的节约时间。症结恐怕和别的思想问题一样，还是由于决心不够，警惕性不高，责己不严，不能在实践中坚持。不错，浪费的习惯在社会上相当普遍，积重难返，不容易一下子改掉；但正因为此，更需要及早开始纠正，更需要知识分子以身作则的带头。否则“百年三万六千朝，夜里分将强半日”，短短十二年怎经得起七折八扣！我想只要大家不忘记自己所提供的赶上先进科学水平的保证，一定会痛下决心，在实际行动中节约时间的。

# 知识分子与八股

精简会议和精简发言的问题，使我联想到反对八股的问题。

鲁迅反对过洋八股；一九四二年毛主席为反对党八股做过报告，印成专册；事隔十余年，他还在《中国农村的社会主义高潮》某一篇的按语中，慨乎言之的说：“哪一年能使我们少看一点令人头痛的党八股呢？”可见八股是顽疾，既不易根治，又常常要复发，还会传染、蔓延。近年来连进步的知识分子也有一小部分害上了这个病：不但写文章多少带点八股气，平时说话也有所不免。这不是随便扣帽子。只要听听学习小组里的政治讨论，教研小组以及大大小小会议中的报告或发言，恐怕谁都不能否认，毛主席声讨党八股的某些罪状，到今天还跟我们的言论分不开。有的人把当场听到的报告或传达，颠来倒去重复一番，加上几句歌颂的话，算是发表意见了。记忆力强一些的人再把政府的文告，学习文件中的纲领，鼓动性的口号，搜集一大堆，结合自己的业务凑些“保证”“决心”“拥护”一类的字眼；好像说得有声有色，精彩非凡，其实只是一套不痛不痒，不着边际，说与不说都无关系的空话，好比大杂拌式的留声片，很难找出一言半语的真心话和个人的见解。为了加强论证，有关政策的文告与原则并非不可征引；为了表示感动，鼓动性的词藻有时也是必需的；但总不能单靠这些来充数吧？旧小说里有两句套头，叫做“有话即长，无话即短”，现在有些人却是无话亦长，有话更长；赔了时间，又费精神。以这种态度去参加会议，除了叫听的人受罪之外，决不能发挥集思广益的作用；去做群众运动也只能造成反宣传的效果。

不仅语言文字有八股，做人做事的作风也有八股，正如鲁迅所说的“只抄一通公式，往一切事实上乱凑”。这也是官僚主义的一种表现。

由此可以找到八股的病根，首先是思想懒惰：不对事实做科学的观察分析，就不会有自己的见解，就只能摭拾别人的现成思想，来掩饰自己的空虚与贫弱。其次是由于感觉麻痹，对新事物缺乏好奇心，对事业缺少进取心，自然就没有兴致开动脑筋。最后也许还有点虚荣的成分：因为自己思想空虚，格外想装做充实，便有意无意的拿别人嘴里的漂亮字儿，当做华丽的外衣披在自己身上。固然，我们不能要求每个人讲话都精要警辟，但朴素一些，老实一些，总不难办到吧？

一个知识分子而不善于思考，不勇于思考，感觉不灵敏，好奇心不强，就不成其为知识分子，更谈不到钻研学问。何况思想懒惰与感觉麻痹还牵涉到遇事认真负责的问题，从而牵涉到人生观与世界观。大家不是一致要求自我改造吗？这就是一个重要的项目。所以我们不但要扑灭八股这个慢性的传染病，不能因为患病的知识分子为数不多，中毒不深而轻易放过，并且还得挖挖这个病毒的思想根源。挖根和预防的办法最好是提高警惕，加强自我批评，再多读读毛主席反对党八股的文章。

# 闲话新年

过了童年，过节的心情一年淡似一年。但逢着除夕、岁首、清明、端午、中秋，哪怕毫无过节的形式，仍不免怦然心动，有种甜美或惆怅的感觉。反之，遇到与本国的人情风俗，传说信仰无关的节日，就有点儿淡漠。恐怕谁也不能否认过阳历年劲头不大吧？从前阳历元旦是听不见爆竹声和锣鼓声的，现在是不游行不集会的：除了满街旗帜，商店闭门以外，好像和普通的星期日并无分别。不过这样也好。假如每个假期都要闹闹嚷嚷的来个集体狂欢，生活也显得单调，缺少变化。人虽是群居的动物，不耐寂寞；可也有喜欢孤独的时候。所以一年之中能有那么清清静静的、高音喇叭也全部休息的一天，让大家心安理得的把纪律暂时忘怀，既不必起早赶去游行或观礼，也毋须衣冠楚楚的参加团拜，只是逍遥自在的，爱闲荡也好，爱怎么消遣也好……这样彻底松散一下，即使谈不到延年益寿，至少也有益身心。

但这个清静的假期不是轻易得来的。且不说工厂、机关、团体，年终先得大忙特忙一阵，家庭主妇都要来一个小规模的清洁运动；连我们拿笔杆子的也奉到编者的紧急命令，好歹得凑上几百字做元旦专刊的补白，才容许你动极思静，享受这一年中最悠闲的一天。

原载一九五七年一月一日上海《文汇报》

# 大家砌的墙大家拆

一肚子理学，仿佛普天下的真理，马克思主义的精华，全在我手中；一面孔道学，仿佛一举一动，片言只语，无不正确；道貌岸然，令人望而却步：少数党员的政治优越感就有点这种气派。一味情虚胆怯，诚惶诚恐，觉得左也不是，右也不是，太多的谦逊也不容易叫人放胆亲近：某些党外人士的政治自卑感就给人这种印象。这种印象和那种气派碰上了，久而久之便在党群之间糊起一层纸，——相敬如宾；纸变成板，——相安无事；最后变为一堵墙，——相对无言。这还算是好的。假如像吴强同志在政协小组上说的，墙上再重重叠叠贴起标语口号来，使那堵墙密不通风，那不但是同床异梦，而且有视同陌路，甚至有势如水火的倾向，情形就更不妙了。

所以党群之间的墙是双方砌成的：一方面是优越感，一方面是自卑感。

据说资本家对党，经过恨、怕、敬、爱四个阶段；知识分子对党员的态度也有几个过程，大致是始则以喜，继之以疑，终之以惧；最近又开始望回走，由惧退而至疑，由疑退而至喜了。中年以上的人饱经忧患，久处黑暗；一旦解放，把所有的希望都寄托在党身上，几年下来，证明这希望并没落空。但少数党员在运动中的偏差慢慢的引起了疑虑，经历过几次风风雨雨的朋友，终而至于畏惧起来，直到如今心中还在七上八下，怕钓鱼，怕诱敌深入。疑虑与自卑感是互为因果的，我的自卑感与别人的优越感也是互为因果的。我们固然盼望人家放下架子，不要老是以改造者自居；同时也得督促自己排除自卑心理。我们马列主义水平低，政治觉悟浅，思想认识不足，这些都是事实；但主要在于加紧学习，用不着提心吊胆，说起话来吞吞吐吐，除了谦逊客套，不敢提一星半点的意见。如果群众看到党员的“永远的微笑”觉得莫测高深，党员见了群众的“永远的微笑”，也未必感到真诚。没有真诚，还谈什么相互了解？交友之道，党内党外并无分别；只要是人，总是越本色越容易相处。惟有不怕暴露思想，暴露缺点，应该接受的接受，应该保留的保留，才能解除彼此的顾虑，而逐渐成为知无不言，言无不尽的朋友；否则什么互相帮助，互相批评等等，还不是说得好听罢了！

墙既是大家砌的，就该由大家一齐动手来拆。砌的时候，党内的人出力多了一些，所以拆的时候也当多加一把劲，多采取主动；我们群众可也不能袖手旁观，光是叫嚷一阵了事。不管党内外，拆墙工作先要从排除心理障碍做起，用通行的词汇说：首先要解决思想问题，双方要平心静气的检查一下自己；出的乱子，责任决不全在一方身上。先要肯定：既是家务纠纷，就是内部矛盾，哪有解决不了之理？

造成党群隔阂的还有第三个原因：少数假积极分子见风使舵，投机取巧，以小情报为邀功取宠的资本，名为靠拢党，实际是向上爬。他们猜测领导意图，不惜火上加油，在运动中假公济私，把大民主变成大大民主。许多或大或小的偏差，说他们起了些酵母作用，恐怕并非厚诬。照理，积极分子应当是团结党群的媒介，做桥梁的；这般假积极的机会主义者偏偏挑拨离间，扩大党群距离，成为墙上之墙，或者是在墙外再加了一道铁丝网。最近各界座谈会有提到“护墙派”的，大概就是指此等人物。要拆墙，必先拉开这些铁丝网。

在学术界中，教育界中，领导因为这些人是内行，便相信他们，依靠他们，结果上了当还不知道。党员领导要从外行学做内行，也得搬掉这些大石头。

造成党群之间的深沟高垒的因素很多，例如知识分子的自高自大等等；以上三点不过举其大者而言，而且泛泛说来，也许还没接触到问题的本质呢。

原载一九五七年五月八日上海《文汇报》

# 比一比　想一想

解放这几年，农民和工人都替自己算过账，每算一回，他们的积极性都跟着提高一回。我想知识分子也该算算账，不是别有用心的算个人恩怨的账，而是平心静气、实事求是的算算七年来国家与民族的总账。要不然，凭着我们的主观想象和意气，很容易一方面夸大自己的长处与政府的缺点，一方面缩小自己的错误与集体的成就；再加上求全责备的习惯，更容易脱离实际，吹毛求疵：小则怨天尤人，自以为怀才不遇；大则一笔抹煞，反对政府，妄想把人剥削人的社会拉回来。

俗语说：不怕不识货，只怕货比货；算账最好用比一比的办法。

先打开地图来把我国的幅员跟人家的比一比：比整个欧洲还大一些。再翻出历史来跟人家的比一比：封建社会的时期比哪个民族的都长，工业革命的开始比哪个国家都迟。这个空间与时间的条件是我们的家底。忘了这家底，看起事情来就会差以毫厘，谬以千里。

然后，把解放以前和以后的工厂、公路、铁路、发电厂、水库、矿井等等大小建设事业来比一比，拿七年以前和以后的工业农业的总产值来比一比。建设部门很多是根本无法比，因为原来是空白点。武汉的江面上空，以前有过什么？黄河的三门峡连名词都没提起过。多少交通线从前只在地图上画了几根虚线,一大半连虚线都没有。其次,建设与生产的增长百分率,还可以拿去和任何资本主义国家同一时期的增长百分率比一比。

解放以前的恶性通货膨胀，物价一日数变的可怕情形，大家想必还记得。那就值得拿来跟解放以后的物价稳定比一比。在国际战争与国内战争连续一二十年之后，巩固币值的速度，值得跟战后资本主义国家比一比。第一次大战以后的马克与法郎，到一九二四年代还在急剧贬值。二次大战到现在，法国的通货膨胀还没有停止；而我们抗美援朝战争未结束，币值已经稳定了。

有人认为人民的生活没有提高。好吧，让我们把过去与现在农村所消耗的日用品数量来比一比，拿一九五二至一九五六年四年之间的职工平均工资增加百分之三十七、一九五六年农民的购买力比一九五〇年增长百分之一百三十六的事实，同吾国历史上任何一个时期比一比。

有人说社会主义的民主不民主；那先要问少数人的民主算民主，还是多数人的民主算民主？拿我们经过各党派各阶层协商的选举和基层的直接选举，来跟资本主义国家拿钱收买的选举来比一比；拿我们的人代、政协到处视察的制度，和议员们只代表少数资本家大地主说话的制度比一比。再拿共产党开门整风，请党外人士与全国人民都来批评这件事，跟资本主义国家执政党的作风比一比。

社会秩序和社会风气，也该拿解放前后的比一比，拿我们的和资本主义国家的比一比。我们是帮会绝迹，流氓盗匪基本消灭；他们是三K党，绑票匪，到处横行。一九四九年以前住过上海的人上街坐车，哪怕是几分钟吧，也难得不看到打架，不听见几句骂人的粗话。而现在呢？这能说是小事么？社会制度不彻底改变，社会风气休想改善。至于政治领导的朴素与廉洁的作风，更是世界史上从来未有之事；连造谣诬蔑无所不用其极的美帝国主义，都不敢把贪污二字扯到我们的领导身上。

至于我们的国际地位，更应当与鸦片战争以来的任何一个时期比一比。近代史上有哪一年，中华民族在全世界面前能像今日这样挺得起腰来的？这个比较，在住过租界，住过港澳，在南洋与欧美各地侨居过的人，体会更深。

这一类彰明较著的事实简直比不胜比，也人人会比；比过以后，谁能否认那是人类史上的奇迹呢？

可是有些人就是不肯比，例如政客出身的右派分子就坚决不愿意比，免得听见良心的呼声；因为他们所求的不是民族的独立，国家的富强，更不是社会主义事业的建设，而是要实现重新骑在人民头上作威作福的野心。

有些人比是比了，但对社会主义还是不乐意；因为他们不肯想一想，或者是虽想而想到另外一条路上去了。比如说，消灭剥削制度好不好呢？当然人人说好。但也许有的人嘴上说好，心里想被剥削是不好，能剥削人不一定不好，能有剥削之实而无剥削之名最好；否则怎会有定息二十年的论调呢？极少数人的生活水平比以前降低了（大半是旧社会的剥削者，其实也降低很少），绝大多数的人生活水平提高了，贫富的距离缩小了：好不好呢？好是好，可惜自己就在那极少数人中间，他忘了过去的豪华享受是建筑在大多数人的血汗上面。这是一种想法。

有的人认为党与政府应该是万能的，办事要样样好，处处好，要百废俱兴，要一步登天，恨不得几年之内，几个月之内把一切好事都办完，立刻进入社会主义。他们忘了我们的国家大如一洲，忘了我们是几千年的破落户出身，我们的贫穷与落后是极好的革命条件，可不是建设的良好基础。我们原有的底子跟二十世纪的物质文明要差几百年。他们忘了共产党员也是人，不是天神天将；过去花了一二十年时间，牺牲了多少万生命，学会了阶级斗争，搞成功了革命；现在要领导建设，从事建设，也得花相当时间，慢慢的从艰苦的实践中学起来。不错，党员中确有一部分水平不高，有缺点；正因为如此，党才整风。可是回头看我们知识分子，经过数十年外患，数十年革命，可曾有了多少进步，多少觉悟，能配合这空前的建设任务呢？看不到社会主义革命与社会主义建设同时进行的艰苦性，忘记了我们破烂的家底子，就只有急躁与苛求的情绪。这又是一种想法。

还有一些天真的想法。例如要求政府办好事情而不愿付代价：三反、五反、思改、肃反等的偏差，我们当然要求改正，政府也早说过有错必纠；但我们不能因为有了极小部分的偏差而就否定整个运动的成绩。人民的政权要不要加以巩固呢？反革命分子要不要清除呢？社会主义改造要不要呢？要，就得付代价。只能要求代价付得少，绝对不付可办不到。有百利而无一弊的事是没有的。奇怪的是我们为了苟延残喘，在国民党统治下所过的暗无天日的生活，所付的惨重的代价，倒反不大有人想起了。

也有不少人批评党不信任人，可是他们对党是否信任呢？因为某些基层干部水平有限，有时执行出了偏差，就说是上面一套，下面一套，说的一套，做的一套。整风开始，他们又说是钓鱼，是诱敌。看到了反击右派分子，就更振振有词的说是收了，整党外人了。试问心中不存着对抗情绪，会有这种猜疑么？不分敌我，不辨是非，人家放了火，我们救火，倒说是拿水淹了自己人：这种想法对谁有利呢？

还有一等知识分子把自己的专业看做宇宙的中心，好像只有他那一行是天下第一要紧事儿；既不问这专业在现社会发展阶段中占的什么地位，缓急轻重的性质如何，也不问客观条件与历史基础如何，只要有关本行的措施稍不如意，便仿佛整个国家都在倒退。我们常常抱怨机关的本位主义，却没有发觉我们知识分子的本位主义有过无不及。

除了资产阶级意识之外，大抵我们思想上最容易犯的错误是以偏概全，是见其小而忘其大，见其近而忘其远，看了枝节而忘了根本；还常常忘了许多缺点是在前进的路上出现的！

总之，不比一比，显不出社会主义制度的优越，显不出共产党领导的正确，感觉不到我们做的是史无前例的大事业。比过了，我们才明白应当爱什么，恨什么，保卫什么，反对什么，应当站在哪边，朝哪个方向走。不想一想，不站在无产阶级立场上想一想，不从六亿人口出发来想一想，就不会坚决肯定七年来的成绩远远的超过了缺点，因此也不能为了爱党、爱政府、爱社会主义事业、爱我们自己的前途，而诚诚恳恳、切切实实的帮助党整风；不但如此，还很可能有被右派分子所迷惑，甚至利用的危险。

原载一九五七年六月二十九日《文汇报》

# 识别右派分子之不易

在文汇报彻底检查资产阶级办报思想与被右派分子利用经过的时候，我觉得作为社外编委之一，也没有尽到应尽的责任。

在北京参加宣传工作会议期间，三月十二（或十三?）日上午徐铸成约我在中山公园谈天，问我对会议的感想，以后文汇报怎么办两个问题。我回答：（一）反对三个主义是长时期的艰苦的思想工作，不能期望过急，以为开了一次宣传会议就全盘解决；党对知识分子的思想改造也认为是长期的，我们怎么能要求某些党员的三个主义短期内就克服呢？我们一方面要斗争，一方面要耐心等待。（二）这次参加会议，党外知识分子听了许多好话，我们可不能得意忘形，而应当不断提高自己。当天晚上文汇报北京办事处请吃饭，在座的有上海去的文汇报编委唐弢、柯灵和平心三位。徐又提出办报方针问大家，我又把早上的话当众（浦熙修及其他几位北京办事处同志也在场）重复了一遍。那时我感到文汇报受了中央夸奖，恐怕冲昏了头脑，所以暗中敲了一声警钟。

五月十四日徐铸成从苏联回沪以后，我和他提到在整风运动中对和风细雨的宣传还不够，需要多向群众解释。二十二日上午我为当天文汇报一版的三个标题，打电话给徐，认为故意制造紧张气氛很不妥当，同时又谈了和风细雨问题，又谈到文汇报应当写社论表示态度。二十四日（或二十五？）上午，又同周煦良先生到徐家去，我们共同向他提出基层暂不整风是对的，提倡基层鸣放要打乱整风步骤的。我个人又提到和风细雨问题。六月三日徐铸成在家请吃饭，邀了陈虞孙、陶菊隐、张锐、沈志远、吴兆洪诸位同志，文汇报有钦本立、柯灵、黄裳三位同志。徐又提出文汇报今后方向征求意见，我又说群众急于搞大民主，不了解大民主不解决问题，和风细雨的方法好得多，当然也难得多，仍需向大家解释；文汇报应有社论表示态度，虽措辞不易，但非写不可等等。徐隔了一会随便插了一句：这时写文章群众不要看（大意如此，已记不甚清）。在宣传会议与政协大会那一段时间，我感觉到文汇报与市委不协调，曾向徐提过要主动争取。我对柯老也提出，希望市委领导多与新闻界同志接触，两不通气恐怕不大好等等。关于和风细雨、基层鸣放、报纸与市委要建立正常关系三点，五月底有天晚上我还跟黄裳同志谈了很多。

现在回想起来，我虽几次三番向徐铸成提了意见（而且永远是两个主题：一是要宣传和风细雨，二是要写社论），他始终唯唯否否；但我没有坚持，没有向文汇报党组联系（除了六月三日晚上钦本立同志在座以外），也没有与其他编委联合向文汇报提意见（除了一次与编委周煦良同志同去以外），这是一方面表示我对真理不够执著，另一方面对歪风也警惕性不强。

此外，我对文汇报提的意见也有错误的，特别显著的是上海宣传会议期间，吕文（我从来不认识他）发言文汇报未刊出，我打电话问徐铸成是否有顾虑。徐回答说："不登吕文发言，我已在社内批评过了；像金仲华那样的文章，四平八稳，倒是可以不登的。"（对金的文字，是他在电话中提出，我没有接下文。）如今检查起来，我问他不登吕文发言，倒是有了推波助澜的嫌疑。这证明我虽从头至尾主张和风细雨，但遇到非和风细雨的具体事例，有时也会认识不清，从旁附和。这就充分证明中间分子的两面性，立场不稳，思想上常常忽左忽右的摇摆，对事物的表象认识模糊，对本质更不会辨别。

从解放起到去年八月为止，五年半中间，徐只在一九五〇年与我见过两面；直到文汇报复刊前才又来看过我二次，复刊后又看过我二三次（一次是专谈访苏观感）。一向我只感觉到他佩服罗隆基章伯钧（因为有一次他说民盟中央只此二人能独立思考），可没想到他完全受他们指挥，更没注意他平时问我“文汇报该怎么办”，其实是真主意，假商量；怪不得从五月十五日到六月三日我屡次说了正面话他都不理。六月十一日文汇报发表了第一篇社论，上午徐铸成打电话来问我觉得怎样，我说好是好，可惜迟了；倘从五月二十日边就逐步改动版面，就不至于在群众前面来一个这样大的转弯了。他回答说这是我们政治感觉不灵。原来到那时为止，他还是隐蔽着真面目。直到近十天来报上陆续揭发，我才知道他是有阴谋的，有集团的，以民间报纸花色繁多为名，遂行他办成一张反社会主义报纸的策略，为资产阶级复辟打先锋。回想过去在北京和他说的话，我还以为他不过是个人英雄主义，所以把他当做朋友而只从那方面做了暗示；我真是太天真了，太麻痹了。像我这样从旧社会来的人，没有受过革命锻炼，耳不聪，目不明，只凭直觉判断人是很危险的。例如吕文罡，凭他一点儿说话的技巧，就很容易的夹进了私货，把我俘虏了；且从当天会场的情况看，受他蒙蔽的还不止我一个；可见没有思想武器的旧知识分子，在政治斗争中的确是弱不禁风。

总之，从我与文汇报的关系来说，我深切感到个人思想觉悟不高，难免有时流露出错误的言论，被右派分子引为思想上的同道而不自知。我们是站在普通的人民立场上提意见，他们是站在右派野心家的立场上说话，一听到同类的言论（因为所揭发的现实的错误很可能有一部分相同），尤其是尖锐一些的，他们便以为也是和他们同样的思想意识，既助长了他们心中的邪念，又在群众前面混淆是非，作为把党说成漆黑一团的材料。这是最可恶的。我们由此可以得出一个结论，就是“共同的语言”决不能单从语言表面来区别，而一定要从动机与立场来分辨。这是我个人应当引为深戒的。因为我们身边有的是敌人，是思想上的、隐藏的，所以是更可怕更恶毒的敌人，决不能麻痹大意，而要和已揭发的右派分子做坚决的斗争，同时还要擦亮眼睛，严防未揭发的敌人。

原载一九五七年七月六日《文汇报》

# 同声相应，同气相求

六月二十八日，杜勒斯在旧金山又发表了一篇侮辱我们中国人民和共产党的演说，他在列举不承认中国的理由中，有几段话原来是和我们的右派分子唱双簧的脚本。

他说："中国人民同样不喜欢共产主义，我们读到了最近那位大学讲师（按系指葛佩琦）在赤色中国所说的勇敢的话：'推翻你们，不能说是不爱国，因为共产党不为人民服务。'——中国人民首先是个人主义者。我们可以有信心地把这样一种假设作为我们政策的根据：国际共产主义的强求一致的统治，在中国和在其他地方一样，是一种要消逝的，而不是一种永久的现象。我们认为，尽一切可能使这种现象消逝，是我们自己，我们的盟国和中国人民的责任。"

他又说："我们的政策是随时可以调整来适应不断改变的形势的要求的，但是，在有些情况下，应该有所改变的，是别人而不是我们。"

杜勒斯把对人民的民主，对敌人的专政，和几千年以来初次实现的六亿人民主动的团结一致，诬蔑为"强求一致的统一"；而我们的右派分子也在用各种语言咒骂无产阶级专政，指为一切罪恶的根源；无怪杜勒斯要大为欣赏葛佩琦了；替他在中国土地上公然咒骂我们的党，在杜勒斯心目中当然是“勇敢”得很了。

杜勒斯喜欢中国人的个人主义，恨我们的集体主义，因为个人主义是一盘散沙，对帝国主义和国际资产阶级最有利，好让他们肆无忌惮的来侵略我们，像解放前的一百年一样；集体主义使我们强大，独立，走上社会主义的路，不让他们再来榨取和剥削，像解放八年来一样。而我们的右派分子就是要求英美式的资产阶级民主，各党派轮流执政等等，来恢复我们知识分子正在努力摆脱的个人主义。

杜勒斯认为国际共产主义是要消逝的；我们的右派分子就在动手挖共产党的墙脚，抱着蜉蝣撼大树的妄想。要共产主义消逝。杜勒斯认为别人应该有所改变；我们的右派分子就在希望天下大乱，改变我们全国统一、上下一心建设社会主义的局面，去迎合杜勒斯的愿望。杜勒斯的演说发表在六月二十八日，我们的右派分子早在一个多月以前就在“尽一切可能使这种现象（按即指共产主义统治）消逝”，这不但是千里神交，竟是杜勒斯肚里的蛔虫！

杜勒斯又在本月二日记者招待会上说：“在目前，中国出现的革命因素看来比苏联出现的要多，但是我不愿意人们把那句话解释为一个说中国将要发生革命的预言。我不知道将来会发生什么结果。”我们的右派分子却早在六月六日就由章伯钧召集了一个紧急会议，把我们的情况说成是五四运动前夕，波兰八中全会前夕，估计共产党垮台在即，马上要轮到民盟来收拾大局了。原来他们的估价比杜勒斯还要推进一步，做的痴梦比杜勒斯还要深沉与荒唐。不过我这么说也许是天真了一些，谁知道杜勒斯在六月初，不是和我们右派分子同样的把我们的形势估计为“一触即发”，直到看见我们反右派斗争展开以后，才改了口气，变成保守了一些的呢？

同样的思想意识当然会产生同样的幻象，同样的叫人白日见鬼：有缘千里来相会，哪怕横隔太平洋，资产阶级的意识还是不受时间空间的限制，会同声相应，同气相求的。可恨的是右派分子一大部分都自称为知识分子（有的还自命为大知识分子），事实上连一点点最起码的爱国心和民族气节都没有——因为说他们是一厢情愿的、死在胎里的纳吉，一点不冤枉他们——不要说污辱了知识分子这个名称，连人的称号都给污辱了。

他们可曾想到，要没有共产党，我们今天过的将是怎么样的日子？旧社会中他们几十年的生活不知是在哪里过的？台湾同胞八年来的日子又是怎么过的？五月二十四日的台湾抗暴运动是怎么发生的？谁领导了革命打倒了无恶不作，丧权辱国的反动政府，让全国人民大翻身，从而使全国的知识分子也跟着得到解放的？八年以前和以后的，祖国面貌空前的大改变，他们难道都视而不见吗？我提出这些问话又是太天真了。他们嘴里的国家与人民，全是装幌子，骨子里无非是为了没有止境的名利思想，永远填不满的欲壑。他们在旧社会中是掀风作浪的政客，到了新社会仍是伺隙而动，跃跃欲试的野心家。解放以后，政府在哪一点上亏待了他们？所揭发的右派分子几乎全是身居高位，待遇优厚的。无奈他们有的想当总统，有的想当总理,总而言之,要骑在人民头上而后快。这种冒险家当然是没有国籍的，他们是“资产阶级国际”中的成员，自然要仇恨“无产阶级国际”了。

可是他们和杜勒斯唱的双簧早已拆穿；要不及早回头，洗心革面，彻底交代，他们在人民的国土上可没有容身之地了。

原载一九五七年七月十七日《解放日报》

# 对于版税问题的意见

## 一、引言

——论新版税办法的根据没有顾到问题的全面

我曾于一九五〇年二月批评三联书店所拟的《著作权报酬办法草案》，时隔三载，虽情况变迁，我过去批评时所提的三大原则，仍未失去时效。那三个原则是：

（一）出版物发行之广狭，以教育文化程度为先决条件，其次方为购买力（即书价问题）。

（二）吾国书籍销路之不广，不能说是由于定价过高。

（三）今后一般书（即非政治性的、非通俗性的），决不能一跃而为年销三万五万。

当时三联所拟新办法的“说明书”上有两个要点：

第一，说吾国的版税“高过世界各国，其结果是多多少少提高了书价，乃至不利于发行的扩大”。

第二，“我们希望于著作人的，是从每一部书上少得一些报酬。使书价更可降低，而从多销一部书上多得一些报酬，因为过去只能销三千五千部的书，今后要销三万五万。”——又说作家在一年间所得的报酬总额（照新办法），其实不是减少而是增加的。因为这两点理由成为全国普遍采用新办法的根据，所以现在仍需要把我以前的观感重新提一提：

【旧版税办法并没有在过去多多少少提高了书价】抗战以前的书价高，是由于出版商把他的利润提得高。抗战期间直到解放为止，书价指数即比一般物价指数为低。那时纸张及印刷成本不断上涨，而书价虽同样上涨，其指数比起制造成本的指数来，仍旧是落后的，而且落后很多。故解放前十年间的情形，倒是书价连带压低了版税，而绝非版税提高了书价。到三联草案所称百分之十五的版税高过世界各国，并未提出统计数字做证明。

【销三万五万的书仅限于一部分出版物，而非全部的出版物】一般书籍销数之增加，必系逐步渐进，决不能自三五千一跃而为三五万。倘有此等情形，必系局部的而非全体的，例如政治书及学习手册等等。且出版者亦受物质条件限制，纵使要主观的将全部图书的印数提到三五万，仅以纸张一项而论，即无法解决。故三联所称，仅仅是特殊情况而非普遍情况。

以上是一九五〇年二月我批评三联草案时说的话，今以一九五〇年至一九五二年年底为止的实际情形来复按，证明我的预料并没有错。近三年中，销到三五万（或十万以上）的书，不外乎：（一）政治读物；（二）通俗读物；（三）苏联文艺。只有对从事这三类著译的人，三联所谓“从每一部书上少得一些报酬，从多销一部书上多得一些报酬”的话才算兑现了。只有从事这三类著译的人“一年间所得的报酬总额，不是减少而是增加的”。除这三类作家以外的作家，一年间的总收入，的的确确是减少的而且是大大的减少的。因为他们的书每年仍只销三五千，而版税率倒比以前降低了三分之二强（照三联所定的标准计算）。

一九五二年五月，由中国总经售的私营出版社印行的西洋古典文艺，中图批准的初版最低印数有少至两千部的（例如拙译巴尔扎克的《邦斯舅舅》）。同年七月份中图批准的再版书印数有少至一千五百册的（例如拙译巴尔扎克的《贝姨》——最初中图只批一千，后经出版者力争，方增为一千五）。拙译的书还不是顶坏翻译，也不是顶难销的书，尚且如此，可见此种初版及再版印数不会是极少数的例外。这种事实充分证明，三联当时所说销三五万的书，只限于一部分，也就是证明，现在多数出版社所采取的新版税率不能通用于全部出版物。

固然，人民文学出版社印行的高级西洋文艺翻译，也有初版印至一万部的，但此一万部究竟要多少时间销完呢？倘要两年销完，则每年仍只销五千部；倘要一年半销完，则每年只销六千六百余部——这一点极其重要，可惜一般提到版税问题的人没有注意到。他们往往以初版印数的增加认为就是书的销数激增。殊不知实际的销数是要用销的时间去衡量，而不能把一次印数孤立起来看的。同时，初版与再版相隔的时间，对作家生活有极重要关系，因作家非机器可比，不能终年不断的生产，在旧作已完新作尚未开始之前，必有一个青黄不接的时期，需要依赖再版书过活的。

## 二、新版税办法的弊病

现行的版税办法有欠公允，可分三层来说——

第一，原则上新版税率不应当低于旧版税率：人民文学出版社的版税率虽然已经比三联的标准为高，定为每千字印万部八至十二单位——我们不妨以十个单位来平均计算，则与百分之十五的旧版税率相比，仍低过百分之五十有余。过去常闻社会人士及报纸舆论为作家鸣不平，足见其在旧社会中处于被剥削地位；何以在旧社会中被剥削的人，到了新社会中所得的报酬反而要被降低，而且降低到百分之五十以上？

第二，书的销数仍为三五千的（甚至只有二三千）作者译者，与销三五万部书的作者译者受同样低版税率待遇，显见极不公平：这好比请了几桌客人吃饭（此等客人便是目前书的销数已达三万五万的作者译者），而对一大批没有被请的人说："你们瞧，他们已经在大嚼了，将来也要请你们大吃一顿，所以你们从今天起先得束紧裤带，减少食量！"假如这些人听了不服，是否可以告诉他们说："谁叫你们干的是冷门货呢！"

第三，现行办法对于"按值取酬"的原则应用得不够：如人民文学出版社所定的最低额与最高额的差别，即嫌不够大，也就是缺少伸缩性。出版物的销数既有广狭之不同，作者的学力才力又有高下之不同，不同的程度有时可以成为小学生与大学教授的比例；今最高额与最低额之间仅有四个单位之区别，未免太接近。

把以上三项综合起来看，新办法对文化界可能有重大的不良后果，例如——

（一）鼓励作者译者粗制滥造，偏重于量的增加，忽视质的提高（甚至保持原来品质都谈不到）；

（二）鼓励作者译者避重就轻，集中于"热门"书，例如通俗读物，政治读物与苏联文艺；

（这两种现象目前已经很普遍。抢译赶译之风虽不自今日始，但"于今为烈"。）

（三）使过去做专门研究而有成绩，而又不愿改走"热门"的人，无法继续做专业研究的著译。

## 三、对于修正版税办法的几点建议

在考虑版税问题以前，我们先要把作家的生产情况与别的工作者的生产情况不同的地方，加以深切的了解与体验。

（一）作家的生产量不能如体力生产的人一样，按月按日完成定量的数字。倘我们因为某人每日写作若干千字，而即谓其每月可写作若干万字，一年可写作若干万字，以某种版税率计算，一年即可有若干收入：结果一定是不准确的。作家酝酿与准备一件作品的时间，往往比实际动手写作的时间更长。他需要长时期的构思观察，搜集材料，做考据功夫，然后再构思（外人看来似乎在闲荡）。为此所费的时间与精力，都是一般人看不见的，或者虽能想象而想象得不够真切的。其次，在旧作已完，新作未酝酿成熟，甚至还没有一个概念的期间，作家常常有段空白的时间，在外人看来更加像闲荡，不知作家精神上正是非常骚动，彷徨，苦闷。我们估计作家的生活条件与经济状况时，必须把这些情形作为重要的参考。（二）由于第一点，我们不能单单凭字数（量）来估计一个作家的生产成绩，而更应当以工作成绩的优劣（质）来推断作者所花的时间与精力，以及他的修养程度。粗制滥造的翻译有每天生产多至一万余字的（事先连原作都没有从头至尾看完），态度严肃的翻译有每天少至一二千，多亦不过二三千字的（以上两个极端均系事实）；精心的创作更不必说，学术专著则十余万字往往即须数年完成。（三）作家的学习、训练、修养的时期特别长久，经过情形特别艰苦。从另一观点说，培养作家最不容易，而且最无把握。

由于（二）（三）两点，我们不但在决定版税率的时候，对作者的物质生活需要加以特殊的考虑，并且在个别决定作家的版税率时应当根据现实情况，以按值计酬（按作品的成绩定报酬的多少）为原则。

兹建议对现行的版税办法修正如下（有出版家仍采用旧法以百分率计

算者听之，但当向其建议，改为自百分之八至百分之十五的分级制）：

（一）巨额的提高版税率的最高额——假定最低数为千字万册八个单位，则最高数应提到二十四单位。

【说明】此最高额初视似乎太高，其实是现行最高额太低所造成的错误心理。因千字万册二十四单位，仅等于旧版税率百分之十五左右，即超出，亦甚微。

（二）版税率应有极大的区别与伸缩性——对性质不同的出版物，予以不同的报酬；同性质的出版物，以成绩决定其版税率的高低。

【说明】凡不需要长时期修养与高深专门学识的作品（如通俗读物），或就现成材料编辑的单行本（如政治读物、学习手册），现行的版税率已经足够，甚至可略予减低。但学术性，技术性，艺术价值愈高的出版物，版税率亦应随之而尽量提高。同一性质的出版物，应视作品的价值而分成许多等级的报酬。

（三）以印数的多少与再版的可能性作为决定每部书版税的参考。

【说明】这一条其实已暗含在第二条内，但同一类的书，印数多少往往亦相差甚大；故宜随时以此为伸缩标准。凡初版印数不多，再版可能性极少同时又极有学术价值的著作，应尽量予以高级的报酬。

（四）诗歌的计算办法，当以十五行做千字计算（人民文学出版以二十行做千字计）。

（五）决定每部书的版税率时，应当由出版单位与作者尽量取协商方式。

（六）版税的支付可由出版单位与作者随时协议，不一定要出版时一次付清（以照顾出版者的资金通转）。

（七）版税调整后，稿费亦当照比例提高，而最高与最低的距离也要同样的扩大。

总之，上拟办法完全保留原办法的合理部分，而纠正其不合理部分。但办法确定以后，仍要灵活运用，方免流弊。

## 四、书价问题

讨论版税不能不牵涉到书价问题，尤其因为当初新版税办法的产生是以减低书价作出发点的。调整版税率，势必有人以提高书价为理由而表示反对，所以我在此先作解答。

减低书价是为普及文化，调整版税率是为提高文化。两者不但应当并行不悖，且事实上也的确可以并行不悖。我所提的办法，对大众读物的版税是维持现状，甚至可略予减低；提高版税率的出版物仅限于学术价值艺术价值较高的，即读者范围比较狭的。读者范围最广大的书既不提高定价，自不会妨害普及文化的原则。

至于学术著作，高级文艺的版税，照我所提的第二、三条的办法，也不是漫无限制、毫无标准的提高。费时久，费力多，而内容精的，版税高；费时少，费力少，而内容较差的，版税低：唯有如此，方能鼓励好作品而达到提高文化水准的目的。销路窄的版税高、销路广的版税低：唯有如此，方能保障及扶植专门学术人才，为文化建设的大业做准备。且版税调整以后的最高额亦仅略高于旧版税率百分之十五（而够得上这个标准的著作的必然是极少极少的），故影响书价并不大。换言之，我们虽然顾到了作家，但要求于读者的牺牲只极微。我国的优秀作家与专门学者，人才如是寥落，当然需要竭力加以照顾、扶植、奖励。而除了政府以外，读者也应当为提高文化出一些力，在每一部高级读物上多付一些代价（虽是多付，亦不是个大数目，大概每万元多付五百至一千数百元）。现在只听到读者一致要求提高出版物的品质，也听到读者要求减低书价，但从来没有读者建议提高优良作品的报酬：那岂不是“又要马儿跑得好，又要马儿不吃草”吗？

在书价成分的比重上，即以旧版税率论，也不过占到百分之十五。纵使将版税全部取消，令作者白尽义务，书价也只能减低百分之十五：然则何必在作家身上“精打细算”？

目前制造成本最吃重的在于（一）纸张,（二）印工,（三）排工、纸型。故减低书价最有效而数额最可观的办法，莫如在各该方面着眼。比如造纸与铸字，在何种条件之下可以减低成本？排印技术是否可以改良，使其更合理化，科学化，减少工作时间，减少耗损，从而减少成本？所以我希望有关方面提请政府尽量照顾印刷业、造纸业、铸字业、制版业与一切有关文化生产的工商业；积极的帮助各该业发展，包括技术改进等等，以达到减低成本的目的；消极的对各该业不要加税，甚至于酌量减税，以求不增加目前的成本（一九五三年起，华东区增加纸税与油墨税，便是对书价极有影响的措施）。

总之，无论为普及文化还是为提高文化，希望大家都把眼光放远一点，而改良的措施最好是从大处着手。

一九五三年三月八日

# 关于高级知识分子的几个问题

以下所述，领导上可能已经知道，无须我多赘，我的报告或许只能为已有的材料多添一个旁证而已。

（一）两种落后分子：

〔甲〕有些思想落后分子，经过了思想改造反而更落后，经过了历次运动越来越落后。但我这里专指一般学术确有根底，作风大致还正派；可是缺点很多，小资产阶级意识很重，旧知识分子习气很重，例如有自由散漫，不负责任，虚荣心重，贪逸恶劳，自私自利的人（凡不学无术或作风极恶劣之辈，都不在我论列之内）。这批人为数也许不多，但也并非绝无仅有。他们都抱着“混混算了”的心情，甚至对他们本来有成绩的本位学术，都不再继续研究。这种情况对于国家不能不说是一个很大的损失。

〔乙〕另外一些落后分子，特别是大专教授，也是有实力而基本上作风正派的人，看到参加社会活动很热心的人，或是喊口号很有劲，而对本行过去既无成绩，现在也不努力的同事，有时倒很有政治地位，得到上级信任；便认为倘若提高政治水平与提高业务两者不可得而兼的话，还是提高政治水平要紧。但他们思想上尽管如此，事实上并不这样做。因为他们还有一个矛盾的心理，对于政治觉悟高而业务能力差的人，暗中是瞧不起的，所以自己宁可抱残守缺，甘于在思想上落后，而仍埋头于业务。他们和甲类的落后分子不同，因为对业务还是用功的。对学生还是尽力帮助、热心爱护的。但他们有个很大的苦闷，心中永远有着这样一个问题："所谓政治觉悟，究竟以什么为准？是否尽量做好本位工作，不倾轧，不嫉妒，不歌功颂德，就算不得前进，算不得全心全意为人民服务？"有了这个疙瘩，他们虽然努力工作，但对自己的工作没有信心，觉得自己的成绩是不被重视的，所以自己的前途是灰暗的。这种人存了这种心，对在发挥他们的潜力上无疑是有很大的影响的。

我个人对甲、乙两种落后分子都有长时期的来往，还做过很大的努力帮助过他们。我的结论是：甲种落后分子不但落后，而且已近于顽固；他们的缺点也根深蒂固；不容易纠正。纵使你退一百步，以纯学术观点劝他们努力本位工作，也是无济于事。他们不是拿谦虚来推托，说自己空疏不学（明明是不符事实的），没有资格做研究的话；便是愤懑不平，表示怀才不遇，所以一切都不足为。对乙种落后分子就比较容易说服——不过只是一时的说服，因为他们老是说："拿事实给我看！"不幸他们所说的事实，专指他们工作范围以内的事实，就是说，要看到他们的组织实际上有所改进。因为甲、乙两种落后分子有两个相同的缺点，其实也是人人都有而只是五十步与百步的缺点：第一是只看近边，不看远处，明察秋毫而不见舆薪：因此只关切个人所隶属的机构（不幸往往是缺点较多的），而不愿意想到那些办得很好的事业。第二是不分缓急，不辨大小，缺乏比例感：他们不大肯想到国家大事千头万绪，当政者不得不权其轻重缓急，一样样的逐步处理，他们也不愿意把成绩卓越的伟大建设来鼓舞自己，从而对自己所处的小机构的缺陷看得淡一些。正因为伟大的建设规模太大了，对他们成为一种抽象的东西，好似与他们并无切身利益一般。所以尽管治淮工程如何了不起，五年计划的实现如何有提早完成的可能，他们都不动心；他们只看着并且还夸大与切身有关的事业不进步，或者个人的遭遇不公平，而痛心疾首。

（二）两种“祸从口出”的人——

〔甲〕很多无所谓落后或前进的人，但是有实力、有正义感、有事业心的高级知识分子（事实上既不限于高级知识分子，也不限于知识分子），本来很乐于提意见，批评领导；当时并没被采纳，或表面上被接受了，而事实上并未得到纠正，事后却在运动中受到打击，指如思想有问题，情形很严重。这种教训多了，有意见而闭口不言的人就越来越多，换句话说，真正的国家主人翁一天天的减少了。这是一个后果很不好的现象。

〔乙〕还有一批人，因为正面提的意见不被采纳，渐渐的变为背后发牢骚，不满领导，说怪话等等。这类人当然在运动中受到严厉的批判。

以上甲、乙两种人，自从“反胡风”学习及肃反运动以后，深切感觉得“祸从口出”，便一味的效法“金人三缄其口”，但心里是大有疙瘩的，思想上反而更“不通”了。

（三）改造高级知识分子时值得考虑的几个原则——

〔甲〕深切了解知识分子的性格及优缺点，作为对症下药的张本。

〔乙〕慎重研究对付知识分子的态度与方式：a. 陈市长说的拍皮球的比喻值得牢牢记住；b. 知识分子着重事实的话，也值得普遍的重视；c. 培养知识分子的廉耻心、羞恶心，恢复他们的正当的自尊心与对事业的信心，似乎是消除历届运动的反作用的主要方法。

〔丙〕深切了解真正的思想转变是需要极长的时间的，切忌操之过急，反而增加领导与下级之间的距离；同时这个原则亦可使领导对一般转变极快的人采取审慎与保留的态度，看看他们是否真正的转变。

〔丁〕用事实证明，各级领导对事业是关心的，对专家是尊重的，对他们的学术研究是尽量帮助的。

〔戊〕对专业非内行的领导，竭力学习业务，方可避免外行干涉内行：这是知识分子最痛心的一点。

〔己〕各学术机关的党团领导，宜尽量听取业务领导的意见，“政治学习”务必与“业务进行”结合起来，不相妨碍，避免单纯的“政治第一”观点。

〔庚〕改善接受批评的态度，最好是用事实来证明，比如错误的及时纠正，是最能鼓励大家提意见的。对于意见不准确的人，宜采取教育与说服的态度，随时予以帮助；切忌对怀有不满情绪的人随便扣帽子，更不宜平日放任，到运动中算总账，以免“不教而诛”。

〔辛〕假如在学术机关中把实力较差的积极分子的待遇与地位，和实力坚强而并不太落后的分子的待遇与地位，酌量加以调整，恐怕对争取第一项甲、乙两种落后分子，有很大的良好的作用。

〔壬〕高级知识分子的政治学习，宜特别郑重安排，其材料，其方式，都要适合他们的文化水平，特别要顾到不占据太多的时间。否则学习的人容易厌倦，望而生畏。要高级知识分子自觉自愿的学习政治，必须使他们对学习的内容感到强烈的兴趣，对学习的方式也不感到无聊。

〔癸〕领导学习的人最好能时时回想自己的经历，回想党内同志在思想上未臻尽善尽美的实例，方始能对党外的高级知识分子有极大的耐心与容忍；这原则也适合于处理一般的事情，特别是接受批评的时候。

（四）附带的两个问题——

〔甲〕有些各方面表现都极好的积极分子，常常慨叹所提的意见，直到一年两年以后方始得到采纳，而且不是直接采取他们的，还是由于中央来了新的命令。他们常有“焦头烂额者为上客、曲突徙薪者居末座”之叹，这种情况对高级知识分子的刺激特别大。

〔乙〕另外有个情况，是提得很准确的意见不受采纳，但一旦国外专家来了，提出同样的意见，立刻受到上级重视，并立即见诸实行。这也很伤害高级知识分子的自尊心（正当的自尊心），同时也损害上级领导的威信。

以上所提，或许意见不甚准确，思想也有偏差，分析问题不够客观，尚望见谅。

一九五五年十二月二十六日

# 关于高级知识分子的几个问题的补充材料

近两天又和几位在大学英文系当教授副教授的朋友谈话，归纳出下面一些材料，谨提供参考。

（一）时间的安排问题：今天当教师的多半精疲力尽，成天奔波，有病的或健康情况不佳而未病倒的都不能休息。当然现在国家极须培养下一代，知识分子不能太顾自己的利益；不过时间安排得不当，教师不得充分休息，他们服务的可能性一定是要大大缩减的，服务的时期也一定要大大缩短的。便如机器需要尽量保养，用的时间越长越好；那末人才恐怕也不能例外。

其次，问题是教师费了如许时间精力，结果究竟怎样呢？成绩是有一些的，然而真正能派正经用场的（这里特别指英文业务）益不多；而且学生英文好的，多半还是在别处打的底子，这笔功不能全记在大学教授账上。教授们因此觉得花的那一番起早睡晚，星期天不休息的功夫，和实际的收获比较起来，未免有些冤枉。

对这些情况，并非没有人提意见；提了意见，系主任或别的领导也召开座谈会等等研究一番，下文是往往没有的，只是使大家已经不够分配的时间，再多为了座谈、讨论等等，而多浪费一些。于是好些人不敢再提意见了，免得于事无补，反而多赔补时间与精力。

一位教授说："风闻下学期业务学习将增多，例如'文艺学''语言学'之类（至于多看英文书，只有我一个提过），这是很好的现象。但若所谓业务学习，就是大家聚在一堂漫谈的话，学得的东西就不会多，反而剥夺我们更多的时间和精力。一个知识分子的时间精力是宝贵的；现在大家都说要保证学生的质量，要'三好''五会'，我要问：如果教师自己的质量不保证，却高谈保证学生的质量，是不是等于说空话？如果教师没有成块的时间钻研用功，那末本来好的要落后，本来差的更要退步得不成话说，科学研究等等更不过是装门面了。"

另一位教授说："照现在的情形继续下去，我们很快就要回答不出学生提的问题了。"

由此可见，时间如不彻底妥善安排，就会：一、把教师的身体拖倒；二、使教师闹情绪；三、降低教师的质量。

（二）发挥潜力问题：大学里最近做过检查，提到这样一个问题：有人怀才不遇吗？教授们觉得这话很难回答。他们先要问：什么叫"才"？什么叫"遇"？纠正"怀才不遇"，是不是加重工作？

一位朋友发表意见说："我认为用人应该用其长。随便举个例子说：有这样一位教师，能教书，能编教材，能编字典，能培养助教，能写文章，现在要他教书，他教得不坏；可是对这项工作不发生兴趣；也要他培养助教，他培养得也不坏，但对这项工作也不感兴趣。时间和精力是全部拿出来了，而且并无怨恨牢骚的情绪，可是他的专长没有拿出来。这算不算发挥了潜力？"

另一位教授说："且不谈兴趣和专长的问题，单讲实际。我们非常了解教师数量不够，需要都极大，我们不能不一个人干几个人的工作。问题是实际上应付不了，做的几件事没一件做好。教授除了上课、备课之外，培养助教和编教材两项差不多是无可推辞的。但编教材往往为了一个短篇就需要把整本原文读过。可是哪儿来的时间！我们连每天的报纸都只能看个大标题。”

以上虽是我个人片面的了解，也可聊备一格，作为今后安排知识分子的小小的根据。

一九五五年十二月二十九日

# 关于出版界与知识分子问题的意见

## 一、在上海市政协第一届第六次常委扩大会议上的发言

主席、各位委员、各位同志：

第七小组的各位同志，委托我把小组讨论的内容，简括地向大会做一报告。因为时间关系，我的报告来不及请小组的同志检查，倘使有错误和漏掉的地方，由我个人负责。

小组对于《全国农业发展纲要草案》的总的感想，跟大家一样是一方面兴奋，一方面深怕跟不上。第七小组的各位同志包括作家、新闻界、出版界，所以对《农业纲要草案》的发言，大都是从文化和新闻出版的角度出发。在这几个角度上看，跟不上的情形是这样的：

第一，出版界今后的任务特别重大。一九五六年上海需要出版的图书总数是六万万册，单是文化出版物就要一万万两千四百万册，新书要出到六百到七百种，连再版书计算，要在一千种以上。人民美术出版社的连环图画要出到一万万两千五百万册。可是书稿的来源大有问题：连环图画的作者太少，来不及供应。浅近通俗的读物，作家大都腾不出时间来写。农

民合作化已经到了这样的高潮,我们至今也没有一幅《全国粮食分布地图》;新华地图社正在赶制，要在四月底以前完成，而画地图的工作好比绣花，急不来。这是书稿跟不上出版要求。

第二，上海的印刷业，目前已无多余的生产力，本年第一季度的工作已经满额。这是印刷跟不上出版需要。

第三，装订业还停留在手工业阶段，目前许多书印好了，都要在装订积压许多天。这是装订跟不上印刷需要。

第四，出版社机构和发行机构不协调的现象相当严重：先是发行网不够广大，新华书店近两千的分店、支店，只能分配到一县一个，还是在县城里，达不到农村；其次，过去就有些书达不到读者手中；去年有一本书，介绍“陈永康水稻作物”的先进经验，新华书店只叫出版社印三千册；陈永康是松江人，松江的读者都买不到这本书，因为那边的新华书店没有向上海总店进这本书。另外一本讲“血吸虫病”的书，新华书店去年批的印数也很少。最近关于扫除文盲的宣传画，新华书店要出版社在二月底赶出，过期就不要了，仿佛过了二月，扫除文盲的任务就不搞了。这是发行机构对新书印数估计不足，推销不够，跟不上读者的需要。

针对以上四个“跟不上”的情形，我们建议四个办法——

第一，为了开辟书稿来源，我们可以几路进军：第一路进军是把现有的各种创作、报道等，选出多少种适合农民需要的读物，请各个作家——最好是原作家，用通俗文字编写简本，这是应付青黄不接的救急办法；做得好，也许可以作为经常的办法；便是翻译作品，也可以酌量试用这方法。第二路进军是邀请正在农村体验生活的作家，写好了作品，接着再写一部通俗的节本。第三路进军是号召在农村工作的知识分子，例如教师，现在就有三百多万，鼓励他们动手写作通俗读物，开头对他们不必要求太高。他们生活在农民中间，耳闻目见，一定有很多好材料；借此也可以为发掘新生力量、扩大写作队伍打开一条大路。第四路进军是鼓励机关干部利用业余时间写作；但这件事需要向各机关的主管做一番疏导工作，打通思想；因为过去有不少例子，机关干部在业余时间写了文章，画了宣传画，受到批评，认为是名利思想；这现象最近还有发现。第五路进军是要求翻译工作者也抽出一部分时间去体验生活，写作品，短文、报道、游记都可以。最后，我们建议作家协会也采用师傅带徒弟的办法，培养和帮助新生力量。以上几项，作家协会的负责同志表示很愿意在各个方面的协助之下，着手进行。

第二，为了解决印刷跟不上出版的问题，我们建议大力发展印刷工业，添置机器。

第三，为了解决装订跟不上印刷的问题，我们建议把装订业逐步的、但尽快的变成机械化，置备装订机器。解决了这个问题，同时也就解决了装订业工人的手工业改造问题。

第四，为了推广发行，我们建议仿照苏联早期的办法，委托全国农村供销合作社代销；还有在各乡村间流动的小贩，也可以托他们代销通俗读物。至于新华书店发行工作的缺陷，我们希望中央能从基本上，在两个要点上加以纠正。一个是经营作风不要纯粹追求利润，而要把经济观点跟发行机关所负的思想教育、传播政策的任务，密切结合起来；另外一个是，加强新华书店各级工作干部的思想教育和业务教育。

以上是为配合《农业纲要草案》第二十九条而提的意见。

为了扫除文盲，我们还建议像《劳动报》一样，办一份全国性的农民报，但是更要通俗，更要浅易。同时也需要办几种有关农业生产的通俗刊物。

《纲要草案》第九条乙项第一目规定："由各省、市、自治区把当地合作社丰产典型收集起来，编成书，每年至少编一本，迅速传播，以利推广。"我们觉得编书、印书、发行，时间太长，恐怕不能做到及时；例如有关小麦的耕作技术，必须在小麦下种以前传播，否则又要推迟半年到一年。所以我们更需要有农民报，把这种传播先进方法的工作做得更快。

《纲要草案》第三十条规定，要在七年到十二年内基本上普及广播网。对于这一点，我们建议要及早准备。现有的北京、上海两个最大的广播电台，各种人才都不够，技术缺陷还很多。希望及时改进，使现有人员能成为培养新人的基本队伍。

关于知识分子的问题，我们当然热烈拥护周总理的报告，愿意尽量发挥潜力，加强自我改造，提高业务水平。但实行这几点，都碰到一个共同的难题，就是时间不容易分配。虽然周总理已经给我们定出了一个指标，每周在业务方面要保留六分之五的工作日，但大家觉得不大容易实际做到。希望领导方面和知识分子自己对这一点特别注意，研究出一个妥善的办法。

关于知识分子的就业问题，单就调派到内地去的知识青年来讲，希望各地各级的领导干部多给他们精神上的照顾。我个人知道有一个例子：一个高中毕业生派到内地去，内地的干部瞧不起他，说："你是什么东西！不过是剩余物资，上海不需要了，才让你来的。"这种事情很容易影响到以后上海知识分子就业的情绪。希望内地的干部至少不要在精神上给上海去的人刺激。另外也有好的方面，例如新新剧团前一二年到苏州、无锡一带去演出，时间不过十天，团员已经觉得是离乡别井，有的甚至于哭了。最近老远的到西安去，上海的文化局对他们大力支持，姊妹剧团也热烈帮助，有的观众还到车站去送行；到了西安，当地的首长们又去接车，招待得非常热烈。新新剧团全体团员情绪也就非常高涨，表演也特别精彩；听说要留在那边了。可见一正一反的精神待遇，对知识分子的发挥潜力，是有很大的作用的。

第七小组的意见大致是这样，请大家指教。小组的各位同志，在这样一个急速进展的新形势面前，都愿意尽最大的力量来克服困难，在各自的岗位上做好工作，在党和政府和毛主席的领导之下，参加这个社会主义改造的伟大的事业。

一九五六年二月七日

## 二、大会最后一天的补充发言

主席、各位委员、各位同志：

我想就“时间”这个问题做一点儿补充发言。要切实适应社会的新形势，“时间”的安排是最主要的因素之一。不妥善解决这个问题，忙乱现象就不容易克服；而提高业务，加强自我改造等等，都要受到很大的影响。我们已经进了原子能时代，一定得掌握原子能时代的速度，就是说，要掌握原子能时代的“时间”！

先得声明：我的工作时间是很充分的，因为我对时间最吝惜。所以我个人的问题不是要保证六分之一的工作日，而是倒过来要保证六分之一的社会活动和学习时间拿出来。正因为我多年来享受着充裕的时间，所以我多年来对大多数时间不够的工作同志和朋友，例如中、小学教师，音乐界的朋友，特别抱着同情。今天看到《解放日报》上，全国政协有一位科技工作的委员发言，提到时间问题，有一个具体的原则；我很高兴，特意提出来请大家注意。

她说：“根据党及政府的决定，以后我们至少有六分之五的工作日，即每周四十小时。我现在提一下那另外八小时的其他时间。根据过去经验，如果有十几处，每处都想在这八小时内‘只’做一小时，则很快就能造成‘超时’。每天在专业的时间内都夹上这么一二小时的‘其他时间’，事实上也影响了工作。因为人的脑子与红绿灯不同，不能很快的转直角，而做科学研究一定要思想集中。所以我建议为了保证每周的四十小时，要给那另外的八小时做个妥善的安排。例如：定出每周有一整天是‘非业务日’或每周有两个固定的下午是‘非业务时间’，其余都是整天工作。”

我觉得我们不妨按照这个原则，大家在各人的岗位上和机关内，多想一些具体办法。比如，是不是每个机构可以按照内部工作特殊情况，做一适当的安排，把会议的日期固定起来；有紧急情况的例外；但切不能滥用“紧急”两字。这样，每个工作同志能按自己的工作与业务情况，跟集体需要配合起来，安排他的时间，使每个人都能像昨天一位发言的同志说的，都来一个小小的五年计划，而且能真正做到。因为正如政协全国委员会大会上另一代表说的，我们不怕忙，只怕乱，只怕变，只怕今天不知明天事。

首先我想到的是：会议要精简，前一晌已经在报上提倡，今后希望继续展开宣传，务使各机关、学校、工厂、团体，都拿某几个工厂“少开会也能办好事”的例子做榜样，切实在自己的团体内推行这个办法。

其次，会议的时间要掌握得好。近年来已经有了很大的进步，开会的准备工作，多数已经做得不错；为了适应新形势，还需要进一步改善。比如准备报告和发言，还要从经济时间着眼；务必集中要点，开门见山，少说闲话。一个人少讲一二分钟，十个人就可节约一二十分钟的时间。

其次，每个人的工作方法、程序，都要科学化，这不但为了专业研究的成绩可以加快，而且能腾出时间做其他的活动。

其次，每个人的日常生活，例如起居饮食，打电话，看朋友，接见朋友，都要“经济时间”。要科学化，纪律化。

以上两项，很多同志都早已做到，不过还没有普遍，所以我再提一提。

最后，休息时间也要掌握好，不能浪费。浪费了休息时间，势必影响身体与精神，间接也就影响工作。浪费休息时间就等于浪费工作时间。

昨天我已经发过言，今天又来补充，就是犯了浪费大家时间的毛病，很抱歉，所以我赶快结束了。

一九五六年二月八日

# 上海政协第一届第二次全体会议上的书面发言

主席、各位委员、各位同志：

请允许我对本次大会所讨论的几个问题提供一些不成熟的意见，请大家指正：

关于知识分子工作纲要草案。

在第一条条文“互相信任，互相接近，互相学习”后面，似乎可补充一句“互相帮助批评”。

严格说来，“互相帮助批评”的意义，是包含在“互相接近、学习”之内的，但能加上一句，似乎更明确些。周总理的报告中提到：“目前在知识分子问题上的主要倾向是宗派主义，但是同时也存在着麻痹迁就的倾向”；这是一针见血的话。为了消除这两个相反相成的弊病，在“工作纲要草案”中明白指出“互相帮助批评”恐怕不一定是多余的。

在实践的时候，我们一方面希望领导干部与知识分子经常接触，随时对知识分子的生活、工作、思想提出善意的批评，而不要平时不说，只在运动中“总算账”；另一方面也希望知识分子接近领导干部，随时提出有益的意见，而不要闷在肚里，暗中闹情绪。当然这工作是很细微的，也不是一朝一夕所能收效的；必须打通双方的思想，长期的贯彻下去。所以我进一步建议，除了对干部多多在这方面加以启发之外，还要发动一些进步的知识分子，常常在报刊上发表文字，号召知识分子一方面主动的检查自己的生活、工作、思想，发扬批评与自我批评的精神；另一方面要破除顾虑，养成"知无不言"的勇气。我所以不惮烦的提到这一点，因为从肃反运动以来，在各学校、机关、团体内，党团与群众之间似乎更有了距离，而非党团的群众之间也普遍的互相存着"戒心"：大家只说公事上必要的话，认为自己的思想越少暴露越好，对事业本身越少表示意见越好。一个大规模的运动遗留下来的这种消极的、不健全的影响，必须大力扫除，方能真正实现党与大众的团结，领导干部与知识分子的团结，从而能充分发挥知识分子的力量。

在第二条条文分目（4）"纠正……等现象"后面，似乎可补充一句："某些传达报告，可用书面方式传布，而不一定要召集大会。"

最近中小学教师访苏归来的传达报告，一次时间即达四小时半，且规定中途不得退席。又本月十日大部分小学校放假（改星期日补课），因老师需要整天听访苏归来的教师的传达。此种现象倘不纠正，将来倘不预先防止，恐保证时间一项不易贯彻。

第二十七条关于市人民委员会将设立专家局一项，在实行的时候，希望能广泛的邀请各方面的前辈专家做"特约顾问"，随时咨询，以便把估计与了解知识分子（特别是高级知识分子）的学力及安排岗位等等的工作做得更好。

关于和平解放台湾的问题。

最好以港澳两处作为宣传工作的重点；因大陆与台湾的通信，往往易使留台同胞发生生命危险，而对台湾的广播，又受电波扰乱的影响，故不如通过港澳为宜，且附带亦可争取港澳两地的同胞——尤其是高级知识分子，回国为人民服务。

为了贯彻这个方针，我建议：

（一）香港的大公、文汇两报要加强宣传工作，且要用多种多样的方式，例如：举办有关祖国建设的图片展览，报道祖国一般情况的演讲会、座谈会，解放后文艺作品的简要介绍与大力推广，利用无线电广播作各种报道等等。鼓励侨胞回国服务也应当作为宣传的中心思想。

（二）傅作义、梁漱溟、鹿锺麟、翁文灏、何思源诸先生在全国政协的发言，以及此次樊崧甫、俞振飞等委员在上海政协的发言，都有极大的宣传作用，似乎可以编印成书，在港澳——以及南洋各地——广泛发行。

最后，还有一个小小的建议：此次大会发言，择其精要动人的若干篇，汇集成册，分发政协委员及列席人士，因为这也是一个提高政治觉悟的教育材料。

一九五六年四月十二日

# 第一阶段郊区农业生产合作社视察报告

我们在四月下旬，第一批出发视察郊区农业生产合作社：北郊、东郊、西郊，各视察一处。因代表及委员对农业多半外行，视察时间仅有半天，未能深入体会，只能说是走马看花。一般的说，在转社并社阶段，除了百分之五的上中农及富农以外，百分之九十五的老社员积极性都很高，骨干中有百分之四十五的人起了带头作用，在农业发展纲要四十条的鼓舞之下，把合作社的高潮更推进了一步。目前各社的发展基本上都还健全，生产情绪很高，勤俭办社的原则也能遵守，农民对增产都有信心，对个别年老孤寡而失却劳动力的人也能予以适当的照顾。应当肯定的成绩不多谈了，兹仅列举一部分缺点，提供有关部门参考；其中也有一些建议，是否可行，亦请人民委员会各机关考虑。

## 第一部分　思想教育

组成郊区各高级社的小社，历史最久的不过二三年；也有连互助组亦未参加过的单干户直接加入高级社。虹星一分社共有社员四三四户，过去的单干户即占一四〇户，是一个最突出的例子。建社时期筹备匆促，接着又忙于生产，限于客观形势，应做未做的思想教育工作还有不少；以下便是由于这方面的工作做得不够而造成的一些情况：

一、各生产队间团结不够（北郊东方红社反映）。新旧社员尚未打成一片，思想上有距离。据参加视察的代表张阿宝反映，新社员口头常说："你们的社……"，无形中以社外人自居。

二、原有的初级社社员，于转社时个别有退社的。

三、生产股份基金，一般均对于全劳动力与半劳动力的分摊，数目有大小之别。东郊西新社因一部分农民坚持出全劳动力股份基金的人，将来要尽先分派劳动，有剩余工作时方可轮派半劳动力；结果只能不分全劳动力半劳动力，一律摊派同等数目的基金。

四、并社前，一部分新社员出售牲畜、农具及土地上的高价作物，买进不必要的消费品，如花布、绒线、毛货等，每户有花费四五十元至百余元的。及至入社时，仅以土地上的低价作物抵充股份基金。此系虹星一分社的情况。该社目前尚有一万七千余元的股份基金未收，相当于全劳动力二四二人应交之数。

五、上述的新社员一方面不以现款缴纳基金，一方面已开始要求预支生活费，致引起老社员的不满。

六、另一方面，个别的社对农民预支生活费问题有时也抓得太紧。有些困难户预支的生活费，只及已做劳动日数的四分之一，引起老年农民的不满。此事与打通老年农民思想，提高他们的积极性关系很大。我们认为应当注意不要让老年人闹情绪，而影响青年人。

七、在团结及吸取经验方面，一般对老农民都不够重视。

我们认为过去历史短，基础差的小社社员，在高级社中是个薄弱环节；单干户直接加入高级社的农户，对农业合作化尤其缺乏认识。党团领导急须开始“整社”工作，防止因生产忙而放松了思想教育。特别是集体主义与团结精神，需要在干部间深入教育，然后结合实际（如生产突击、试验新技术等等）向社员广泛宣传，还得由党团员带头以串门、谈天等方式去实行，务必使农民了解到个人利益、社会利益与国家的利益必须结合起来。

## 第二部分　组织、管理及财务

我们以时间关系，未能到各社的办公处与会计人员见面，故对实际财务情况难以明了；至于组织的健全与否，尤须视人选而定，一时更不能下断语。以下仅是与社干部谈话之间所发现的情况：

一、北郊东方红社建社后，对各小社的公积金、公益金至今未结出数目。此项手续并不繁复；据说是因为各小社原有的账目还没有轧平。

二、东方红社建造温室时，需用的玻璃数量预算不准确，致积余甚多，事后又敲破不少。

三、又该社养鸡遭受损失八百元，虽非该社本身过失；但技术性很高而太无把握的事，暂时不宜举办。

四、东方红及西新二社缺乏专门会计人员。现任的仅小学程度，难以胜任。各社财务制度均未建立，一般的管理也没有订出办法。此种情形相当普遍，不及时设法，恐将来计算劳动报酬时影响更大。

五、各社劳动力分配是否合于经济原则，应予检查。例如西新及东方红二社的猪棚饲养员，一百五十头左右猪的猪棚，即需四人；而西郊虹星一分社一百五十头猪的饲养员只有三人，且据饲养员面告，三人可管理猪二百头。此种调配人力不经济的情况，不知是否在其他方面也存在。

## 第三部分 生产与技术改革

我们中间并无农业专家，故对此专门性问题，只能就群众及社内干部所反映的，以及我们所看到的提出几点：

一、一部分社员对技术改革及先进操作信心不足，执行不积极，不普遍；技改工作往往只依赖少数干部。

二、社内领导干部对于推行高产作物的新技术，抓得不够紧。倘高产作物的收获成绩不显著，恐与农民今后对一般技改的信心，及劳动积极性有妨碍。

三、派往市内有关部门学习技改的干部，东郊西新社即有三四十人（学双季稻的早稻种植）。但目前二百余亩的早稻秧（每亩生产指标是早稻五百五十斤，晚稻四百五十斤，共一千斤），半数已告失败。对于失败原因，农民与农业局技术科的意见不一致。听说农业局已做出结论，但并未向农民宣布。不知究竟已否做出结论，抑做出结论而尚未传达。希望迅速查明处理。

四、农民固然保守思想很重，例如过去对高低作物、插种方法等不大信任；但市内派往乡间的技术员也不大能虚心听取群众意见，加以考虑；例如种子孵过出芽以后，要立刻同时熄炉、开窗、开仓；老农民则主张逐步逐步来，但技术员并不接受。一般的说，上级领导对试验性质的双季稻种植技术，帮助还嫌不够。

五、针对上述四种情况，我们建议设一独立的农业技术研究及传授机构:（1）集中专家，多用形象教育及实地试验示范，经常向农民传授新技术；（2）随时下乡，以便帮助各合作社解决困难;（3）专家与老农交流经验;（4）社会亦须派送老农参加新技术的学习与研究;（5）组织各社互相参观、座谈，交流经验；（6）有条件的先进社可派送技术干部到邻社去帮助。

六、供应市内之蔬菜，合作社摘下后每浸入小沟内。小沟以死水居多，细菌甚多，极不卫生；工厂方面反映常于饭菜内发现蚯蚓等等。按蔬菜有的以完全不着水为佳。有的必须保持相当水分，也是一个技术问题。请有关部门咨询专家，妥筹办法，以兼顾蔬菜的新鲜与卫生。

## 第四部分　供销问题

一、以种植蔬菜为主的合作社，与中国蔬菜公司之间有供销矛盾。根据农民反映（虹星一分社）：（1）蔬菜公司与合作社所订的供应合同，有些品种的规格过严，不易达到（例如洋山芋每只要重二两，难有把握；生瓜小不得低于八两，大不得过二斤；事实上多数在六斤左右，也有超过十斤的）。（2）初夏时交的蔬菜，蔬菜公司急于要货，不问生熟程度，只催社方大量供应。及至时令将过而滞销的时候，除严格要求合同上的规格之外，又临时定出新规格，收货时多方挑剔；例如窝笋，不但限重量，还限尺寸，甚至收货时用尺量。在旺季中，某些品种的蔬菜要社方加工后方予收受，而加工规格也很严。社员对此极为不满，因蔬菜公司拒收之货，使社方收入受到损失。

另一方面，根据驻社工作干部反映，社员单纯追求增产，往往将可以应市的蔬菜在田间多留时日，以便增加重量；但蔬菜太大太老，市场上不易销售，蔬菜公司也要受损失。

按蔬菜品种的规格，以目前耕作技术而论，的确不像工业品那样易于掌握；蔬菜公司以不合规格为理由而拒收，势必影响农民收入；同时，遇到旺季，货源大批涌到时，蔬菜公司也难以应付。这些都是实情。要解决这个矛盾，最好由各有关方面成立一专门小组，其中包括园艺专家、营养学专家，详细研究，充分协商，统盘筹划，务使农业合作社的经济与国营商业的经济互惠互利，而绝不对立。

二、农业生产资料的供应，除了不及时以外，农民还反映："我们供应的东西，要订合同，数量、品种、规格、时间，都要保证。我们需要的生产资料，如篱竹、种子、肥料、草绳等等，供销合作社并不跟我们订合同。预先口头说准有的货，到要的时候根本没有，使我们措手不及，影响生产。"

我们认为，农业生产合作社与供销合作社之间都有供销关系，应以平等互惠为原则。农业生产资料的供应不及时，品质不够（据反映，供销合作社有时也有合乎需要品质的货，以管理调度不善而不能供应），不免牵涉到各工业部门的供应计划问题与执行问题；也牵涉到各部门之间，与一部门之内从上到下的联系——就是横的与纵的联系问题。除了资源不足，各方面赶不上新形势的基本情况以外，各部门的联系与内部的联系最好有一个统盘的筹划，严密的制度和经常的检查。

三、种子的供应不足与不及时，虹星一分社已开始自行留种，以谋补救一部分，此项办法值得推广。

四、肥料供应，有些合作社尚可发掘潜力，自己解决一大部分。东方红社有肥源而积肥工作不积极。但西新社愿意积肥，苦于肥源不足，又缺少堆肥的空地。

## 第五部分　文教—卫生

学习文化如何与农民的工作及生活情况配合，是一个大问题；师资又是一个大问题。

一、北郊东方红社有民校十八班，学员仅占总人数的百分之二十五。据说担任教课的是小先生，无经验、无威望，年纪大的学生觉得他不会教，因而情绪低落。

二、西郊虹星一分社社员反映，学习文化与田间工作不能结合。他们以两年内扫除文盲为指标，每年要上课二百小时，自立夏至秋分一段时间，下午要上课。但该社耕作全部是蔬菜，社员半夜三时即起床拔菜；夏季白日工作又紧张，时间既有冲突，精力亦感不支。

三、学习文化往往与托儿所问题相连，无法解决；因一方面妇女反映，上了学无人照管儿童，似乎说托儿所办得不够多；另一方面又舍不得钱送儿童至托儿所。

四、现有的托儿所，护婴工作欠完善：（1）各社儿童多沙眼；（2）西新社托儿所室内堆置杂物；（3）一般的缺少玩具。最好由卫生机构组织一种不脱产的短期轮训班，提高托儿所人员的水平。

五、农村需要文娱活动很迫切。希望今后对收费还要降低（收一角，在农村中已有很大的限制了）；各种文娱团体下乡以前，先了解各处所存在的思想问题，以便针对这些问题在越剧及曲艺中加入宣传教育的特殊材料。

六、一般对卫生不够注意。粪缸集中后，多数尚未加盖；虹星一分社场地上有厕所，路旁有无盖粪缸，苍蝇麇集。东方红社积肥多堆在屋前屋后，不合卫生。

七、除四害工作未展开。东郊田间麻雀极多。西新社灭雀只有四五十只，灭鼠只有三二十只。我们建议科普协会对郊区进行教育工作时，把除四害结合农业生产多做宣传。

一九五六年五月四日

# 政协上海市委会安徽省建设事业参观团第一组总结报告

我们很荣幸，能有机会参加“安徽省建设事业参观团”。各人在出发之前虽然没有做应有的学习准备，但学习的情绪很高，对参观的对象也抱着最大的热忱。在前后四天半的实际参观中，六天的旅途中，除了对祖国各地蓬蓬勃勃的新气象感到无限兴奋，对安徽省的建设的伟大成就，对该省的各级领导，以及劳动人民的英勇表现感到无限钦佩以外，各人多少有些收获，形象化的教育对我们的政治觉悟与思想认识也有很多帮助，值得做一个总结。

正如大家所知道的，淮南煤矿在国民党统治之下，在官僚资本经营的时代，在日本军阀强占的时代，不过是一个规模狭小、设备简陋、产量很低而工人伤亡率极大的矿场。解放以后，陆续落后的开采方法逐渐改成现代化，并且正从机械化走向自动化；矿井的安全和工人的安全，都得到了充分的保障。一九五五年的劳动生产率比一九四九年提高了三倍，成本降低了百分之十。一九五五年的产量比一九四九年高百分之一百四十六，一九五六年还要提高到百分之二百四十七。一九五七年的总产量可以达到七百五十万吨，超过了第一个五年计划所定的六百八十五万吨的指标。这些数量巨大的煤，百分之七十以上是供给上海的；华东和中南地区有一百四十个单位所用的煤，都仰给于淮南。淮南不但改建了、扩充了原有的矿井，还在大规模地开辟新矿井，以苏联的先进方法和现代化的机器来从事开采。淮南煤矿的前途是不可限量的。

佛子岭和梅山两座水库可以蓄洪二十五亿公方，连拱坝的坚固与溢洪道的能力，便是遭到千年一遇的洪水，也能抵抗得住，也还能防止淠河、史河的灾害。两处水库的水力发电量总共有六万千瓦；灌溉的田地共有一百一十万亩，还能大量发展航运，便利上下游的物资交流。佛子岭连拱坝的高度，在世界上八十多个连拱坝中占第三位；梅山连拱坝的高度占世界第一位。这样伟大的水利工程，是破天荒第一次由我国人民自己设计、自己建造的。

我们看了煤矿和水库最感到惊异，最觉得佩服的是规模的宏伟和建造的迅速。淮南二三十对矿井，数百里纵横交错的地下隧道，从原始的、手工业式的状态，一变而为十足现代化的矿场，不过是解放以后六年中间的事。七十四公尺高、五百一十尺长、二十个又高又厚的“垛”、二十一个同样高大的“拱”所形成的佛子岭连拱坝，以及其他复杂巨大的水库工程，只花了两年零七个月（一九五二年一月到一九五四年八月）。面对着这样的奇迹，对于安徽人民在党的领导之下和各地的支援之下，所发挥的高度智慧与劳动热情，我们不能不致以最崇高的敬意。他们的英勇的事业给我们受了一次最深刻的、形象化的爱国主义教育，使人们兴奋感动之余，更感到自己责任的重大，更觉得自己应当为国家为人民多尽一分力，把爱国的热情在行动上业务上具体的表现出来。——这是我们第一个体会。

关于苏联对我们建设事业的帮助，大家已经听到很多；但直到这次到了淮南和佛子岭、梅山，才亲眼目睹苏联在机械方面给我们的支援，在设计和技术方面的指导是如何巨大，如何宝贵，且不说佛子岭水库的建造有赖于他们的先进经验；便是目前在我们参观的时候，还有他们的专家在淮南的矿井中帮助我们做设计改进的艰苦工作。这些活生生的实例使我们对国际主义的认识更提高了一步，更觉得这种无私的援助、忘我的友爱，只有在社会主义国家之间才可能。——这是我们第二个体会。

只要翻翻历史，我们就知道七八百年以前，淮河流域原来是个很富庶的地方：当地当时有两句话，叫做“走千走万，赶不上淮河两岸。”十二世纪末期（一一九四年，南宋绍熙五年）黄河在山东决口，冲入淮河，泥沙把下游的河床淤塞了，才使淮河流域成为灾区。从十四世纪到二十世纪的六百五十年中，水灾旱灾连九百三十五次，平均每两年三次；变成“大雨大灾，小雨小灾，无雨旱灾”。一九三八年蒋介石抗战无能，在河南花园口炸开黄河大堤，造成了最近一次的黄河改道，在一九三八——一九四八年的十年中间，黄河的水泛滥在淮河流域的三省六十余县之内，人口死亡五十万人，无家可归的有五百万人。我们不禁要问：为什么为害七八百年的水灾，在解放以后的短短几年中就能控制了呢？一九五四年的洪水为什么没有酿成大祸呢？为什么历代的政府，包括很重视水利的清政府在内，都没有能治好黄河淮河呢？我们也要问：为什么解放以后不久，一九五〇年十月中央人民政府就发布了“根治淮河的决定”，而在三五年内，治淮就已经取得了决定性的成绩呢？为什么我们今日能以极少量的机器，没有经验的技术人员，对治水外行的干部，倒反能在两年七个月中间把我们从未做过的连拱坝在佛子岭建造起来呢？这些问题的答案只有一个，就是政治制度的改变。只有一个真正为人民服务的政府，才能以大无畏的精神排除万难，以空前未有的速度征服自然，把可怕的洪水变做又能发电、又能灌溉，又能通航的驯伏的水道。几千年来，我国的人民一向是刻苦耐劳的，聪明能干的，但直到有了共产党的领导，他们的长处才能发挥出来，化为一股伟大无比的力量。治淮的各级领导多半是转业的解放军人，放下了枪杆，拿起了扁担、铁锹；师长团长处处以身作则，亲身一担担的挑土，鼓动士兵民工，终于提前完成了像佛子岭水库那样前所未有的工程。就是这一次，我们在路上看到多多少少的农民正在做防涝工作，正在抢收粮食；安徽省的领导已经派了大批干部上堤防汛，这些事实更显得只有人民自己的政权才能为人民防止灾难，克服灾难，一切伟大的建设，化灾祸为福利的事业，只有在新的政治制度之下才可能。——这是我们第三个体会。

政治制度改变了，才能改变生产关系；生产关系改变了，才能改变生产方式，淮南煤矿早在明朝嘉靖年间，公元十六世纪就发现了；经过四百多年，始终停滞在原始状态；便是到了一九三〇年代，一九四〇年代，世界上早已有了新式采煤方法的时候，还是保持着手工业形式。但解放以后，没有几年功夫，全部面貌就突然改变了。过去，矿工们赤着脚，穿着草鞋，在水深至膝的地下隧洞中，推着煤车走，还有工头拿着棍子在背后打；工伤事故是司空见惯的，死一个工人好比死一条狗，最高的死亡记录一天有七八十人！现在工人们穿的是胶鞋，到隧道去上工是坐的电梯；运煤的是机动皮带，运材料的是地下电车，采煤的工具从手镐改进到用风镐，用康拜因联合采煤机；隧道内有水渠，有排水机，有通风设备；在三百三十公尺深的矿井内工作，每人有三个立方公尺到五六个立方公尺的新鲜空气供应；下了班就洗澡，照太阳灯。最低的工资也有五十余元，最高的有八九十元。矿场设有工人的子弟学校，设有电影院；不但地面上有新建的医院，便是地下也有设备完善的医疗室；而且二三年来都没有出过重大的工伤事故。因为国家把大量的资金花在工矿与工人的安全设备上，所以劳动生产率提高了三倍，而成本只降低了百分之十。这就说明了工人才是工矿的真正的主人。生产关系改变了，剥削制度取消了，生产力就得到解放，工人的积极性就能提高，技术就能改进。再举两件小事为例：田家庵的造纸厂在建造过程中曾得到华丰、民丰两大纸厂的大力帮助：在没有经过社会主义改造，私营工厂的这种无私的支援是不可能的。造纸用的断绳破网，是从邻近各省收集来的废物，要不是在这个社会制度之下，一地一厂的号召，能够获得各地的响应吗？以上这些或大或小的事实，都非常生动的指出了社会主义的优越性。——这是我们第四个体会。

从淮南一直到佛子岭、梅山，我们还看到安徽和其他地区之间人力物力的协作关系非常密切。淮南的煤支援了华东及中南地区的工业，华东及中南地区的工业也支援了淮南煤矿和治淮工程。各地送了大批技术人员去帮助佛子岭水库的建造，佛子岭工地把他们进一步培养了，又输送到旁的地方去从事建设。可见全国大团结的精神，各阶级的协作，各个不同的工业的互助，各种不同技术的交流，对于我国社会主义事业的建设是多么重要。这一点使我们受到很深刻的集体主义教育，觉得我们每个人的工作都和整体有关。——这是我们第五个体会。

世界各国一向认为中华民族是缺乏组织性的，缺乏纪律性的，缺乏持久性的。我们自己也有这样的批评，例如“一盘散沙”、“五分钟热度”等等。现在这些可耻的形容词，都被惊天动地的建设和劳动人民的英勇表现粉碎了。但这个成果完全是我们的党善于领导群众得来的；而善于领导群众又和灵活运用马列主义分不开。毛主席的《实践论》和《矛盾论》，被各级干部很具体的贯彻到各种工作中去了。所以大家在解放初期对共产党“马上得天下”，是否能“马上治天下”的疑问，完全被廓清；并且是百分之百的，肯定的得到了解答。——这是我们第六个体会。

我们又想到我国传统的哲学思想是倾向于顺从自然，与自然妥协的；以至于科学不发达，技术落后，斗争精神不强。现在有了科学的唯物主义作主导思想，我们的概念全部改变了：我们不但有了征服自然的信心与决心，而且已经做出了征服自然的伟大事业。——这是我们第七个体会。

过去一般知识分子，往往以我国科技基础太差为理由，对祖国的革命和建设，总以为是渺茫无期的空想。可是治淮的成就，把他们那种消极思想和错误观念一扫而空了；大家也深切体验到毛主席那句“边做边学，边学边做”的教训，意义何等重大。要不是抱着从不懂到懂，从外行到内行的精神，立刻开始我们的建设；要是一定要等到培养好了一大批水利专家再去治淮，且不说这批未经实际锻炼的专家是否有用，便是淮河两岸的人民，也还要为了水旱灾害而牺牲数以千百万计的生命财产。而且存着这种迂执的观点，我们在科学、文化、经济各方面都要永远赶不上世界水平。——这是我们第八个体会。

大家把佛子岭水库叫做“佛子岭大学”；这“大学”两字是广义的，它比所有的大学教育都更全面，更实际。佛子岭的工地不但造成了一批基本技术干部，由外行到内行的专家，为别的水利工程做好了准备；同时还在思想认识、政治觉悟、积极性与创造性各方面，给多少中年人青年人受了几年教育，锻炼了多少农民、工人、知识分子，使他们成为社会主义建设事业中一支坚强的队伍。——这是我们第九个体会。

我们对中国某些地区，以前不免有些偏见：例如认为四川才是天府之国，江南才是鱼米之乡；皖南不过山清水秀，并无多大财富；皖北更是一片荒凉，这次看见地面上无穷尽的金黄的麦田，地底下隧道纵横，又是无穷尽的宝藏，再加上一路的所见所闻，一饮一食，才知道我国真是地大物博；以前某些区域的贫困只是旧社会旧制度造成的。我们之中有的同志解放以前到过安徽，他们把今日的安徽和过去的安徽相比之下，对于安徽人民的努力建设更加钦佩，从而也觉得自己受了很大的鞭策。——这是我们第十个体会。

合肥的农业展览会中“三改”里头有一项叫做“广种博收”，我们觉得每个人的业务学习与政治学习也应当“广种博收”，多听、多看、多吸收；用“深耕细作”的功夫培养自己。在各地所遇见的人物，例如八公山那个几十年矿工出身的矿长，大通煤矿那个二十多年的老矿工，佛子岭水库的李主任，都给我们留下深刻的印象，他们那种认真负责、艰苦奋斗、实事求是、朴素谦虚的作风，都值得我们学习。广大人民的忘我劳动，更是我们知识分子的好榜样。农民弟兄及工人弟兄生活的清苦，使我们居住都市的人感到惭愧。工矿区文娱活动的不多，反映我们文艺工作者对他们的关怀不够。——这些感想和体会虽然比较零星琐碎，但在我们思想上感情上所引起的影响都是很深刻的，相信它们对我们今后的工作和行动会起很大的作用。

参观团团员之间的相互关怀、相互了解、相互帮助的友好表现，使我们体会到惟有在新社会中，人与人的关系才会这样真诚、坦白。我们一定要更进一步的贯彻这种团结的精神，在各方面都实现这种同志的友爱，不但使我们一国像一个大家庭，还要使全世界的人民将来都可以像大家庭的成员一样和平共处，友好合作。

最后，我们也想到，在全国的煤矿工业中，淮南还不是一个很大的矿区，第一个五年计划的末了，全国煤的总产量要达到一万一千二百九十八万吨，淮南的七百五十万吨，不过占十五分之一，至于佛子岭水库与梅山水库也只是治淮计划中的一小部分；除了史河、淠河以外，造成淮河灾害的还有七八条大河需要控制。大规模的治淮工程一共有二十七处；今明两年内就要建造六座水库，其中一座比梅山水库还要大四分之一。第一个五年计划规定全国的灌溉面积要扩大七千二百万亩，佛子岭和梅山两座水库的灌溉面积不过占了六十五分之一；发电量只占五年计划的全国发电总量的十七分之一。再把合肥农业展览会和工业馆中的图表及模型来对照一下，更可说明我们所看到的大建设还只是安徽建设的一个开端；而在全国的建设事业中更加只是一小部分了。这一小部分的成就和作用，已经使我们欢欣鼓舞，赞叹不已；由此而推想到全国各个地区的、各种各样的大规模的建设，它们的总成绩一定是伟大、奇妙到难以想象的地步。这样一个局部与整体的比较，由安徽一省而及于全国的联想，使我们对社会主义事业的美丽的远景，对于祖国的繁荣富庶，愈加增添了向往之情，加强了我们的信心，从而加强了我们的责任感，鼓舞我们前进，督促我们在本位工作上加倍努力。

以下要谈谈参观过程中的缺点。

先是团员本身：（一）我们在出发以前没有做好学习准备，对参观地区及对象毫无概念，以致每到一处都提不出问题，或是提得不恰当。（二）太重视参观对象的工业部门，忽视了从事建设的人物，没有接近群众，没有深入到工人农民中去体验生活。（三）团员之间的一般性的交流还嫌不够；参观以后的感想和意见的交换更是不够。（四）小组长的处理事情，个别的还有急躁情绪，没有做到耐性说服、婉转的帮助同志。（五）组员中间个别也有对主人不太礼貌的表现，特别是对招待所的服务同志，例如行李迟到，便有焦急不耐，埋怨对方的态度。

其次是政协的组织工作：（一）参观决定的时间太匆促；有些领导上可能想到的准备工作（主要是在学习方面）都来不及做。日程排得太紧了些。我们建议以后在出发之前，对参观的程序加以详细考虑，例如蚌埠的“治淮陈列馆”，必须在去佛子岭与梅山以前有至少半天的参观。参观对象的简要介绍，最好能事先以书面分发团员：一则到了目的地可缩短当地领导介绍概况的时间，从而增加我们参观的时间；二则团员们可以多向负责同志提问题，做更深入的了解。——这种介绍参观对象的材料，不妨于事先（至少在行前一个月）委托少数团员负责收集、编写。（二）对展览会不够重视；合肥的农业展览会，大家事先没有知道；临时虽然发觉它的重要性，以时间与精力关系，未能充分观摩。（三）政协组织这种参观团，固然是为了各界人士的自我改造；但若对于各行各业的专业性要求能加以适当照顾，也有好处。我们建议今后可酌量安排时间，使专业人士除共同参观外，也能各找对象座谈，做深入的了解与交流。（四）以时间限制，这次没有能个别的访问人物，接触各级领导、劳动模范等等，是个很大的遗憾，希望今后能把这些活动排在日程之内。（五）团方对团员的生活起居、健康情况，照顾非常周到细致，我们十分感激。但思想领导比较松懈。有些地方还嫌民主多于集中，造成团方及招待我们的主人的困难。（六）团方工作同志服务精神极好，辛勤劳苦，值得表扬。但分工还嫌不够明确，事务重点集中在一二人身上，有疲于奔命之感。工作同志与各组的联络及传达工作有时不免被动，使个别团员对团方措施不能完全了解。医生与护士的配备也不太理想。（七）团员最觉得不安的，是各地的主人为我们花费太多的人力物力；首长们的迎送占据了他们的工作时间，过于丰盛的筵席有些浪费。可否请政协转请中央，制定招待各地政协委员的统一办法，务以简便节约为原则。今后各地互相观摩的团体活动一天天地加多，要不以简便节约为主，不但对我们社会主义的建设事业有妨碍，便是对各地首长的日常工作也有影响。

以上所提，是否有当，尚请政协领导裁夺。

末了，我们对于政协给我们这个参观学习的机会，对于各位团长、各位工作同志的无微不至的照顾，谨致以衷心的深切的谢意。

第一组

一九五六年六月十五日